一江春水向东流

周啸天 著

四川人民出版社

图书在版编目（CIP）数据

一江春水向东流 / 周啸天著. -- 成都：四川人民
出版社，2025.1. -- ISBN 978-7-220-13811-9

Ⅰ. I207.227.44；I207.23

中国国家版本馆 CIP 数据核字第 2024JU9581 号

YIJIANG CHUNSHUI XIANGDONGLIU

一 江 春 水 向 东 流

周啸天　著

责任编辑	刘姣娇
封面设计	张　科
版式设计	张迪茗
责任校对	刘　静
责任印制	周　奇

出版发行	四川人民出版社（成都三色路 238 号）
网　　址	http://www.scpph.com
E-mail	scrmcbs@sina.com
新浪微博	@四川人民出版社
微信公众号	四川人民出版社
发行部业务电话	(028) 86361653　86361656
防盗版举报电话	(028) 86361653
照　　排	四川胜翔数码印务设计有限公司
印　　刷	四川机投印务有限公司
成品尺寸	145mm×210mm
印　　张	12.75
字　　数	360 千
版　　次	2025 年 1 月第 1 版
印　　次	2025 年 1 月第 1 次印刷
书　　号	ISBN 978-7-220-13811-9
定　　价	68.00 元

凡例

一、本书性质为中国传统诗词歌赋之历代名篇赏析，分为《大风起兮云飞扬》《江畔何人初见月》《忽如一夜春风来》《此情可待成追忆》《一江春水向东流》《只留清气满乾坤》六册。

二、全书析文累计一千三百余篇。为读者便携、便览计，每册分量大致相当。作品排列，大体上以时代先后为序，并附作者小传。

三、《大风起兮云飞扬》含"诗经楚辞""八代诗赋"；《只留清气满乾坤》含"元明清诗词曲""近现代诗词"；"唐宋诗词"为全书重点，居十分之七，累计析文九百六十篇，故《大风起兮云飞扬》《江畔何人初见月》《忽如一夜春风来》《此情可待成追忆》《一江春水向东流》《只留清气满乾坤》六册皆有收录。

序

　　文学研究最基础的工作，是对具体文学作品的阅读。而对于一篇具体文学作品的阅读，实包含着三个要素：一，文本解读。二，艺术分析。三，审美判断。

　　首先，我们要读懂作者在"说什么"。这就是"文本解读"。文本解读有两种不同的定位："作者定位"与"读者定位"。所谓"作者定位"，是指读者以作者为本位，不带任何先入为主的有色眼镜，尽可能做到客观、冷静，在作品文字所给定的弹性范围内，披文入情，力求对作品做出有可能最接近作者本意的解读。它关注的焦点，是作者的创作。所谓"读者定位"，是指读者以自我为本位，带有强烈的主观色彩，不关心作者想说的是什么，只关心我从作品中读到了什么。这种定位，理论后盾是西方的"接受美学"与"读者反应批评"，在中国古典传统则是"六经注我"，"作者未必然，读者何必不然"。它关注的焦点，是读者的接受。作为一般读者，普通文学爱好者，爱怎么读就怎么读，这是他的自由，不容他人置喙。但作为学者，专业研究者，当我们在对具体作家具体作品创作的本身进行研究，而非对其作品的大众接受进行研究时，通常都采取"作者定位"。

　　然而，光读懂作者在"说什么"还不够。还要探讨作者"怎样说"，审视其写作技术，这就是"艺术分析"。然而，光读懂作者在"说什么"，弄明白作者"怎样说"，也还不是我们的终极目的。最终，我们还必须对该作品作出评价：它"说得怎样"？"说"得好还是不好？好到什么程度，不好到什么程度？这就是"审美判断"。文学之区别于其他文字著述的本质属性，在语言艺术之审美。其他文字著述，或求真，或求真且善，至于其语言运用，辞达而已，作者说得清楚，读者看得明白，目的便达到了。而文学作品则不仅求真，求善，更求其美。因此，将文学等同于其他各类文字著述，阅读文学作品仅求其真、其善，而不提升到审美的层次，即无异于对蒙娜丽莎做人体解剖，真正是煞风景了。

总的来说，在古典文学的各类文体中，"诗词"是篇幅最短小，语言最精练，技术含量最高，从而被人们公认为最难读懂，最难鉴赏的一类文体。一般读者不必说了，一般学者也不必说了，即便是资深的专家，乃至于大师级的学者，对具体诗词作品的文本阅读，误解的现象也时有发生；对某些诗词作品的艺术分析与审美判断，也未必切中肯綮，甚或不免于隔靴搔痒。

笔者这样说，并非信口雌黄，而是以事实为根据的。三十多年前，笔者还在攻读博士学位，承蒙上海辞书出版社信赖，诚邀笔者作为《唐宋词鉴赏辞典》的总审订者之一，与上海古籍出版社原副总编辑陈振鹏先生共同审订了该书的全稿。该书是上海辞书出版社继《唐诗鉴赏辞典》开创体例并获得巨大成功、巨大社会效益之后编辑的第二部鉴赏辞典，约稿规格是很高的。撰稿人当中，不乏当时诗词研究界的著名专家学者乃至大师级的学者。但即便如此，书稿在文本解读、艺术分析与审美判断这三个方面，还是存在着大量的失误。笔者前后花了一年多时间，细细审读，写下了数千条具体的审读、修改意见。这些意见，绝大多数都经陈振鹏先生裁决认可，由他亲自操刀对原稿做了订正；或反馈给作者，请他们自行修改。

在笔者的审读印象中，鉴赏文字质量最高，几乎无懈可击的撰稿人为数并不太多。而在这为数不多的撰稿人当中，笔者印象最深刻的一位便是周啸天先生。当时啸天硕士生毕业不久，尚未成名，笔者与他素昧平生，缘悭一面，亦无通讯往来。但每读其文，辄击节叹赏，钦服不已。笔者在与《唐诗鉴赏辞典》《唐宋词鉴赏辞典》的责任编辑汤高才先生闲谈时，对啸天所撰鉴赏文章曾做过大意如下的评价：别人没有读懂的诗词，啸天读懂了；别人虽然读懂了，但没能读出其好处来，而啸天读出来了；别人虽然读懂了，也读出好处来了，但下笔数千言，刺刺不能自休，却说不到位，而啸天的鉴赏文章，既一语破的，文字又简净明快，绝不拖沓，行于所当行，止于所不可不止。高才先生对此评价深为赞同，并说他在《唐诗鉴赏辞典》的组稿过程中就已发现啸天的长才，因此一约再约，以致在此两部鉴赏辞典中，啸天所撰稿件篇数独多。高才先生实在是一个爱才的前辈，真能识英雄于风尘之中，不拘一格用人才啊！

三十年后，笔者与啸天已成为熟识的朋友。啸天应四川人民出版社之约，将其历年精心撰写的古典诗词鉴赏文章汇编出版，而不以笔者为谫陋，来电命序。义不容辞，乃重述当年所见如此，今日所见依然如此的评价，以为喤引。如此精彩的古典诗词鉴赏文集，必将得到广大读者的宝重，其传世是必然的！

2017 年 5 月 23 日，钟振振撰于南京仙鹤山庄寓所之酉卯斋

目录

【吴融】字子华,越州山阴(今浙江绍兴县)人。昭宗龙纪元年(889)登进士第。韦昭度讨蜀,表掌书记,累迁侍御史。因事去官,流浪荆南,依节度使成汭。后召为左补阙,迁中书舍人。天复元年(901)擢户部侍郎,后为翰林承旨,卒于官。有《唐英集》。《全唐诗》编录其诗四卷。

金桥感事

太行和雪叠晴空,二月春郊尚朔风。

饮马早闻临渭北,射雕今欲过山东。

百年徒有伊川叹,五利宁无魏绛功。

日暮长亭正愁绝,哀笳一曲戍烟中。

这首诗作于昭宗大顺二年(891)二月,是一首政治抒情诗。"金桥"桥名,唐属潞州,在今山西长治市西南。诗中涉及史实为:昭宗大顺元年五月,唐王朝发兵征李克用,三战三败,李克用乘胜占领潞、邢、洺、磁、晋五州。二年正月,主战宰相张濬被罢免,李克用加官晋爵。见《新唐书·昭宗纪》。

"太行和雪叠晴空"二句,写太行山春色。首句写太行山戴着积雪的重峦叠嶂,在蓝天白云下视觉印象鲜明。是乐景衬哀。次句诗情转折,"二月春郊尚朔风",一个"尚"字是表情的语气,是说春寒持续时间太长,应该转暖了。双关作者心境的悲凉。"朔风"是北风,双关政治气候的严酷。

"饮马早闻临渭北"二句用典,写李克用对唐王朝形成的威胁。"饮马"语出《左传·宣公十二年》:晋楚交战,楚军扬言"将饮马于河(黄河)而归"。这里借指中和三年(883)李克用率军战败黄巢,南下渭水,攻入长安,故云"早闻临渭北"。"射雕"语出《史记·李将军列传》:匈奴有射雕手,技艺高超,曾射杀汉军多人。又,北齐名将斛律光曾射落大雕，人称射雕手，见《北齐书》本传，这里借指李克用。"山东"指太行山以东，指李克用蓄谋占领的地区。

"百年徒有伊川叹"二句用典，批评朝廷缺乏政治远见。"伊川"在今河南，《左传·僖公二十二年》载：周平王被犬戎逼迫迁都洛阳后，大夫辛有曾到伊川，见百姓披发野祭，感叹道："不及百年，此其戎乎！其礼先亡矣。"作者用此典，指唐朝有亡国之忧。"五利宁无魏绛功"，《左传·襄公四年》载：晋大夫魏绛主张和戎，以为有"五利"，并被采纳，晋国从此无戎狄侵扰之患。这是委婉地批判朝廷对李克用的用兵。

"日暮长亭正愁绝"二句，以景结情、表达对时局的忧念。"日暮长亭"为送别场景，象征着作者告别了一个时代；"正愁绝"指满怀忧念。"哀筇"指胡筇，古代西北少数民族管乐器，岑参诗云："君不闻胡筇声最悲？紫髯绿眼胡人吹。……边城夜夜多愁梦，向月胡筇谁喜闻？"（《胡筇歌送颜真卿使赴河陇》）诗在"哀筇一曲戍烟中"结束，如助作者之叹息。

这首诗关注现实，议论正大。作者腹笥甚广，拉杂使事，无不如意。起结情景交融，全诗神完气足，不失为晚唐七律佳作。

子规

举国繁华委逝川，羽毛飘荡一年年。

他山叫处花成血，旧苑春来草似烟。

雨暗不离浓绿树，月斜长吊欲明天。

湘江日暮声凄切，愁杀行人归去船。

这是一首咏物诗，大约作于唐昭宗时，作者罢官流寓荆南时期。"子规"即杜鹃鸟。相传前身为蜀王杜宇、号望帝，以失国身死，魂魄化为子规。

"举国繁华委逝川"二句，从蜀王化鹃传说写起。首句说杜宇失国，"举国繁华"指蜀国拥有的高度物质文明，"委逝川"指历史翻过一页，蜀王杜宇已成过去。"羽毛飘荡一年年"，"羽毛"借代子规，"飘荡一年年"指流荡迁徙年复一年。子规飘荡的经典形象，见于李白《蜀道难》："但见悲鸟号古木，雄飞雌从绕林间。又闻子规啼夜月，愁空山。"

"他山叫处花成血"二句，写子规啼声悲苦。"他山"指别处的山，语出《小雅·鹤鸣》；旧有子规啼血的传说，而花中有杜鹃花，又称映山红，作者综合起来，就成了"叫处花成血"。"旧苑"指故苑、故国，"春来草似烟"是给"叫处花成血"找来的对仗，亦有"王孙游兮不归，春草生兮萋萋"（淮南小山《招隐士》）的寓意。

"雨暗不离浓绿树"二句，写子规鸟形影孤单。子规与燕子、黄鹂等鸟类不同，不是成双成对，而是形单影只的，而且不会筑巢，经常把蛋下在其他鸟类的巢里。首句说阴雨天气，它栖息在"浓绿树"上，不知道是否找到了寄居的地方。"月斜长吊欲明天"，是说残月当空，东方未明的时候，子规就开始悲啼，声如吊丧。

"湘江日暮声凄切"二句，说子规啼声起人归思。因为作者流寓荆南，所以提到"湘江"。旧说子规啼声像"不如归去"（见《蜀王本纪》），所以会对漂泊者产生心理影响，"愁杀行人归去船"就是扣住这一点而言的。

全诗紧扣题面，运用了关于子规的种种传说材料，精心组织；同时打并入作者的身世之感，音节谐雅，所以动人。

途中见杏花

一枝红杏出墙头，墙外行人正独愁。

长得看来犹有恨，可堪逢处更难留。

林空色暝莺先到，春浅香寒蝶未游。

　　更忆帝乡千万树，澹烟笼日暗神州。

　　这是一首纪行诗，也是一首咏物诗。所咏对象为杏花。

　　"一枝红杏出墙头"二句，写在墙外见到杏花，一刹那间的感觉。这个开头对两个宋代诗人产生了影响，值得说说。一个是苏轼《蝶恋花》："花褪残红青杏小。……墙外行人，墙里佳人笑。"是咏杏花，又说到墙外墙里，只不过把出墙的红杏，替换成美女的笑声。一个是叶绍翁《游园不值》："春色满园关不住，一枝红杏出墙来。"都是后出转精，但先行者亦功不可没。书归正传，"墙外行人正独愁"，是说作者看到杏花之前，本来是愁绪满怀，见到杏花才有了着处。

　　"长得看来犹有恨"二句，具体剖析内心感觉。"长得看来"是孜孜不倦地看，可见杏花爱人，"犹有恨"是看出杏花的惆怅，因为春晚的缘故，这是移情于物的写法。"可堪"即哪堪、不忍之辞，"逢处更难留"是说刚刚遇到就要分手，因为作者是在"途中"，不可能停下来久看。这话同时双关时序的难留，甚至双关时代的难留。如此缘悭，令人惆怅。

　　"林空色暝莺先到"二句，写乍暖还寒的气候。"林空色暝"是说枝头叶生未密，暮色苍茫，"莺先到"是说已有黄莺报春；"春浅香寒"是说初春天气料峭，花香却冷，"蝶未游"是说不见蝴蝶采蜜。形容杏花在寂寞中孤芳自赏。宋人林逋《山园小梅》化用其意："霜禽欲下先偷眼，粉蝶如知合断魂。"更用拟人法对诗意做了补充。

　　"更忆帝乡千万树"二句，点明篇首"正独愁"的内容。原来作者心系故国，杏花触动了他对长安的记忆。"帝乡"指长安，"千万树"指成片的杏林。"澹烟笼日"形容杏花大片开放时，在阳光照耀下就像一片烟霞；"暗神州"指覆盖神州（中国）大地。这是老皇历了，时代变了，记忆还在老地方，刻舟求剑，剑岂可得乎？

　　全诗借杏花托兴，层层展开，把伤春情绪与伤时念乱的情绪融为一体，表现了作者的家国之恨。而这首诗对宋诗的影响，更奠定了它在晚唐诗中的一席地位。

卖花翁

和烟和露一丛花，担入宫城许史家。

惆怅东风无处说，不教闲地著春华。

　　这虽然是一首七绝，诗题却令人联想到白居易的两首古诗，一首是《买花》，一首是《卖炭翁》，作者的用意也大抵相似。

　　"和烟和露一丛花"二句，写卖花翁担花到皇亲国戚家。首句写卖花翁担子上的鲜花，其新鲜通过"和烟和露"四字表出，是清晨带露开放的鲜花。"一丛花"是只举一丛花而已，其实老人花担上何止一丛花，读诗不能在字面上较劲。可别小看这"一丛花"，白居易诗云："一丛深色花，十户中人赋。"（《买花》）"担入宫城许史家"，指鲜花去向，亦指买得起花的人家——"许史家"本为汉宣帝许皇后家及其祖母史良娣家，许氏封侯者三人，史氏封侯者四人，见《汉书·盖宽饶传》及《外戚传》上。诗中代指外戚。作者通过买花这个窗口，揭示贵戚生活之豪奢。韦庄有《咸通》："咸通时代物情奢，欢杀金张许史家。破产竞留天上乐，铸山争买洞中花。"（"金张"指西汉金日磾、张汤家族。）可以参读。

　　"惆怅东风无处说"二句，写贫富悬殊，社会两极分化。第三句突如其来，令人摸不着头脑，是设置悬念。有道是"东风沉醉百花前"（韩偓），许、史家买花，东风高兴还来不及，惆怅何事？末句揭晓谜底，原来是"不教闲地著春华"。"闲地"指野外，"春华"即春花，这是说豪门胃口很大，恨不得收购一切好花，不留一丛给野外。恰如罗隐《金钱花》所说："若教此物堪收贮，应被豪门尽劂将。"买花像这样的买法，不但毫无风雅可言，而且是大煞风景。当然，事实上做不到"不教闲地著春华"，但有此心，就非常可恨。

贫富不均到了两极分化，就会出现一方面是"可怜身上衣正单，心忧炭贱愿天寒"（《卖炭翁》），一方面是"惆怅东风无处说，不教闲地著春华"。宋人张俞诗云："遍身罗绮者，不是养蚕人。"（《蚕妇》）而此诗中的卖花翁，是种花的人，却不是养花的人。

【张蠙】字象文，清河（今北京市海淀区清河镇）人。懿宗咸通（860—874）年间，与许棠、张乔、郑谷等合称"咸通十哲"。昭宗乾宁二年（895）登进士第，曾官校书郎、栎阳尉、犀浦令。后避乱入蜀。王建自立，蠙任膳部员外郎、金堂令等职。

登单于台

边兵春尽回，独上单于台。
白日地中出，黄河天外来。
沙翻痕似浪，风急响疑雷。
欲向阴关度，阴关晓不开。

这首诗是作者的成名作，宋晁公武《郡斋读书志》载："蠙生而颖秀，幼能诗，作《登单于台》，有'白日地中出，黄河天外来'之句，为世所称。"元辛文房《唐才子传》照引不误。可见此诗并非亲登单于台（故址在呼和浩特），而是命题作诗。诗中情景是想象、是造景，所以有盛唐气象。

"边兵春尽回"二句，写独上高台。首句写春日回军，边塞平安无事；次句"独上单于台"，人独上高台，对天地茫茫，自然百感交集，何况是登单于台呢。"单于台"是五胡十六国时期，北方少数民族政权在胡汉分治政策下，创立的用于专管其他少数民族的中央机构，长官称大单于，地位仅次于皇帝，大都由宗室担任。所以"单于台"三字，能唤起历史的记忆，且有异域情调。

"白日地中出"二句，写北国风光。造句好的学生，就是作文好的学生。这两句是作者读书受用的结果，至少"白日""黄河"对举，就出自王之涣《登鹳雀楼》。习作不怕模仿，但要模仿得好。首句中"地"指当地，日从此出是不可能的，作者偏要这样说。正如曹操说"日月之行""星汉灿烂"，是从大海里出来的一样。诗中的事，说是就是，不是也是。"黄河天外来"是夸张，语出李白"君不见黄河之水天上来。"（《将进酒》）明代胡应麟赞道："唐诗之壮浑者终于此。"（《诗薮》）

"沙翻痕似浪"二句，写沙塞景色。出句抓住了沙漠景色的一大特点，就是在风力的作用下，流沙呈现出有规律的、波浪起伏的形状；对句"风急响疑雷"，这个是丰富想象力的结果，作者一定读过岑参的"轮台九月风夜吼，一川碎石大如斗，随风满地石乱走"（《走马川行奉送出师西征》）一类诗句，然后想象出风的声音，也许他曾听到过像雷一般的风声，这里就用上了。

"欲向阴关度"二句，写北眺阴关。阴山在单于台北面，敕勒川在焉。"阴关"即阴山的雄关。上句说欲度，是"官知止而神欲行"（庄子），即身未动意先度。读者正在想他如何度关，殊不知结尾转折，而且一转即收："阴关晓不开"，但见雄关如铁、紧闭不开，是养兵千日、戒备森严景象。

李白写《蜀道难》，并未穿越过蜀道（他是从长江三峡出川的）；写《梦游天姥吟留别》，只是梦游；艾青写《火把》，从未见过火把游行。清人黄周星说："此地几人能到？读此诗，仿佛如目睹矣。"（《唐诗快》）由此可见想象力对于作诗的重要性。

夏日题老将林亭

百战功成翻爱静，侯门渐欲似仙家。

墙头雨细垂纤草，水面风回聚落花。

井放辘轳闲浸酒，笼开鹦鹉报煎茶。

几人图在凌烟阁，曾不交锋向塞沙。

"老将亭林"用今天的话说，就是退休将军的宅院。论者或引《五代史》记前蜀主王建"多忌好杀，诸将有功名者，多因事诛之"。以为讽君主寡恩，是找话说。此诗不过写退休的冷落，是正常现象。今人写退休领导干部云"荧屏不上昔时影，无奈街边看下棋""独有菜农曾见识，招呼犹喊旧官衔"也是正常现象，关键是当事人自己把心态摆平。

"百战功成翻爱静"二句，写老将晚年好静。深得人情，"百战功成"是出生入死的功臣，也是战争的幸存者。战争幸存者都珍惜晚年的宁静，不喜欢凑热闹，拒绝看战争片（一是感到假，二是感到难过）。一个"翻"字，表明真实情况与人们对老将的想象截然不同。"侯门"指老将亭林，汉初功臣封爵第二等为侯，可见诗中老将功勋卓著，"渐欲似仙家"，是没人上门的俏皮话。因为除了访谈，找他没用。

"墙头雨细垂纤草"二句，扣住"爱静"写亭林景物的幽静。深得物理，宅院的墙头长草，是听其自然的缘故，在细雨霏霏的天气，小草就顺墙头垂下来。不是年久失修，而是老将好静使然。"水面风回聚落花"，写园中有池水，有时轻微的旋风，会把水面的落花团在一起，仿佛是有意为之，更显出园林的雅静。《分类诗话》载，前蜀后主王衍与徐太后游成都大慈寺，见壁上题有这两句诗，赏叹良久。是观察入微，状难写之景如在目前，渐启放翁如"重帘不卷留香久，古砚微凹聚墨多"之类。

　　"井放辘轳闲浸酒"二句，写老将的生活趣味。虽然都是些小趣味，却表明主人公对生活的热爱珍惜。出句写老将发明的一种凉酒的办法，当然是在夏天，就像今人想喝冰啤，没有冰箱，即取深井之水以凉之。"笼开鹦鹉报煎茶"，写另外两种生活情趣，一是养鸟，而且是鹦鹉之类能言的鸟，假如养的是鹩哥（更会说话），也可以写成鹦鹉，因为字面好看；二是研究茶道，这也是取静的好办法。作者把两个情趣合成一句，说老将开笼放鸟出来活动，鸟儿即鹦鹉却说起"请喝茶"之类的话来。

　　"几人图在凌烟阁"二句，是顺手一击的讽刺。"几人"不是诘问或反诘，是说"图在凌烟阁"中的部分人，"凌烟阁"是唐初陈列开国功臣画像的专馆，《新五代史》载蜀王建五年曾起扶天阁，画诸功臣像。"曾不交锋向塞沙"是说这当中有些人，根本没有战功。有人把这两句讲成：在凌烟阁留名的人，又有谁不曾在战场上立过功呢。可诗中老将不在画中，这样说便是无的放矢。这两句其实是顺手一击，讽刺有些声名显赫者，其实不符。而"百战功成"的老将，则早看破一切，不屑攀比，故"翻好静"。

　　近人俞陛云评："此诗在唐律中非上乘，惟第四句传诵一时耳。七律中如'绿杨花扑一溪烟''芰荷翻雨泼鸳鸯''鸬鹚飞破夕阳烟'，虽佳句而有意雕琢。张诗'水面回风聚落花'七字，妙出自然，但三句之墙头纤草，五六之浸酒煎茶，皆寻常语，结句亦无深意。"（《诗境浅说》）其实把此诗看轻了。若把这首诗看成为老将鸣不平，倒也无话可说；若把这首诗视为老将"不在意"，则唐诗有几人能达到这个境界？

【金昌绪】生卒年不详，宣宗大中（847）前在世。余杭（今属浙江）人。存诗一首。

春怨

打起黄莺儿，莫教枝上啼。

啼时惊妾梦，不得到辽西。

诗题一作《伊州歌》。诗写春晓，一位少妇刚刚做上难得的好梦，飞越千里万里，与久别而又远在军中的丈夫相会。就在这关键时刻，窗外传来一连串莺啼，把少妇从美梦中惊醒。诗是用少妇对莺嗔怨的口吻写成的。

一句先将梦醒后打鸟的情状表出，起得很突兀。就艺术效果而言，这种写法能一下子抓住读者，引起"悬念"，又符合气急、恼怒时语无次第的实际情况，口角逼肖。二句解释打鸟的原因——"莫教枝上啼"。春莺的歌喉原是美妙的，但少妇听来，却烦心死了。不准它在树枝上叫，这为什么呢？"啼时惊妾梦，不得到辽西"。"辽西"是唐代征东部队的驻地。由于少妇的丈夫从军在外，无由相会，这里点出"春怨"的题旨，"悬念"释然。枕上片时春梦，可以行尽千里，在梦中会见亲人，对少妇来说也是难能可贵的。但梦境到底难续，既已惊梦，打鸟何益？但还是要打，这不但把少妇气恼而又单纯得近乎痴稚的情态活现纸上，又具有浓厚的生活气息，和生活中常有的幽默情趣。

在写作布局上，《春怨》采用倒叙手法，一浪追一浪，后句说明前句，篇法圆紧，语气蝉联，增添了全诗活泼的情趣。试想一下，要将篇法结构改作"离别——入梦——惊梦——打鸟"，即使内容完全一样，不免平板枯索，化神奇为平庸了。

【于武陵】生卒年不详，名邺，以字行，京兆杜曲人（今陕西长安县南韦曲东）。宣宗大中年间（847—860），尝举进士，不称意，携书琴往于商洛、巴蜀间，或隐于卜中，存独醒之意。诗多五言，兴趣飘逸多感，每终篇一意，策名当时。《全唐诗》存其诗一卷。

劝酒

劝君金屈卮，满酌不须辞。

花发多风雨，人生足别离。

这是一首劝酒歌，也可以题为《将进酒》。

"劝君金屈卮"二句，写捧觞劝酒。"金屈卮 zhī"是名贵酒器，大凡拿名贵酒器说事，都是表现酒好，如"金樽清酒斗十千"（李白）、"莫使金樽空对月"（同前）、"葡萄美酒夜光杯"（王翰）、"琉璃钟，琥珀浓"（李贺）等，莫不如此。李贺《浩歌》"筝人劝我金屈卮"，王琦汇解："金屈卮，酒器也。据《东京梦华录》云：'御筵酒盏，皆屈卮如菜碗样而有把手。'此宋时之式，唐代式样，当亦如此。"次句"满酌不须辞"，中国酒文化关键词之一是不假打，酒要满上，不得推辞。

"花发多风雨"二句对仗，是送别的劝酒辞。"人生"与"花发"同一构词，即主谓结构。三四句的意思是，花开难免遭遇许多的风雨，人一出世则难免遭遇许多的别离，喝下这樽酒，面对吧。《老子》十三章云："吾有大患，及吾有身；及吾无身，吾有何患。"是说人生而有患，别离只是一种，面对吧。强为宽解，也只好这样了。明人唐汝询云："欲劝以饮，举下二事感动之，言佳景难长，良会不数，酒固不当辞也。'花发'一联，在三百篇为兴体。'足'犹满也，百年之中，皆别离也。"（《唐诗解》）郭濬云："二语感人，那得不满饮。"（《增订评注唐诗正声》）周珽云：

"是真能劝酒者。"（《唐诗选脉会通评林》）

　　五言绝句所贵浑成。作者先有后二句劝酒辞，然后从举杯说起，则一气呵成矣。

【郑谷】字守愚，唐袁州宜春（今属江西）人。光启进士，官都官郎中，人称郑都官。又以《鹧鸪》诗得名，人称郑鹧鸪。有《郑守愚文集》。

海棠

　　春风用意匀颜色，销得携觞与赋诗。
　　秾丽最宜新著雨，娇娆全在欲开时。
　　莫愁粉黛临窗懒，梁广丹青点笔迟。
　　朝醉暮吟看不足，羡他蝴蝶宿深枝。

　　这首诗作于僖宗中和年间（881—885）作者避乱蜀中时。另有《蜀中赏海棠》："浓淡芳春满蜀乡，半随风雨断莺肠。"可见当时蜀中海棠之盛。

　　"春风用意匀颜色"二句，从出行赏花说起。首句将"春风"譬作一个画家，说他着意在大地上设色，作成了海棠盛开的风景画。次句说应该赏光，值得去看看"春风"举办的画展。"销得"是唐人口语，意即值得；"携觞"即携酒，用以助兴；"赋诗"是为了遣兴。

　　"秾丽最宜新著雨"二句，写海棠最动人之处。这两句是诗中可圈可点之句，因为在一般人想来，风和日丽的天气，盛开的海棠是最美的。作者告诉你，不然，是雨后的海棠最美丽，"娇娆全在欲开时"，是含苞欲放的海棠最动人。这一说法，与稍前何希尧"著雨胭脂点点消，半开时节最妖娆"（《海棠》）诗意相近，是诗人赏花的心得。

"莫愁粉黛临窗懒"二句，是用典，是尊题，是强此弱彼。"莫愁"相传为唐代石城美女，这里说海棠花的美丽，竟使得莫愁临窗发愁，懒得化妆，自以为比不过海棠；"梁广"为唐代画家，工花鸟、善赋彩，唐诗人顾况《梁广画花歌》有"手把梁生画花看，凝噎掩笑心相许"之句，可见他作画的水平，"丹青点笔迟"是说在海棠花面前，他也不自信了，觉得画不过"春风"。

"朝醉暮吟看不足"二句，写归时余兴未尽。"朝醉暮吟"表明赏花一整天了，"看不足"是说还不想回家。明人王象晋《群芳谱》形容海棠"其花甚丰，其叶甚茂，其枝甚柔，望之绰绰如处女"。可见海棠的迷人。"羡他蝴蝶宿深枝"，是说人反而羡慕栖息花枝深处的蝴蝶，晚上可以不回家了。

全诗表现出作者对海棠的喜爱，以及赏花的兴致。特别是诗中有独到的赏花心得，所以耐人寻味。

中年

漠漠秦云淡淡天，新年景象入中年。

情多最恨花无语，愁破方知酒有权。

苔色满墙寻故第，雨声一夜忆春田。

衰迟自喜添诗学，更把前题改数联。

这首诗约作于僖宗广明元年（880）春初，作者时年三十，在长安应试。而诗题使人想起《增广贤文》两句话："月过中秋清辉减，人到中年万事休。"

"漠漠秦云淡淡天"二句，写作者在长安迎来新年。首句写茫茫秦云（长安旧属秦地），淡淡天色，是西北春天的典型景象。次句"新年景象入中年"，是说在新年的光景中迎接来人生的中年，孔子曰："吾十有五而志于学，三十而立。"（《论语·为政》）晚清易顺鼎有句云："古人五十盖棺多。"三十岁也可以勉强说"人到中年"了吧。句中有意让"新年""中年"这两个似不沾边的"年"字重复，形成低回唱叹之致。

"情多最恨花无语"二句，写中年的人生感悟。出句是重笔写中年恨事，"情多"二字首先是想留住青春，其次还可以指一切的贪嗔痴。"花无语"象征诉求得不到回应。"花"字代表诉求对象。后来陆放翁有句云："花若解语还多事"（《闲居自述》），意思是即使诉求得到回应，但新的诉求还会产生，欲壑难填，回应就多事了。对句是一笔带过，"愁破方知酒有权"意思是只好借酒浇愁，作者把一句常言，陌生化得如此有盐有味，"酒有权"是说酒有威力；要是"举杯销愁愁更愁"（李白），那就应该怪酒无"权"了。

"苔色满墙寻故第"二句，写中年的恋旧怀乡。出句写中年怀旧，喜欢旧地重游（"寻故第"），找到的却是满满的伤逝（"苔色满墙"），可不是多事。对句写中年的乡愁，"春田"指春耕季节故乡田园，"雨声一夜"是特别想念的时刻往往在雨夜，然而，若把"春田"还给你，你还会像过去一样地栽种吗？虽说往事并不如烟，但人生的根本处境，就是回不去了。这两句把这些人生况味，表达得多么浅显而深刻。"满墙""一夜"，以准数词对数词，尤觉灵动。

"衰迟自喜添诗学"二句，写中年找到的乐趣。那就是写诗，有人把写传统诗词的人群称为"八七六五部队"，意思是五六十岁的人、七八十岁的人，换言之，"衰迟"之人居多。因为他们有很多人生况味可以慢慢咀嚼了。但写诗容易写好难，原因是语言跟不上，不容易写到位，所以加工是必须的。"更把前题改数联"，就是写不断地修改旧作。清代袁枚诗云："爱好由来下笔难，一诗千改始心安。"（《遣兴》）这可好了，中年的人有事可干了。这一结尾是信手拈来，即成妙谛，包含着几分自我调侃，所以为优。

这首律诗比《海棠》诗写得好，人生况味咀嚼得很透，而且在语言运用上，有种种陌生化法子，非常到位，也非常耐味。只是由三十岁人写出，未免有些少年老成的感觉。在今天看来，三十岁的人生，还早得很呢。

菊

王孙莫把比荆蒿，九日枝枝近鬓毛。
露湿秋香满池岸，由来不羡瓦松高。

中国画以梅、兰、竹、菊为四君子，《梅兰竹菊谱》虽出现于明代，但梅、兰、竹、菊的崇尚，远在先唐就已形于吟咏。此诗就是一首咏菊的诗。

"王孙莫把比荆蒿"二句，写菊花未开时植株不显。首句呼告，"王孙"犹言公子，指五谷不分的富家青年，当然也分不清"荆蒿"与菊花。因为菊花在未开花之前，其植株瘦弱，很容易被人混同于荆蒿。"九日枝枝近鬓毛"，是说在重阳节（农历九月九日）菊花开放，惹人喜爱，当日即有头上插戴菊花的风俗，杜牧即有"人世难逢开口笑，菊花须插满头归"（《九日齐山登高》）之句。荆蒿不能插在头上，这就是区别了。

"露湿秋香满池岸"二句，赋予菊花以孤高品格。第三句写菊花秋日清晨盛开景象，"露湿"以带露开放暗示新鲜；"秋香满池岸"谓在池岸上低调开放，清香却弥漫袭人。末句"由来不羡瓦松高"，拉来一个陪衬，"瓦松"是寄生在高大建筑物瓦上的植物，唐初崔融作《瓦松赋》

云："崇文馆瓦松者，产于屋溜之上……俗以其形似松，生必依瓦，故曰瓦松。"瓦松虽名为松，其实"高不及尺，下才如寸"。西晋左思《咏史》云："郁郁涧底松，离离山上苗。以彼径寸茎，荫此百尺条。"瓦松也就相当于"山上苗"了，而它的"高"，不过是"地势使之然"。

反而是地势较低的菊花，在品格上可以与松树比美。所以"松菊"从来并称，如"松菊荒三径，图书共五车"（王维）、"知君到三径，松菊有光辉"（独孤及）、"满室图书在，入门松菊闲"（刘禹锡）等。这首咏菊诗别致之处在于，拿荆蒿、瓦松作反衬，赋菊花以人格。兼之语言朴素，所以能传。

席上贻歌者

花月楼台近九衢，清歌一曲倒金壶。

座中亦有江南客，莫向春风唱鹧鸪。

诗题为《席上贻歌者》，当时作者在京城长安（九衢），歌者唱的曲子是《山鹧鸪》或《鹧鸪曲》，相传这个曲调是"效鹧鸪之声"，曲调哀婉清怨，歌词多是抒发相思别恨的。

诗的主要内容是写听歌的感动，俞陛云："声音之道，最易感人。昔人诗若'此夜曲中闻折柳，何人不起故园情'、'横笛偏吹行路难，一时回首月中看'等句，孤客殊乡，每易生感，此诗亦然。听歌纵酒，本以排遣客愁，叮咛歌者，勿唱鹧鸪江南之曲，动我乡思，正见其乡心之深切也。"（《诗境浅说续编》）是很中肯的。

一、二句是描写歌唱环境的，"花月楼台近九衢，清歌一曲倒金壶"，写长安、长安的酒家歌楼，这是一个引子。重要的在三、四句，有两个关键词，一个是"座中亦有江南客"的"亦有"，表明"江南客"不止一个，一个在座中，当然是指作者本人了。另一个呢，不在座中，当然不是指的歌者了（因为歌者亦在座中），那这个"江南客"在哪儿呢？想想，答案只有一个，那就是在歌中。《鹧鸪曲》是江南曲，曲中的别情自然是江南人的别情，恰好切合了座中诗人的身份，所以他要强调这个"亦有"。

另一关键词是"莫唱"，人到酒家歌楼，不就是对酒当歌来的吗，怎么能叫别人莫唱呢？其实唐诗写听歌，凡是出现"莫唱"二字，意思是已经唱了，而且唱出了效果，让听的人有不能承受之轻，或不能承受之重，所以他要说"莫唱"。著例有韩愈《听颖师弹琴》："自闻颖师弹，起坐在一旁。推手遽止之，湿衣泪滂滂。颖乎尔诚能，无以冰炭置我肠！"杨逢春说，"歌既入妙，则能感人，其用笔则以反托缩住，令歌声之妙在言外传出。意到笔不到，神韵俱绝。"（《唐诗偶评》）这个说法是正确的。

淮上与友人别

扬子江头杨柳春，杨花愁杀渡江人。
数声风笛离亭晚，君向潇湘我向秦。

这是一首送别诗，淮上本指淮南，此指扬州，诗中主题句是"君向潇湘我向秦"，点出了这首送别诗的特点。什么特点呢？一般的送别诗，发生在行者与居者之间，送方和别方是很清楚的，而诗中所写，却是两个行者从同一地点向两个方向出发，一个人渡江向湖南方向走，另一个人（作者）则北向长安。这种情况，发生在旅途的邂逅中较为常见，故有人将它定位为客中送客，谓之倍觉销魂。

古人称作诗为觅句，先到的句子一般都是诗中最重要的、关键的、主题的诗句，"君向潇湘我向秦"可能就是先得的句子。接下就有一个审度的问题，即这个句子最适合放在诗的什么位置。贺贻孙说，"诗有极寻常语，作发句无味，倒用作结方妙者，如此诗。盖题中正意只'君向潇湘我向秦'七字而已，若开头便说，则浅直无味，此却倒用作结，悠然情深，觉尚有数十句在后未竟者。唐人倒句之妙，往往如此。"（《诗筏》）这个说法是很有见地的。这个句子用在结尾，不言怅别，而怅别之意溢于言外。

　　再回头看一、二句，是即景抒情，酝酿离别气氛的。这里有画面——扬子江的渡头、青青的杨柳、风中的柳絮杨花、岸边停泊着待发的小船，淡淡几笔，像一幅清新秀雅的图画。从语言上看，包含三个同纽（首字同韵）的片语，"扬子江头"、"杨柳春"、"杨花愁杀渡江人"，构成了一种既清爽流利又回环往复，富于情韵美的风调，使人读来既感到感情的深永，又不显得过于沉重、伤感。三句的"风笛"系从杨柳生出，因为古人折柳赠别，笛曲有《折杨柳》，给诗中的离情，加了筹码。最后，握别的时间到了，两位朋友在沉沉暮霭中互道珍重、各奔前程——"君向潇湘我向秦"。此句的戛然而止，而又余味无穷，"临歧握别的黯然伤魂，各向天涯的无限愁绪，南北异途的深长思念，乃至漫长旅程中的无边寂寞，都在这不言中得到充分的表达。"（刘学锴）句中对的形式，则为这句诗增添了咏叹的情味。

【崔道融】（？—907?）自号东瓯散人，唐荆州（湖北江陵）人。唐末避乱永嘉。昭宗时为永嘉令。后入闽，以右补阙召，未赴。

西施滩

宰嚭亡吴国，西施陷恶名。

浣纱春水急，似有不平声。

　　"西施滩"在浙江诸暨市南苎罗山畔的浣江中，江中有浣纱石，传说西施常在此浣纱，西施滩因而得名。《吴越春秋》载，西施本苎罗山鬻薪之女，因配合勾践、范蠡之美人计，被送到吴王夫差身边，做了潜伏。大功告成后，随范蠡身退游于五湖。站在越国立场上看，西施是功臣；而站在吴国的角度上看，西施是"祸水"。所谓"恶名"，就是针对"祸水"的恶谥而言的。

　　"宰嚭亡吴国"二句，先下一断案。为西施脱罪，莫如直截了当指出元凶，作者认为就是"宰嚭 pǐ"即伯嚭，伯嚭是吴国太宰。当初，在吴王夫差击败并俘虏了越王勾践时，是伯嚭接受了勾践的贿赂，而建议将其释放，放虎归山，养痈遗患，导致后来的悲剧。所以作者把亡吴的责任，首先归之于伯嚭。如此看来，"西施陷恶名"，就不公平了，一个"陷"字，表明其冤。

　　"浣纱春水急"二句，再写西施滩，以景结情。第三句撇开前头的话题，转写西施滩头的急流。因为是西施浣纱的地方，所以称之为"浣纱春水"，作者到西施滩正值汛期，所以下一"急"字。末句接着三句，却回到先前的话题："似有不平声。"是说溪水呜咽，似在为西施鸣冤。全诗到此戛然而止，更觉余味无穷。

　　其实，西施是潜伏者，她蒙受"祸水"之名，是假案、错案而非冤案。有许多潜伏者（譬如关露），长期被国人误解，终生不得正名，做了最彻底的献身，比西施冤多了，然虽冤而无悔。因为有信仰，早在入行之前，已经宣誓过。此诗作者囿于时代，想不到这一层上来。所以这个题材还可以深挖，末句若书作"枉作不平声"（即溪水为西施鸣不平，而西施不领情）更妙。

溪上遇雨二首

其一

回塘雨脚如缲丝，野禽不起沉鱼飞。

耕蓑钓笠取未暇，秋田有望从淋漓。

首二句写塘上雨至的奇观。一个广为人知的谜语描述雨景道："千条线，万条线，掉进水里都不见"，"雨脚如麻未断绝"（杜甫）可以说是最为平易近人的联想。不过本诗的联想在这个基础上有更多发挥，显得活跃得多。它联系"缲丝"这一农事活动，不但使自然景象有了人情色彩，又和农家搭上联系，照应了后文。看来这雨很大，连塘上经见的飞禽，这时都雉伏不起。塘面却出现了一种日常难得的奇观：鱼儿蹿出，飞掠于水面，显然是因为天气闷热，水中氧气减少，和骤雨惊扰等缘故所致。诗人以敏锐的目光抓住这种富有特色的景物细节，以简洁的笔墨，点出该飞的不飞，不该飞的倒"飞"了，写景之中见其兴会不浅。

后二句转入人事及抒情。大雨骤至，在溪塘上作业的人们感到突然，这从"耕蓑钓笠取未暇"一句可以玩味出来。"取未暇"，即无空取，来不及取。但是否马上就去取呢？不，诗人出乎意料却又是合情合理地描写了这样一种情景，即在田中溪上的农父、渔夫们都站在那里淋雨，"秋田有望"便是此时他们狂喜的心声，或者就是他们发出的欢呼。"取未暇"三字看来大有意味：高兴还来不及，顾得上回家取蓑笠么！这里似乎也暗暗交代了题前之景，也就是大雨来前，有过的旱象。在靠天吃饭的古代，及时雨对农民来说实是福音。《诗·小雅·大田》"兴雨祁祁，雨我公田，遂及我私"，就表现过这种喜悦。但崔道融写得更上劲——

"秋田有望从淋漓"!"从(任从)淋漓"三字写狂喜,力透纸背。

细节的捕捉与刻画,描绘的传神,感情在场面中自然流露,都是于绝句体裁相宜的做法。

其二

坐看黑云衔猛雨,喷洒前山此独晴。

忽惊云雨在头上,却是山前晚照明。

唐诗中写景通常不离抒情,而且多为抒情而设。即使纯乎写景,也渗透作者主观感情,写景即其心境的反观和折射;或者用着比兴,别有寄托。而这首写景诗不同于一般唐诗。它是咏夏天的骤雨,你既不能从中觅得何种寓意,又不能视为作者心境的写照。因为他实在是为写雨而写雨。

从诗的艺术手法看,它既不合唐诗通常的含蓄蕴藉的表现手法,也没有通常写景虚实相生较简括的笔法。它的写法可用八个字概尽:穷形尽相,快心露骨。

夏雨有夏雨的特点:来速疾,来势猛,雨脚不定。这几点都被诗人准确抓住,表现于笔下。急雨才在前山,忽焉已至溪上,叫人避之不及,其来何快!以"坐看"从容起,而用"忽惊"、"却是"做跌宕转折,写出夏雨的疾骤。而一"衔"一"喷",不但把黑云拟人化了(它像在撒泼、顽皮),形象生动,而且写出了雨的力度,具有一种猛烈浇注感。写云曰"黑",写雨曰"猛",均穷极形容。一忽儿东边日头西边雨,一忽儿西边日头东边雨,又写出由于雨脚转移迅速造成的一种自然奇观。这还不够,诗人还通过"遇雨"者表情的变化,先是"坐看",继而"忽惊",侧面烘托出夏雨的瞬息变化难以意料。通篇思路敏捷灵活,用笔新鲜活跳,措语尖新,令人可喜可愕,深得夏雨之趣。

就情景的近似而论,它更易使人联想到苏东坡《六月二十七日望湖楼醉书》中的一首："黑云翻墨未遮山，白雨跳珠乱入船。卷地风来忽吹散，望湖楼下水如天。"比较一下倒能见出此诗结构上的一个特点。苏诗虽一样写出夏雨的快速、有力、多变，可谓尽态极妍，但它是仅就一处（"望湖楼"外）落墨，写出景色在不同时刻上的变化。而此诗则从两处（"前山"与"溪上"）着眼，双管齐下，既有景物在不同时间的变化，又有空间的对比。如就诗的情韵而言，苏诗较胜；如论结构的出奇，此诗则不宜多让。

可见，诗分唐宋是大体的区分，不能绝对看待。王渔洋曾列举宋绝句风调类唐人者数十首，是宋中有唐；另一方面，宋诗的不少倾向往往可以追根溯源到中晚唐，是唐中有宋。大抵唐诗经过两度繁荣，晚唐诗人已感难乎为继，从取材到手法便开始有所标新立异了。这个唐宋诗交替的消息，从崔道融这首《溪上遇雨》是略可窥到一些的。

【王驾】字大用，自号守素先生，唐河中（山西永济）人。昭宗大顺元年（890）进士及第，授校书郎，官至礼部员外郎。

社日

鹅湖山下稻粱肥，豚栅鸡栖半掩扉。
桑柘影斜春社散，家家扶得醉人归。

古时的春秋季节有两次例行的祭祀土神的日子，即春社和秋社。古代劳动人民不但通过这种方式表达他们对减少自然灾害、获得丰收的良好祝愿，同时也借这样的节日尽情娱乐。在社日到来时，民众集会竞技，进行各种类型的作社表演，并集体欢宴，非常热闹。宋代诗人杨万里

《观社》有生动描写："作社朝祠有足观，山农祈福更迎年。忽然箫鼓来何处？走煞儿童最可怜！虎头豹面时自顾，野讴市舞各争妍。王侯将相饶尊贵，不博渠侬一晌癫！"王驾这首《社日》写法却完全不同，它没有一字正面写作社的情景，却也写出了这个节日的欢乐，而且远比杨万里的那首诗脍炙人口。

诗一开始不写"社日"的题面，却从村居风光写起。鹅湖山，在今江西铅山县境内，地名十分诱人。湖的得名使人想到鹅鸭成群，鱼虾满塘，一派山明水秀的南方农村风光。春社时属仲春，"稻粱肥"，是指田里庄稼长得很好，丰收在望。村外风光是这样迷人，那么村内呢？到处是一片富庶的景象，猪满圈，鸡栖埘，联系第一句描写，真可以说是五谷丰登、六畜兴旺。所以一、二句虽只字未提作社的事，先就写出了节日的喜庆气氛。这两句也没有写到村居的人，"半掩扉"三字告诉读者，村民都不在家，门都半掩着。"半掩"而不上锁，可见民风淳厚，丰年富足。古人常用"夜不闭户"表示环境的太平安宁，"半掩扉"这个细节描写是很有表现力的。同时，它又暗示出村民家家都参加社日去了。

后两句没有就作社表演热闹场面着笔，却写社散后的景象。"桑柘影斜"，夕阳西下，树影在地越来越长，说明天色向晚。古代习惯，祭社之处必植树，此即社树，亦即"故国乔木"，它是乡国之象征，故受崇拜。其中桑、柘二树是常见社树的树种。此诗"桑柘"二字紧扣"社日"，绝非闲笔。春社散后，人声渐稀，到处都可以看到一种情景，即一些为庆祝社日而喝得醉醺醺的村民，被家人邻里搀扶着回家。"家家"是夸张说法，说明这种情形之普遍。不正写社日的热闹与欢乐场面，却选取高潮之后渐归宁静的这样一个尾声来表现它，颇为别致。它的暗示性很强，读者通过这个尾声，会自然联想到作社、观社的全过程。"醉人"这个细节可以使人联想到村民观社的兴高采烈，正因为心里高兴，才不觉贪杯，而这种高兴又是与丰收的喜悦分不开的。

此诗不写正面写侧面，通过富有典型意义和形象暗示作用的生活细节写社日景象，笔墨极省，反映的内容却极为丰富，使人读后不觉其短，回味深长。当然，在封建时代农民的生活一般不可能像此诗所写的那样好，但在风调雨顺、农业丰收的情况下，农民过节时快活，也是事实。

雨晴

雨前初见花间蕊，雨后兼无叶里花。
蛱蝶飞来过墙去，却疑春色在邻家。

时间：一个春日。地点：一户人家小园。从题目"雨晴"和诗中"雨前——雨后"看，雨下的时间不长，而且很快就转晴明。"雨前初见花间蕊，雨后兼无叶里花"，可见雨势之猛。"花间蕊"即初放蓓蕾，"叶里花"是较隐蔽的花，两者在雨后"兼无"，可见这番风雨对小园的袭击是扫荡性的，雨后留下了一片狼藉。诗写花开花落，只在雨前雨后，就生动展示了骤雨情景；同时把笔力集中在花的描绘上，又为后文蝴蝶寻芳作好铺垫。阵雨来时，昆虫均仓皇蛰伏。一旦雨过天晴，艳阳普照，蝴蝶则最先活跃，迫不及待地飞往园林，周邦彦写道："夜来风雨，葬楚宫倾园（指落花）。……多情最谁追惜？但蜂媒蝶使，时叩窗槅。"（《六丑》）这首诗中，阵雨过后立即飞来的蝴蝶更显得殷勤有加。小园蒙受无妄之灾后，花儿荡然无存，这赶来慰问的"蝶使"，匆匆查看一番，感到无事可做，又忙不迭飞"过墙去"。第三句七个字，已将雨后园景宛然画出。诗人却由此产生了一个富有魅力的想象。

"却疑春色在邻家"。"蛱蝶飞来过墙去"，便给人以希望，令人疑心春色尚在邻家。一墙之隔，产生了奇妙的效果。不能一览无余，反而耐人寻想。"墙里秋千墙外道。墙外行人，墙里佳人笑。"（苏轼《蝶恋花》）如果拆了这堵墙，一切将变得简单明了，也就失却了许多回味。宋诗中有"春色满园关不住，一枝红杏出墙来"（叶绍翁《游园不值》）的名句，与此诗末二句异曲同工。由一枝红杏见满园春色，是见微知著；由蝴蝶过墙疑春在邻家，则是睹影知竿，有摇曳不尽之姿。

【陈玉兰】生卒年不详。唐代吴（今苏州境内）人。诗人王驾之妻。

寄夫

夫戍边关妾在吴，西风吹妾妾忧夫。
一行书信千行泪，寒到君边衣到无？

此诗作者一作王驾，题一作《古意》。其显著的特色表现在句法上。全诗四句的句法有一个共同处：每句都包含两层相对或相关的意思，在大致相同的前提下，又有变化。

"夫戍边关——妾在吴"，这是由相对的两层意思构成的，即所谓"当句对"的形式。这一对比，就突出了天涯暌隔之感。这个开头是单刀直入式的，点明了题意，说明何以要寄衣。下面三句都从这里引起。"西风吹妾——妾忧夫"，秋风吹到少妇身上，照理说应该引起她自己的寒冷的感觉，但诗句写完"西风吹妾"一层意思后，接下去不写少妇自己的寒冷感觉，而是直接写心理活动"妾忧夫"。前后两层意思中有一个小小的跳跃或转折，恰如其分表现出少妇对丈夫体贴入微的心情，十分逼真。此句写"寄衣"的直接原因。

"一行书信——千行泪"，这句通过"一行"与"千行"的强烈对比，极言纸短情长。"千行泪"包含的感情内容既有深挚的恩爱，又有强烈的哀怨，情绪复杂。此句写出了"寄"什么，不提寒衣是避免与下句重复；同时，写出了寄衣时的内心活动。"寒到君边——衣到无?"这一句用虚拟、揣想的问话语气，与前三句又不同，在少妇心目中仿佛严冬正在和寒衣赛跑，而这竞赛的结果对她至关重要，十分生动地表现出了少妇心中的焦虑。

这样，每一句中都可以画一个破折号，都由两层意思构成，诗的层次就大大丰富了。而同一种句式反复运用，在运用中又略有变化，并不呆板，构成了回环往复、一唱三叹的语调。语调对于诗歌，比较其他体裁的文学作品具有更大意义。所谓"情动于中而形于言，言之不足故嗟叹之，嗟叹之不足故永歌之"(《毛诗序》)，"嗟叹"、"永歌"都是指用声调增加诗歌的感染力。试多咏诵几遍，就不难领悟这种唱叹的语调在此诗表情上的作用了。

构成此诗音韵美的另一特点是句中运用复字。近体诗一般是要避免字词的重复。但是，有意识地运用复字，有时能使诗句念起来上口、动听，造成音乐的美感。如此诗后三句均有复字，而在运用中又有适当变化。第二句两个"妾"字接连出现，前一个"妾"字是第一层意思的结尾，后一个"妾"字则是第二层意思的开端，在全句中，它们是重复，但对相关的两层意思而言，它们又形成"顶针"修辞格，念起来顺溜，有"累累如贯珠"之感，这使那具有跳跃性的前后两层意思通过和谐的音调过渡得十分自然。而三、四两句重叠在第二、第六字上，这不但是每句中构成"句中对"的因素，而且又是整个一联诗句自然成对的构成因素，从而增加了诗的韵律感，有利于表达那种哀怨、缠绵的深情。

此外，内心独白的表现手法，通过寄衣前前后后的一系列心理活动：从念夫，到秋风吹起而忧夫，寄衣时和泪修书，一直到寄衣后的悬念，生动地展现了女主人公的内心世界。诗通过人物心理活动的直接描写来表现主题，是成功的。

【崔涂】字礼山，唐江南人。僖宗光启四年（888）进士及第。游踪遍及巴蜀、吴楚、河南、秦陇等地。

春夕

水流花谢两无情，送尽东风过楚城。

蝴蝶梦中家万里，子规枝上月三更。

故园书动经年绝，华发春唯满镜生。

自是不归归便得，五湖烟景有谁争。

这首诗是作者旅居湘鄂时所作，写暮春之夕所起的乡愁。《全唐诗》注：一本下有"旅怀"二字。

"水流花谢两无情"二句，写客中暮春光景。"水流花谢"是暮春景象，自然景象本来"无情"。说它"无情"，而且"两无情"，适见作者之多情。"送尽东风"，即送走春天，有拟人意味，同时表明作者旅次湘鄂（"楚城"）的时间已是初夏。清人黄生评："'水流花谢'过楚城而去，人却羁系于此，寸步不能动移，然则有情之人何堪对此无情之物乎！妙在突然埋怨花水，而其所以怨之之故，则又轻轻只接第二句，不细读不知其意，此旅怀之最警策者也。"（《唐诗摘钞》）

"蝴蝶梦中家万里"二句，写客中乡愁。出句只是说"梦中家万里"，"蝴蝶"是个装点字面，顺手拈来庄周梦蝶故事，与"子规"对仗，顿觉工整。对句"子规"非装点字面，是用"不如归去"之意，正是"一叫一回肠一断"（李白）。"枝上月三更"紧扣题面"夕"字。"家万里"对"月三更"，是以空间对时间，尤觉工整。

"故园书动经年绝"二句，写信息隔绝的烦恼。出句中"动"即动辄，整句是说漂泊在外，动辄是一年很难收到一封家信。对句"华发春唯满镜生"，"华发"指花白的头发，"满镜生"即满头生，然只能从镜中看出。"旅怀即恶，不意忽生对镜惊叹，于情事最生动也。"（《唐三体诗评》）中夹"春唯"二字，有反衬的作用：头发花白，偏在春草青青的时候，叫人情何以堪。

"自是不归归便得"二句，以大白话作自嘲。上句是说：我现在没有归去是不想归去，我要想归去随时可以归去。下句"五湖烟景有谁争"，是说暂时不归的原因，是因为故乡五湖（作者是江南人）的风光是没有人和我争夺的，用不着那么着急回去。既然如此，想家又是为什么呢？这是此诗耐人寻味处。清人薛雪评："与'相逢尽道休官去，林下何曾见一人'同一妙理。"（《一瓢诗话》）

昔人评此诗云："情中有景，景中有情，紫纡缥缈，使读者神为之移。刘、卢衣钵，此时尚在。"（《唐体肤诠》）妙在一起一结，三四对仗亦为人称道。

初渡汉江

襄阳好向岘亭看，人物萧条属岁阑。
为报习家多置酒，夜来风雪过江寒。

这首写风雪渡江的诗，用极古简的笔法，绘出一幅饶有情致的图画。首句点出地点，是汉江环绕襄阳、岘山的一段，这同时也是写景，淡淡勾勒出岘山的轮廓，在灰色的冬晚天空背景衬托下，岘亭的影子显得特别惹眼和好看。次句点节令，兼写江上景色。由于岁暮天寒，故"古道少行人"。然而"渡口只宜寂寂，人行须是疏疏"，反添了一种诗情画意。三句是寄语逆旅主人备酒，借此引起末句"夜来风雪过江寒"，于是读者看到：江间风雪弥漫，岘山渐渐隐没在雪幕之中，一叶扁舟正冲风冒雪过江而来。末二句用"为报"的寄语方式喝起，更使读者进入角色，不仅看到一幅天生的图画，而且感到人在画图中。

说它如画，似乎还远不能穷尽此诗的好处。虽然诗人无一语道及自己的身份、经历和心情，但诗中有一股郁结之气入人很深，读后经久难释，读者对诗人不曾言及的一切似乎又了解得很多。

襄阳这地方，不仅具有山水形胜之美，历来更有多少令人神往的风流人物，其中最值得一提的是晋代的羊祜。史载他镇守襄阳，务修德政，身后当地百姓为他在岘山置碑，即有名的"堕泪碑"。诗的首句说"襄阳好向岘亭看"，难道仅仅是就风光"好"而言么？那尽人皆知的羊公碑，诗人是不会不想到的。而且，诗越往后读，越让人感到有一种怀古之情深蕴境中。前面提到岘山"岘亭"，紧接着就说"人物萧条"，难道又仅仅是就江上少人行而言么？细细含味，就感到一种"时无英雄"的感喟盘旋句中。

"习家池"乃襄阳名胜之一。"习家"曾是襄阳的望族，出过像习凿齿那样的大名士。在重冠冕（官队爵禄）压倒重门阀的唐代，诸习氏自然是今不如昔了。第三句不言"主人"或"酒家"，而言"习家"，是十分有味的。它不仅使诗中情事具有特殊地方色彩，而且包含浓厚的怀古情绪，一种"人事有代谢，往来成古今"的感慨油然而生。怀着这样的心情，所以他"初渡汉江"就能像老相识一样"为报习家多置酒"了。何以不光"置酒"而且要"多"？除因"夜来风雪过江寒"的缘故，而联系前文，还有更深一层含意，这就是要借酒杯一浇胸中块垒，不明说尤含蓄有味。这两句写得颇有情致，开口就要主人"多置酒"，于不客气中表现出豪爽不羁的情怀。

于是，在那风雪汉江渡头如画的背景之上，一个人物形象（抒情主人公形象）越来越鲜明地凸现出来。就像电影镜头的"叠印"，他先是隐然于画面中的，随着我们对画面的凝神玩赏而渐渐显影。这个人似乎心事重重而举止落落大方，使人感到尽管他有一肚皮不合时宜，却没有儒生的酸气，倒有几分豪侠味儿。

【秦韬玉】生卒年不详，字中明，一作仲明，京兆（今陕西西安）人，或云邠阳（今陕西合阳）人。父为左军军将。少有辞藻，却累举不第，后谄附当时有权势的宦官田令孜，充当幕僚。黄巢军入长安后，从僖宗入蜀，中和二年（882）特赐进士及第，编入春榜。田令孜又擢其为工部侍郎、神策军判官。著有《投知小录》，《全唐诗》录诗一卷。

贫女

蓬门未识绮罗香，拟托良媒益自伤。
谁爱风流高格调，共怜时世俭梳妆。
敢将十指夸针巧，不把双眉斗画长。
苦恨年年压金线，为他人作嫁衣裳。

这首诗是作者未第时所作。《唐语林》七载："（秦韬玉）应进士举，出身单素，屡为有司所斥。"故托"贫女"言志。

"蓬门未识绮罗香"二句，写贫女自伤。首句从住所衣着说起，"蓬门"用蓬草编的门，代指贫寒人家；"绮罗"指绫罗绸缎之类华丽的衣料；"香"指香泽、化妆品；整句说贫女住在蓬门陋巷，从小穿粗布衣裳。"拟托良媒"指到待嫁之年，"益自伤"指越发为自己出身贫寒而感伤。一是苦无嫁妆，二是难托良媒。

"谁爱风流高格调"二句，自叹不合流俗。这一联是流水对、十四字句，大意是：有谁欣赏高尚的品格和情调呢，却都喜欢追逐时下标新立异的梳妆。"风流"指风姿高雅，"高格调"指高尚人格和优雅品味，皆属自指。"时世"犹时尚。"俭梳妆"有两说，一说"俭"通"险"，"高髻险妆"，是当时的奇妆异服，见《唐书·车服志》；一说读如本字。则二句大意为"自抱高世之格，甘弃铅华，不知者翻怜我梳妆之俭陋也"（俞陛云）。

"敢将十指夸针巧"二句，自负才貌双全而无竞胜之心。旧时女子才艺以女红第一，"十指""针巧"指贫女针线超群，"双眉""画长"暗示贫女容貌出众。这一联是呼应对，"敢"是岂敢，"敢将""不把"是互文，是对"夸""斗"即竞胜的敬谢之词。两句大意是：虽然有足够的自信，也不向女伴夸绝艺而竞新妆。

"苦恨年年压金线"二句，写贫女为人作嫁的辛酸。"苦恨"表明怨意，孔子说诗"可以怨"也。"压金线"指做刺绣活，即在嫁衣上绣花，是对技术性要求很高的针线活。"为他人作嫁衣裳"，是说贫女自己良媒难托，却是替别人赶制嫁衣。其所指远远超出本指，有《淮南子·说林训》"为者不得用，用者不肯为"之意，是对封建社会种种不平现象之高度概括，故传诵尤广，以至于演化为"为人作嫁"的成语。有此一条，即可不朽。

明人廖文炳说："此韬玉伤时未遇，托贫女以自况也。"（《唐诗鼓吹注解大全》）清人沈德潜评："语语为贫士写照。"（《唐诗别裁集》）极是。元人方回说："此诗世人盛传诵之。"（《瀛奎律髓》）遂为唐诗名篇。

【唐彦谦】字茂业，号鹿门先生，并州晋阳（今太原）人。咸通二年（861）进士。中和中王重荣辟为从事，官至兴元（今陕西汉中）节度副使、阆州（今四川阆中）、壁州（今四川通江）刺史。有《鹿门集》三卷传世。

垂柳

绊惹春风别有情，世间谁敢斗轻盈？
楚王江畔无端种，饿损纤腰学不成。

这是一首咏柳的诗，能从为数众多的同题材诗中脱颖而出，是因为它别的托讽，含蓄地寄托了诗人的愤世嫉俗之情。

"绊惹春风别有情"二句，将柳比作舞人。柳絮飘飞，柳丝摇曳，本是春风吹拂的结果；诗人反说柳絮、柳丝绊惹（撩拨）春风，还说"别有情"，即是拟人了。白居易"绊惹春风莫放归"（《柳絮》）、"绊惹舞人春艳曳"（《花楼望雪》）、陆龟蒙"愁丝堕絮相逢著，绊惹春风卒未休"（《闺怨》），可以参读。"世间谁敢斗轻盈"，进一步将柳条拟作舞腰，谓其"轻盈"之态，世无其比。雍陶"含春笑日花心艳，带雨牵风柳态妖。珍重两般堪比处，醉时红脸舞时腰。"（《状春》）可以参读。

"楚王江畔无端种"二句，用楚宫之典以托讽。三句突然牵出"楚王"，是因为楚灵王癖好细腰，这就与"斗轻盈"产生了联想。于是有"楚王江畔"种柳的合理想象。说是"无端"，其实有端。上句说无端，下句就说有端："饿损纤腰学不成。"作者风趣地想到，楚王江上植柳，原来是为宫女树立榜样，但像柳条这样轻盈的细腰，谁又学得到呢？因为题目是"垂柳"，强此弱彼，谓之尊题。同时又顺手一击地讽刺了谄谀逢迎之辈的自寻烦恼。

明代杨升庵云："用事隐僻，讽喻悠远，咏柳而贬美人，咏美人而贬柳，唐人所谓尊题格也。"（《升庵诗话》）正是"咏物诗不待分明说尽，只仿佛形容，便见妙处"（《吕氏童蒙训》）。

【卢汝弼】一作卢弼，字子谐，范阳人。景福进士。以祠部员外郎、知制诰，从昭宗迁洛。后依李克用，克用表为节度副使。今存诗八首。

和李秀才边庭四时怨（录二）

其一

春风昨夜到榆关，故国烟花想已残。

少妇不知归不得，朝朝应上望夫山。

李秀才（佚名）《边庭四时怨》原唱已佚，胡应麟对这组和诗的评价极高，谓其"语意新奇，韵格超绝"（《诗薮·内编》六）。这首诗在组诗中原列第一。

"春风昨夜到榆关"二句，写北国之春。"榆关"指山海关，属东北边塞。"昨夜"是时间定位，则诗中人当是军中将士，而诗亦属代言体矣。"故国"指长安，"烟花想已残"是说已经是暮春或春归时节。故国春天到哪儿去了？昨天晚上到山海关去了。这是就同一时间写不同空间，与张敬忠《边词》"即今河畔冰开日，正是长安花落时"并无二致。

"少妇不知归不得"二句，写闺中之思。上文说到北国之春，照理应该写成边者的春思。殊不知作者从对面着想，却写闺中少妇对征人的思念。她盼着夫君早日归来，却"不知归不得"。《小雅·采薇》云："曰归曰归，岁亦暮止。"只需把"岁"改成"春"字，意思就一样了。"朝朝应上望夫山"，这是征人头脑中虚拟的景象，"望夫山"是有民间传说的，而且各地皆有，故事的结尾一律是少妇化石。则诗中少妇，亦有化石之虞。

这首诗写同一时间的不同空间，以及从对面下笔的写法，都深得绝句之体。是衔接传统的佳作。

其二

朔风吹雪透刀瘢，饮马长城窟更寒。

半夜火来知有敌，一时齐保贺兰山。

这首诗在组诗中原列第四，是四首诗中最精彩之作。

"朔风吹雪透刀瘢"二句，写边塞军中苦寒。首句就给诗句引进一个新词"刀瘢"，传统书面的说法有"金疮"，哪有"刀瘢"这样不隔而令人触目惊心。在作者之前，只有贾岛诗有"宝刀瘢"作韵尾，应属原创。但"身有宝刀瘢"，哪有"（朔风吹雪）透刀瘢"三字之具冲击力。这就叫先声夺人。次句"饮马长城窟更寒"，前五字出汉诗"饮马长城窟，水寒伤马骨"（陈琳），作者只加了一个"更"字，就为"透刀瘢"三字加码。

"半夜火来知有敌"二句，写军中紧急行动。第三句按下苦寒，是因为有新情况出现，苦寒不在话下了。妙在"火"字，这是烽火台的烽火，用"烽"（狼烟）字或更准确，用"火"字却更感性，而且有火急、火烧眉毛的感觉。是烽火台传来紧急情报，情报是"半夜"送至，将士是枕戈待旦。这不是平安火，是"知有敌"，是前线危急。上句说兵来，下句就得说将挡。"一时齐保贺兰山"是军令，军令如山，是必须执行。"齐保"是全军出动，是解燃眉之急。"刀瘢"哪、"更寒"哪，统统扔到爪哇国，让它们见鬼去吧。

以前的边塞诗人，没有像这样写过，或没有写到这个份儿上。就算是王昌龄的"前军夜战洮河北，已报生擒吐谷浑。"（《从军行》）都还没有"刀瘢""更寒""火来""齐保"这样的十万火急。这首诗不是针对某个具体军事行动的纪实，而是作者和李秀才的诗；"榆关""贺兰山"，都非实指；诗中情节，是作者匠心独运的构思；从头到尾是兴到神会，是神来之笔，是妙笔生花。值得胡应麟点赞。

【捧剑仆】生平不详，咸阳郭氏捧剑的仆人。

诗

青鸟衔葡萄，飞上金井栏。

美人恐惊去，不敢卷帘看。

唐代诗人遍及各个阶层，包括生活在社会底层的人，武昌妓（《续韦蟾句》作者）是一个，捧剑仆也是一个。这人是咸阳郭氏捧剑的仆人，是个诗性之人，"尝以望水眺云为事，遭鞭箠，终不改"（《全唐诗》注），今存诗三首。此诗无题，按内容当题《闺意》。

这应该是作者在生活中观察到的一个情景。"青鸟衔葡萄"二句，写庭院中偶然出现的情景，一只青色的小鸟衔着一颗紫色的葡萄，飞来落在铜质的井栏上，显然要在这里啄食它得到的美味。这种小鸟突然光临的情景，在生活中常能见到。不过小鸟衔葡萄倒是难得一见的，可以想象小鸟之可爱。妙得"无人之态"。

"美人恐惊去"二句，写诗中人怜鸟之情。这是位美丽的女郎，她不忍惊飞小鸟。"不敢卷帘看"，不是不看，只是不敢卷帘看。也就是说，她一直在偷看，从帘缝里向外张望。通过这个动作，是可以揣知人物心理活动的。这首诗就写出了爱心，写出了趣味，写出了生机，写出了和谐。

按作者的身份，大概不会知道"青鸟"可以是西王母使者，是鸟中的爱情使者，所以读者也不必刻意求深。写到这个份儿上，也就够了。

【孟宾于】（900—983）字国仪，连州（今广东省阳山县）人。少作百余诗辑为《金鳌集》，为时人称誉。后晋天福九年（944）中进士。后隐居吉州玉笥山，自号"群玉峰叟"。南唐亡，归老连州，年逾八十而卒。《全唐诗》录存其诗八首。

公子行

锦衣红夺彩霞明，侵晓春游向野庭。

不识农夫辛苦力，骄骢踏烂麦青青。

《公子行》为乐府旧题，此诗通过一位贵族子弟在春游中践踏庄稼，反映了当时存在的社会问题之一。

"锦衣红夺彩霞明"二句，写公子游春。首句写其衣冠楚楚，"锦衣"是高档服装，"红"是高贵而鲜妍的颜色，"彩霞"既形容公子着装的鲜丽，又暗示春和景明的清晨（"侵晓"）。这是以金玉其外，为后文败絮其中作铺垫。"侵晓春游向野庭"，是说公子一大早就外出踏青去了。至于怎样踏青，有一些省略，也就是跳跃过去的内容。

"不识农夫辛苦力"二句，写公子践踏庄稼。这两句是倒装，先是批评，再写引起批评的事由。所以第三句有些突如其来，这正是会人的写法。颜仁郁诗云："时人不识农家苦，将谓田中谷自生。"（《农家》）聂夷中诗云："花下一禾生，去之为恶草。"（《公子行》）在封建社会中，在不同的阶级地位中生活的人，思想感情就可以隔膜到这种程度。最后揭露事实：公子踏青，竟然是"骄骢踏烂麦青青"。这可能是公子根本不认识麦苗，误踏也让人痛心；也可能是为走捷路，任意而为，事情的性质就更加恶劣。真是"不识农夫辛苦力"了。

近人刘永济云："唐人《公子行》皆形容纨绔子弟之无知，但务享乐而不知稼穑之艰难，一旦得祖父余荫，出仕朝中，安得不举措乖方，殃民误国！"（《唐人绝句精华》）信然。

【罗虬】唐台州人。累举不第。遭兵乱，依李孝恭为从事。有《比红儿诗》百首。

比红儿诗一百首（录一）

薄罗轻剪越溪纹，鸦翅低从两鬓分。

料得相如偷见面，不应琴里挑文君。

"绊惹春风别有情，世间谁敢斗轻盈？楚王江畔无端种，饿损纤腰学不成。"这是唐彦谦的咏柳诗，它从柳联想到细腰，联想到美人。咏柳说美人，或咏美人说柳，这是一般意义的比方。但咏柳而贬美人（如唐彦谦诗），或咏美人以贬柳，那就不是一般的比方了。这种弱彼以强此的比方，诗家谓之"尊题"（见《升庵诗话》卷八、卷十四）。

《比红儿诗》作者自序说："'比红'者，为雕阴（故城在今陕西富县北）官妓杜红儿作也。美貌年少，机智慧悟，不与群辈妓女等。余知红者，乃择古之美色灼然于史传三数十辈，优劣于章句间，遂题《比红儿诗》。"既择古之绝代佳人与红儿作"比"，又从而"优劣"之，这也就是不折不扣的"尊题"格。诗共百首，把这种修辞法运用到了尽兴尽致。选其一首，是可以尝一脔肉而知一鼎之味的。

前两句赋写红儿的美丽。"薄罗轻剪越溪纹"，是写其服装。古代越地丝织工艺十分著名，而越女浣纱向为诗人乐道。用"越溪纹"以形"薄罗"，有一种特殊的意味、具体的美感。"轻"这个动词也用得惬切，它表现出罗的薄而名贵，是不宜造次剪裁的。"薄"的春衫，又间接熨帖

037

出红儿身段的美来。不从正面落墨，而采取侧面烘托，以引起读者活跃的联想，丰富诗歌形象。

古代少女头梳双髻，称鸦髻（或鸦头），取其色之乌黑。"鸦翅"，也就是鬓发。不说鬓如鸦翅，而说"鸦翅低从两鬓分"，就把对象写活了。写秀发而传达出人的丰神，鸦翅低分，一个天真烂漫的少女形象宛然可见。赵执信《谈龙录》提到一个著名比喻，言诗之可贵，在于使人从一鳞一爪而见到宛然若在的神龙。此诗前两句侧面衬托、写点概面的手法似之。

后两句是在赋红儿之美的基础上，进而引古为譬以"比红儿"。

这里是用西汉著名美女卓文君为比，又从而"优劣"之，说如果司马相如偷看上红儿一眼，就不会费心去弹琴挑逗卓文君了。司马相如之爱文君固然以其貌美，却并不全然为此，同时是因为文君的"知音"，这才有琴挑的韵事。说他看红儿一眼就忘却文君，不亦谬乎？然而看诗要用诗的眼光去看，诗人取喻，往往撷其一点，予以夸张，有时悖乎理反而更为尽情，正所谓"反常合道为趣"。诗人唐突古人，抑卓扬红，却有味地写出了红儿美的魅力。

这里我们看到，尊题的写法对于突出主体是有积极的修辞作用的。与"红花虽好，也要绿叶扶持"是同一个道理。此诗运用侧面落笔和弱彼强此的手法，比起正面的刻画，不惟省辞，而且使意境轻灵可喜，在艺术上有可资借鉴处。

有一种传说，说是罗虬广明年间为李孝恭从事，红儿为籍中善歌者。有一次，他请红儿歌唱，李孝恭以红儿为副戎属意，不许她接受罗虬的馈赠。罗虬恼羞成怒，遂手刃红儿。后来又深自追悔，便作比红儿诗替她传名。但从作者自序是看不出追悔之意的，这本事太煞风景，大约出于附会吧。

【鱼玄机】(844？—868）女，字幼微，一字蕙兰，唐长安（陕西西安）人。姿质出众，15岁为补阙李亿妾，以李妻不相容，于懿宗咸通中出为女道士。尝漫游湖北、江西等地。因笞杀侍婢被处死。有《鱼玄机集》。

江陵愁望有寄

枫叶千枝复万枝，江桥掩映暮帆迟。
忆君心似西江水，日夜东流无歇时。

建安诗人徐幹有著名的《室思》诗五章，第三章末四句是："自君之出矣，明镜暗不冶。思君如流水，无有穷已时。"后世爱其情韵之美，多仿此作五言绝句，成为"自君之出矣"一体。女诗人鱼玄机的这首写给情人的诗（题一作《江陵愁望寄子安》），无论从内容、用韵到后联的写法，都与徐幹《室思》的四句十分接近。但体裁属七绝，可看作"自君之出矣"的一个变体。

五绝与七绝，虽同属绝句，二体对不同风格的适应性却有较大差异。近人朱自清说："论七绝的称含蓄为'风调'。风飘摇而有远情，调悠扬而有远韵，总之是余味深长。这也配合着七绝的曼长的声调而言，五绝字少节促，便无所谓风调。"（《唐诗三百首指导大概》）读这首诗，觉着它比"自君之出矣"多一点什么的，正是这里所说的"风调"。本来这首诗也很容易缩成一首五绝——"枫叶千万枝，江桥暮帆迟。忆君如江水，日夜无歇时"，字数减少而意思不变，但我们却感到少一点什么的，也是这里所说的"风调"。

试逐句玩味鱼诗，看每句多出两字是否多余。

首句以江陵秋景兴起愁情。《楚辞·招魂》："湛湛江水兮上有枫，极目千里兮伤春心。"枫生江上，西风来时，满林萧萧之声，很容易触动人的愁怀。"千枝复万枝"，是以枫叶之多写愁绪之重。它不但用"千""万"数字写枫叶之多，而且通过"枝"字的重复，从声音上状出枝叶之繁。而"枫叶千万枝"字减而音促，没有上述那层好处。

"江桥掩映——暮帆迟"。极目远眺，但见江桥掩映于枫林之中；日已垂暮，而不见那人乘船归来。"掩映"二字写出枫叶遮住望眼，对于传达诗中人焦灼的表情是有帮助的。词属双声，念来上口。有此二字，形成句中排比，声调便曼长而较"江桥暮帆迟"为好听。

前两句写盼人不至，后两句便接写相思之情。用江水之永不停止，比相思之永无休歇，与《室思》之喻，机杼正同。乍看来，"西江""东流"颇似闲字。但减作"忆君如流水，日夜无歇时"，比较原句便觉读起来不够味了。刘方平《春怨》末二句云"庭前时有东风入，杨柳千条尽向西"，晚清王闿运称赞说："以东、西二字相起，非独人不觉，作者也不自知也"，"不能名言，但恰入人意"。(《湘绮楼说诗》)鱼玄机此诗末两句妙处正同。细味这两句，原来分用在两句之中非为骈偶而设的成对的反义字（"东""西"），有彼此呼应，造成抑扬抗坠的情调，或擒纵之致的功用，使诗句读来有一唱三叹之音，亦即所谓"风调"。而芟除这些字，虽意思大致不差，却必损韵调之美。

鱼玄机此诗运用句中重复、句中排比、尾联中反义字相起等手段，造成悠扬飘摇的风调，大有助于抒情。每句多二字，却充分发挥了它们的作用。所以比较五绝"自君之出矣"一体，艺术上正自有不可及之处。

【杜荀鹤】(846—904) 字彦之，号九华山人，唐池州石埭（今安徽石台）人。昭宗时进士。后仕梁太祖（朱温）翰林学士，仅五日而卒。有《唐风集》。

送友游吴越

去越从吴过，吴疆与越连。

有园多种橘，无水不生莲。

夜市桥边火，春风寺外船。

此中偏重客，君去必经年。

　　这是一首送别诗，"吴越"指今江苏、浙江一带。作者对江南非常熟悉，送别时特为介绍，字里行间暗藏着"江南好"三字。

　　"去越从吴过"二句，写友人去向。看来友人是先游吴，后游越，由近及远。首句说到越地去本来就要过吴地，所以很顺路。次句"吴疆与越连"，是说吴越土地相连，看来是句废话，其实是表明两地风物差不多，合称江南。不像淮南、淮北，同一果木，过江就变味——"橘生淮南则为橘，生于淮北则为枳。"（《晏子春秋》）"越——吴""吴——越"，这种顶真、回文式反复，对诗歌来说能生唱叹之致，并不多余。

　　"有园多种橘"二句，写吴越水乡风物。出句说江南产橘，橘为果中佳品，"可以荐嘉客"（张九龄《感遇·江南有丹橘》）。对句说"无水不生莲"，是说莲藕的种植也很普遍。汉乐府《江南》曰："江南可采莲，莲叶何田田。"由此可以联想到采莲季节，到处可以见到采莲女，到处可以听到采莲曲。两句之中美味、美色、美声都有。"有""无"二字勾勒得好，下句是否定之否定，得出一个强势的肯定。

　　"夜市桥边火"二句，写江南市井风俗。提到了"夜市"，历史上明令允许夜市是在北宋东京（今河南开封），唐代两京是没有夜市的，但在天高皇帝远的江南，特别是水码头上，则出现了自由贸易的夜市，那是江南的特色，友人没有逛过，去了一定要逛一逛。"春风寺外船"，是说江南寺庙常常就在水边，比如寒山寺，张继诗云："姑苏城外寒山寺，夜半钟声到客船"（《枫桥夜泊》），多么优美的意境。从苏州到杭州，最好是坐船，从运河去。

"此中偏重客"二句，最后说江南人好客。旅游一地，得到的印象好不好，风光风物占一半，人情要占一半。如民风淳朴好客，则会加分；如果商业气息太浓，服务行业一切向钱看，那就会减分。作者告诉友人，江南人好客，你去了就知道。是来了就不想走的去处，一个"偏"字表明超常，所以友人此行务必在江南多住一段时间，"君去必经年"，是说至少要翻了年才说返回之事。

这首诗对友人说江南，如数家珍，介绍面面俱到，活灵活现，不是真对江南有感情的人和擅长写诗的人，是说不到这个份儿上的。

山中寡妇

夫因兵死守蓬茅，麻苎衣衫鬓发焦。
桑柘废来犹纳税，田园荒后尚征苗。
时挑野菜和根煮，旋斫生柴带叶烧。
任是深山更深处，也应无计避征徭。

这首诗是作者的新题乐府，通过访贫问苦，反映动乱时世的民生状况。元、白、张、王等人写同类题材，一般用七言古诗；而此诗为七言律诗，明末陆次云以为"大似'东邻扑枣'之诗"（《五朝诗善鸣集》）是。诗题一作《时世行》。

"夫因兵死守蓬茅"二句，写山中寡妇家庭情况。她之所以成为寡妇，原因是"夫因兵死"，有两种可能，一是被抓兵战死，二是被乱兵杀死，不管哪种死法，都是战争惹的祸。作者另有《哭贝韬》"四海十年杀人尽"之句可参。"守蓬茅"是寡妇的现实处境，居住条件极差。"麻苎衣衫鬓发焦"，写寡妇的衣着形貌，穿着粗糙的麻布衣服、鬓发枯黄，状态极差，形貌与年纪不相称。按唐人习惯，女人四十即可称媪，只称寡妇且膝下无子，可见其人年纪尚轻。

"桑柘废来犹纳税"二句，写尽管农桑生产遭遇极大破坏，但赋税剥削无丝毫宽减。"桑柘废来"指蚕桑业遭遇破坏，"犹纳税"指缴纳丝税。"田园荒后"指农业遭遇破坏，"尚征苗"指收青苗税（在粮食成熟前征收故称），这是代宗广德二年（763）开始增设的田赋附加税。这种税收，已经到了不顾人民死活的程度。元人方回批点："荀鹤诗至此俗甚，而三四格卑语率，最是'废来''荒后'。似此者不一，学晚唐皆以为式，予心盖不然之。"（《瀛奎律髓》）不能说全无道理，但此种诗，须以非审美标准评价。

"时挑野菜和根煮"二句，写寡妇的生活状况。出句说寡妇全靠吃野菜过日子，"和根煮"是个细节，连吃野菜都舍不得弃根须，可见缺吃到何等程度。"旋斫生柴带叶烧"，是说煮饭用的柴火，是现砍的湿柴，而且是和叶烧，一切都是凑合。这种烧法，产生的烟雾极大，熏人不说，而且经常熄火，要不停地吹火，搞得人泪流满面。这种细节，如果不是深入贫家，是很难观察到的。宋人吴可批点："盖不忌当头，直言穷愁之迹，所以鄙陋也。"（《藏海诗话》）意思是太露骨，也是批评找错对象。

"任是深山更深处"二句，就征税重复感慨。看来当时赋税对人民生活造成的影响，太深重了。不要说这样艰难的时候，早几十年，柳宗元就写到赋税之毒甚于蛇："殚其地之出，竭其庐之入。号呼而转徙，饥渴而顿踣。……非死即徙尔……悍吏之来吾乡，叫嚣乎东西，隳突乎南北；哗然而骇者，虽鸡狗不得宁焉。"（《捕蛇者说》）不堪其苦的农民只有转徙深山，然而"任使深山更深处，也应无计避征徭"。"徭"指徭役，是为押韵连类而及。

宋人蔡正孙评："此诗备言民生之憔悴，国政之烦苛，可谓曲尽拭情矣。采民风者，观之其能动心否乎?"（《诗林广记》）此诗前人吐槽甚多，但只要有这一条，诗就站住了。由于作者深入基层，下笔才有切肤之痛，全诗人物典型，中心突出（"纳税""征苗""征徭"），语言浅近，但有较强的感染力。

自叙

> 酒瓮琴书伴病身，熟谙时事乐于贫。
> 宁为宇宙闲吟客，怕作乾坤窃禄人。
> 诗旨未能忘救物，世情奈值不容真。
> 平生肺腑无言处，白发吾唐一逸人。

这首诗是作者的自我表白，通篇近乎白话。

"酒瓮琴书伴病身"二句，概述境遇及心态。"酒瓮琴书"指爱好饮酒及风雅文化，"病身"指身体不好，一个"伴"字表白前者对后者有一定好处。"熟谙时事"首先是关心时事，即国家大事，了解生存的时代和环境，也能侃侃而谈。正因为如此，才能做到"乐于贫"，即君子安贫。时不可为也，只能独善其身。

"宁为宇宙闲吟客"二句，自明心迹，可圈可点。因为知己知彼（时局），所以该干什么干什么。"闲吟客"指诗人，"宁为"是退一步讲，假如不能守住为人底线，那就宁可做一个诗人。"怕作乾坤窃禄人"，这就是作者为人的底线，决不做"窃禄人"，即拿着国家俸禄而不作为的人，甚而至于贪赃枉法的人，残民以逞的人。"怕作"表现出心理排斥的程度，历代逃名逃禄的人中不乏这样的心理。

"诗旨未能忘救物"二句，写"闲吟客"遭遇的尴尬。"诗旨"指作诗的追求，不是一味闲适，而是"未能忘救物"，想的是"补察时政，泄导人情"(白居易)。"世情"指社会心理，更是指统治者的意愿，"奈值不容真"是说刚好碰到一个不容讲真话的时代。这就矛盾了。作者那些反映民生疾苦，暴露社会问题的诗篇，就很难达到目的了。

"平生肺腑无言处"二句，作政治表态。是说有一句肺腑之言，没地方没对象倾诉，只是自己心里知道。那就是他对大唐的忠心。"白发"表明作者已进入老境，"吾唐一逸人"指大唐的一位隐士。作者这样说，大概早已心知肚明，大唐的江山维持不了几天，他将及身看到唐王朝的灭亡，虽然这是他最不情愿看到的。到那时，他已做好思想准备，要做一个大唐的遗民。他自编诗集名《唐风集》，也是这个用意。

邓小平论写作有两句话，大意是：首先意思要好，文字上可以打磨。杜荀鹤这些诗，意思是好的，是动人的。在文字上略显粗糙，但也不伤大雅。所以能够传世。

旅泊遇郡中叛乱示同志

握手相看谁敢言，军家刀剑在腰边。

遍搜宝货无藏处，乱杀平人不怕天。

古寺拆为修寨木，荒坟开作甃城砖。

郡侯逐出浑闲事，正是銮舆幸蜀年。

"乱世英雄起四方，有枪就是草头王"，其辞虽鄙，却是中国封建社会动乱年代的生动写照。唐僖宗中和元年 (881)，黄巢起义军占领长安，銮舆西迁。各地地方军阀、地主武装拥兵自重并趁乱抢掠财物，虐害人民，到处发生着流血恐怖事件。在这些"乱世英雄"心目中，什么天理，什么王法，什么朝廷命官，全都不算回事。韦庄《秦妇吟》就写过官军的纵暴："自从洛下屯师旅，日夜巡兵入村坞。匣中秋水拔青蛇，旗上高风吹白虎。入门下马若旋风，罄室倾囊如卷土。"而当年杜荀鹤旅途停舟于池州（安徽贵池），遇郡中发生兵乱，郡守被乱军逐出，恐怖笼罩秋浦。诗人目睹这一切，忧心如焚而回天乏术。"诗可以怨"，或者说"愤怒出诗人"。他写了这篇《旅泊遇郡中叛乱示同志》，留下了宝贵的历史见证。

"握手相看谁敢言，军家刀剑在腰边。"诗人不兜任何圈子，落笔就写郡中叛乱后的恐怖世象。人们握手相看，道路以目，敢怒而不敢言，这是一种极不正常、极为压抑的情况。对于它的原因，只轻轻一点："军家刀剑在腰边"，就像一个特写镜头，意味深长。"在腰边"三字极妙，暴力镇压的威慑，不待刀剑出鞘，已足以使人侧目。所谓"秀才遇到兵，有理说不清"。乱军的跋扈，百姓的恐惧，诗人的不安，俱在不言之中。这种开门见山的写法，使人感到这诗不是写出来的，而是按捺不住的喷发。

"遍搜宝货无藏处，乱杀平人不怕天。"二句承上"军家刀剑"，直书乱兵暴行。他们杀人越货，全是强盗的行径。其实强盗还畏惧王法，还不敢如此明火执仗，肆无忌惮。"平人"即平民（避太宗名讳改），良民，岂能杀？更岂能乱杀？"杀"字前著一"乱"字，则突出行凶者面目的狰狞，罪行的令人发指。"不怕天"三字亦妙，它深刻地写出随着封建秩序的破坏，人的思想、伦常观念也混乱了。正常时期不怕王法的，还怕天诛呢。但天子威风扫地的末世，天的权威也动摇了，恶人更成"和尚打伞"，为所欲为。

更有甚者："古寺拆为修寨木，荒坟开作筑城砖"，拆寺敞坟，在古代被视为极大的罪孽，恶在不赦，此时却在青天白日下发生着。战争造成大破坏，于此也可见一斑，参阅以《秦妇吟》"采樵斫尽杏园花，修寨诛残御沟柳"，尤觉真切。诗人通过搜宝货、杀平人、拆古寺、开荒坟等时事，生动地展示了满目疮痍的社会状况，同时也表现了对乱军暴行的切齿痛恨。

怎么办？这是现实必然要逼出的问题。然而诗人不知道。他也老老实实承认了这一点："郡侯逐出浑闲事，正值銮舆幸蜀年。"这像是无可奈何的叹息，带着九分伤心和一分幽默：你看，这种局面，连一方"诸侯"的刺史都没办法。岂但没有办法，他还自身难保，让"刀剑在腰边"的乱军轻易地撵了，全不当回事儿。岂但郡守如此，皇帝老儿也自身难保，不是被黄巢、尚让们撵出长安，全不算回事么？"銮舆幸蜀"，不过是好听一点的说法而已。诗末的潜台词是：如今皇帝蒙尘，郡守被逐，四海滔滔，国无宁日，你我"同志"，空怀忧国忧民之诚，奈何无力可去补苍天，只有记下这一页痛史，留与后人平章去罢。

诗不仅深刻真实地反映了唐末动乱的社会现实，而且出以满腔激情。仔细玩索，前六句刻意暴露，固然有力，然而，倘无后两句以感慨无端，不了了之相补救，就不免失之剑拔弩张，哪得如此火色俱融之妙！

溪兴

山雨溪风卷钓丝，瓦瓯篷底独酙时。
醉来睡着无人唤，流下前溪也不知。

这首诗是作者晚年归隐九华山后所作，是一则溪上生活记事。借以表现作者随遇而安，闲适自怡的生活乐趣。

"山雨溪风卷钓丝"二句，写隐居溪上的闲适生活。首句表明垂钓是诗中人的兴趣爱好，这里设计了一个情节，就是"山雨溪风"的忽然到来，干扰了钓鱼。"卷钓丝"就是写干扰（风把钓丝卷起），或干扰的结果（诗中人把钓丝收起来）。总之这天鱼钓得不好。"瓦瓯篷底独斟时"，这是写诗中人进得船舱（"篷底"），一是避风雨，二是小酌暖和身子。"独"字表明船中只有一人。

"醉来睡着无人唤"二句，写醉后发生的事故。"醉来睡着"则人事不省，接下来发生的事故，是船没有拴好，因为没有旁人发现，所以"无人唤"。结果这条小船就顺水漂流，"流下前溪"是惊险的时刻，因为顺流而下，无人驾驭，是有翻船之虞。好在悲剧并没有发生，诗中人醒来后"也不知"，即不知道自己逃过一劫。因为事件的后果不严重，所以只让人感到有些可笑，有趣，可以充作谈资。

这首诗表达的生活况味很丰富，首先是诗中人的闲适之趣，符合作者的生活理念；其次是"躲脱不是祸"的事故描写，富于喜剧性。有这两条，这首诗就成功了。

赠质上人

桥坐云游出世尘，兼无瓶钵可随身。
逢人不说人间事，便是人间无事人。

这是作者写给一位高僧的诗，羡慕其云游四方、了无牵挂的生活状态。是晚唐浅派诗代表作之一。"上人"是对和尚的敬称，"质"是上人名号中所带的字。

"桥 niè 坐云游出世尘"二句，写质上人的生活状态。首句中"桥坐"即枯坐，指上人盘腿打坐以参禅的状态，"桥"指树木砍去后留下的树桩。"云游"指为修行或化缘而云游四方。"出世尘"，是高出红尘，有不食人间烟火之感。次句"兼无瓶钵可随身"，"瓶钵"是和尚饮食所需最简单的用具，唐末诗僧贯休《陈情献蜀皇帝》："一瓶一钵垂垂老，千水千山得得来。"而质上人甚至连一瓶一钵也不带，就像今人出门不带水杯，是极为随缘、追求极简的一种生活态度。

"逢人不说人间事"二句，赞美质上人毫无挂碍的心态，后世传为熟语。第三句是说质上人开口不说一句涉及尘世的话。并不是不知道，恰如《警世通言》(王安石三难苏学士)所引的一首打油诗道："广知世事休开口，纵会人前只点头。倘若连头也不点，一生无恼亦无愁。"在佛门看来，人生都在是非恩怨中，没有绝对的断案标准，一切因时空而异。而作者生逢唐王朝多事之秋，战乱不止，民生凋敝，"人间事"亦不可说，说也没用，不如不说，倒也省心。上句说"人间"，下句应该说天上了。殊不知诗人仍在"人间事"三字上做文章——"便是人间无事人"，看似同义反复，其实句中"无事"二字，已与上句"人间事"，形成一呼一吸，深合绝句之道。所谓"人间无事人"，即"世缘终浅道缘深"(苏轼)，指虽然身在人间，却已心无挂碍了。

宋人陈正敏云："唐人诗中用俗语者，惟杜荀鹤、罗隐为多。"(《遯斋闲览》)此诗语言通俗浅近，而耐人咀嚼。作者《题道林寺》亦有"万般不及僧无事，共水将山过一生"，风味一致，但不及此诗三四句之广为传诵。

小松

自小刺头深草里，而今渐觉出蓬蒿。
时人不识凌云木，直待凌云始道高。

这首诗咏小松，借以表达对时人目光短浅，不能识别栋材于未然的讽刺。

"自小刺头深草里"二句，形容初生小松。首句写松苗破土，在草丛中，长不及深草，不同之处是它的针叶，"刺头"的"刺"即指针叶，恰似未出头的囊锥。次句"而今渐觉出蓬蒿"，写小松渐长，高度超出蓬蒿。"渐觉"表明作者一直观察这棵小松的成长，看着它长高，即有一种喜悦的感觉。当然，这棵小松离成材的日子还远，还够得长。除了作者，没有人予以关注。

"时人不识凌云木"二句，借题发挥，讽刺世人无先见之明。"凌云木"即指松树。整句是说世人不知道这棵小松，将来会长成高大的树木，直上云霄。诗人咏松，每作此想，如"何当凌云霄，直上数千尺"（李白《南轩松》）、"知君死则已，不死会凌云"（白居易《栽松》）等。上句说"不识"，下句说"识"："直待凌云始道高"，这叫事后诸葛亮。作者作绝句，三、四句喜欢重复一词，如前诗的"人间事"，此诗的"凌云"，重复中有不重复，有诗意的推进。

此诗讽刺的现象是一种普遍存在，最现成的例子，如刘邦登基后，曾在一次宴会上开太公（其父）的玩笑说："始大人常以臣无赖，不能治产业，不如仲力。今某之业所就孰与仲多？"（《史记·高祖本纪》）语云："知子莫如父"，遑论其余。

【曹松】（848—?）字梦徵，唐舒州（安徽潜山）人。早年栖居洪州西山，后依建州刺史李频。昭宗光化四年（901）进士及第，授校书郎。

南海旅次

忆归休上越王台，归思临高不易裁。

为客正当无雁处，故园谁道有书来。

城头早角吹霜尽，郭里残潮荡月回。

心似百花开未得，年年争发被春催。

    这首诗作于昭宗光化三年（900）之前。作者因屡试不第，长期流落闽、广一带。这首诗就是他滞留南海（郡治在今广州市）的思归之作。全诗在构思上多处避熟就生，令人耳目一新。

    "忆归休上越王台"二句，从归思写起。汉乐府《悲歌》有"长歌可以当哭，远望可以当归"之语。作者反其意而用之，说"忆归休上越王台"，越王台在广州越秀山，汉代南越王尉佗所建。登台可以表达的"归思"，不登仍然可以表达："归思临高不易裁"，是说不登的原因，即登台引起的归思让人无法承受。"裁"是剪断的意思。

    "为客正当无雁处"二句，写得到家书更增思念。出句仍然是和惯性思维拧着来，赵嘏有"乡心正无限，一雁度南楼"（《寒塘》）之名句；作者的意思却是：乡心正无限，无雁度南楼。读者很难说哪一种表达乡愁的程度更深。下句是反对，"故园谁道有书来"是说没想到在这个时候，却得到家书，心情一则以喜，一则以悲。喜的是知道家人的信息，悲的是归期未卜。有人将此句讲为，得不到家书，与上句则成为正对，正对则与上句意复。刘勰曰："正对为劣"，故不足取。

    "城头早角吹霜尽"二句，写滞留异乡之苦。两句分别写南海早晚的景色，一句说城头凄凉的晓角声里，晨霜渐渐消融殆尽；一句说护城河里涌进潮水带着月光退去。说的全是景色，真正要说的话是留给读者自己去想。这种写法，与"春风桃李花开日，秋雨梧桐叶落时"（白居易）类似。没有说出的话是：不管是这种时候，还是那种时候，作者都在苦苦思念着故乡热土。

    "心似百花开未得"二句，写春来归思尤不可遏。这两句显然受到李商隐"春心莫共花争发，一寸相思一寸灰"（《无题》）铸句的影响，也拿春花说事，一个说"莫共花争发"，一个说"似花开未得"；一个是上句说"争发"、下句说心灰，一个是上句说未发、下句说"争发"。而"年年争发被春催"，更是一个激情澎湃的结尾。

清人纪昀赞道："起得峭拔，接得遒健，后四句亦称。"（《瀛奎律髓汇评》）屈复点评道："句雅意远，晚唐所少。声调高亮，结不衰飒，尤难得。"（《唐诗成法》）在突破前人惯性思维上，此诗表现出色，故能在唐诗中占一席地位。

己亥岁

泽国江山入战图，生民何计乐樵苏。
凭君莫话封侯事，一将功成万骨枯。

此诗题作《己亥岁》，题下注："僖宗广明元年。"按"己亥岁"本为广明前一年即乾符六年，诗大约是在广明元年追忆去年时事而作。《己亥岁》这个醒目的诗题，就点明了诗中所写的是活生生的社会政治现实。

唐末发生大规模农民起义，唐王朝进行穷凶极恶的镇压，大江以南都成了战场，这就是所谓"泽国江山入战图"。诗句不直说战乱殃及江汉流域（泽国），而只说这一片河山都已绘入战图，表达委婉曲折，让读者通过一幅"战图"，想象到兵荒马乱、铁和血的现实，这是诗人运用形象思维的一个成功例子。

随战乱而来的是生灵涂炭。打柴为"樵"，割草为"苏"。樵苏生计本来艰辛，无乐可言。然而，"宁为太平犬，勿为乱世民"，在流离失所、挣扎于生死线上的"生民"心目中，能平平安安打柴割草以度日，也就快乐了。只可惜这种樵苏之乐，今亦不可复得。

古代战争以取首级之数计功，战争造成了残酷的杀戮，人民的大量死亡。这是血淋淋的现实。诗的前两句虽然笔调轻描淡写，字里行间却有斑斑血泪。这就自然逼出后两句沉痛的呼告。

"凭君莫话封侯事，一将功成万骨枯。"这里"封侯"之事，是有现实针对性的：乾符六年（即"己亥岁"）镇海节度使高骈就以在淮南镇压黄巢起义军的"功绩"，受到封赏，无非"功在杀人多"而已。对老百姓痛恨的战争，军阀却很感兴趣。无怪诗人闭目摇手道"凭君莫话封侯事"了。一个"凭"字，意在"请"与"求"之间，语调比言"请"更软，意谓：行行好吧，可别提封侯的话啦。词苦声酸，全由此一字推敲得来。

末句更是一篇之警策："一将功成万骨枯。"它词约而意丰。与"可怜白骨攒孤冢，尽为将军觅战功"（张蠙《吊万人冢》）之句相比，字数减半而意味倍添。它不仅同样含有"将军夸宝剑，功在杀人多"（刘商《行营即事》）的现实内容，还更多一层"士卒涂草莽，将军空尔为"（李白《战城南》）的意味，即言将军封侯是用士卒牺牲的高昂代价换取的。其次，一句之中运用了强烈对比手法："一"与"万"、"荣"与"枯"的对照，令人触目惊心。"骨"字极形象骇目。这里的对比手法和"骨"字的运用，都很接近"朱门酒肉臭，路有冻死骨"的惊人之句。它们从不同侧面揭示了封建社会历史的本质，具有很强的典型性。前三句只用意三分，词气委婉，而此句十分刻意，掷地有声，相形之下更觉字字千钧。

【西鄙人】唐安西都护府（今新疆库车一带）人，生平不详。

哥舒歌

北斗七星高，哥舒夜带刀。
至今窥牧马，不敢过临洮。

这首歌的作者是唐安西都护府（今新疆库车一带）人，失姓名。哥舒指哥舒翰，突骑施哥舒部人。原是身兼数节度使职的名将王忠嗣的部下，天宝六载（747）由于王忠嗣被诬陷革职，玄宗命哥舒翰为陇右节度使，控地数千里，甚著威令。

《太平广记》歌词为："北斗北星高，哥舒夜带刀。吐蕃总杀尽，更筑两重壕。"当是此诗的另一文本。比较起来"吐蕃总杀尽"这样的说法，未免过头，不如"至今窥牧马，不敢过临洮"，将边塞战争定义为防御性质为好。

《哥舒歌》的内容是颂扬哥舒翰抵抗吐蕃侵扰、安定边疆的，也寄寓了人民渴望和平、安定的理想的愿望。这首诗的奇突之处在开头，"北斗七星高，哥舒夜带刀"给这首诗一个很高的起点。写夜巡很有意思，表现出守边者很高的警惕性。当然，这是从现实层面而言的。还有一层是浪漫想象，即由夜带刀，联想到七星高。这个想象是怎么来的？这和刀剑上的七星花纹应有一定关系，王维《老将行》即有"拭拂铁衣如雪色，聊持宝剑动星文"之句。从象征层面看，电剧连续剧《水浒传》有"大河向东流，天上的星星参北斗"之句，"北斗七星高"给人的感觉也应该是这样的。同时，北斗七星又是拱卫北辰的，这都切合哥舒大将的身份。

绝句一种写法是以后二句为主，前二句只是一传到位，三句二传、四句扣球得分，这个说法来自钟振振。另一种写法是以前二句为主，先声夺人，后二句只以余思作波。这首诗就应该是第二种写法，"至今窥牧马，不敢过临洮"，使人想到飞将军李广守右北平三年，匈奴不敢南下而"牧马"——显然，"牧马"是个象征的说法，说白了，就是侵略。但诗最好不说白，"至今窥牧马，不敢过临洮"就没有说白，很含蓄，将哥舒大将的威风却完全表现出来了。临洮，即今甘肃省洮河边的临潭，为秦长城西端。吐蕃的入侵，自从遭到哥舒翰的抵御，就再也没有发生了。

沈德潜《唐诗别裁》评："与《敕勒歌》同是天籁，不可以工拙求之。"是说歌谣体在语言上很上口，没有太多的修饰，以质朴见长。李慈铭《越缦堂读书简端记》评："此军中谣也，字字高浑，纯是天籁，诵之如闻边塞激烈之音。""军中谣"这个说法不一定准确，最后一句对沈评是一个补充。

【太上隐者】唐人，生平不详。

答人

偶来松树下，高枕石头眠。

山中无历日，寒尽不知年。

如果说陶渊明身居魏晋，慨想羲皇，主要是出于对现实的不满，那么，唐人向往恬淡无为的太古时代，则多带浪漫的意味。唐时道教流行，此诗作者大约是其皈依者。据《古今诗话》载，这位隐者的来历为人所不知，曾有好事者当面打听他的姓名，他也不答，却写下这首诗。首联"偶来松树下，高枕石头眠"，这与其说是"答人"，毋宁说是有点像传神的自题小像。"偶来"，其行踪显得多么自由无羁，不可追蹑，所谓"先生不知何许人也"，如是介绍别人则属凡语，但作为自我介绍，就值得玩味。"高枕"，则见其恬淡无忧。"松树""石头"，设物布景简朴，却富于深山情趣。

在远离世间的山中，如同生活在远古，"虽无纪历志，四时自成岁。"（陶渊明《桃花源诗》）"寒尽"二字，就含四时成岁之意。而且它还进了一步，虽知"寒尽"岁暮，却又"不知年"。这里当含有两层意思：一层从"无历日"演绎而来，意即"不解数甲子"（"山僧不解数甲子，一叶落知天下秋。");二层是不知今是何世之意，犹《桃花源记》的"不知有汉，无论魏晋"。可见诗中人不但在空间上独来独往，在时间上也是无拘无碍的。李太白《山中答俗人问》写问而不答，不答而答，表情已觉高逸。此诗则连问答字面俱无，旁若无人，却又是一篇绝妙的"答俗人问"，令人读后有"羚羊挂角，无迹可求"之感。

【吕岩】一名岩客，字洞宾，唐末、五代著名道士，号纯阳子。自称回道人。世称吕祖或纯阳祖师，为民间神话故事八仙之一。其里籍、生卒年均不详。

牧童

草铺横野六七里，笛弄晚风三四声。
归来饱饭黄昏后，不脱蓑衣卧月明。

在所有的农活中，放牛是比较轻松愉快的活儿，因为牛是一种温驯的家畜，不干活时，只会低头吃草。所以放牛的活儿，一般由十岁以下的男童担当，称为放牛娃或牧童。

"草铺横野六七里"两句是对仗，一句写牧场的开阔，原野上水草丰茂。也意味着牧童活动空间的开阔，牛吃草时只需看着。几个放牛娃在一起，可以玩得非常开心。一句写吹笛——"笛弄晚风三四声"。因为悠闲，而笛子可以自制，所以牧童大都习此。黄昏回家的路上，在牛背上吹上一曲，在旁人眼中，格外富于诗意。句中的"六七""三四"都不是确切的数目，而带有写意的性质，分别表现原野的开阔，衬托乡村的宁静。

"归来饱饭黄昏后"在时间上紧承上文的收工，写牧童的生活要求简单，吃饱了就感到幸福。末句"不脱蓑衣卧月明"，极富画面感，也极富诗意。"不脱蓑衣"在现实生活中，是不好的习惯，入诗却能表现牧童的爱好自由、率性而为、无拘无束。"卧"的宾语本应是床具，作者写作"卧月明"，就把月光一并纳入句中，以见夜色之美。此诗具有牧歌的情调，表现出作者对田园生活的赞美。

【杜秋娘】女，唐金陵（今江苏南京）人，李锜妾。

金缕衣

劝君莫惜金缕衣，劝君须惜少年时。

有花堪折直须折，莫待无花空折枝。

这是中唐时的一首流行歌词。据说元和时镇海节度使李锜酷爱此词，常命侍妾杜秋娘在酒宴上演唱。歌词的作者已不可考，故各本多以演唱者杜秋娘署名。

此诗含意很单纯，可以用"莫负好时光"一言以蔽之。这原是一种人所共有的思想感情。可是，它使读者感到其情感虽单纯却强烈，能长久在人心中缭绕，有不可思议的魅力。它每个诗句似乎都在重复那单一的意思："莫负好时光！"而每句又都寓有微妙变化，重复而不单调，回环而有缓急，形成优美的旋律。

一、二句句式相同，都以"劝君"开始，"惜"字也两次出现，这是二句重复的因素。但第一句说的是"劝君莫惜"，二句说的是"劝君须惜"，"莫"与"须"意正相反，又形成重复中的变化。这两句诗意又是贯通的。"金缕衣"是华丽贵重之物（白居易《秦中吟·议婚》"红楼富家女，金缕绣罗襦"），却"劝君莫惜"，可见还有远比它更为珍贵的东西，这就是"劝君须惜"的"少年时"了。何以如此？诗句未直说，那本是不言而喻的："一寸光阴一寸金，寸金难买寸光阴"，贵如黄金也有再得的时候，"千金散尽还复来"；然而青春对任何人也只有一次，它一旦逝去是永不复返的。可是，世人多惑于此，爱金如命、虚掷光阴的真不少呢。一再"劝君"，用对白语气，致意殷勤，有很浓的歌味和娓娓动人的风韵。两句一否定，一肯定，否定前者乃是为肯定后者，似分实合，构成诗中第一次反复和咏叹，其旋律节奏是迂回徐缓的。

三、四句则构成第二次反复和咏叹，单就诗意看，与一、二句差不多，还是"莫负好时光"那个意思。这样，除了句与句之间的反复，又有上联与下联之间的较大的回旋反复。但两联表现手法就不一样，上联直抒胸臆，是赋法；下联却用了譬喻方式，是比义。于是重复中仍有变化。三、四句没有一、二句那样整饬的句式，但意义上彼此是对称得铢两悉称的。上句说"有花"应怎样，下句说"无花"会怎样；上句说"须"怎样，下句说"莫"怎样，也有肯定否定的对立。二句意义又紧紧关联："有花堪折直须折"是从正面说"行乐须及春"意，"莫待无花空折枝"是从反面说"行乐须及春"意，似分实合，反复倾诉同一情愫，是"劝君"的继续，但语调节奏由徐缓变得峻急、热烈。"堪折——直须折"这句中节奏短促，力度极强，"直须"比前面的"须"更加强调。这是对青春与欢爱的放胆歌唱。这里的热情奔放，不但直率、大胆，而且形象、优美。"花"字两见，"折"字竟三见；"须——莫"云云与上联"莫——须"云云，又自然构成回文式的复叠美。这一系列天然工妙的字与字的反复、句与句的反复、联与联的反复，使诗句朗朗上口，语语可歌。除了形式美，其情绪由徐缓的回环到热烈的动荡，又构成此诗内在的韵律，诵读起来就更使人感到回肠荡气了。更何况它在唐代是配乐演唱，难怪它那样使人心醉而被广泛流传了。

此诗另一显著特色表现在修辞和意象。一般情况下，旧诗中的起兴，一般用在诗的发端，而绝句往往是先景语而后情语。此诗一反常例，赋中有兴，先赋后比，先情语后景语，殊属别致。具体说，"劝君莫惜金缕衣"一句是赋，而以物起情，又有兴的作用。诗的下联是比喻，也是对上句"须惜少年时"诗意的继续生发。不用"人生几何"式直接的感慨，用花（青春、欢爱的象征）来比少年好时光，用折花来比莫负大好青春，这就不直说。何谓直说？如"即今相对不尽欢，别后相思复何益"（张谓），好则好，只是直说。何如"花开堪折直须折，莫待无花空折枝"，又好，又不直说。由于不直说，由于形象优美，因此它的形象远远大于"及时行乐"这一庸俗思想本身，而产生无穷意蕴。这就是艺术的表现，是形象思维。错过青春便会导致无穷悔恨，这层意思，此诗本来可以用却没有用"老大徒伤悲"一类成语来表达，而紧紧朝着折花的比喻向前走，继而造出"无花空折枝"这样闻所未闻的奇语。没有沾一个悔字恨字，而"空折枝"三字多耐人寻味，多有艺术说服力。

【黄巢】（？—884）唐曹州冤句（今山东菏泽）人。盐商出身。曾赴长安应举不第。乾符二年领导农民起义，广明元年在长安建大齐国，登皇帝位，年号金统。战败自杀。

不第后赋菊

待到秋来九月八，我花开后百花杀。

冲天香阵透长安，满城尽带黄金甲。

黄巢是唐末农民起义领袖。最初，他和一般读书人一样，幻想通过考试的道路解决前途问题。在他落第之后，才对社会和个人的命运作了深刻的反思，重新选择了人生的道路。这首诗题一作《菊花》，通过咏菊来抒发叛逆思想。与陶渊明的爱菊不同，黄巢并不把菊花视为花之隐逸者，而是由菊花又称"黄花"作想，把它视为自身的幸运花和起义的标志。

这首诗不是一般的菊花诗，而是一首重阳作的菊花诗。劈头一句"待到秋来九月八"，就不寻常。明明重阳节是"九月九"，而这句可以不押韵，就写成"九月九"也没关系。然而，为了定下一个入声韵，与"我花开后百花杀"的"杀"、"满城尽带黄金甲"的"甲"叶韵，以造成一种斩截、激越、凌厉的声势，作者愣是将"九月九"写成"九月八"，不但韵脚解决了，不平凡的诗句也造成了。紧接着，"我花开后百花杀"，菊花开时百花都已凋零，这本来是见惯不惊自然现象，句中特意将菊花之"开"与百花之"杀"（凋零）并列，构成鲜明的对照，意味就不一样。亲切地称菊花为"我花"，当然是从"黄花"的"黄"字着想，而与"我花"对立的"百花"，无非是现成社会秩序（帝王将相、文武百官，诸如此类）的一个象征。

"冲天香阵透长安，满城尽带黄金甲"，极写菊花盛开的壮丽情景，和农民革命军入城的想象。最耐人寻味的，是两个形象，一是从菊花的香而生出的"冲天香阵"，把浓烈的花香想象成农民军的士气；一是由菊花的形色而生出的"黄金甲"，把黄色的花瓣想象成农民军的盔甲。"阵""甲"二字与战争与军队相关，"冲""透"二字，分别写出其气势之盛与浸染之深，充满战斗性和自豪感，表现了作者对农民起义军必定攻占长安，主宰一切的胜利信念。

黄巢的菊花诗，无论意境、形象、语言、手法都使人一新耳目。"满城尽带黄金甲"这句诗特别气派而富于视觉美感，无怪喜欢安排视觉盛宴的大导演张艺谋非要用它来做一个影片的名称不可。

题菊花

飒飒西风满院栽，蕊寒香冷蝶难来。
他年我若为青帝，报与桃花一处开。

宋人张端义《贵耳集》载："巢五岁侍翁父为菊花联句，翁思索未至，巢信口应曰：'堪与百花为总首，自然天赐赭黄衣。'巢之父怪欲击巢，乃翁曰：'孙能诗，但未知轻重，可令再赋一篇。'巢应之曰：'飒飒西风满院栽，蕊寒香冷蝶难来。他年我若为青帝，报与桃花一处开。'"这个故事你信吗？有许多所谓本事，大多是后人编造的。然诗以事传，事以诗传，有助于其诗的传播倒是真的。

"飒飒西风满院栽"二句，写菊花在清秋开放。秋花不比春花，气候比较寒冷，花形较瘦。宋词人李清照给菊花的造型就是瘦："莫道不销魂，帘卷西风、人比黄花瘦。"（《醉花阴》）"飒飒西风"就写秋风，"飒飒"二字象声，造成肃杀凛冽之感。"满院栽"是赋菊，是爱菊人之所为。宋人周敦颐说："晋陶渊明独爱菊"（《爱莲说》）。黄巢说不然，菊花称"黄花"，故作者谓之"我花"。比之"采菊东篱下"，何如"满院栽"。虽然是满院栽，"蕊寒香冷蝶难来"，虽是遭遇冷落。"蕊寒香冷"是孤寒的形象，近似于宋人林逋笔下的梅花。林和靖有"霜禽欲下先偷眼，粉蝶如知合断魂"之句，蜀中才女黄稚荃斥为格调不高。不如"蝶难来"三字简劲。作者怀才不遇的愤懑，亦隐然字里行间。

"他年我若为青帝"二句，抒写作者的志向抱负。第三句以假设为一转，这个假设十分大胆，"青帝"是司春之神，传说中五天帝之　，居东方、行春令。这比项羽脱口而出地说"彼可取而代也"（《史记·项羽本纪》）、《西游记》中孙猴子赤裸裸地说"皇帝轮流做，明年到我家"要好，因为有变形，形象思维就是变形。"青帝"多有诗意，比皇帝好，再说是管百花的神，也有改变菊花命运的权限。第三句说如果，第四句就该说那么。"报与桃花一处开"就是说那么，意思是宣布菊花与桃花一样，在春暖时节开放，这是公平公正，"报"是公开。话说得非常痛快，兴味盎然。倘有喜欢抬杠的读者问，在春天开放了，那还是菊花吗？这事要不要和陶渊明、李清照商量一下？那就煞风景了。须知诗之忌，在理太周。不能像制定政策一样面面俱到。

这首诗与《不第后赋菊》一样，是作者青年时代，科举考试失利后，发动起义之前所写的托物言志的诗。洪秀全也有这等经历，但没有这等诗。《水浒传》宋江浔阳楼题写的反诗："他时若遂凌云志，敢笑黄巢不丈夫。"也不如黄巢赋菊花的两首诗写得好，不但是敢想敢说，而且出以形象思维，兴会淋漓，所以为佳。正是"莫言马上得天下，自古英雄皆解诗"。

【司空图】（837—908）字表圣，自号知非子，又号耐辱居士。祖籍临淮（今安徽泗县东南），自幼随家迁居河中虞乡（今山西永济）。懿宗咸通十年（869）应试，擢进士第，天复四年（904）放还。后梁开平二年（908），唐哀帝被弑，他绝食而死。有《二十四诗品》。《全唐诗》收诗三卷。

退居漫题七首（录二）

其一

花缺伤难缀，莺喧奈细听。

惜春春已晚，珍重草青青。

其二

燕语曾来客，花催欲别人。

莫愁春又过，看著又新春。

　　这组诗是作者归隐中条山王官谷所作，共七首，这里选录其中的两首，分别原列第一、第三。两首诗的主题都是惜春，却是哀而不伤，表现出一种阳光的心态。

　　先看第一首。"花缺伤难缀"二句出以对仗，是暮春光景。"花缺"是描写暮春花落的景象，其象征意蕴，犹言花残月缺，是形容衰败凋零的景象。"伤难缀"，意思是感伤是难免的。"莺喧"即"莺啼"，与"花缺"意象是联系着的。清词人纳兰性德的回文词有"花落正啼鸦，鸦啼正落花"（《菩萨蛮》），如果不是为了押韵，将"鸦"换成"莺"字，意境或更美。"奈细听"即"忍细听"，继续上文的感伤，似乎要将感伤进行到底。然而不然，这首诗最令人刮目相看的，是后两句。"惜春春已晚"，句中顶真，"惜春"是总结前文，"春已晚"是面对现实，接受现实，一句中意未了便转。末句是曲终奏雅："珍重草青青"，这是心胸开阔的话，旷达洒脱的话，是说花虽然凋零了，但草还茂盛着呢。泰戈尔《飞鸟集》有一首诗道："如果你因为失去太阳而流泪，那么你也将失去群星了。"（If you shed tears when you miss the sun, you also miss the stars.）此诗也包含同样哲理。

　　再看第二首。"燕语曾来客"二句亦出以对仗，是说燕语呢喃，落花飘零，就像是对人寄语、告别。宋词有"似曾相识燕归来"（晏殊）一语，可作"曾来客"注脚。不过"曾来客"语较含混，可以是双燕"曾来客"，则此"客"字是动词，与下句"人"字属丁借对（改变词性作对）了；也可以指住户。"花催"指花谢，"欲别人"则非不辞而别，是拟人，谓花亦有情。"莫愁春又过"二句，可以理解为"燕语"的内容、花"欲

063

别"的寄语，也可以理解为作者的自白。"风雨送春归，飞雪迎春到。"（毛泽东）春天是要回来的，而且不会太久，"看著又新春"。这好像是说："冬天来了，春天还会远吗？"这是偶然触着，比英国浪漫主义诗人雪莱早了一千年。

近人刘永济评："此二诗贵无衰飒气，两结句皆有新意。"（《唐人绝句精华》）如果有人问，它的时代精神呢？这个不好强求一律，作者隐居王官谷，追求独善其身。这两首诗就表现了作者从大自然得到的某种启示。

【来鹄】（？－883）一作来鹏，豫章（今江西南昌市）人。大中（847－860）咸通间（860－874）举进士，屡试落第。乾符五年（878）前后，福建观察使韦岫召入幕府，爱其才，欲纳为婿，未成。广明元年（880）黄巢起义军攻克长安后，避游荆襄。

云

千形万象竟还空，映水藏山片复重。
无限旱苗枯欲尽，悠悠闲处作奇峰。

这首诗托物寓言，借云以讽刺大人之不作为者及不恤民劳者。

"千形万象竟还空"二句，写"夏云多奇峰"（顾恺之）。在自然景物中，云的形象是捉摸不定的。杜甫诗云："天上浮云如白衣，斯须改变如苍狗。"（《可叹》）竟然成为一个成语"白衣苍狗"。对云的穷形尽相的描写，莫如萧红《呼兰河传》写"火烧云"的片断（选入小学四年级语文课本）了。此诗只用"千形万象"一笔带过；"竟还空"却是重笔，表面是说白云从空、随风便灭，联系下文，则是指让人盼了一场空。"映水藏山"写云的怡然自得，有时倒映于水，有时归山去了；"片复重"，有时在天空中撕成一片一片的，有时在天空中堆积如山。诗题为云，描写是必需的。而这两句对云的形象捕捉是准确的，描写是细腻的、精练的，塑造了一个华而不实的云的形象，为下文的托讽作好铺垫。

"无限旱苗枯欲尽"二句，借端托喻讽刺有司的不作为。第三句是转移话题，同时紧扣云的职司。《千字文》说"云腾致雨"，便是概括云的职司。农夫靠天吃饭，庄稼不能没有雨水的浇灌。所以农夫盼望的是雨云，就是作为的云。《水浒传》过场诗云："赤日炎炎似火烧，野田禾稻半枯焦。"就是"无限旱苗枯欲尽"，这个时候，是最需要雨的，是最盼望云的。云是盼来了，然而末句再转，"悠悠闲处作奇峰"，盼来的不是雨云，而是旱云、是火烧云。这个像不像"农夫心内如汤煮"时，那摇扇的公子王孙形象？甚至比公子王孙更其可恨，因为公子王孙不在其位，而"云"是在其位的。在其位不谋其政，就是渎职。"悠悠闲处"是不作为，"作奇峰"还自鸣得意（"奇峰"字面出顾恺之诗）。刘学锴先生指出："不言而喻，这正是旧时代那些看来可以'解民倒悬'，实际上'不问苍生'的权势者的尊容。"

此诗的作者来鹄，屡试不第的遭遇与罗隐相似，好作讽刺诗亦相似，他如"青帝若教花里用，牡丹应是得钱人"（《金钱花》）、"可惜青天好雷电，只能驱趁懒蛟龙"（《偶题》），写得最成功的，还数这一首《云》。

【钱珝】字瑞文，吴兴（今浙江湖州）人。钱起曾孙。僖宗乾符六年（879）举进士，累迁尚书郎。昭宗乾宁（894－898）初官至中书舍人。后出为抚州（今属江西）司马。《全唐诗》存诗一卷。

江行无题一百首（录一）

咫尺愁风雨，匡庐不可登。

只疑云雾窟，犹有六朝僧。

这组纪行诗是作者被贬抚州司马赴任途中所作，主要内容是描写长江两岸秀丽风光及作者的伤时念乱之情。此诗原列第六十八首。

"咫尺愁风雨"二句，写江行过庐山时遇大风雨。"咫尺"是说庐山近在咫尺，可能原计划泊舟浔阳时，是可以登山的；"愁风雨"写遇到狂风暴雨，只好改变计划。"匡庐"是庐山的别称，相传殷周之际有匡俗兄弟七人结庐于此，故称。"不可登"，是很遗憾的语气，宋代苏轼《记游庐山》："庐山山谷奇秀，平生所未见，殆应接不暇。"可见庐山风光绝胜，不登实在可惜。

"只疑云雾窟"二句，撇开风光不论，专写对庐山人文名胜的向往。盖庐山具有悠久的历史文化，是佛教净土宗发祥地，东晋时慧远创白莲社，修行于东林寺，后世尊为净土宗初祖。孟浩然有"尝读远公传，永怀尘外踪。"（《晚泊浔阳望庐山》）就表现过诗人对庐山的向往。"只疑"二字，表现沉湎幻想状，"六朝僧"指慧远。末句"犹有六朝僧"，应加一句：那是不可能的。正因为如此，却表现出作者浮想联翩，穿越时空的情态。也是风雨凄凄，所导致的幻觉。

此诗以疑似的想象，间接表现了庐山对诗人精神上的影响，取代了正面的山水刻画，达到了虚虚实实、以小见大的效果。

未展芭蕉

> 冷烛无烟绿蜡干，芳心犹卷怯春寒。
> 一缄书札藏何事，会被东风暗拆看。

　　这是一首绝妙的咏物诗，不是笼统地咏芭蕉，而是咏"未展芭蕉"，这个选题就很细腻。清代郑板桥有《咏芭蕉》："芭蕉叶叶为多情，一叶才舒一叶生。自是相思抽不尽，却教风雨怨秋声。"道出了芭蕉叶的特点，即层层包裹，从外到内依次长出，初生的蕉叶呈卷曲状，到一定程度才舒展开来。李商隐有"芭蕉不展丁香结"的名句，"芭蕉不展"即指"未展芭蕉"。

　　"冷烛无烟绿蜡干"二句，形容未展芭蕉的情态。首句纯属形容，且是原创。说"未展芭蕉"形状像蜡烛，却又不同，一是无烟、二是绿色、三是无泪（"干"），匪夷所思近乎李贺、却没有李贺的鬼气（比较"漆炬"）。一句中创了两个词藻："冷烛""绿蜡"。《红楼梦》十八回"搦湘管姊弟裁题咏"写道：宝玉作诗得"绿玉春犹卷"一句，宝钗转眼瞥见，因元妃曾把"红香绿玉"改题"怡红快绿"，揣度她是不喜欢"绿玉"一词，而"蕉叶之说也颇多"，建议把"玉"改成"蜡"，并举钱翊此句以示来历。间接表现了曹雪芹对此句的赞赏。接下来，作者很自然地把"绿蜡"与闺中联系："芳心犹卷怯春寒"，又将未展芭蕉比作一位待字闺中、芳心未展、薄衫重裹、畏怯春寒的少女。"心"字潜通蜡炬有心，"寒"字照应"冷烛""无烟"，"犹卷"一词遥启下文"暗拆"，可谓包蕴细密。

　　"一缄书札藏何事"二句，接过"芳心犹卷"，却又另出一喻。唐人书札的主流形态是卷子，裹成圆筒状，与未展芭蕉相似。所以作者又将它比喻为"一缄书札"，量词"缄"字表明是封好的，不让人偷看的；这就生出揣想，"藏何事"就是揣想。可以肯定的一点是，书札中装着少女的心事；具体什么心事，外人无从知道。三句写好奇，四句就该写猎奇。"会被东风暗拆看"便是猎奇，"会"是肯定会，"暗拆"不是明拆，表明"东风"不该是收件人。这"东风"就像是一个患强迫症的、偷看少女日记的家长，不看就不放心。因此，这一设喻写出了别人不曾写过的生活况味，极富诗味。

末句意蕴之丰富，还不止如此。刘学锴先生说："在诗人想象中，这未展芭蕉像是深藏着美好情愫的密封的少女书札，严守着内心的秘密。然而，随着寒气的消逝，芳春的到来，和煦的东风总会暗暗拆开'书札'，使美好的情愫呈露在无边的春色之中。句中'会'字下得毫不着力，却写出了芭蕉由怯于春寒而'不展'，到被东风吹开，是顺乎自然规律的；而'暗'字则极精细地显示出这一变化过程是在不知不觉中进行的。这两个词语，对深化诗的意境有重要的作用。"堪称胜解。

作诗的起因，往往是受到外界事物的触动。比方说，看到未展芭蕉，作者产生一种冲动，一种触电的感觉，一种创造性情绪。不过，仅此不足以为诗。进而，还需要联想，联想是诗的受孕。当作者突然想到，这不就是一位芳心犹卷的少女吗，其诗思完成了从这一事物到那一事物的飞跃，诗就可以成长了。接下来的事，便是语言的建构，如"冷烛""绿蜡"等，跟着来了。这才是创作，创作不等于实录。有人以为这首诗可与贺知章《咏柳》比美，接近李商隐的写作水平。

【章碣】(836—905) 原籍桐庐（今浙江桐庐县），后迁居钱塘（今浙江杭州市）。咸通末（874），以诗著名，然累试不第。后竟流落不知所终。《全唐诗》录其诗二十六首，编为一卷。

东都望幸

懒修珠翠上高台，眉月连娟恨不开。

纵使东巡也无益，君王自领美人来。

这是一首针对内定现象的讽刺诗。本事见于五代王定保《唐摭言》九："邵安石，连州人也。高湘侍郎南迁归阙，途次连江，安石以所业投献遇知，遂挈至辇下。湘主文，安石擢第。诗人章碣赋《东都望幸》诗刺之。"内定现象在唐代科举中为惯见，事有好歹，好处在不以一试定终身，弊端在不公平公正公开。作者是讽刺其弊端。"东都"指洛阳，"望幸"指宫女望幸，这也是联想思维，借端托喻。全诗明写东都宫女，暗喻举进士的考生。

"懒修珠翠上高台"二句，写内定之事破坏心情。全诗倒叙，先说结果，后说原因。首句也倒叙，省略的主语是东都宫女。"上高台"是盼望皇帝临幸，"懒修珠翠"是懒得装饰打扮（"珠翠"是宫中美女头上佩饰的珍宝）；"眉月连娟"指弯弯的眉毛像初月一样美好，"恨不开"是说愁眉不展。整个人是情绪低落、懒心无肠的样子，与"望幸"应有的亢奋、急切的心理状态落差很大。这就引起问题，即是什么事影响了宫人的心情。

"纵使东巡也无益"二句，是揭晓谜底。"东巡"指皇帝幸临东都洛阳，照理说这是东都宫女的一个展示机会。三句却以"纵使"领起，以"也无益"作断案，令人大为不解，这是设置悬念，谜底留到最后一句予以揭示："君王自领美人来"！对东都宫女来说，"君王自领美人来"是极煞风景之事，也是欺人太甚之事，既然"东巡"，东都岂无美人耶，何须"自领"？既然"自领"，又何须"东巡"，走一个过场？

就事论事，这首诗所表现的不是宫怨，而是士子之怨，反映了举进士者对主考官的怨恨。而其意蕴亦不为事所限。分明又是讽刺任人唯亲，讽刺幕后交易。世间选美、评奖内定名次，外走过场，操纵过程，欺骗舆论者，皆在讽刺之列。

【薛媛】生卒年不详。晚唐濠梁（今安徽凤阳）人，南楚材之妻。工书善画，妙于文辞。《全唐诗》存其诗一首。

写真寄夫

欲下丹青笔，先拈宝镜寒。

已经颜索寞，渐觉鬓凋残。

泪眼描将易，愁肠写出难。

恐君浑忘却，时展画图看。

这首题为《写真寄夫》的闺怨诗，本事见唐人范摅《云溪友议》卷一，略云：濠梁南楚材者，旅游陈颍，颍守慕其仪范，将欲以子妻之。楚材家有妻，以受颍牧之眷深而诺之，遂遣家仆归取琴书等。其妻薛媛善书画，妙属文，对镜自图其形，并诗四韵以寄之。此诗得以传世，全靠这则本事。

"欲下丹青笔"二句，写作者对镜欲自图其形。首句说正准备动手画，但忽然觉得，如画个美女示意，不如画个真实的自己，所以镜子是有用的。"先拈宝镜寒"，固然是说铜镜拿在手中是冰凉的，同时也双关心是拔凉拔凉的。"已经颜索寞"二句，是说自己老多了，是从镜中看出的。一句说容颜憔悴，"索寞"是毫无生气的样子；一句说鬓发稀疏，头发掉得厉害。勾勒字的"已经"偏重年龄因素，"渐觉"偏重心情原因。

"泪眼描将易"二句，是说写真容易写心难。"泪眼"是看得见的，"愁肠"是摸不着的。作者将二事分出"难""易"，一是对仗需要，二是表明以画代书，不能表达内心痛苦于万一。"恐君浑忘却"二句，是款语致意，希望对方珍惜旧情，经常打开写真图看看。在没有摄影术的年代，写真就相当于照片了。

这首诗的写作特点，第一是不谴责，甚至提都没提对方变心之事，这是非常重要的；第二是不怕示弱，语云："三句好话软人心"，说狠话往往适得其反；第三是相信爱情，语云："一日夫妻百日恩"，不能把对方说成骗子。据载，南楚材收到写真和寄诗后，马上回心转意了。这与薛媛深明大义颇有关系。

【葛鸦儿】女，唐人，籍贯不详。

怀良人

蓬鬓荆钗世所稀，布裙犹是嫁时衣。

胡麻好种无人种，正是归时底不归？

这是一位劳动妇女的怨歌。诗作者《才调集》《又玄集》并作葛鸦儿。孟棨《本事诗》却说是朱滔军中一河北士子，其人奉滔命作"寄内诗"，然后代妻作答，即此诗。其说颇类小说家言，大约出于虚构。然而，可见此诗在唐时流传甚广。

诗前两句首先让读者看到一位贫妇的画像：她云鬓散乱，头上别着自制的荆条发钗，身上穿着当年出嫁时所穿的布裙，足见其贫困寒俭之甚（"世所稀"）。这儿不仅是人物外貌的勾勒，字里行间还可看出一部夫妇离散的辛酸史。《列女传》载"梁鸿、孟光常荆钗布裙"。这里用"荆钗""布裙"及"嫁时衣"等字面，似暗示这一对贫贱夫妇一度是何等恩爱，然而社会的动乱把他们无情拆散了。"布裙犹是嫁时衣"，既进一步见女子之贫，又表现出她对丈夫的思念。古代征戍服役有所谓"及瓜而代"，即有服役期限，到了期限就要轮番回家。从"正是归时"四字透露，其丈夫大概是"吞声行负戈"的征人吧。

于是，第三句紧承前二句来。"胡麻好种无人种"，以"胡麻"（芝麻）代庄稼：动乱对农业造成破坏，男劳力被迫离开土地，"纵有健妇把锄犁，禾生陇亩无东西"（杜甫《兵车行》），田园荒芜。农时不可误，青春亦如之，故以兴起"正是归时底不归？"与题面"怀良人"关合。不仅如此，明人顾元庆说："南方谚语有'长老种芝麻，未见得'。余不解其意，偶阅唐诗，始悟斯言其来远矣。胡麻即今芝麻也，种时必夫妇两手同种，其麻倍收。"（《夷白斋诗话》）原来芝麻结籽的多少，与种时是否夫妇合作大有关系。而和尚种芝麻，则会颗粒无收。

诗人巧用俗谚，意味深长。"怀良人"理由正多，只说芝麻不好种，言在此、而意在彼，言有尽、而意无穷。

【安邑坊女】女，生平不详。

幽恨诗

卜得上峡日，秋江风浪多。

巴陵一夜雨，肠断木兰歌。

　　杨慎认为："诗盛于唐，其作者往往托于传奇小说、神仙幽怪以传于后，故其诗大有绝妙古今一字千金者。"（《升庵诗话》卷八）随后他"试举一二"时，第一例就是这首《幽恨诗》。此诗作者姓名已佚，旧说"仙鬼"诗，其实依据诗作本身与有关传说，大致可以推定，诗中主人公当是巴陵（岳阳）一带的女子，诗的内容是抒发"幽恨"之情，诗的情调颇类南朝小乐府中的怨妇诗。

　　诗开篇就写一个占卜场面。卦象呈示的很不吉利：上峡之日，秋江必多风浪。这里谁占卜，谁上峡，均无明确交代。但，读者可以意会：占卜的是诗的主人公——一位幽独的女子，而"上峡"的，应该是与她关系至为密切的另一角色。从"幽恨"二字可以推断，这个角色或是女子的丈夫，大约因为经商，正从巴陵沿江上峡做生意去。

　　上水，过峡，又是多风浪的秋天，舟行多险。这位巴陵女子的忧虑，只有李白笔下的长干女可相仿佛："十六君远行，瞿塘滟滪堆。五月不可触，猿声天上哀。"一种不祥的预感驱使她去占卜，不料得到了一个使人心惊肉跳的回答。

　　这两句写事，后两句则重在造境。紧承上文，似乎凶卦应验了。淫雨大作，绵绵不绝。"一夜雨"意味着女主人公一夜未眠。听着帘外潺潺秋雨，她不禁唱出哀哀的歌声。南朝乐府的"木兰歌"，本写女子替父从军，但前四句是："唧唧复唧唧，木兰当户织。不闻机杼声，惟闻女叹息。"此处活用其意，是断章取义的手法。那幽怨的女子既不能安睡，又无心织作，唯有长吁短叹，哀歌当哭。雨声与歌声交织，形成分外凄凉的境界，借助这种气氛渲染，有力传达了巴陵女子思念、担忧和怨恨的复杂情感。诗正写到"断肠"处，戛然而止，像一个没有说完的故事，余韵不绝。

【湘中女子】女，生平不详。

驿楼诵诗

红树醉秋色，碧溪弹夜弦。

佳期不可再，风雨杳如年。

诗题一作《题玉泉溪》，本事见《树萱录》："番禺郑仆射（愚）尝游湘中，宿于驿楼，夜遇女子诵诗云云，顷刻不见。"《全唐诗》收录此诗，署名"湘驿女子"。前人视为鬼诗或灵异类诗，其实是人为的。自遣与代言两种情况，都有可能。

"红树醉秋色"二句，写秋夜闻弦。首句写秋天观光之最，就是去红树林看红叶。红叶的种类很多，常见品种有红枫、枫树、石楠、红叶李、黄栌、槭树、栎树等，大都是秋季在低温和强烈阳光下叶子变红，一个"醉"字，形容红叶娇艳可爱如美女之酡颜。"碧溪"是给"红叶"找的对子，也是对驿楼周边环境的交代，"弹夜弦"，指有人在演奏弦乐。诗中没有写秋月，但所写明丽景色通感于月色。

"佳期不可再"二句，写伤逝之情。此联与上联在诗意上有一个大的跳跃。第三句耐人寻味，是说曾经有过"佳期"，再也回不去了。莫非上联所写，就是回忆中的"佳期"？其中有一个弹弦的人，有一个寻声暗访的人，在那个醉人的夜晚，到底发生了什么？这些都留给读者自个儿去想。末句"风雨杳如年"，显然是现实的处境，"风雨杳如（昏暗）"与上联所写，不在同一时空，"如"字可以属上，也可以属下，"如年"就是度日如年。

总之，这首诗写的是一个经历过"佳期"的女子，再也回不到过去的哀伤。她的夜半歌吟，让人只闻其声，不见其形，结果当成灵异之诗，其实是一个美丽的误会。

【无名氏】

杂诗二首

其一

无定河边暮角声，赫连台畔旅人情。

函关归路千余里，一夕秋风白发生。

写西北边地羁旅乡思在唐诗中是大量的，有些诗什么都讲清了：高原的景象多么荒凉啊！河上的暮角声多么凄厉啊！我的心儿忧伤，多么思念我的故乡啊等，可你只觉得它空洞。然而，有的诗——譬如这首《杂诗》，似乎"辞意俱不尽"，你却被打动了，觉得它真充实。

"无定河边暮角声，赫连台畔旅人情。"这组对起写景的句子，其中没有一个动词，没有一个形容词。到底是什么样的"暮角声"？到底是何等样的"旅人情"？全没个明白交代。但答案似乎全在句中，不过需要一番吟咏。"无定河"，就是那"可怜无定河边骨，犹是春闺梦里人"中的"无定河"，是黄河中游的支流，在今陕西北部，它以"溃沙急流，深浅无定"得名。"赫连台"，又名"髑髅台"，为东晋末年夏国赫连勃勃所筑的"京观"（古代战争中积尸封土其上以表战功的土丘）。据《晋书》及《通鉴》载，台凡二，一在支阳（甘肃境内），一在长安附近，然距无定河均甚远。查《延安府志》，延长县有髑髅山，为赫连勃勃所筑的另一座髑髅台，与

075

无定河相距不远，诗中"赫连台"当即指此。"无定河"和"赫连台"这两个地名，以其所处的地域和所能唤起的对古代战争的联想，就构成一个特殊境界，有助于诗句的抒情。

在那荒寒的无定河流域和古老阴森的赫连台组成的莽莽苍苍的背景下，那向晚吹起的角声，除了凄厉幽怨还能是什么样的呢？那流落在此间的羁旅的心境，除了悲凉哀伤还能是何等样的呢？这是无须明说的。"暮角声"与"旅人情"也互相映衬，相得益彰："情"因角声而越发凄苦，"声"因客情而益见悲凉，不明说更显得蕴藉耐味。

从第三句看，这位旅人故乡必在函谷关以东。"函关归路千余里"，从字面看只是说回乡之路遥迢。但路再远再险，总是可以走尽的。这位旅人是因被迫谋生，或是兵戈阻绝，还是别的什么原因流落在外不能归家呢？诗中未说，但此句言外有归不得之意却不难领会。

暮色苍茫，角声哀怨，已使他生愁；加之秋风又起，"大凡时序之凄清，莫过于秋；秋景之凄清，莫过于夜"（朱筠《古诗十九首说》），这就更添其愁，以至"一夕秋风白发生"。李白名句"白发三千丈"，是用白发之长来状愁情之长；而"一夕秋风白发生"则是用发白之速来状愁情之重，可谓异曲同工。诗人用夸张手法，不直言思乡和愁情，却把思乡的愁情显示得更为浓重。

"词意俱不尽者，不尽之中固已深尽之矣"（姜夔《白石道人诗说》），这就是诗歌艺术中的含蓄和蕴藉。诗人虽未显露词意，却创造了一个具体的"意象世界"让人沉浸其中去感受一切。全诗语言清畅，形象鲜明，举措自然，又可见含蓄与晦涩绝不是同一回事。

其二

旧山虽在不关身，且向长安过暮春。
一树梨花一溪月，不知今夜属何人？

读这首诗使人联想到唐代名诗人常建的一首诗："家园好在尚留秦，耻作明时失路人。恐逢故里莺花笑，且向长安过一春。"（《落第长安》）两首诗不但字句相似，声韵相近，连那羁旅长安、有家难回的心情也有共通之处。

　　然而二诗的意境及其产生的艺术效果，又有着极为明显的不同。

　　常建写的是一个落第的举子羁留帝京的心情，具体情事交代得过于落实、真切，使诗情受到一些局限。比较而言，倒是这位无名诗人的《杂诗》，由于手法灵妙，更富有艺术感染力。

　　"旧山虽在不关身"，也就是"家园好在尚留秦"。常诗既说到"长安"又说"留秦"，不免有重复之累；此诗说"不关身"也是因"留秦"之故，却多表达一层遗憾的意味，用字较洗练。

　　"且向长安过暮春"与"且向长安过一春"，意思差不多，都是有家难回。常诗却把那原委一股脑儿和盘托出，对家园的思念反而表现不多，使人感到他的心情主要集中在落第后的沮丧；《杂诗》做法正好相对。诗人割舍了那切实的具体情事，而把篇幅让给那种较空灵的思想情绪的刻画。

　　"一树梨花一溪月"，那是旧山的景色、故乡的花。故乡的梨花，虽然没有娇娆富贵之态，却淳朴亲切，在饱经世态炎凉者的心目中会得到不同寻常的珍视。虽然只是"一树"，却幽雅高洁，具备一种静美。尤其在皎洁的月光之下，在潺湲小溪的伴奏之中，第三句不仅意象美，同时具有形式美。"一树梨花"与"一溪月"的句中排比，形成往复回环的节律，对表达一种回肠荡气的依恋怀缅之情有积极作用。从修辞角度看，写月用"一溪"，比用"一轮"更为出奇，它不但同时写到溪水和溪水中流泛的月光，有一箭双雕的效果，而且把不可揽结的月色，写得如捧手可掬，非常生动形象。

　　这里所写的美景，只是游子对旧山片断的记忆，而非现实身历之境。眼下又是暮春时节，旧山的梨花怕又开了吧，她沐浴着月光，静听溪水潺湲，就像亭亭玉立的仙子，然而这一切都"虽在不关身"了。"不知今夜属何人?"总之,是不属于"我"了。这是何等苦涩难堪的心情啊!花月本无情,诗人却从"无情翻出有情"。这种手法也为许多唐诗人所乐用。苏颋的"可惜东园树,无人也著花"(《将赴益州题小园壁》)、岑参的"庭树不知人去尽,春来还发旧时花"(《山房春事》),都是著例。此诗后联与苏、岑句不同者,一是非写眼前景,乃是写想象回忆之景,境界较空灵;一是不用陈述语气,而出以设问,有一唱三叹之音。

《杂诗》不涉及具体情事,而它所表现的情感,比常建诗更深细,更带普遍性,更具有兴发感动的力量,能在更大范围引起共鸣。这恰如清人吴乔所说:"大抵文章实做则有尽,虚做则无穷。雅、颂多赋是实做,风、骚多比兴是虚做。唐诗多宗风、骚,所以灵妙。"(《围炉诗话》)

水调歌

平沙落日大荒西,陇上明星高复低。

孤山几处看烽火,壮士连营候鼓鼙。

这首边塞诗见录于宋人郭茂倩《乐府诗集·近代曲辞》,未署名氏。诗中所写是驻守西北边塞连营中的将士枕戈待旦的情景。《水调歌》为古乐曲名,《全唐诗》注:"水调,商调曲也。唐曲凡十一叠,前五叠为歌,后六叠为入破。"此诗为歌的第一叠,在七绝中属折腰格(即不粘,与《渭城曲》同)。

"平沙落日大荒西"二句,写黄昏至星夜边塞即目所见。"平沙"一词不见于《诗经》,见于六朝诗如"平沙断还绪"(范云)、"野岸平沙合"(何逊)等。在唐诗为常用词,适合于表现沙碛或沙漠,故在岑诗中特别出彩,如"平沙莽莽黄入天""平沙万里绝人烟"。"平沙""落日""大荒"几个意象,都是表现西北边塞幅员辽阔,而人烟稀少。一个"西"字是地理的定位。在这个大背景下，看得到地平线。"明星高复低"，就是地平线上的情景，星斗出现高的可以在头顶，低的可以垂下平野。明星睁大眼儿，遥启下文写战士的警惕。"陇上"是地理概念，指我国陕北、甘肃及以西的地区。这两句的写景，极富边塞实感，非亲历者不能道出。

"孤山几处看烽火"二句，写高度警惕的军营气氛。"孤山"是在平沙大荒上出现的山丘，因为适合瞭望，适合烽火台的选址，"看烽火"即望烽火（李颀《古从军行》"白昼登山望烽火"），犹言放哨。上句说外，下句就说内。"壮士连营候鼓鼙"，"壮士"指边防将士，"连营"是大军驻扎营帐相连的情景，是平沙大荒上能看到的唯一设施，"候鼓鼙"写将士的精神状态，是枕戈待旦，是时刻准备着。李白"晓战随金鼓，宵眠抱玉鞍"（《塞下曲》）是如此，陈毅"遥闻敌垒吹寒角，持枪倚枕到天明"（《雪中野营闻警》）还是如此。"几处""连营"的勾勒，形成唱叹之致。

总之，这首诗纯用客观描写，却生动表现了国防前线的紧张气氛，和卫国将士高昂的斗志，内在韵律张弛有度，读来特别激动人心。

【冯延巳】（903—960）一名延嗣，字正中，广陵（江苏扬州）人。南唐烈祖（李昇）时为秘书郎，与李璟游处。中主保大中，累官自中书侍郎拜平章事，出镇抚州。后再入相，罢为太子少傅。有《阳春集》。

谒金门

风乍起，吹皱一池春水。闲引鸳鸯香径里，手接红杏蕊。　　斗鸭阑干独倚，碧玉搔头斜坠。终日望君君不至，举头闻鹊喜。

本篇写一个大家闺秀的春怨。

一起就是名句。《南唐书》卷二一载中主曾戏谓词人曰"吹皱一池春水，干卿何事？"而此句之妙，恰在双关，善写春景、又大干人事——春风吹皱的不只是一池春水，也吹动了少妇的心。这"乍起"之"风"，对于少妇意味着什么呢？说"风起吹皱"，可见最初是平滑如镜的，因风微起縠纹，一个"皱"字，描摹出春水微波荡漾有如縠纹般的质感，实在妙于形容。

上片下二句和下片上二句，写少妇情态，看她逗引鸳鸯、搓揉红杏、遍倚鸭阑，总是闲得无聊的样子；玉簪欲坠，可见鬓发蓬松，则是慵懒的样子。总见候人不至的烦恼也。

末二句点出"望君君不至"，一转写出"举头闻鹊"（《西京杂记》三即有"乾鹊噪而行人至"之说），使少妇情态发生了微妙的感动。回想篇首说的"风乍起"，是不是即此而言？作如此解会，则前二句是总括，后六句则是细说。结处点到为止，启人遐思。

词之首尾写春日景物，中间写人物动态，无不间接地表现人物心理活动，颇有悬念，是其耐读处。

鹊踏枝

　　谁道闲情抛弃久。每道春来，惆怅还依旧。日日花前常病酒，不辞镜里朱颜瘦。　　河畔青芜堤上柳。为问新愁，何事年年有？独立小桥风满袖，平林新月人归后。

　　这首词着意建造的，是一种困扰人生的较为普遍的感情境界——词中谓之"闲情"。所谓闲情，不能简单化地解为爱情，而应指一种无缘无故的忧郁，一种莫名的烦恼，曹丕所谓"高山有崖，林木有枝。忧来无方，人莫之知"（《善哉行》）。有时简直就是一种周期性的情绪低落，或由时序物候感发（如"每到春来"特别是暮春时节，乍暖还寒时候），或由生理变化引起。

情绪落到低谷后，往往会有所好转——就像天气预报的"阴转晴"，似乎"抛弃"了原来的惆怅。然而，这种"惆怅"还会周而复始地到来，令人感到沮丧。词中通过"抛弃"与"谁道"呼应，写出希望走出感情的低谷，渴望振作而不得的苦闷心情。正是这种心情，使人变得颓唐，借酒解脱，不惜自虐——"病酒"是饮酒伤身之意，"不辞"是不管之意。而下片又重起追问与反省——"为问新愁，何事年年有"，这"新愁"也就是"还依旧"的惆怅与闲情，可见内心的情结还未能解开，真有柔肠百折之感。这里刻画振作与颓唐，自怜与自弃的矛盾，是人生百态中一种典型的情态，还没有人道得像冯词这般深刻，乃至使得后世读者都能借其酒杯浇自己的块垒。

词中抒情既曰"闲情"，又曰"惆怅"、曰"新愁"，一篇之中凡三致意，有缠绵往复之致，而无直致发露之感，关键在下片有写景好句截住。"河畔青芜堤上柳"，连天的草色和飘拂的柳条，所唤起的，是一种绵远纤柔的情意。末二句"独立小桥风满袖，平林新月人归后"，则跳出自身，作自我观照，描绘了一幅风景人物画。以景语代替了情语，就耐人寻思。清诗人黄仲则诗云："如此星辰非昨夜，为谁风露立中宵？"又云："独立市桥人不识，一星如月看多时。"如果不是内心有一份难以解脱，而百无聊赖的情绪，有谁会在寒风冷露的小桥上直立到中宵呢？黄仲则诗与冯延巳词句确有神似之处。谚云："不如意事常八九，能与人言不二三。"有时，不能与人言不是不愿与人言，而是自己都说不清。此词就十分细腻地写出了一种独立负荷的孤寂感，所谓"满纸春愁"又"很难指实"，的确是诗之所未能言的词境。

长命女

　　春日宴，绿酒一杯歌一遍。再拜陈三愿。一愿郎君千岁，二愿妾身长健，三愿如同梁上燕，岁岁长相见。

　　此词民歌风味很浓，是冯词中别具一格的作品。或谓其本于白居易诗《赠梦得》。白诗云："为我尽一杯，与君发三愿：一愿世清平，二愿身强健，三愿临老头，数与君相见。"冯作语言及用韵确与白诗相近。但比较起来，冯作却不啻后来居上了。

　　首先，对饮双杯指天发誓的场面用于写爱情，比用于写友谊似更为合宜。冯词三愿对于人间恩爱夫妇而言则相当典型。健康是前提，而"长相见"是最重要的。因为人生苦短，为了生活，不免会少离多。见面的日子其实是有限的，不能永远寄望于明天。临老之人，见一次算一次，白居易说"数与君相见"，是懂得这一点的。此词说"岁岁长相见"，则特别合于夫妻关系。女子不能不放丈夫出门，只要年年回家，也就心满意足。

　　在具体描写上，尤以冯作为工。这里不但通过人物语言来抒情，而且通过相应的具体环境描写来烘托人物的思想感情。明媚和煦的春日，不但是一派良辰美景，也象征着宝贵的青春时光。丰盛的酒宴，悦耳的清歌，不但是赏心乐事，也象征着人生的美满。"绿蚁新醅酒"（白居易《问刘十九》），一个"绿"字（古时所谓"绿"，有时微近黄色），写出了新酒可爱的颜色，使人如嗅到那醉人的芳香，更增加了生活美好的感觉。凡写景无不含情。结尾的"梁上燕"虽是比喻，却也是春日画堂的眼前景物，此比中亦有赋义。这样，春日、绿酒、清歌、呢喃燕语，构成极美的境界，对于爱情的抒写，是极有力的烘托。冯词与白诗篇幅差不多，但内容格外丰富充实，与此大有关系。

其次，二作都多用数目字，而冯作运用更有特色。全词有"一"、"再"、"三"，"一"、"二"、"三"的重复，前一组表数目，后一组表序数，重复中有变化。"绿酒一杯歌一遍"的两个"一"，孤立地看是两个"一"，结合起来却又会增出新意。盖在此春宴上，岂只饮一杯酒？每进一杯酒，即歌一遍，则文字上是"一"，事实上又意味着"三"或者更多，这与"陈三愿"的"三"之为固定不变的，又自不同。"三愿"表现主人公愿望之强烈。主人公不求富贵，唯愿夫妇相守长久，意愿虽强而所求不奢。较之白诗，去掉了"世清平"一语，而改为"一愿郎君千岁"，与"二愿妾身长健"意思相同，分两句重言之，更见意愿集中而单纯，诗歌形象也更突出。

其三，诗为齐言，词为长短句，形式更活泼，与内容相宜。《长命女》以三五七言句错综为调，安排颇具匠心。此词重在"三愿"，故以最短的句子"春日宴"写环境，颇简妙；而末两句一气贯注作一长句："三愿如同梁上燕，岁岁长相见"，写的是主人公情意最为深长的一愿，便觉声情合一。诗隔句用韵，词则除了"一愿郎君千岁"句外，句句入韵。形成始轻快，渐徐缓，复入轻快的旋律。不押韵的句子突然出现，即节奏减慢处，恰恰是内容由环境描写转为祝愿之词的地方。这使词的语调具有良好的速度感，明快而不单调，很好表达了主题。句的长短与韵的多变结合，使此词音情俱美，且给人以新鲜活跳的感觉。

综上三方面，这首词可以说是做到了单纯与丰富、平易与雅致高度统一，深得民歌精髓，化平凡为神奇，"虽置在古乐府，可以无愧。"（吴曾《能改斋漫录》）

【李璟】(916—961) 南唐中主。本名景通，改名瑶，后名璟，字伯玉，徐州（今属江苏）人，一说湖州人。后人将他与李煜的词合刻为《南唐二主词》。

浣溪沙（二首）

其一

　　菡萏香销翠叶残，西风愁起绿波间。还与韶光共憔悴，
不堪看！　　细雨梦回鸡塞远，小楼吹彻玉笙寒。多少泪珠
何限恨，倚阑干。

　　本篇是南唐中主的得意之作。王安石认为"细雨梦回鸡塞远"二句
比后主"一江春水向东流"还好（见《苕溪渔隐丛话前集》五九），而冯延巳
也公然承认其名句"风乍起，吹皱一池春水"未若"小楼吹彻玉笙寒"
好，这是真心话，不是奉承话。王国维则更欣赏开篇"菡萏香销翠叶残"
二句，并说解人正不易得（《人间词话》）。

　　前二句写秋风起后，荷塘一片衰败，王国维认为"大有众芳芜秽、
美人迟暮之感"（"哀众芳之芜秽""伤美人之迟暮"是《离骚》名句，所谓香草美
人以喻君子），这是从荷花出淤泥而不染的品质联想而来的，用"菡萏"这
个叠韵的别名来代替荷花，写绿叶作"翠叶"，用"销"字而不用"消"
之本字，都是为了造成一种庄严之美感。词人以秉性坚贞的"花之君子
者"的好景不长起兴，其人生感伤较一般意义的悲秋就不一样，使人联
想到"世有良才天不永"（陶铸）那样的感慨，让人感到特别可惜，与
《离骚》确有一脉相承之处。"韶光"可以兼指大好光阴和人的芳年妙龄，
此处指"菡萏"所代表的时光，主语是人。一作"容光"，主语则变成景
了，未若"韶光"之妙，在由景及人，所以"不堪看"——不忍看。

　　过片"细雨梦回鸡塞远"二句，暗示词中人在闺中，正是词体女性
本位的表现。"鸡塞"即"鸡鹿塞"之省称，是以具体的地名来代指边

塞。唐人诗常写到闺人梦见边塞的情景，如张仲素《春闺思》"提笼忘采叶，昨夜梦渔阳"，《秋闺思》"梦里分明见关塞，不知何路向金微"，岑参《春梦》"枕上片时春梦中，行尽江南数千里"，所以梦回才觉边塞更远。

以"细雨"尤其是"细雨梦回"来状愁，是词境的一大创造，开启了宋词无限法门，李璟此句和"丁香空结雨中愁"得风气之先，秦观《浣溪沙》"自在飞花轻似梦，无边丝雨细如愁"就是从此句和另一李璟名句"风里落花谁是主"化出的，连贺铸《青玉案》状愁名句"梅子黄时雨"也与此有关。下句小楼吹笙的可以是闺人（如《琵琶行》），又不必是闺人（如《忆秦娥·箫声咽》）。

"彻"是大曲的最末一遍，"吹彻"就是吹近尾声，"玉笙寒"是说笙音已咽，曲不成声——因为笙是靠管中簧片发声的，要炙使干燥，声音才嘹亮清越，如果簧片受潮受冻，就会引起声音的失真。唐人陆龟蒙《赠远》诗云"从君出门后，不奏云和管。妾思冷如簧，时时望君暖。心期梦中见，路永梦魂短"，正可以阐发"玉笙寒"三字的意味，可以说是含蓄深蕴之至。"多少泪珠何限恨"是发露到无以复加的情语，本是词所不宜，赖于前文的含蓄深至，便不觉浅，再结以"倚阑干"三字不了了之，词中人永日无聊的意态便如在目前，正是恰到好处。

李璟的贡献不在于题材的开拓，而在于表情的细腻委婉和优美文雅。同时它的意蕴也不是闺怨之墙所能完全关住的，正如王国维所指出的那样，透过菡萏香销、红颜憔悴的表面层次，读者完全能够体会到作者对短促而多舛的人生所怀的浓重的忧患意识，因而从格调和意蕴方面提高了词的品位。

其二

手卷真珠上玉钩，依前春恨锁重楼。风里落花谁是主？

思悠悠。　　青鸟不传云外信，丁香空结雨中愁。回首绿波
三楚暮，接天流。

　　此词属于"春怨"。前两句中，"依前"二字是颇具暗示性的，可见
女主人公的春恨不自眼前始也（参冯延巳"谁道闲情抛弃久，每到春来，惆怅还
依旧"），在这春深时节，最难禁持。这种闺思，有点接近于王昌龄宫怨诗
"西宫夜静百花香，欲卷珠帘春恨长"（《西宫春怨》）所写女主人公的心境。

　　不直接说"珠帘"，而用"真珠"借代，乃是唐五代词常有的句法。
如温庭筠《菩萨蛮》"画罗金翡翠"，只言"画罗"而不明说是衾是帐，
这样做不仅仅为了形成一种扑朔迷离的色彩，更重要的是突出事物的感
性一面。"况言真珠，千古之善读者都知其为帘，若说珠帘，宁知其为真
珠也耶？是举真珠可包珠帘，举珠帘不足以包真珠也。"（俞平伯《读词偶
得》）下二句写幽居的女子卷帘而出，见落花而叹息的心情："风里落花
谁是主？"这个问句的意味是花没有主，故无端被东风所误。写花慨人，
花无主即暗示人孤单，令人联想到唐人名句："今年落花颜色改，明年花
开复谁在？"（刘希夷《代悲白头翁》）于是"思悠悠"三字的咏叹，就显得
含蕴沉重，深厚耐味。

　　上片还只是一般地写所谓春愁，下片则将女子的愁思逐渐具体化，
点明怀人之意。"青鸟"乃神话传说中西王母使者，在诗词中往往借指男
女间传递情意的信使（李商隐"青鸟殷勤为探看"）。"青鸟不传云外信"，可
见男方一去杳无音讯。"丁香"花序为聚伞状，故诗词中常用以象征郁结
不解的愁情（李商隐"芭蕉不解丁香结，同向春风各自愁"）。"丁香空结雨中
愁"，便是写女主人公难以排解的相思，有如雨中的丁香花抱蕊凝愁。

　　最后两句暗示女主人公所怀之人的去向："回首绿波三楚暮，接天
流。"三楚，指东楚、西楚、南楚；一作三峡，乃宋玉《高唐赋》所写楚
王梦遇神女的地方。词中女子眺望长江上游，只见滔滔江流，她所想到
的或许便是当初那人"孤帆远影碧空尽，惟见长江天际流"的情景，只

见绿波接天，流露出望人而不见的惆怅与眷怀的心情。

　　词写女子伤春怀远，并不采取情感的直抒方式，而用婉曲的手法。通过主人公对落花设问，托丁香寄愁，卷珠帘而感恨，望江流而怀思，艺术表现细腻、曲折。词中或化用古人名句，或自铸新辞，语言风格华美清新。

【李煜】(937—978) 南唐后主。初名从嘉，字重光，号钟隐。李璟第六子。宋灭南唐后，封违命侯，被毒死。后人将他与其父李璟的词合刻为《南唐二主词》。

虞美人

　　春花秋月何时了，往事知多少？小楼昨夜又东风，故国不堪回首月明中。　　雕栏玉砌应犹在，只是朱颜改。问君能有几多愁？恰似一江春水向东流。

　　本篇作于亡国被迁汴京的幽囚生活之中，是后主词的代表作。后主词大都吟咏着一种恋旧——即"惜往日"的情愫。"春花秋月何时了，往事知多少"，充满对美好昔日的追惜、痛悼和忏悔之情。将亡国的深哀剧痛与宇宙人生的哲理感喟熔为一炉，而后世的不幸者和失意者都不难在其中照见自己的影子。王国维说："词至李后主而眼界始大，感慨遂深。"（《人间词话》）李词的眼界大，并不表现为内容题材的丰富，而表现为忧患意识的普遍性和深刻性。

　　调名本义是歌咏霸王别姬，其调属声酸词苦一类。首句以"了"字入韵，是句中之眼。《红楼梦》第一回道："可知世上万般，好便是了，了便是好。若不了，便不好；若要好，须是了。"红尘中最苦恼事，莫过于既不好，又不了，磨折未尽，苟且偷生，"春花秋月"，皆足供恨。李商隐诗云"纵使有花兼有月，可堪无酒又无人"，冯浩笺："无酒无人，反不如并花月而去之。"二语沉痛。词人说"春花秋月何时了"，就是希望春花秋月快快完结，以结束痛苦的人生。也就是李商隐《寄远》诗所谓："何日桑田都变了，不教伊水向东流。"是对现实完全绝望之词。同时无形中，也把宇宙的永恒，与人事的无常作了一种对比，有物是人非之感。而这种物是人非之感，在下两句则无形中重复了一次，却又以"故国"二字，打并入亡国之痛。"小楼昨夜又东风"著一"又"字，可见春花秋月一时还不得遽了，语较含蓄；下句"故国不堪回首月明中"作放笔呼号，遂有吞吐擒纵之致。

过片承故国明月，再揭物是人非之意，将亡国之深哀剧痛与宇宙人生感慨熔为一炉。一篇之中，反复唱叹，感情的积蓄至于不可遏止。最末的问答语，如开闸放洪，令心中万斛愁恨滔滔汩汩奔进而出，"恰似一江春水向东流"，不仅是说愁多愁不尽，而且是对词情消涨所构成的内在韵律的绝妙象喻。全词一气盘旋，复能曲折冲荡，流畅之中潜在着沉痛深至的低回唱叹，如怨如慕，如泣如诉，流畅之中得深远宕逸之神，洵天才之杰作，实词章之神品。

李后主通过选调或创调，在词中成功地将短而急促和长而连续的两种句式，妥帖地安排在一起，来表现十分强烈复杂的感情。他的九言句写得特好，如"别是一般滋味在心头""无奈朝来寒雨晚来风""自是人生长恨水长东"，以及《虞美人》中的九字句"故国不堪回首月明中""恰似一江春水向东流"，都是传诵不衰的名句。特别是出现在短句之后，真是备极恣肆，嗟叹有余。《虞美人》原本作七五七七三双调，在李煜词中首次成为现在的样子，这是后主在词体形式上的贡献。以长短错综的形式尽传长吁短叹之致。

词语言本色，朴素自然，写景言情皆用白描，不假雕饰，不用典故，语言凝练概括，富于表现力。所谓"粗服乱头，不掩国色"。

忆江南

多少恨，昨夜梦魂中。还似旧时游上苑，车如流水马如龙。花月正春风。

李后主词的卓越成就表现在它能引起不同时代人们强烈的共鸣，王国维甚至夸张道："后主则俨有释迦、基督担荷人类罪恶之意"。即从《忆江南》这首小词，也能窥一斑而见全豹。

此词当作于后主被俘归宋后，词的内容看来不过是在臣虏生活中回忆旧游之盛，悲痛无已。可它具有一种不可抗拒的令读者认同的情感力量，是从何而来的呢？

首先，词中虽然表现亡国之痛，却抛开了帝王生活的具体情事，而只在流逝的春花秋月、过往的车水马龙等往昔繁华盛事上做文章。虽然提到"上苑"（御苑），但那一份风月繁华，却是经历过世道沧桑的世人都曾经领略过，从而似曾相识的。这样，个人的深哀剧痛便带有了普遍的性质，使得不同时代在生活中失去美好事物的人们都能领略词中那种凄怆和悔恨，从而产生强烈共鸣。

其次，词在艺术表现方面有诸多创新。本来是运用着对比手法，"当年之繁盛，今日之孤凄。欣戚之怀，相形而益见"（俞陛云《南唐二主词辑述评》）。然而，对比的两个方面，作者只举一隅即梦中游乐的情景："还似旧时游上苑，车如流水马如龙。花月正春风。"说到"花月正春风"就戛然而止，然而今日之孤凄，自能让人从对比的语气中去揣测。起句"多少恨"采用喷发式的抒情，更让人觉得全词对比的分量之重。

"车如流水马如龙"并非后主的创语，它出自唐苏颋绝句《夜宴安乐公主新宅》，诗云："车如流水马如龙，仙史高台十二重。天上初移衡汉匹，可怜歌舞夜相从。"语本《后汉书·皇后纪》："车如流水，马如游龙。"但苏诗全首平庸无奇，连"车如流水"句也不见得怎么精彩。而后主将它放在梦魂中，又配以"花月正春风"的背景，则如李光弼将郭子仪军，精彩十倍了。"车水马龙"的成语，也由此产生。

【牛峤】字松卿，一字延峰，陇西（今属甘肃）人。唐相牛僧孺之孙。乾符五年（878）进士。历官拾遗、补阙、校书郎。王建镇蜀，辟为判官，及开国，拜为给事中。近人王国维辑有《牛给事词》一卷。

柳枝

吴王宫里色偏深，一簇纤条万缕金。
不愤钱塘苏小小，引郎松下结同心。

牛峤《柳枝》词共五首，这是第二首，专咏苏州宫柳。

"吴王宫"，指吴王夫差在姑苏（苏州）为西施建筑的馆娃宫。"苏小小"，乃南朝齐代钱塘（杭州）名妓。苏杭地处江南水乡，乃杨柳天然滋生的场所，无论宫中民间均多种植。白居易《杨柳枝》词有云："苏州杨柳任君夸，更有钱塘胜馆娃；若解多情寻小小，绿杨深处是苏家。"乃是说杭州之柳胜于苏州。

牛峤此词也提到馆娃宫及苏小小，但似乎与白居易唱着反调，偏说苏州故宫之柳胜于钱塘。你看，"吴王宫里色偏深，一簇纤条万缕金"，该有多么繁富。要是钱塘的柳色更好，那为什么苏小小还要约郎到松柏之下而非柳下去谈情说爱（"结同心"）呢？词人根据古乐府《钱塘苏小小歌》"妾乘油壁车，郎骑青骢马。何处结同心，西陵松柏下"，机智地对白词作了反讽。"不愤"即不服的意思。杨慎说，此词是"咏柳而贬松，唐人所谓'尊题格'也。后人改'松下'为'枝下'，语意索然矣"（《升庵诗话》卷五）。说"尊题"，极是。说"咏柳贬松"，还未能中肯。词意实是说苏州宫柳胜于杭州耳。

　　不过，这首词的意味还不止于此，它可以引起读者更多的联想。杨柳枝柔，本来是可以绾作同心结的，但苏小小和她的情人为何不来柳下结同心呢？刘禹锡《杨柳枝》词有云："御陌青门拂地垂，千条金缕万条丝。如今绾作同心结，将赠行人知不知？"原来柳下结同心，乃有与情人分别的寓意。而松柏岁寒后凋，是坚贞不渝的象征，自然情人们愿来其下结同心而作山盟海誓了。如果作者有将宫柳暗喻宫人之意的话，那么"不愤钱塘苏小小，引郎松下结同心"就不但不是贬抑，反倒是羡慕乃至妒忌了。词之有"味外味"也若此。

【张泌】生卒年籍贯不详，《花间集》称张舍人，列于牛峤、毛文锡之间，当为前蜀词人。近人王国维辑有《张舍人词》一卷。

寄人

别梦依依到谢家，小廊回合曲阑斜。
多情只有春庭月，犹为离人照落花。

　　这首诗有一个本事，见《词苑丛谈》：张泌仕南唐为内史舍人，初与邻女浣衣相善，后经年不复相见，张夜梦之，寄绝句云云。诗中"谢家"即指所善邻女家，唐人常称所爱女子为谢娘，所以这样说。

　　"别梦依依到谢家，小廊回合曲阑斜"二句写梦境，大概作者曾经去过对方家中，对那里的一切环境，是比较熟悉的，而梦中好像又回到了过去，情境非常逼真。古代的宅院结构是四合院式的，不同的空间，则由带有栏杆的廊道连接起来。作者在梦中，就经过了回环的走廊、曲曲折折的栏杆，寻寻觅觅，却没有看见人。有很多的往事，平时是积淀在潜意识中的，感觉不到，但入梦后，那些隐藏在记忆深处的东西就活跃起来了，像诗中这样的梦，很多人都做过，堪称很典型的。小晏词有"梦魂惯得无拘检，又踏杨花过谢桥"，程颐叹为"鬼语"，就是说它逼真，这首诗的前两句何尝不是如此。

"多情只有春庭月，犹为离人照落花"二句写醒后所见情景，梦境消失了，作者看到眼前一片月光，在这个深夜照着庭院，照着地上的落花——写到落花，可见是暮春的光景，其象征意义则是青春已逝，好景不长。说多情"只有"春庭月，那么此外都属无情了。无情的指向，只有一个，那就是时间、是岁月、是沧桑。诗中的"离人"又指谁呢？应该是作者自指。在唐诗中，孤独的人、失伴的人称为"离人"，张若虚《春江花月夜》有"可怜楼上月徘徊，应照离人妆镜台"，那是指女方。而在这首诗中，女方的处境作者未必知道，所以这个"离人"，解作自指为佳。言下有顾影自怜之意。

浣溪沙

晚逐香车入凤城，东风斜揭绣帘轻。慢回娇眼笑盈盈。
消息未通何计是？便须佯醉且随行。依稀闻道太狂生！

这首词写一幕小小喜剧，鲁迅在一篇杂文中曾戏谓为"唐朝（按当作五代）的盯梢"。

首句就巧妙交代出时间——一个春天（"东风"）傍晚；地点——京都

（"凤城"）的近郊；人物——一男（"逐"者）一女（被"逐"者，在"香车"之中）。盖封建时代男女防闲甚严，而在车马杂沓，士女如云，男女界限有所混淆的游春场合，就难免一见钟情式的恋爱、即兴的追求、一厢情愿的苦恼发生，难免有"盯梢"一类风流韵事的出现，作为对封建禁锢的积极或消极的反应。

首句又单刀直入情节：在游春人众归去的时候，从郊外进城的道路上，一辆华丽的香车迤逦而行，一个骑马的翩翩少年尾随其后。显然，这还只是一种单方面毫无把握的追求。也许那香车再拐几个弯儿，彼此就要永远分手，只留下一片空虚和失望，——要是没有后来那阵好风的话。"东风"之来是偶然的。而成功往往不可忽略这种偶然的机缘。当那少年正苦于彼此隔着一层难以逾越的障幕时，这风恰巧像是有意为他揭开了那青色的绣帘。虽是"斜揭"，揭开不多，却也够意思了：他终于得以看见帘后的那人，果然是一双美丽的"娇眼"！而意想不到的是她竟然"慢回娇眼笑盈盈"。这样丢来的眼风，虽则是"慢回"，却已表明她在帘后也窥探多时。这嫣然一笑，是下意识的勾引，是对"盯梢"不动声色的响应。两情相逢，使这场即兴的追求势必要继续下去了。

这盈盈一笑本是一个"消息"，使那少年搔首踟蹰，心醉神迷。但没有得到语言上的证果，心中不踏实，故仍觉"消息未通"。而进城之后，更不能肆无忌惮，怎样才能达到追求的目的呢？"消息未通何计是"的问句，就写少年的心理活动，颇能传焦急与思索之神。情急生智——"便须伴醉且随行"。醉是假的，紧随不舍才是真的。这套"误随车"的把戏，许能掩人耳目，但岂能瞒过车中那人么？于是："依稀闻道'太狂生'！"（"生"为语助词）

这突来的一骂极富生活的情趣。鲁迅说："上海的摩登少爷要勾搭摩登小姐，首先第一步，是追随不舍"，"第二步便是'扳谈'；即使骂，也就大有希望。因为一骂便可有言语来往，所以也就是'扳谈'的开头。"（《二心集·唐朝的盯梢》）这里的一骂虽不一定会马上引起扳谈，但它是那盈盈一笑的继续，是打情骂俏的骂，是"大有希望"的"消息"，将词意推进了一步。

词到此为止，前后片分两步写来，每次都写了男女双边的活动。在郊外，一个放胆追逐，一个则秋波暗送；入城来，一个佯醉随行，一个则佯骂轻狂，前后表现的不同根据在于环境的改变。作者揭示出男女双方内心与表面的不一致甚至矛盾，戳穿了这一套由特定社会生活导演的恋爱的"把戏"，自然产生出浓郁的喜剧效果。此词不涉比兴，亦不务为含蓄，只用白描抒写，它开篇便入情节，结尾只到闻骂为止，结构紧凑、简洁。所写情事，逼肖生活。

蝴蝶儿

蝴蝶儿，晚春时。阿娇初著淡黄衣，当窗学画伊。
还似花间见，双双对对飞。无端和泪拭胭脂，惹教双翅垂。

这是一首相当别致的闺情词。上下片自成段落。

在晚春和煦的晴日里，蝴蝶在花间飞来飞去。而这时，"阿娇"刚刚脱下多余的衣物，穿上一件合时的、较薄而浅色的淡黄衣，心情是十分松快的。"阿娇"是关中一带对少女的昵称（《辍耕录》），词中用来称呼女主人公，使读者感到她是一个天真烂漫的少女。《红楼梦》作者写初著单衣的姑娘道："女儿乐，秋千架上春衫薄。"而读者从"阿娇初著淡黄衣"感到的，不正是春深时节少女的愉悦么？难怪她见了窗外舞姿翩跹的彩蝶，便起了写生的念头。或许，她以往不过是照着花样描写过蝴蝶吧。不然，作者为什么说她是"当窗学画"呢？而一个"伊"字，似乎将蝶拟人化了，含有多少亲切的意味。

画已成功，"阿娇"看着自己的作品，几乎不敢相信真是自家亲手画的了，"还似花间见，双双对对飞"二句十分生动地写出姑娘欣赏自我"杰作"的心态。至此，少女的春兴可以说达到高潮。词中虽然没有明确告诉我们这"阿娇"当年青春几何，但从"双双对对飞"一句可以体会到，这女孩子已到情窦初开的年龄，对情爱已有一些朦胧的意识和憧憬。正因为情感是不那么明显的，所以下文才有"无端"的说法。蝴蝶儿在花间成双作对，在画上也成双作对，少女作画时并未多想，但回味时却感到了自己的孤单，泪光晶莹的她忽然产生了一个错觉，似乎画中的蝴蝶受了她的感伤感染，"惹教双翅垂"。"惹"字下得十分准确，既具生活实感（泪光产生视幻），又有主观的想象。

词在结构上的特点，便是通过"蝴蝶儿"这一触媒的描写，展示出女主人公在春日的特定环境下情绪的变化过程，与王昌龄《春怨》绝句（"闺中少妇不知愁"）在构思上有异曲同工之妙。王诗中的少妇当初是"不知愁"，在春日里登楼赏景，原是很愉悦的，只因"杨柳色"的招惹，才使她心情逆转，顿成悔恨的。而此词的少女在最初玩赏蝴蝶采花的春景时，心情也是舒畅的，直到从画蝶的成双成对景象中有所触动，才感伤掉泪。这种不期然而然的写法，表明作者善于观察生活，体贴人情。王诗明言"悔教夫婿觅封侯"，而此词并不明确交代少女下泪所为何事，但"双双对对飞"一语暗示，使读者心领神会，因而更加含蓄。

【花蕊夫人】女，后蜀孟昶妃，姓徐，一说姓费，青城（四川都江堰市）人，蜀亡入宋宫。有《宫词》百首。

述国亡诗

君王城上竖降旗，妾在深宫那得知？

十四万人齐解甲，更无一个是男儿。

花蕊夫人以才貌双全，得幸于后蜀主孟昶，蜀亡，被掳入宋。宋太祖久闻其人，召她陈诗，因诵此作，太祖颇为赞赏（事据《十六国春秋·蜀志》）。

开篇直述国亡之事："君王城上竖降旗。"史载后蜀君臣极为奢侈，荒淫误国，宋军压境时，孟昶一筹莫展，屈辱投降。诗句只说"竖降旗"，遣词含蓄。下语只三分而命意十分，耐人玩味。

次句"妾在深宫那得知"，纯用口语，而意蕴微妙。大致有两重含意：首先，历代归咎国亡的诗文多持"女祸亡国"论，如把商亡归咎于妲己，把吴亡归咎于西施等。而这句诗则像是针对"女祸亡国"而作的自我申辩。语似轻声叹息，然措辞委婉，而大有深意。其次，即使退一步说，"妾"即使得知投降的事又怎样？还不照样于事无补！一个弱女子哪有回天之力！不过，"那得知"云云毕竟还表示了一种廉耻之心，比起甘心做阶下囚的"男儿"们终究不可同日而语。这就为下面的怒斥预留了地步。

第三名照应首句"竖降旗"，描绘出蜀军"十四万人齐解甲"的投降场面。史载当时破蜀宋军仅数万人，而后蜀则有"十四万人"之众。以数倍于敌的兵力，背城借一，即使面临强敌，当无亡国之理。可是一向耽于享乐的孟蜀君臣毫无斗志，闻风丧胆，终于演出拱手让国的屈辱的一幕。"十四万人"没有一个死国的志士，没有半点丈夫气概，当然是语带夸张，却有力写出了一个女子的羞愤：可耻不在国亡，而在于不战而亡！

末句爆发出一句热骂："更无一个是男儿！""更无一个"与"十四万人"对比，"男儿"与"妾"对照，可谓痛快淋漓。"诗可以怨"，这里已是"嬉笑怒骂，皆成文章"了。

此诗写得很有激情，表现出亡国的沉痛和对误国者的痛切之情。诗人以女子身份骂人枉为男儿，就骂得有力，个性鲜明。就全诗看，有前三句委婉含蓄做铺垫，虽泼辣而不失委婉，非一味发露、缺乏情韵之作可比。

据宋吴曾《能改斋漫录》，花蕊夫人作此诗则有所本。"前蜀王衍降后唐，王承旨作诗云：'蜀朝昏主出降时，衔璧牵羊倒系旗。二十万人齐拱手，更无一个是男儿。'"对照二诗，徐氏对王诗几处改动都很好。原诗前二句太刻意吃力，不如改作之含蓄有味，特别是改用第一人称"妾"的口气来写，比原作多一重意味，顿添神采。这样的改作实有再造之功。

【李珣】(855？—930？) 字德润，先世波斯人，家居梓州（四川三台）。少有诗名，兼通医理，以秀才屡予宾贡。事蜀主王衍，妹为昭仪。蜀亡不仕。近人王国维辑有《琼瑶集》一卷。

南乡子

乘彩舫，过莲塘，棹歌惊起睡鸳鸯。游女带香偎伴笑，争窈窕，竞折团荷遮晚照。

此词写南方水乡女儿的欢乐。词人选择了黄昏日西时，她们从莲塘回家一路上笑语欢歌与嬉戏的情节来写，可以说抓住了水乡最有诗意的画面之一，突出了词的主题。

词一开始，作者就用了美化的笔触写道："乘彩舫，过莲塘"，这就为画面增添了许多色彩，渲染了游女的轻松愉悦感。一般诗词提到鸳鸯，总是与爱情生活有关，或者是形容两情的款洽，或是反衬独身者的孤单。

而此词则不然。"棹歌惊起睡鸳鸯"对于词中游乐的姑娘来说，纯属无意的行为。或许她们并未注意到池中还有睡鸳鸯，因而开怀放歌，倒引起了鸳鸯们的注意。这一写，就突出了姑娘们的天真无邪的快乐，也就是所谓"童心"。读者尤当体会，"棹歌惊起睡鸳鸯"绝不同于"可怜一阵无情棒，打得鸳鸯各一方"的煞风景，它是出于无心的，给荷塘添加意趣。

以下便应是"鸳鸯"们眼中看到的一幅众女嬉乐图。读者不应放过词中的"偎""争""竞"三字，它们显示的是一种乐群的、友爱的乐趣，"偎伴笑，争窈窕"六字十分形象地写出她们打闹逗乐的情景。"荷叶罗裙一色裁，芙蓉向脸两边开"（王昌龄《采莲词》），众女与荷花打成一片，"争窈窕"犹言一个比一个美。最后写她们迎着晚照归去，是一个如画的奇句，"竞折团荷遮晚照"表明了"游女"归去的方向是太阳落下的西方，正面照射的红光使她们感到耀眼，如若是"相呼归去背斜阳"的话，就不用折荷叶以遮脸了。"竞折"二字颇有意趣，在光照刺眼的情况下，人们总是不自觉地手搭凉棚以遮挡之，众女中必有一人先想到就地取材，手折荷叶当阳伞的，这一发明即刻引起女伴的效仿才出现了"竞折团荷"的生动画面。几只彩舫迎着夕阳归去，船上如花的少女们个个举着绿色的荷叶团盖，那情景真是美极了，恐怕画图难足吧。

作者善于观察生活，从中提取最生动的场面加以描写，前人谓之"景真意趣"。在设色选景，选词铸句上也多有可取之处，因而在小令的篇幅内容纳了丰富的生活内容，成为五代词中脍炙人口的名篇。

【欧阳炯】（896—971）益州华阳（四川成都）人。少事前蜀后主王衍，为中书舍人。又事后蜀，累迁门下侍郎，兼户部尚书同平章事。后从孟昶归宋，为左散骑常侍。近人王国维辑有《欧阳平章词》一卷。

三字令

春欲尽，日迟迟，牡丹时。罗幌卷，翠帘垂。彩笺书，
红粉泪，两心知。人不在，燕空归，负佳期。香烬落，枕函
欹。月分明，花淡薄，惹相思。

旧体诗、词大体上有齐言与长短句之别，但词中也有少数齐言者，
《三字令》即一体。此词十六句皆三言句，或三句一韵，或二句一韵。这
首词基本上一句一意，句子间不免省略叙写与过渡的词语，出现若干空
白。这就需要读者比勘揣摩，发挥联想，方能对词意有充分的体味。

词的内容题材乃最习见的暮春思妇之闺怨，但运用《三字令》这一
特殊词调，在表现上显得格外别致。

"春欲尽，日迟迟，牡丹时"三句，是说暮春的白昼一日长似一日，
正是牡丹花开的时候。遣词上易使读者联想到《诗经·豳风·七月》"春
日迟迟"，和白居易"共道牡丹时，相随买花去"（《买花》）等诗句。然而
此词的女主人公在这样绵长的春日，却无心参加赏花士女之行列，独自
闷闷在家。"罗幌卷，翠帘垂"就表现出这样的意态，同时词意自然由外
景描写转入闺房之内。一"卷"一"垂"，又正好暗示女主人公内心的矛
盾。她何以深锁春光而犯愁？原来她正看着一封信（"彩笺书"），流着泪
呢。从"两心知"一句看，这信与其认为是她自己写就的情书，毋宁看
作是远方寄来的尺素。否则，便应是"忆君君不知"了。然而，书来正
意味着人不来。那人一去或许经年，须知"红粉"楼中止计日呢！

过片紧承此意，"人不在"三字，形出女子的孤单；"燕空归"，似乎
暗示来信徒增幽怨，又有以双飞燕反衬孤独处境之意。想必来信中有许

多托词，但不能改变一个铁的事实："负佳期。"想当初离别，必有盟誓"两心知"。为什么到今日，又苦留后约将人误呢？这里词语虽简淡，怨思却甚深。"香烬落"，极见境之清寰；"枕函敧"，又极见人之无聊。此时心情，知之者其唯"枕函"乎！以下写景，又由室内推移室外，时间已由上片的白昼推移到夜晚。"月分明，花淡薄"，这是花好月圆之夜呢。花的"淡薄"是沐浴月光之故。但这花好月圆，却不能慰藉孤栖者的愁怀，反而徒增感伤。以乐景写哀，倍增其哀。同一美好之花、月，分形以"淡薄""分明"的对比词语，拨换字面，颇增情致。

　　读者还应想象，这词在歌筵演唱该是何等情味。它出句短促而整齐，断而不乱，真有明珠走盘之清脆感、节奏感。俞陛云谓其词"如以线贯珠，粒粒分明，仍一丝萦曳"（《五代词先释》），乃深具会心之谈。

【孙光宪】（895？—968）字孟文，自号葆光子，陵州贵平（四川仁寿）人。唐时为陵州判官。天成初（926）避地江陵，后事南平三世。累官检校秘书少监兼御史中丞。归宋后授黄州刺史。近人王国维辑有《孙中丞词》一卷。

谒金门

　　　　留不得！留得也应无益。白纻春衫如雪色，扬州初去
日。　　　轻别离，甘抛掷。江上满帆风疾。却羡彩鸳三十
六，孤鸾还一只。

　　这首词通首作独白语气，有说是写游子漂泊之感的，有说是代闺人抒写怨情的。细玩词意，当以后说为是。

　　词一开头就是突如其来的两句话："留下得！留得也应无益。"令人

100

摸不着头脑。然而这话中却分明暗示着一个富于情节性的离别场景：一方挽留无效，恋恋不舍；一方去意已定，没有多少回旋余地。恰如南朝乐府《那呵滩》所写的，这一个虽"愿得篙橹折，交郎到头还"，那一个却"篙折当更觅，橹折当更安"，怎样也留不得的。这两句语意似重复而实有微妙区别，"留不得"是说对方不可留，"留得也应无益"是说自己也不愿强留。这样退一步、分两层说来，就把当时离别的情事烘托得更加细致入微。同时活画出回味那一段不是滋味的往事时，女主人公无奈而恼乱的情态。刘熙载论词说："大抵起句非渐引即顿入，其妙在笔未到而气已吞。"（《艺概》卷四）这里即属顿入手法，一开始就以丰富的情节性吸引住读者。

这两句怨意极深，语气坚决，像要与对方一刀两断似的。然而在反复其言中，已暗自流露出"休即未能休"的意态。所以，以下两句从情事说是承上两句叙写那人去日的情况，感情色彩却大不同，来了个一百八十度的大转弯，语气变得十分温柔。她不但把那人初去扬州的日子记得清楚，连他的穿着打扮也记得如此分明。"春衫"是轻巧称身的，既言"白纻"又譬之"雪色"，乃极形其光泽夺目。三、四倒装。"白纻"句来得很突兀，要读到"扬州初去日"，联系前文"留不得"，方知写的是何人。这样倒置却使那"春衫"给人的印象更为鲜明深刻，不写人而写衣，不但能启发读者积极的联想，而且也符合人物心理的真实。因为经过时间的筛选，人们记忆中往往只残存着一些最为鲜明生动的细节印象，而他们也往往通过那不可磨灭的细节印象回忆过去的一切。"白纻春衫如雪色"这个特写镜头包含的形象语言极其丰富，不仅一个翩翩少年俨在，而且还显示出：那是个柳暗花明的春天，少年的去处又是繁华的扬州。则被他抛撇的人儿的心情便可想而知。

过片二句紧承上意，那人挂帆东下，忍心抛下自己而去了。"江上满帆风疾"虽是个客观描写的句子，却含"怨归去得疾"的主观色彩。展现的正是"去年下扬州，相送黄鹤楼。眼看帆去远，心逐江水流"（李白

101

《江夏行》的情景，而更为含蓄。所以汤显祖评道："'满帆风，吹不上离人小船'，今南词中最脍炙人口。只此一曲数语，已足该括之矣。""轻别离，甘抛掷"，则照应"留不得"二句，指责那人薄情狠心，语气又峻急起来。而结尾两句又有所缓解："却羡彩鸳三十六，孤鸾还一只。"羡鸳鸯成双成对，叹自己如孤鸾一只，则爱他之情还是很深的。说彩鸳成双不够，还要说"三十六"，仿佛面对一场集体婚礼，叫人羡慕死了。脱胎于古乐府《相和曲·鸡鸣》："鸳鸯七十二，罗列自成行"，乃极言美满姻缘之多。说孤鸾不够，还要强调"一只"，乃极言自己之不幸。不明写"悲凄"而写"羡"，怨意却通过"还"字含蓄表出，言有尽而意无穷。

王国维说："诗之境阔，词之言长。"（《人间词话》）这首词与李白《江夏行》情事相近，又同属代言体，李诗的篇幅较长，叙事具体，许多生活情景都直接展现；本词体短小，运用了顿入、突接、比兴等手段，由简短的独白显示出丰富的情事，是一个特点。这首词有许多过情语，如"留不得"二句，"轻别离"二句，把话说到了尽头。但"辞愈说尽而情愈无穷"，"正因为爱他的情太深，所以怨他的情就更切，于是说出的话即使是冤枉他，也顾不得了，就把怨他的情尽量地倾吐出来。这种写法可谓体贴入微，又极其自然"（刘永济）。

【无名氏】

望江南

天上月，遥望似一团银。夜久更阑风渐紧，与奴吹散月边云。照见负心人。

这首"敦煌曲子词",通常被归入怨词,或怨妇词。仅仅指出"怨"意是不够的,还须体味词中含蕴的那一份痴情,须看到女主人公对"负心人"尚未心死。

　　"天上月,遥望似一团银"二句写景而兼比兴。它有两重象征意味。首先,对于失恋(或被弃)的女主人公,那一轮灿烂耀眼如银的明月,会勾起美好的往日之记忆。也许过去正是在这同一明月之下,她与那位男子缔约,相好来着。然而曾几何时,这段爱情就因为对方的负心而产生了危机。所以,这一轮圆月又有反衬人的离分,即象征爱情危机的作用。

　　从这两句到下两句中有个跳跃,形成一处空白,这就是夜阑天变,月被云遮,晦暗不明,所以有下文呼风驱散"月边云"之语。词中女子似未觉到风起正是天变云生的征兆,反而寄厚望于风,求它"与奴吹散月边云",痴态可掬。关键是"照见——"做什么!恨不得将其曝光也;须要讨一个说法也;须要对方付出代价也;决不善罢甘休也:这确是女子心态。璩秀秀之生死冤家,敫桂英之活捉王魁,都是出以这个心态。是未能忘情也,是痴之至也。否则,"反是不思,亦已焉哉"(《诗·卫风·氓》),来个"一刀两断"岂不干脆。骂对方为"负心人",也未必是决绝语,反而见出女主人公之未能忘情。否则,直斥为"氓",多少冷淡。

　　可见此词之妙,全在将俗语所谓"痴心女子负心汉"作了艺术的表现,且写得很有特色。韦庄词写女子相思情痴云:"春日游,杏花吹满头。陌上谁家年少足风流,妾拟将身嫁与一生休。纵被无情弃,不能羞。"(《思帝乡》)也许此词女主人公当初与那人结好,正是出于自由之意志,故即使出现了被无情而弃的情况,亦不能幡然悔悟,以致"为伊消得人憔悴"也。

　　此词表现手法之妙,在于将恋爱变故情事与一个风云变幻的月夜密合,由女主人公口吻道出,情景浑然一体。而口语化的语言,又为词作增添了活泼生动的情致。

醉公子

门外猧儿吠，知是萧郎至。刬袜下香阶，冤家今夜醉。

扶得入罗帏，不肯脱罗衣。醉则从他醉，还胜独睡时。

这首词收入《全唐诗·附词》，出于民间作者之手，既无字面上的精雕细琢，也无句法章法上的刻意经营，但在悬念的设置上颇具特色，读者当看其中那一份生活情趣。调名《醉公子》与词的内容吻合，即所谓"本意"词。

这首词采用单刀直入情节的写法，首句就是"门外猧儿吠"。但读者应揣知其题前之境，女主人公当常有"独睡"之苦，"萧郎"必不常来，使她时常惦念。所以她一听门外小狗的叫声（狗对生人与熟人叫法是有区别的），便能即刻"知是萧郎至"。但这里的所谓"知"，仍是下意识的，或不完全确定的。未得见面时，尚难置信也。这是一重悬念。古代女子在居室里不穿鞋，只着袜子，但出门须穿鞋。"刬袜下香阶"，可见女主人公之迫不及待。及至见面，果然是他。"既见君子，云胡不喜"，一切的愁怨，此时都烟消云散。"冤家"这词儿，是对情人的昵称。空欢喜了。女主人公一腔爱嗔之情，溢于言表。

这里女主人公的喜，是有几分保留。因为人虽来了，但似乎并非专程相会，你看："冤家今夜醉。"知他在哪里作乐，灌了许多的酒？他又将如何解释这一切？这是第二个悬念。然而从下两句"扶得入罗帏，不肯脱罗衣"看，他简直是酩酊大醉了。此情此景，和他理论不得。女主人公空欢喜一场，无奈只得让他和衣而睡了。本来好戏到此都已演完。偏偏末尾通过女主人公的心理刻画，翻出一道波澜："醉则从他醉，还胜独睡时。"似乎是说，这也好，只怕他不醉还不来呢。本来，揆之情理，女主人公此时心情应是打翻五味瓶，情绪复杂，不是滋味。但只作欣慰之语，谓慰情聊胜于无，其实全是"精神胜利法"。如果读此词仅仅看到女主人公情痴，不免肤泛。要知道本质与现象往往不统一，有时辞若有憾而实深喜之，有时辞若欣慰而实深憾之。末尾"还胜"云云，不是一种含泪的笑么？

后庭宴

千里故乡，十年华屋。乱魂飞过屏山簇。眼重眉褪不胜春，菱花知我销香玉。　　双双燕子归来，应解笑人幽独。断歌零舞，遗恨清江曲。万树绿低迷，一庭红扑簌。

关于这首词作者时代身份，有两种推测。一是近人俞陛云《唐词选释》据词中"遗恨清江"句，推测为唐末遗民所作。一是刘毓盘《词史》据词调结构特点，定为五代人作。宋陈岩肖《庚溪诗话》卷下则谓此词乃北宋宣和间修洛阳宫殿，掘地得碑，上刻此词。综合诸说，此词可能是五代入宋者所作。词虽托意闺怨，确乎又寄有遗民之恨。

前三句只是说"十年华屋"难锁"千里故乡"之思，故梦魂常常飞越重重屏山归去。梦的显在内容乃是梦中无意识思想的一种表现，其根源乃在日间所思。这几句又给人够多的暗示，作者当是前朝旧臣，虽然在词中已经化身为一个身锁华屋不得自由的女性。"乱魂"一作"乱云"，二者的差别只在显言与隐言耳。作者在造句上颇有推敲，语序稍事挪移，以"千里故乡，十年华屋"开篇，不仅对仗工致，而且通过长远的时空跨度为词中愁情增添了分量。

紧接二句写梦醒后回到现实生活来时的情态。"眼重眉褪"是睡后而睡眠未得充分的样子（沈际飞《草堂诗余别集》评引"眼儿失睡微重"即"眼重"的最好注脚），原因是做了一夜的梦，醒来不胜"春困"，揽镜自照，玉容消减。"菱花"即镜子。"镜里朱颜瘦"是寻常言语，今说"菱花知我销香玉"，替代字太多，幸得"知我"二字为奇，言镜亦有情，不无知己之感。此句还有一层言外之意，就是"此恨谁知"，菱花知我即无人知我之转语也，又能形象状出顾影自怜意。其造句有无限委婉深厚，再一次见出作者在这方面的功力。

"千里之遥，十年之久，而知其憔悴者，唯有菱花，其踪迹销匿可知。"（俞陛云评）过片写燕子双飞笑人幽独，还不仅仅是写处境的孤单。古人诗词中提到燕子归来，还有另一种含意。"燕语如伤旧国春"（李益《隋宫燕》），"燕子不知何世，向寻常巷陌人家相对，如说兴亡斜阳里"（周邦彦《西河·金陵怀古》）等句，均可参阅。于是提到了作者之"遗恨"，"断歌零舞，遗恨清江曲"，二句大有"旧江山浑是新愁"的意味。那"断歌零舞"，当然是遗留在作者记忆中的片断。要之，在词中主人公看来，好时光都已过了，人生几何，春已成夏："万树绿低迷，一庭红扑籁。"眼前落红成阵，绿叶成荫，言下大有寻芳恨迟，年光恨促之感。末句从元稹《连昌宫词》"风动落花红蔌蔌"句化出，寓故园萧条之意。这结尾二句写花以"红"，代叶以"绿"，"万树"对"一庭"，"低迷"对"扑籁"且均叠韵，对仗工、意象美、音韵妙，能传凄迷之情味。与上片开端及煞拍的铸语悉称，颇有凤头猪肚豹尾之风采。

总之，这首词的炼意造句，颇臻上乘。虽有锤炼，却自然婉秀，无一点生硬痕迹。作者名氏虽不可考，但必为名手无疑。

【王禹偁】(954—1001) 字元之，济州巨野（今属山东）人。世代务农。太平兴国八年(983) 进士。历任右拾遗、翰林学士、知制诰。遇事敢言，屡以事贬官。真宗时，预修《太祖实录》，直书史事，为宰相不满，降知黄州。后迁蕲州，病卒。有《小畜集》。

对雪

　　帝乡岁云暮，衡门昼长闭。五日免常参，三馆无公事。
读书夜卧迟，多成日高睡。睡起毛骨寒，窗牖琼花坠。披衣
出户看，飘飘满天地。岂敢患贫居，聊将贺丰岁。月俸虽无
余，晨炊且相继。薪刍未缺供，酒肴亦能备。数杯奉亲老，
一酌均兄弟。妻子不饥寒，相聚歌时瑞。因思河朔民，输挽
供边鄙。车重数十斛，路遥几百里。羸蹄冻不行，死辙冰难
曳。夜来何处宿，阒寂荒陂里。又思边塞兵，荷戈御胡骑。
城上卓旌旗，楼中望烽燧。弓劲添力气，甲寒侵骨髓。今日
何处行，牢落穷沙际。自念亦何人，偷安得如是！深为苍生
蠹，仍尸谏官位。褰谔无一言，岂得为直士？褒贬无一词，
岂得为良史？不耕一亩田，不持一只矢。多惭富人术，且乏
安边议。空作对雪吟，勤勤谢知己。

　　诗题《对雪》，诗意不在咏雪，而在于抒感。诗约作于宋太宗端拱元
年（988），作者在汴京（"帝乡"）供职，任"右拾遗直史馆"。那时候宋跟
契丹（后称"辽"）正打仗，战争的负担和灾难全部转嫁到人民身上，作者
对此颇有感慨，于是在雪天写下了这首诗。
　　诗分五段。第一段从篇首至"飘飘满天地"，从题面叙起，写岁暮深
居值雪。这段文字很平，但有两方面的作用。一是突出天气的奇寒：为
官的作者本人是深居简出（"衡门昼长闭"），朝廷免去五日一上朝的惯例
（"五日免常参"），官署亦不办公（"三馆"指昭文、国史、集贤三馆），这些都间
接表明岁暮天寒的影响。而大雪漫天飞扬则是直接写寒冷（"睡起毛骨寒，

107

窗牖琼花坠")。二是描述一己的闲逸。既无案牍劳形之苦,复多深夜读书之趣,因而往往睡到日上三竿才起来。一日睡起,忽觉寒气入骨,有玉屑一样的白花飞入窗内,于是"披衣出户看,飘飘满天地"十个字对雪没有作细致的描绘,却全是一种潇散愉悦的情味。这里写的是闲人眼中的雪,是"帝乡"京都的雪,倒使人联想到一首唐诗:"飞雪带春风,徘徊乱绕空。君看似花处,偏在洛城中。"(刘方平《春雪》)天寒风雪,独宜于富贵之家呵。这里写天寒,写闲逸,无不是为后文写边地兵民劳役之苦作铺垫或伏笔。

第二段(从"岂敢惠贫居"到"相聚歌时瑞")承上段,写家人团聚,赏白雪而庆丰年。值得玩味的是从篇首"衡门"(横木为门,谓简陋的住宅)句到这一段,诗人一再称穷。"贫居"固然是穷,"月俸无余""数杯""一酌"亦无不意味着穷。其实这倒不是他真的要发什么官微不救贫一类的牢骚,而是别有用意。他虽说"穷",却不愁薪米、能备酒肴,惠及父母兄弟妻子。在这大雪纷飞的岁暮,他们能共享天伦之乐,共贺"瑞雪丰年"。这里句句流露出一种"知足"之乐,言"贫"倒仿佛成了谦辞。所以,诗人实际上是要告诉读者:贫亦有等,从而为后文写真正贫而且困的人们再作地步。晚唐罗隐诗云:"尽道丰年瑞,丰年事若何?长安有贫者,为瑞不宜多。"(《雪》)从"相聚歌时瑞"的人们联想到长安贫者,替他们说了一点话。本篇写法大致相同,但想得更远,语意更切。

第三段即以"因思"(由此想到)二字领起,至"阒寂荒陂里"句,转而以想象之笔写黄河以北("河朔")人民服劳役的苦况。关于北宋时抽民丁运输军粮的情况,李复《兵馈行》写得最详细,可以参看:"人负五斗兼蓑笠,米供两兵更自食;高阜日概给二升,六斗才可供十日。运粮恐惧乏军兴,再符差点催馈军。此户追索丁口绝,县官不敢言无人;尽将妇妻作男子,数少更及赢老身。"(《潏水集》卷十一)第四段则以"又思"二字领起,至"牢落穷沙际"句,进而写兵役的苦况。

这两段所写河朔兵民之苦,与一、二段所写身在帝乡的"我"的处境，适成对照。一方是闲逸，而一方是不堪劳碌：服劳役者"车重数十斛，路遥几百里，羸蹄冻不行，死辙冰难曳"，服兵役者"城上卓旌旗，楼中望烽燧，弓劲添气力，甲寒侵骨髓。"一方无冻馁之苦，而一方有葬身沟壑沙场之忧：或夜宿"荒陂里"，或转辗于"穷沙际"。字里行间，表现出诗人对河朔军民之深厚同情，从而引出一种为官者的强烈责任感，和对自己无力解除民瘼的深切内疚。

从"自念亦何人"到篇终为第五段，作自责之词而寓讽喻之意。看来诗人内疚很深（缘于其责任感），故出语沉痛。他觉得贪图一己的安逸是可耻的（"偷安"），感到自己身为"拾遗"而未能尽到谏官的责任，身"直史馆"而未能尽到史官的责任，不足为"直士"、不足为"良史"。"不耕一亩田"，又无"富人（民）术"，有愧于河朔之民；"不持一只矢"，又乏"安边议"，有负于边塞之兵；更对不住道义之交的热忱期望（"勤勤谢知己"乃倒装趁韵句法，意即谢知己之勤勤）。所以骂自己为蛀虫（"深为苍生蠹"）。而事实上，王禹偁本人为官"遇事敢言，喜臧否人物，以直躬行道为己任"，是不当任其咎的。他在此诗以及其他诗（如《感流亡》）中的自责之词，一方面表示他不愿尸位素餐的责任心，另一方面也是对那些无功食禄之辈的讽刺。

诗层次极清楚，主要运用了对比结构，但这不是两个极端的对比（如白居易《轻肥》），而是通过"良心发现"式的反省语气写出，对比虽不那么惊心动魄，却有一种恳挚感人的力量。全诗语意周详，多用排比句式（二、五两段尤多），乃至段落之间作排比（三、四段），却毫无拖沓之嫌。其所以"篇无空文"，实在于"语必尽规"。因此，此诗不仅在思想上继承杜甫、白居易系心民瘼的传统，在艺术风格上也深得白诗真传，以平易浅切见长。从诗歌语言的角度看，乃是以单行素笔直抒胸臆，初步表现了宋诗议论化、散文化的风格特征。

村行

马穿山径菊初黄，信马悠悠野兴长。

万壑有声含晚籁，数峰无语立斜阳。

棠梨叶落胭脂色，荞麦花开白雪香。

何事吟余忽惆怅？村桥原树似吾乡。

太宗淳化二年（911）王禹偁因论妖尼道安诬陷徐铉，获谴于朝廷，由开封贬到商州（陕西商县）为团练副使。在州写了不少写景抒情诗，有"平生诗句是山水，谪宦方知是胜游"之句。《村行》乃获贬的次年秋作于商州。

首联写马踏山径，道旁满是野菊花，人的兴致很高，所以信马随意而行。是信手拈来之句。次联为全篇之警策。"数峰无语"这个否定的命题，假设着一个肯定的命题，就是仿佛它能语、欲语似的，这样它才不是一句废话，而是一句耐人寻味的话。"含晚籁"与"立斜阳"，无不是写自然于我有深情，所谓"相看两不厌"也，这是野兴很浓的又一表现。中国诗的胜谛在赋外物以生命，使外物的精神与创作主体的精神息息相通。此即是。

三联拈出棠梨的红叶，荞麦的白花，秋色秋香，自然成对。末联写兴致勃勃之际，忽然袭来怅触。原来桥边一座山村，原上数株老树，十分眼熟，像煞故乡景物。这是一种真切的生活体验，在中晚唐诗中已有类语，如欧阳詹《蜀门与林蕴分路》："村步如延寿，川原似福平。无人相共识，独自故乡情。"此诗只于结尾处一点即收，亦无反复。

畲田调三首

其一

大家齐力斸屠颜，耳听田歌手莫闲。

各愿种成千百索，豆其禾穗满青山。

太宗淳化二年（991），作者获贬商州（今陕西商县）团练副使。团练副使是宋代常用安置贬谪官员的虚职。商州属邑有丰阳、上津，皆深山穷谷，不通辙迹。其民刀耕火种，广种薄收；其俗互助力田，杭育杭育，人人自勉。王禹偁对此十分歆羡赞赏，遂效唐代刘白唱酬相与为《竹枝词》之遗意，为山民创作了《畲田调五首》，是劝耕的山歌，"其词则取乎俚，盖欲山民之易晓也。"应该说是很有意义的。

畲田，是一种以刀耕火种为主要特征的耕作方式，是古代畲族及其他南方少数民族常用的耕种方式。初春，山民上山砍树，等树木干燥之后放火烧成灰以作养田肥料，趁灰尚热时播种。在恶劣的环境中，山民开荒耕种，世世代代得以生存，这不能不说是个奇迹。

在这首诗中，作者写出了山地农民齐心协力，震天动地的劳作气势。首句写开荒，"斸屠颜"的"屠颜"，通巉岩，山很高峻的样子。次句写喊号子。在劳作期间，人们会喊一些自创的号子——有调无词，统称"畲田调"或"打锣鼓"。这些调子一方面以特有的节奏协调动作，另一方面营造愉悦轻松的氛围，鼓动积极性。

第三句写山民的愿望。他们希望能开垦山最大面积的耕地，种植各种各样的农作物，以期当年得到好收成。"索"，丈量用的长绳，也是山中田地面积的测量单位。作者自注："山田不知畎亩，但以百尺绳量之，

111

曰某家今年种得若干索。""索"字对于山民来说是个含义丰富、充满期待的字眼。能得多少"豆萁禾穗",不全在"索"的多少当中吗?"索"字入诗,正是"畲田调"的本色。

这首诗的口吻似啦啦队在旁加油助阵,充满对劳动的赞美,对美好生活的向往。

其二

鼓声猎猎酒醺醺,斫上高山乱入云。
自种自收还自足,不知尧舜是吾君。

这首诗写山民畲田的自足和豪情。"鼓声猎猎酒醺醺,斫上高山乱入云。"两句写山民的干劲。据《山阳县志》记载"至农忙之时,先期告众,鸣鼓敲锣,唱歌督工,名曰:打锣鼓"。首句就写山民畲田时擂鼓助阵的情态,"猎猎"本形风声,这里暗示鼓声借风传送。"酒醺醺"写山民酒足饭饱的情景。当地的风俗是,一家需要畲田,数十里内的山民会带着锄斧如期而至。主人将备酒肉招待。大家酒足饭饱后,在其乐融融的氛围里,才好抡圆胳膊卖力干活。当地高山深谷,"乱入云"写出了山峰嶙峋,突兀挺拔的地貌。此外,还给读者传达另一层意思,这里生存条件恶劣,山民们饮酒、歌唱、劳作中表现出的是一种乐观主义的精神。

"自种自收还自足,不知尧舜是吾君。"两句写山民的豪情。第三句一连用了三个"自"字,包含几层意思:一层是自力更生,即"自种自收";另一层是自我满足,"自足",既是满足自我,也是知足常乐;还有一层是自由自在,这个意思直贯末句。末句意味更是深长,"不知尧舜是吾君",表面看这就是古老的《击壤歌》所抒发的那种无拘无束的欢乐——"日出而作,日入而息。凿井而饮,耕田而食。帝力于我何有哉！"其实也含蓄、巧妙地赞美了时代和君王。1."尧舜"是贤君，不管你知道不知道；2. 畬田看来是不交租的，所以不知道；3. 全组诗表现出和平的气氛，是宋初天下安定局面的表现。

所以尽管诗中写"不知尧舜是吾君"，就是皇帝看了，也是不会生气的。

其三

北山种了种南山，相助力耕岂有偏？

愿得人间皆似我，也应四海少荒田。

这首诗赞美互助合作，兼有劝耕之意。"北山种了种南山，相助力耕岂有偏？"两句写山民劳作不已及其互助合作精神。首句用"种"字做成句中顶真的形式，通过"北山"、"南山"的复叠，写出山民畬田的辛勤。一方面是有做不完的农活，一方面是有用不完的力气。次句写"相助力耕"，因为是你帮我，我帮你，"岂有偏"是说没有任何的偏心，不是干私活就卖力，替别人干活就偷懒。反映出劳动人民朴素，诚信的品质。

"愿得人间皆似我，也应四海少荒田。"两句以山民的口吻写一种良好愿望。其实这两句主要是唱给执政者听的，希望能把"商州经验"向全国推广——原序说："亦欲采诗官闻之，传于执政者，苟择良二千石暨贤百里，使化天下如斯民之义，庶乎污莱尽辟矣。"末句的"四海少荒田"，也就是唐诗说的"四海无闲田"，收成应该更好，人民的生活也应该更好。

总之，这组诗除重视农耕以外，还反映了劳动人民以劳动为生，以劳动为乐，以劳动为荣的纯朴的思想感情，并使用劳动人民的语言，在古诗中是难能可贵的。组诗思想内涵深刻，读起来生动有味。（与舒三友合作）

春居杂兴

两株桃杏映篱斜，妆点商山副使家。
何事春风容不得，和莺吹折数枝花。

与前诗写作年代相同。商州地处偏僻，而团练副使在宋代是一个常被用来安置贬谪官员的闲职，诗人《清明日独酌》有道是"一郡官闲唯副使"，就和唐代州司马的职务差不多。

这首《春居杂兴》说，春来竹篱下的两株桃杏皆已发花，装点了我这个商州团练副使简陋的住宅；但这一天刮起大风把花枝折断，树上的黄莺也飞得无影无踪，好像故意要和我过不去似的。

责问春风，是极无理语，但颇有情致——活生生表现出诗人的气恼。然而诚如诗人的儿子所指出，这个构思与"恰似春风相欺得，夜来吹折数枝花"相近，落在杜甫掌心里。不料诗人听后很高兴，不但不放弃，还咏一诗道"本与乐天为后进，敢期子美是前身"，表明是暗合，而不是明抄，所以不心虚。

事实上，这句构思与杜甫虽同，措语却有别致。关键在"和莺"二字，为杜诗所无，也更见精彩——意思是春风把桃杏花枝吹折不说，还把枝上黄莺一齐吹走，岂不一倍可恼！表面上看，花枝可吹折，黄莺不能"吹折"，说"和莺吹折"似乎不通，正因为这样，一般人想不到、做不出。殊不知诗有别趣，非关理也，诗有别句，非同文也。这个诗句相对于文句，就是把两句紧缩为一句，一句为略语（"和莺"）、一句为全语（"吹折数枝花"），被省略语通过未省略语赖一"和"字，相互比勘，读者不难领会诗人用意。故"和莺吹折数枝花"是俊语、是韵语，反出于"夜来吹折数枝花"之上。

当然，这"和莺"二字，也不是无来历的。韦庄《樱桃树》诗云："记得初开雪满枝，和蜂和蝶带花移。如今花落游蜂去，空作主人惆怅诗。"应该说"和莺吹折数枝花"在构思上出韦诗，不过在造句上，创为紧缩语，就比韦诗精彩得多。所谓点铁成金，非此之谓欤？所谓"小结裹"上出新，非此之谓欤？

【林逋】（967—1028）字君复，钱塘（浙江杭州）人。早岁浪游江淮间，后归杭州，隐居孤山二十年，种梅养鹤，终身不娶，亦不仕，时称"梅妻鹤子"，卒谥和靖先生。有《林和靖诗集》。

山园小梅

众芳摇落独暄妍，占尽风情向小园。
疏影横斜水清浅，暗香浮动月黄昏。
霜禽欲下先偷眼，粉蝶如知合断魂。
幸有微吟可相狎，不须檀板共金樽。

这是林和靖诗的代表作，也是千古咏梅最佳作。作者不但是诗人，而且是梅痴，号称"梅妻鹤子"。这首诗不但写出了梅花独有的幽逸之姿，而且写出了对梅花的爱。"风情"二字，表明林处士之诗虽亦出郊岛之寒瘦，到底不同于和尚的诗（如释道潜云"禅心已作沾泥絮，不逐东风上下狂"）。

梅花的特点之一是其香出自苦寒，它是唯一在隆冬季节开放的花。毛泽东赞曰"雪压冬云白絮飞，万花纷谢一时稀""已是悬崖百丈冰，犹有花枝俏"。首联就写梅花凌寒独开，向小园占尽风情。着意于"独"字、"尽"字。以"风情"属梅，是爱人的语言，韵而不艳。

115

次联写梅的姿态，为千古名句，欧阳修说"前世咏梅多矣，未有此句也"，陈与义说"自读西湖处士诗，年年临水看幽姿"，王十朋更说"暗香和月入佳句，压尽千古无诗才"，而姜白石自度咏梅词即以"暗香""疏影"为调名。然而这两句却并非和靖先生自作语，而是化用南唐江为有残句："竹影横斜水清浅，桂香浮动月黄昏。"

江诗分咏竹、桂，措语调声俱佳，只是改用于别的花树也得。林逋改"竹影"为"疏影"，"桂香"为"暗香"，虽不著一梅字，却已具梅花风神。梅有一个特点是瘦（清林佩环答外"修到人间才子妇，不辞清瘦似梅花"），不比春花之有绿叶陪衬，而是横斜的枝头点缀着淡淡的幽花，故入水只是"疏影"；梅花香味不比春花之浓郁，只能风送时闻，"遥知不是雪，为有暗香来"（王安石）。而清澈的溪水、朦胧的月色，又是清幽的梅花的绝好陪衬。这两句本是天造地设的咏梅好句，一经林逋拈出，原句反而淘汰。

三联写梅花的魅力，说梅惹人"偷眼""断魂"云云，是把对梅的爱比着对女性的爱。说"霜禽欲下""粉蝶如知"云云，则是把自己对梅的爱转嫁鸟虫。"霜禽"是实写，"粉蝶"则是虚写。"霜""粉"二字出于精心择用，表现出爱梅者恬淡的品格，亦应近于梅。

梅花本身就是一首诗，对梅吟诗，足以使诗人感到生活充满乐趣，无须乎十七八女儿手持红牙板唱歌侑酒——那反而会破坏孤山小园中一尘不染的情趣。诗虽是咏梅，但实际也是诗人不趋荣利、自甘淡泊的思想性格的自我写照。无怪《四库全书总目》说："其诗澄淡高逸，如其为人。"后世也正是从这首咏梅诗认识了一个高蹈的林和靖。

【梅尧臣】（1002—1060）字圣俞，宣州宣城（今属安徽）人。少时应进士不第。历任州县官属。皇祐初赐进士出身，授国子监直讲，官至尚书都官员外郎。曾预修《唐书》。有《宛陵（宣城古称）先生文集》。

陶者

陶尽门前土，屋上无片瓦。

十指不沾泥，鳞鳞居大厦。

此诗讽刺剥削制度下不劳而获、劳而不获的极不合理的现象。"陶者"就是砖瓦匠、泥瓦匠，这首诗是代鸣不平的。

"陶尽门前土，屋上无片瓦。"两句写劳而不获的现象。这种题材，在历代民歌中并不少见。早于此诗的，如汉代刘安《淮南子·说林训》有"屠者藿羹，车者步行，陶人用缺盆，匠人处狭庐——为者不得用，用者不肯为"的谣谚。晚于此诗的，如明清时有"泥瓦匠，住草房；纺织娘，没衣裳；卖盐的，喝淡汤；种田的，吃米糠"的歌谣。"陶尽"二句所咏，与"陶人用缺盆""泥瓦匠，住草房"之所慨叹的并无二致。一个做砖瓦匠的人，却没有住过瓦房，这种事儿既是咄咄怪事，又那么司空见惯，岂不是存在即荒谬么？《红楼梦》第七十七回王夫人所谓"卖油的娘子水梳头"，也是这个意思。

"十指不沾泥，鳞鳞居大厦。"两句写不劳而获的现象。与上述民歌只写一端的做法不同，这首诗说罢劳而不获，便说不劳而获。对比鲜明，发人深省。"十指不沾泥"之所指，非指一切不沾泥的人，而特指所谓"劳心者"，孟子的名言是："劳心者治人，劳力者治于人。治于人者食（饲）人，治人者食（饲）于人。天下之通义也。"这首诗的可贵，在于质疑这种理论的正义性和公平性，并不认为那么天经地义。"十指不沾泥"，在语言上很生动、很形象、很民间。"鳞鳞"以状瓦房屋顶的鳞次栉比，与上文"无片瓦"形成巨大反差；"大厦"与上文的"屋"形成巨大的反差。

常言道，记者是社会的良知，在没有记者的时代，诗人就充当了记者的角色，充当了社会的良知。这首诗可与同时代张俞《蚕妇》（"昨日入城市"）参读。二诗手法相近，不过张诗以第一人称叙事，控诉的意味较明。这首诗叙事角度比较含蓄，控诉的力度却并不亚于张诗。

鲁山山行

适与野情惬，千山高复低。

好峰随处改，幽径独行迷。

霜落熊升树，林空鹿饮溪。

人家在何许？云外一声鸡。

诗为仁宗康定元年（1040）作者知襄城县时过鲁山所作。鲁山一名露山，靠近襄城西南边境。

首二句为倒装总叙山行，意思是一路上入眼尽是高高低低的山峰，恰好满足我爱好天然风物的脾气。次联写沿途视觉印象和独行的感受，出句写出千山因移步换形而产生的奇妙视觉感受，对句写独行时遇小路无人问津的彷徨而又好玩的心情。

三联写山行最愉快最难忘的，是看到不少野生动物的活动。"霜落""林空"为互文，正因为深秋木叶疏落，才容易看到熊上树和鹿饮溪。看到野生动物的活动，确实比只看到林树更加难能可贵，因而也更有兴致。

山路漫漫，边看边行，天色已晚，诗人自然关心到投宿的问题。然而"人家在何许"呢？——"云外一声鸡。"旧时人家皆养鸡犬，鸡鸣犬吠，都是报到人家远近的消息。这一声鸡鸣带来的当然是欣喜，今夜宿有着落了。不过鸡声是从云外传来的，也就是杜牧《山行》所说的"白云生处有人家"，看来还得加紧赶路。这就惟妙惟肖地写出了山行况味——包括人的思想活动。

诗纯乎白描，没用一个典故，对仗自然工整。前六句的写景可以说是"状难写之景如在目前"，末二句的写心可以说是"含不尽之意见于言外"。就写野兴而言，此诗接近李白少作《访戴天山道士不遇》："犬吠水声中，桃花带露浓。树深时见鹿，溪午不闻钟。野竹分青霭，飞泉挂碧峰。无人知所去，愁倚两三松。"本篇结尾不啻青出于蓝矣。

东溪

> 行到东溪看水时，坐临孤屿发船迟。
> 野凫眠岸有闲意，老树著花无丑枝。
> 短短蒲茸齐似剪，平平沙石净于筛。
> 情虽不厌住不得，薄暮归来车马疲。

作于仁宗至和二年（1055），时作者丁母忧乡居宣城。东溪即宛溪，源出宣城东南峰山，至城东北与句溪合，此二溪即李白诗"两水夹明镜"之两水。诗为宛溪记游之作。

开篇写春游乘船，行到宛溪，坐临洲渚，看水散心。"发船迟"即是归来迟，可见水边风物之美，足以流连忘返。此联平淡叙来，有如文句。

照亮全诗的是次联写所见洲渚景色，方回赞为"当世名句"，陈衍也说"的是名句"。本来"野凫眠岸""老树着花"是春来水乡野外常见的令人神怡的景物，只上句从"野凫眠岸"中体会出"有闲意"来，则是作者特定心境下的产物；下句亦然，不仅客观描写"老树春深更著花"的妙景，而且一反"老""丑"相连的常言，更出新意。好个"老树著花

119

无丑枝",不但是写景,而且反映了一种不服老的风流名士的心态。一句诗尽收关汉卿〔南吕一枝花〕曲意。欧阳修尝说梅尧臣"文词愈清新,心意难老大;有如妖娆女,老自有余态"(《水谷夜行》),则"老树著花无丑枝"也就是作者风流自赏、夫子自道。在给人以审美怡悦的同时,还能陶冶情操,岂非名言!

三联继续写岸景,"短短蒲茸"即初生的菖蒲,故整齐似修剪过一般;"平平沙石"即常经溪水冲涤的细石河沙,故洁净如筛洗过一般。共前二句展示出极佳的生态环境。

末联承篇首"发船迟",言溪上风物虽使人流连忘返,但毕竟是晚归的时候了,回到城时换乘马车,与乘舟看水就是两回事了。"车马疲"三字,有对车马征逐的城中生活的厌倦感,这是因为刚刚从大自然中返回,两种生活的对比太强烈的缘故。

范饶州坐中客语食河豚鱼

春洲生荻芽,春岸飞杨花。河豚当是时,贵不数鱼虾。其状已可怪,其毒亦莫加。忿腹若封豕,怒目犹吴蛙。庖煎苟失所,入喉为镆铘。若此丧躯体,何须资齿牙?持问南方人,党护复矜夸。皆言美无度,谁谓死如麻!我语不能屈,自思空咄嗟。退之来潮阳,始惮餐笼蛇。子厚居柳州,而甘食虾蟆。二物虽可憎,性命无舛差。斯味曾不比,中藏祸无涯。甚美恶亦称,此言诚可嘉。

景祐五年(1038)梅尧臣将解知建德县(属浙江)任,范仲淹时知饶州(江西波阳),约他同游庐山。在仲淹席上,有人绘声绘色地讲起河豚这种美味，引起尧臣极大兴趣。他本是苦吟诗人，居然于樽俎之间，顷刻写成这首奇诗。

首回句赞河豚以起。"河豚常出于春暮，群游水上，食絮而肥，南人多与荻芽为羹，云最美。"（《六一诗话》）"春洲生荻芽，春岸飞杨花"，不仅善言暮春物候，而且暗示"正是河豚欲上时"。鱼虾虽美，四时毕具，而河豚上市有季节性，物以稀为贵，加之其味的确鲜美，所以一时使鱼虾为之杀价。"河豚当是时，贵不数鱼虾"二句，妙尽情理。此诗开篇极好，无怪欧阳修说："故知诗者谓止破题两句，已道尽河豚好处。"

以下八句忽作疑惧之词，为一转折。"其状已可怪，其毒亦莫加"二句先总括。以下再分说其"怪"与"毒"。河豚之腹较他鱼为大，有气囊，能吸气膨胀，目凸，靠近头顶，故形状古怪。诗人又加夸张，谓其"腹若封豕（大猪）""目犹吴蛙（大蛙）"，加之"忿""怒"的形容，河豚的面目可憎也就无以复加了。而更有可畏者，河豚的肝脏、生殖腺及血液含有毒素，假如处理不慎，食用后会很快中毒丧生。诗人用"入喉为镆铘（利剑）"作比譬，更为惊心动魄。要享用如此口味，竟得冒生命危险，是不值得的。"若此丧躯体，何须资齿牙"二句对河豚是力贬。

看来，怕死就尝不着河豚的美味，而尝过河豚美味的人，则大有不怕死者在。"持问南方人"四句表现了一种与上节完全对立的见解，又是一转折。河豚产于沿海，故南方的"美食家"嗜之如命。他们几乎是异口同声，津津乐道，说河豚美得不得了，全不管什么贪口者"死如麻"之类的警告。"美无度"（语出《诗经·魏风·汾沮洳》）的极言称美，"党护"（偏袒）的过激行为，写出了一种执着的感情态度。这自然是"我语不能屈（说服）"的了。非但如此，这还使"我"反省以"自思"。

从"我语不能屈"句至篇终均写"我"的反省。可分两层。诗人先征引古人改易食性的故事，二事皆据韩愈诗。韩愈谪潮州，有《初南食贻元十八协律》云："唯蛇旧所识，实惮口眼狞。开笼听其去，郁屈尚不平。"柳宗元谪柳州，韩愈有《答柳柳州食虾蟆》云："余初不下喉，近亦能稍稍，而君复何为，甘食比豢豹。"诗人综此二事，谓可憎如"笼蛇""虾蟆"，亦能由"始惮"至于"甘食"，可见食河豚或亦未可厚非。然而又想到蛇与虾蟆为物虽形态丑恶，食之究于性命无危害，未若河豚之"中藏祸无涯"，可是联系上文，河豚味之"美无度"，似乎又是蛇与虾蟆所不可企及的。

"美无度"，又"祸无涯"，河豚真是一个将极美与极恶合二而一的奇特的统一体呢。于是诗人又想起《左传》的一个警句："甚美必有甚恶。"觉得以此来评价河豚，是再恰当不过的了。

古人说："不入虎穴，焉得虎子？"人类在制定食谱的问题上也是富于冒险精神的。综观全诗，尧臣对南方人"拼死食河豚"的精神，还是颇为嘉许的。但他没有这样说，而是设为论难，通过诗中"我"与南方人的诘辩及"我"的妥协，隐隐地表达了这个意思。构思奇特，风格诡谲。诗中旁征博引，议论纵横捭阖，既以文为诗，又以学问为诗，但形象性与抒情性仍是很强的。至于其以丑为美，以文为诗，又大有得力于韩愈之处。

寄题徐都官新居假山

太湖万穴古山骨，共结峰岚势不孤。

苔径三层平木末，河流一道接墙隅。

已知谷口多花药，只欠林间落狖貙。

谁侍巾簪此游乐，里中遗老肯相呼？

宋代江南园林艺术颇为发展，由于取材方便，苏州、湖州等地区，私家建造园林风气很盛。庆历三年（1043），梅尧臣在湖州任监税官，诗即作于此时。徐都官，未详，夏敬观谓"疑即建德徐元舆，集中屡见"。此诗不施藻绘，瘦劲挺拔，很能体现宋诗的艺术特色。

首二句具言徐都官新居假山取材之美，造型奇峭逼真。"太湖万穴古山骨"，指取太湖石为假山。太湖石多孔穴，是很理想的园林建筑材料。这里不径言石而言"古山骨"，本于韩愈《石鼎联句》诗首句"巧匠斫山骨"，使人感到假山不假，它原具有山之骨髓。叠石成山，故下句言"共结"。不言"峰峦"而言"峰岚"，盖"岚"为山中雾气，著此一字，不仅写出山形，而且绘出山神，颇有云气蓊郁之感。再加"势不孤"三字，更见峰峦重叠之妙。

三四句承上，写假山与周围环境相得益彰。这里的"苔径三层""河流一道"，皆人工建造。假山有崎岖小路达于峰顶，高于园中之树（"平木末"），山路上满布苔藓，古趣盎然。山下河流一道，显然自墙外引入。于是，假山、真树、活水，彼此浑融无间，大得自然意趣。"已知谷口多花药"，暗用西汉隐士郑子真身居谷口而名动京师的典故。此句承前而来，下句却作一转折，说林间景物仍有不可及处，假山之上毕竟缺少野生动物——"只欠林间落狖鼯"（"狖"黑色长尾猿；"鼯"，飞鼠）。诗人著此一句，意若有憾焉，其实乃深喜之也。意思是说若有狖鼯出没其间，假山就更逼近自然了。从"只欠"二字可以体味。这样，在转折之中，又翻进一层。

至此，已道尽假山胜处，末二句理所当然地写到游园。但值得注意的是，诗人却撇开自己和朋友，着意提到"里中遗老"（遗老，指老者），颇耐寻味。看来徐都官新居假山既成，却未"对外开放"，连里中老者亦未能一饱眼福。诗人既以先游为快，也就想到这一层，才有此一问："谁侍巾鞲（代指都官）此游乐，里中遗老肯相呼？"这一联化用杜甫《客至》"肯与邻翁相对饮，隔篱呼取尽余杯"句意，而含意颇深，表面看，是说与人分享，其乐更甚；深一层的意思是，为官者当与民同乐。这与诗人好友欧阳修的《醉翁亭记》末尾一段的措意不谋而合。于是诗的境界得到提高。这种民胞物与的思想，就《田家》《陶者》《汝坟贫女》的作者而言，是一贯的。只是诗人不说"应"相呼而只问"肯"否，措语甚婉，乍读不易体察。

题咏之类，切题、体物都不难，有思想境界则不易，"应怜屐齿印苍苔，小扣柴扉久不开。"看来梅尧臣是不赞成这种态度的。

书哀

天既丧我妻，又复丧我子。两眼虽未枯，片心将欲死。雨落入地中，珠沉入海底。赴海可见珠，掘地可见水。唯人归泉下，万古知已矣！拊膺当问谁，憔悴鉴中鬼。

庆历四年（1044），梅尧臣自湖州入汴京，舟行途中，妻子谢氏不幸病故，给诗人精神上以沉重打击："结发为夫妇，于今十七年。相看犹不足，何况是长捐！"（《悼亡三首》）祸不单行，舟次符离时，次子十十（乳名）也相继亡故。眼看贤妻爱子接连去世，诗人不胜悲痛。《书哀》就是在这种境况中写成的。

诗一开篇就直书这段个人哀史。前两句完全是直白式："天既丧我妻，又复丧我子。"这里没有"彼苍者天，歼我良人"一样的激楚呼号，却有一种痛定思痛的木然的神情。人在深哀剧痛之中，往往百端交集，什么也说不出。"既丧……又复丧"，这种复叠递进的语式，传达的正是一种莫可名状的痛苦。诗人同一时期所作《悼子》诗云"迩来朝哭妻，泪落襟袖湿；又复夜哭子，痛并肝肠入"，正是"两眼虽未枯"的注脚。这里还使人想起杜甫《新安吏》"眼枯即见骨，天地终无情"的名句，而意味更深。《庄子》云"哀莫大于心死"，而诗人这时感到的正是"片心

124

将欲死"。

说"将欲死"，亦即心尚未死，可见诗人还迷惘着：难道既美且贤的妻、活蹦乱跳的儿就真的一去不返了？他不敢相信，可又不得不信。这里诗人用了两个连贯的比喻："雨落入地中，珠沉入海底"，雨落难收，珠沉难求，都是比喻人的一去不复返。仅这样写并不足奇，奇在后文推开一步，说"赴海可见珠，掘地可见水"，又用物的可以失而复得，反衬人的不可复生。这一反复，就形象地说明自己的悲痛，自己的损失，是不可比拟的，无法弥补的。同时句子还隐含这样的意味，即自己多么希望人死后也能重逢啊！

然而，事实是不可能的，"他生未卜此生休"。故以下紧接说："唯人归泉下，万古知已矣！"这并不全然是理智上的判断，其间含有情感上的疑惑，难道真是这样的吗？这是无人能够回答他的问题，"拊膺当问谁"，诗人只好对镜自问了。"憔悴鉴中鬼"正是他在镜中看到的自己的影子，由于忧伤过度而形容枯槁，有类于"鬼"，连他自己也认不出自己来了。最末两句传神地写出诗人神思恍惚，对镜发愣，而喃喃独语的情态。

月下怀裴如晦宋中道

九陌无人行，寒月净如水。洗然天宇空，玉井东南起。我马卧我庭，帖帖垂颈耳。霜花满黑鬓，安欲致千里。我仆寝我厩，相背肖两巳。夜深忽惊魇，呼若中流矢。是时兴我怀，顾影行月底。唯影与月光，举止无猜毁。吾交有裴宋，心意月影比。寻常同语默，肯问世俗子。

皇祐三年（1051），诗人在宣城服父丧期满，又到汴京，为生计奔波：

"近因丧已除，偶得存余生。强欲活妻子，勉焉事徂征。"（《依韵和达观禅师赠别》）年届半百的诗人，看来已倦于宦游。这种心情，就隐隐表现在这首月夜怀人之作中。

裴如晦（名煜）和宋中道皆为尧臣好友。同一时期有《贷米于如晦》之作，可知他们过从甚密，有通财之谊。诗人和裴、宋二位的知己之情是十分深厚的。

此诗前四句从月色写起。汉代长安城有八街九陌（见《三辅黄图》），这里借"九陌"指汴京街道。玉井，星座名。这时是夜深人定，月光如水，天宇澄澈，景象很美。对月怀人，诗人常事，此诗亦然。

但别致的是，诗人并不即写怀人，而写月下所见庭中马匹垂首帖耳之态与仆人酣睡之状。

马一般是站立着睡觉的。而"我马卧我庭，帖帖（駜帖貌）垂颈耳"，可见此马非羸即老。"霜花满黑鬣"，或许并不真是鬣毛花白，而只是月光反射所致的错觉。然而它容易使人联想到马的衰老。这马当年或许很神骏，但如今既成伏枥的老骥，即便有千里之志，又何以致之！睹物思己，能不怆然！

再看仆人，居然就在马厩中睡熟了。他们（应是两个人）"相背"而卧，酷似黻形花纹（据《古文尚书·益稷》伪《孔传》，这种花纹如两个"巳"字相背）。其中有人梦魇惊叫，好像中了冷箭。这里，诗人绝非随意描写，而是有感而发的。梦魇，心境不安定时容易产生。诗以仆人的困顿和马的羸老，间接反映出他们主人的形象，不用说，这位主人也是久经风霜的了。而从这里，就隐隐流露出诗人对仕宦的厌倦感。其笔法看来自然，却颇费安排。

以上可视为怀思情绪的酝酿。"寒月""霜花"，使环境更见清冷，诗人更感孤寂。于是兴起了怀人之想："是时兴我怀，顾影行月底。"以下反复就"月""影"生发，显然受到李白《月下独酌》一诗的影响。由于孤寂，诗人就把月和影拉来，凑成"三人"。"唯影与月光，举止无猜

126

毁"，言外之意是，茫茫人海，无不尔猜我毁。因此起怀念友人之情，觉得裴、宋二人与自己情投意合，简直可比月与影。"语默"出自《易经》："君子之道，或默或语。"诗人又想到，平素彼此语默相同，对俗子几乎是不屑一顾的。思念之情于是更切。所以陈衍评云："末由太白对月意，翻进两层。"（《宋诗精华录》）

初读此诗，像是仅就月下之景、事、情作平直铺叙。细味之，则见写月夜之景色，写仆马之情事，都是为写怀人而作的必要铺垫。这是很有特色的。末段点化唐人诗，善于出新。盖以月、影拟人，固为太白诗原有；然以友人比月、影，则全出尧臣新意。

【晏殊】(991—1055) 字同叔，抚州临川（江西抚州）人。景德中赐同进士出身。庆历中官至集贤殿学士、同中书门下平章事兼枢密使。谥元献。有《珠玉词》，清人辑有《晏元献遗文》。

浣溪沙（录二）

其一

一曲新词酒一杯，去年天气旧亭台。夕阳西下几时回？

无可奈何花落去，似曾相识燕归来。小园香径独徘徊。

《浣溪沙》是唐五代常用曲调，也是宋人使用频率最高的词牌。上下片各三句，皆七言律句。上片前二句相当于仄起式首句入韵的七律前两句。下片前二句相当于同式七律的颈联。每片结句与第二句为相同之律句，即既相粘复入韵，同时具有律诗下一联两句的特点。故可以视为简化的七律。与律诗不同者，特在奇句上寓取风情耳。无怪宋人皆通

127

此调。

　　晏殊此词为暮春酒筵之作。上片从对酒当歌写起。首句通过"一曲""一杯"的复叠，以轻快流利的语调表明，词人先是怀着一种闲适的心情饮酒听曲的。次句发生转折，亦以"去年""旧"相复叠，表明当前情景引起一种回忆、一种联想——就是在去年暮春、同样的天气，同在这座亭台中，也曾有过同样的聚会。"似曾相识"四字已呼之欲出。第三句再作转折，便是分明感觉到这绝不是简单的重复，似曾相识之中有某些东西已经发生了难以逆转的变化，那便是流逝的时光和变迁的人事。本来，词的前两句就化用或借用唐人郑谷"流水歌声共不回，去年天气旧亭台"（《和知己秋日伤怀》）。太阳不是天天升起么？怎么问"夕阳西下几时回"呢？可见词人看到的是"夕阳西下"的景色，想到的却是流逝的光阴。"太阳下山明早依旧爬上来，花儿谢了明年还是一样开；美丽小鸟飞去无影踪，我的青春从此一去不回来"（《青春舞曲》）。总之，有重复、有不重复，重复之中即有不重复。这里已经表现出一种情中的思致。

　　过片是一联对仗，是以具象的景物对上述思致作更深的玩味，成为使此词增价的名句。"花落去"三字妙在，不具言什么花、如何落，却以其抽象而产生一种象征意义，可以代表一切正在消逝的美好事物；"无可奈何"四字则好在包含一个生活哲理，即自然规律不以人的意志为转移。遗憾只是事情的一个方面。事情的另一方面，则是遗憾的补偿。"燕归来"就在无可奈何的主题中，奏出了一个对比的音符；伤春的人们，可以从归来的燕子身上找到些些慰藉。它表明有旧的美好事物消逝的同时会有新的美好事物再现——"似曾相识"精确地判明这种再现之不完全等于重复，不管怎样，生活不会因而变得空虚，人们正不必为此感到悲观。如果说"无可奈何"句是说自然无情，那么"似曾相识"句则是说自然多情，这是一对二律背反的命题。从音情上说，"无可奈何"四字作入上去平，以富于起伏的四联音，与人生无常、毫无办法的情感内容配合得丝丝入扣，对概括全篇的基调发挥着卓越的作用；而"似曾相识"

四字，则以去平（阳）平（阴）入，同样富于变化的四联音，奏出对比的音符，同时在用虚字构成工整的对仗及唱叹传神方面，表现出词人的深情巧思，所以为妙。据说大晏在咏出上句后，久久对不出下句，还是江都尉王琪帮他找到了感觉完成这联佳句，两人也因此成为忘形交（见《苕溪渔隐丛话》引《复斋漫录》），传为佳话。王士禛《花草蒙拾》说："或问诗词分界，予曰'无可奈何花落去，似曾相识燕归来'，定非香奁诗。"他的意思是，诗是诗、词是词，这两句如作写景的诗句未免纤弱，然而作为表现一种思致的词句则很本色。

末句不复言情，出现了词人徘徊于小园香径的身影。这是一种漫无目的的彷徨或悠游，也是沉浸在思绪中的一种情状。外观平静，却很有内涵。

其二

一向年光有限身，等闲离别易销魂，酒筵歌席莫辞频。

满目山河空念远，落花风雨更伤春，不如怜取眼前人。

这首词在抒情中极有思致。一开始就用唱叹平静的口吻述说着人生最大的憾事——光阴短暂，生命有限，因而最寻常的离别也令人难堪。从"马上琵琶关塞黑；更长门、翠辇辞金阙；看燕燕，送归妾；将军百战声名裂，向河梁、回头万里，故人长绝；易水萧萧西风冷，满座衣冠似雪，正壮士、悲歌未彻"（辛弃疾《贺新郎》）一类生离死别感到"销魂"并不难，难的是点出寻常的离别（"等闲离别"）也"易销魂"，这是人人心中所有，笔下所无的。词人似乎要告诉人们"没有一个人长生不老，也没有一件东西永久长存。兄弟，记住这一点而欢欣鼓舞吧"（泰戈尔），于是才能以从容自若的口吻告诫道："酒筵歌席莫辞频。"读者从这里分明感到一种超脱，一种彻悟，一种味外味。

过片的两句重复了上片的唱叹，分别承接"等闲离别"和"一向年光"而来，一伤别，一伤春。"满目山河"字面还分明涵茹了"山川满目泪沾衣，富贵荣华能几时"（李峤）那样伤逝的意念。"空""更"二字包含有这样的思致——"满目"一句除念远之情外，更使人想到人生对一切不可获得的事物的向往之无益；"落花"一句除伤春之情外，更使人想到人生对一切不可挽回的事物的伤感之徒劳（叶嘉莹语）。然而"如果错过太阳时你流了泪，那么你也要错过群星了"（泰戈尔），词人用觉悟的口吻再度告诫："不如怜取眼前人。"此语出自《莺莺传》"还将旧来意，怜取眼前人"，但已易其意，"眼前人"云云已超出具体指称而具有一种象征性，使人想到的不仅是身边的某个"人"而是应该把握的现在的一切。它和唐诗中的"即今相对不尽欢，别后相思复何益"（张谓）、"花开堪折直须折，莫待无花空折枝"（《金缕衣》）一样，都是好话。据说某名人赠雪茄给别人时说道："一定要抽掉它。这雪茄妙如人生，而人生是不能保存的，要充分享受它。不能享受人生就没有乐趣。"这也是好话。人说大晏词雍容华贵，圆融平静，道理就在此中。

木兰花

池塘水绿风微暖，记得玉真初见面。重头歌韵响琤琮，入破舞腰红乱旋。　　玉钩阑下香阶畔，醉后不知斜日晚。当时共我赏花人，点检如今无一半。

在一个初春的黄昏，词人漫步在小园芳径，熟悉的景物——池塘、阑干、香阶及园中景色——引起他对以往岁月的回忆，鲜明而朦胧，如在眉睫忽而又变得十分遥远，最终只留下一片惆怅。这种伤春伤逝的抒情题材，为词中常见。而大晏此词写法却很有特色。它不是顺序抒写，而是采用前后互见的手法。有明写，有暗示；有详笔，有略笔。上下片词意相互补足而韵味深长。

春天，好风轻吹，池水碧绿，也是花开的季节。花未明写，于下片"赏花"二字补出，读者自知。"池塘水绿风微暖"，通过眼观身受，暗示词人正漫步园中；这眼前景又仿佛过去的情景，所以引起"记得"以下的叙写。这一句将"风"与"水"连在一起，又隐隐形成"风乍起，吹皱一池春水"的动人画面，由池水的波动暗示着情绪的波动。

以下词人写了一个回忆中的片断。这分明是春日赏花宴会上歌舞作乐的片断。但他并没有一一写出，与下片"当时""赏花"等字互见，情景宛在。这里只以详笔突出了当时宴乐中最生动最关情的那个场面："记得玉真初见面。""玉真"即玉人（"真"即仙，多用作绝色女子之代称），而"真"比"人"在音韵上更清脆响亮，也更有词采。紧接二句就写这位女子歌舞之迷人："重头歌韵响琤琮，入破舞腰红乱旋。"这是此词中脍炙人口的工丽俊语。词中前后阕句式音韵完全相同名"重头"，"重头"就有回环与复叠，故"歌韵"尤为动人心弦。唐宋大曲末一大段称"破"，"入破"即"破"的第一遍；演奏至此时，歌舞并作，以舞为主，节拍急促，故有"舞腰红乱旋"的描写。以"响琤琮"写听觉感受，以"红乱旋"写视觉感受，均甚生动。"琤琮"双声，"乱旋"叠韵。双声对叠韵，构成语言上的回环之美。这一联虽只写歌舞情态，而未著一字评语，却全是赞美之意。

上片写到"初见面"，应更有别的情事，下片却不复写到"玉真"。未尽其言，留给读者去想象。"玉钩阑下香阶畔"，点明一个处所，这大约就是当时歌舞宴乐之地罢。故此句与上片若断若连。"醉后不知斜日晚"，作乐竟日，毕竟到了宴散的时候。仍似与当筵情事。不过，诗词的黄昏斜日又常常是象征人生晚景的。此句实兼关昔与今。这就为最后抒发感慨做了铺垫。

131

"东坡诗'尊前点检几人非',与此词结句同意。往事关心,人生如梦,每读一过,不禁惘然。"(《词林纪事》)此词结句只说"当时共我赏花人,点检而今无一半",丝毫未提"玉真",其实她应包含在"当时共我赏花人"之内。至于她究竟属于哪"一半",也没有说,却更耐人寻味。

词的上片说"玉真"而不及"赏花人",下片说"赏花人"不及"玉真",其实是明写与暗示交替而互见,这种写法不唯笔墨省净,而且曲折有味。故末二句比"尊前点检几人非"之句意更深厚一重。

蝶恋花

槛菊愁烟兰泣露,罗幕轻寒,燕子双飞去。明月不谙离恨苦,斜光到晓穿朱户。　　昨夜西风凋碧树,独上高楼,望断天涯路。欲寄彩笺兼尺素,山长水阔知何处?

深秋念远怀人之作。上片从清晨写起,回溯通夜失眠情景。词中人因离别亲人,感到孤寂,移情于物,所以感到"菊愁"而"兰泣",而且使这种感伤与本不相干的烟、露等秋光发生了联系。"罗幕轻寒"与"燕子双飞"本不必有什么联系,但在词中人眼中,双燕似乎是因为不耐罗幕轻寒而飞去,这与其说是在写景,不如说是在抒情。那"轻寒"不仅是主人公身体的感觉,更是心理上的感觉。"明月不谙"二句,既表明月的无知,无知即无过,然而词中人却对它充满怨意,正有力表现了其"离恨苦"。

下片回过头来写早晨起来后登高望远的情事。"西风凋碧树"不仅是即目所见,而且包含夜里所闻。"凋"字作使动用法——不是碧树在风中自凋,而是西风使凋,强烈传达出节物移人之感。本来人在楼中,活动

132

场所极为有限，词人却通过其视野，展示出一片无限寥廓的境界——"望尽天涯路"及后文的"山长水阔"，把读者带进一个高远的、令人神往的境界。语言也洗净铅华，纯用白描，成为词中警句。结尾写望而不见，便想到音书寄远——彩笺指诗笺，尺素指书信，却不知确切通信地址，从而使得这一强烈愿望落空。一波三折，有力表现了思念的执着和困扰。

此词写深切思念、执着探求的情境，不那么圆融平静了，较为接近冯延巳的词境。它情致深婉，饶有姿态，却又具有一般婉约词所罕见的高远、寥廓而又浑涵的境界，故能产生象征的意蕴——王国维就借用"昨夜西风"三句来描述古今成大事业、大学问的第一种境界，即执着追求。

踏莎行

小径红稀，芳郊绿遍，高台树色阴阴见。东风不解禁杨花，蒙蒙乱扑行人面。　　翠叶藏莺，朱帘隔燕，炉香静逐游丝转。一场愁梦酒醒时，斜阳却照深深院。

乍看词的上片写郊外与行人，下片写深院与居者，与欧阳修同调"候馆梅残"略近。但从"一场愁梦酒醒时"之句，可知词中抒情主人公即词人自己，而"行人"则泛言也。词中出现的是暮春初夏景象，抒发的是时序流逝的轻愁。

《踏莎行》这个词调属双调不换头，每片由两个四字句起，须对仗工稳，其余三句为七言律句，押仄韵。上片写陌上春归。"红稀"、"绿遍"四字极精要地写出春末夏初物色，不点明花草，而以红绿代之，是一种感性显现的手法，如印象派画。"高台树色"句与下片"翠叶藏莺"二句同妙，写出初夏绿树成荫后特具的景趣。"东风不解"二句令人百读不厌，语出唐武昌妓与韦蟾联句"武昌无限新栽柳，不见杨花扑面飞"，一面表明无计留春，一面描绘柳絮因风的迷人景色。"乱扑"二字尽其动态。将春风人格化，出以嗔怪的语气，欣赏之中即有惋叹，是表情的微妙处。

下片转入深院闲愁。"翠叶藏莺"二句，写初夏特具的幽深，给人以封闭的感觉。"炉香静逐"句，通过香烟的动态刻画室内静谧的氛围，也有暗示初夏昼长的意味。"一场愁梦"二句，"愁梦"表明梦境与春愁相关，但未表明有何实质性的内容，梦醒后夕阳仍照深院，与"炉香静逐"句映带，既见得深院之岑寂，又含初夏日长难消的意味。

此词所写的闲愁，固然与养尊处优的生活培养出的敏锐感觉相关，但并不等于无聊和无病呻吟。词中流露出对初夏富于活力的景物的欣赏，又隐含着对已逝春光的惋惜，艺术表现手法相当细腻，是其价值所在。前人张惠言、谭献等为提高词的评价，将此词与欧阳修的"庭院深深"一篇臆断为讽刺之作，说什么花稀叶盛就是指君子少、小人多（黄蓼园）等，令人扫兴。

破阵子

　　　　燕子来时新社，梨花落后清明。池上碧苔三四点，叶底黄鹂一两声，日长飞絮轻。　　巧笑东邻女伴，采桑径里逢迎。疑怪昨宵春梦好，元是今朝斗草赢，笑从双脸生。

按古代的花历，清明时节，海棠、梨花刚刚完事，柳絮却开始飞花。

134

春社将近，已见燕子回来，初闻黄鹂娇声，天气也就转暖了。

闺中少女，此时应换了薄装，停了针线，赶节郊游踏青。看那两位邻家少女，在桑林路边相逢。见了面，西邻女就打趣东邻女道："你夜来做了一个什么美梦呀，看把你高兴的！"东邻女一边要拧她的嘴，一边道："休要胡扯，刚才我和那些妹儿斗草，赢惨了！"说着说着脸都笑成一朵花。

民间少女游春中斗草游戏和天真对话，点缀得暮春风光更为绚烂。

玉楼春

> 绿杨芳草长亭路，年少抛人容易去。楼头残梦五更钟，花底离愁三月雨。　　无情不似多情苦，一寸还成千万缕。天涯地角有穷时，只有相思无尽处。

首句绿杨、芳草、长亭路，无一物不关别情。"年少抛人容易去"，是说人们往往仗恃年轻，不把别离当回事儿，暗用了沈约"平生少年时，分手易前期"（《别范安成》）的诗意。

男性这样，女性可不这样。生在古代，女性世界远没有男性的宽广，伊的心里，就只装着他一个人哩。无怪伊经常被五更钟声惊残好梦，无法再寻；无怪伊看着春花浴着三月的细雨，就想到那是在替人惜别呀。

要能无情就好了，就不会像现在这样备受熬煎，把一寸芳心都撕成千丝万缕了，——伊这样想道，——可女性偏偏又是唯情的呀。

"天涯地角有穷时，只有相思无尽处"二句当从"天长地久有时尽，此恨绵绵无绝期"点化而来，然彼咏死别，此咏生离，自有分寸，所以为佳。

135

【范仲淹】（989—1052）字希文，苏州吴县（今属江苏）人。真宗大中祥符八年（1015）进士。仁宗宝元三年（1040）任陕西经略安抚招讨副使，兼知延州。庆历三年（1043）任参知政事，推行新政。后夏竦等中伤，罢政，出任陕西四路宣抚使。卒谥文正。有《范文正公集》。

渔家傲

　　塞下秋来风景异，衡阳雁去无留意。四面边声连角起。千嶂里，长烟落日孤城闭。　　浊酒一杯家万里，燕然未勒归无计。羌管悠悠霜满地，人不寐，将军白发征夫泪。

　　《渔家傲》是北宋新产生的词牌，主要由仄韵的七言律句组成，中间插入三字句、句句入韵以寓取风情，晏欧所填颇多。此词为范仲淹镇守西北边疆（之陕甘）、经略对西夏的防务时作，约在康定元年（1040）至庆历三年（1043）间。

　　上片描写边塞荒凉，大军戍守的艰苦情况。"风景异"的"异"字下得妙，不说好也不说坏，令人于下句中玩味。古人相传，北雁南飞至湖南衡阳而止，故当地有回雁峰。次句词序倒腾，意即：雁去衡阳无留意。雁去而"无留意"，极具主观感情色彩，边地之苦寒尽在不言中。"边声"一词涵盖很广，包括边地的天籁地籁及人籁，李陵《答苏武书》所谓"侧耳远听，胡笳互动，牧马悲鸣，吟啸成群"即可为之注脚，"角"是边塞军中号角，本属边声之一，此句将它独立出来，与"边声"并列，是强调、突出它在词中的主导地位，从而词情也就落到军事上来。"千嶂里"两句，展现的是驻军边城日常情况，不是"孤城落日斗兵稀"，而是"长烟（平安火）落日孤城闭"。如此，则边城的荒寒、寂寞与其对于维持和平的重要性，俱浑涵于句中，故耐读耐味。

下片写将士灭敌报国的雄心和雄心无着的悲苦心情。"酒一杯"与"家万里"句中字面的相对，形成的意味就不只是两桩事实（饮酒、思家），同时还使两者发生联系：这一杯酒——且是"浊酒"——能消除万里乡愁么？以下更生联想，乡愁何来？这里反用后汉窦宪击败匈奴、勒石燕然（称杭爱山，在内蒙古）的典故，同时写出将士杀敌报国的雄心和雄心无着的悲哀，比"归无计"更深一层的悲哀，是词中主题之句。"羌管悠悠"使人想到王之涣《凉州词》"羌笛何须"二句而见缠绵。"霜满地"使人想到李白《静夜思》——但这是真霜，故更凄凉。最后两句"人不寐"是一总，"将军白发——征夫泪"是一分，极具唱叹韵味。末句为名句，故特别发人寻思。"白发"不只是说老，同时是愁的一转语。是则将军的愁与战士的泪是感情上的投合；将军的白发与满地银霜是设色上的映带。凡此，都增加了词句的韵味。

据说欧阳修曾呼此词为"穷塞主词"，这当然是句开玩笑的话。然而发人深省的是，范仲淹居塞上三年，筑城练兵，号令严明，屡挫敌锋，边地人歌曰"军中有一范，西贼闻之惊破胆"，西夏人也说"范小老子（老头）胸中自有甲兵百万"，为什么恰恰是他写出了这样一首以"燕然未勒归无计"为主题的"穷塞主词"，而并无治军之才的别人（庞籍）反以同一词调写成"战罢挥毫飞捷奏"的颂歌呢？这里首先有一个深入生活、体察下情的问题，什么是深刻、什么是肤浅，几乎一目了然。只有像范仲淹这样具有"先天下之忧而忧，后天下之乐而乐"的胸襟抱负的人，才写得出这样深具忧患意识的词。其次，北宋王朝对武将防范甚严，枢密有发兵之权而无握兵之重，军帅有握兵之重而无发兵之权，大大削弱了军队的作战能力，成为从根本上消除边患的重大障碍。此词反映的，正是在这样一种政局下边防将士的生活、思想和情绪。宋代国势不振、积贫积弱和社会面貌，从此词已见端倪。从这一点上说，此词纯属宋调而不同于唐音，有异于唐人边塞诗。

范仲淹毕竟是个具有非凡襟抱的人物，虽面对现实，深觉悲愤，骨子里决不消沉。这就同时赋予此词以开阔和悲壮的基调。从这一点上讲，它仍可比美于唐贤，从而成为宋代边塞词的压卷之作。此词无论从题材还是风格上，对于传统都是一种突破，也当得起"一洗绮罗香泽之态，摆脱绸缪宛转之度"之评，从而下开苏辛。

苏幕遮

碧云天，黄叶地，秋色连波，波上寒烟翠。山映斜阳天接水，芳草无情，更在斜阳外。　　黯乡魂，追旅思，夜夜除非，好梦留人睡。明月楼高休独倚，酒入愁肠，化作相思泪。

1957年秋，毛泽东有一夜睡不着，哼范仲淹词二首，并写下一则词话，大意是：读婉约派久了、厌倦了，要改读豪放派；豪放派读久了、又厌倦了，应当改读婉约派。范仲淹词介乎婉约豪放之间，既苍凉又优美，使人不厌读。这是很高的评价了，其中第一首就是《苏幕遮》。"苏幕遮"据近人考证为波斯语译音，意为披肩头巾，唐玄宗时为教坊曲名。

这首词作于宋仁宗康定元年（1040）至庆历三年（1043）间，当时作者正在西北边塞的军中任陕西四路宣抚使，主持防御西夏的军事。此词写天涯孤旅与秋思，淡化了戍边内容，而专写乡愁。

上片为秋兴，不写秋声而专写"秋色"，是其特点。又写得浓墨重彩，金碧辉煌，给人印象深刻：天上是碧云（"碧云"语出江淹诗），地下是黄叶，江上笼罩着翠色的寒烟。这个开头极富文采，不甚像边塞。后来被元代戏曲家王实甫《西厢记》化用写长亭送别："碧云天，黄花地。西风紧，北雁南飞。晓来谁染霜林醉，总是离人泪。"作者用了递进和接字

（"波"字、"斜阳"字两见）的手法写景，情思即在景色扩展延伸。由秋色（碧云、黄叶）到秋波，秋波之外是暮霭、寒山，寒山之外是斜阳，斜阳之外是芳草，芳草之外呢，没有说出的，是那个行人。在北宋词中，天涯孤旅是经常出现的文学形象，如欧阳修《踏莎行》的"平芜尽处是春山，行人更在春山外"。

过片即抒写天涯孤旅的情思，"黯乡魂，追旅思"两个骈偶的短句，不合文法，是诗词特殊句型，两相比勘，意思还是清楚的。"黯乡魂"是乡愁使人黯然销魂，"追旅思"是别恨缠身。"夜夜除非，好梦留人睡"，是词中可圈可点之句。一、语有省略，意即宋徽宗《燕山亭》"怎不思量，除梦里有时曾去"，却把"怎不思量"省去了，更加含蓄。二、"睡"字这个韵脚，用得别致。本来是"好梦由人做"，直说则无趣，味同嚼蜡。为了押韵，写成"好梦留人睡"，反而感觉清新有味、不同凡响、因病致妍。但好梦并非客中常态，"除非"二字，表明了求之不得。客中常态是失眠，是借酒浇愁。"明月楼高休独倚"就写失眠，"休独倚"以呼告语，表明乡愁之难以承受。"酒入愁肠，化作相思泪"，则是借酒浇愁，却并没有止住下泪，故有"举杯消愁愁更愁"的意思。直说没劲，说酒化作泪，便成新意。这是作者的得意之笔，在《御街行》词中，同样用到这个构思，造成了"酒未到，先成泪"的名句。

《苏幕遮》这个词调中，有四组句式须一气贯注，分开是一个四字句加一个五字句，合起来须成九字句方佳，如此词之"秋色连波，波上寒烟翠"、"芳草无情，更在斜阳外"、"夜夜除非，好梦留人睡"、"酒入愁肠，化作相思泪"都是如此。另有堆絮体，见万树《词律》。我尝试之作《上青藏》一词："及良辰，将胜友。与子偕行，与子偕行久。小别重逢一握手。唐古拉山，唐古拉山口。镜湖平，阴岭秀。雪积云端，雪积云端厚。好客人家处处有。熟了青稞，熟了青稞酒。"

御街行

　　纷纷坠叶飘香砌。夜寂静，寒声碎。真珠帘卷玉楼空，天淡银河垂地。年年今夜，月华如练，长是人千里。　　愁肠已断无由醉。酒未到，先成泪。残灯明灭枕头敧，谙尽孤眠滋味。都来此事，眉间心上，无计相回避。

　　一本有副题"秋日怀旧"。上片描绘秋夜寒寂的景象。古人云"一叶落而知天下秋"，前三句不言秋，而"纷纷坠叶"已见得秋意满纸。"碎"是细碎的意思，细碎的落叶之声都听得到，可见夜是如何地"寂静"了。这三句提供给读者的是听觉形象。

　　"真珠帘卷"二句出顾况《宫词》"真珠帘卷近秋河"，极写孤独失眠况味，而"天淡银河垂地"，景色特别明朗，虽是赋景，情在其中——盖"银河"两岸即牛女也。以下"年年今夜"三句作一气读，语出谢庄《月赋》"美人迈兮音尘阙，隔千里兮共明月"，抒情转为明显。

　　下片书写孤眠愁思的情怀。过片三句，是对"酒入愁肠，化作相思泪"的翻新。一是说"愁肠已断"，故没法饮酒；二是说虽没饮酒，依然催泪。因而"酒未到，先成泪"，较之"酒入愁肠，化作相思泪"语有别致，而情更惨苦。"残灯明灭"二句，通过形体语言写愁情——枕头倾斜，以见人之不能安眠也。"孤眠滋味"是何等滋味，说明而不说尽，却又以"谙尽"二字，启人遐思。末三句作一气读：总而言之，相思之苦无法回避，不是在心头萦绕，就是在眉间攒聚。情是常情，语有新意。后来李清照《一剪梅》的"此情无计可消除，才下眉头，却上心头"，语更工整，创意却一脉相承。

此词赋写景物而外，多直抒胸臆，而且一韵之中，往往一气贯通，大都保持着可以一气读到押韵处的语气，颇近于慢词的做法。赋予这首短词以长调的韵味。故前人谓范仲淹"正气塞天地，而情语入妙至此"（《历代诗余》引《词苑》）、"铁石心肠人亦作此销魂语"（许昂霄），虽属柔情丽语，骨力却较遒劲，境界却较阔大。

【欧阳修】（1007—1072）字永叔，号醉翁，晚号六一居士，吉水（今属江西）人。"唐宋八大家"之一。天圣八年（1030）进士。曾任枢密副使、参知政事。因议新法与王安石不和，退居颍州。谥文忠。曾与宋祁合修《新唐书》，并独撰《新五代史》。有《欧阳文忠公集》《六一词》等。

戏答元珍

春风疑不到天涯，二月山城未见花。
残雪压枝犹有橘，冻雷惊笋欲抽芽。
夜闻归雁生乡思，病入新年感物华。
曾是洛阳花下客，野芳虽晚不须嗟。

仁宗景祐三年（1036）作者因好友范仲淹落职，被贬峡州夷陵（湖北宜昌）县令。次年，峡州判官丁宝臣（字元珍）有《花时久雨》一诗相赠，作者便写了这首"戏答"。

当年峡州春寒，花事推迟。春风不到天涯云云，流露了被贬后的抑郁心情。欧阳修对这两句沾沾自喜，说："若无上句，则下句何堪？既见下句，则上句颇工。"（《笔说》）其实此诗首尾，特别是开头这两句，完全落在初唐张敬宗《边词》彀中："五原春色旧来迟，二月垂杨未挂丝。即今河畔冰开日，正是长安花落时。"且比原句好不到哪里去。

次联的写景有新意，抓住了峡州是橘乡、又是竹乡的特点。上句说"残雪压枝犹有橘"，是惊奇的口吻，也是奇妙的景色，试想雪白与金黄同时点缀在枝头，该是何等地醒目！这还是实景，而下句"冻雷惊笋欲抽芽"则纯出经验与想象，可以说是一种期待，是对生命力的歌咏。从来惊蛰只令人想到动物，写出"惊笋"，就有新意。一个"欲"字，赋予了竹笋以知觉和对严寒终将过去的信心。

三联融合了好些古诗的诗意，如谢灵运《登池上楼》"徇禄反穷海，卧疴对空林。池塘生春草，园柳变鸣禽"，赵嘏《寒塘》有"乡心正无限，一雁度南楼"，刘长卿《新年作》有"乡心新岁切，天畔独潸然。老至居人下，春归在客先"，杜审言《和晋陵陆丞早春游望》有"独有宦游人，偏惊物候新"，这些诗句在此都对作者发生了潜在的影响。难得他作成对仗，自然工整，可圈可点。

末联推开一层自慰，自言曾为洛阳留守推官，而洛阳花园天下第一、牡丹天下第一，如此说来也是"曾经沧海"的人了，别说是此处"野芳虽晚"，就是无花，又有什么可以遗憾的呢？这是强颜一笑，所谓"戏答"的意味就见于此。

画眉鸟

百啭千声随意移，山花红紫树高低。
始知锁向金笼听，不及林间自在啼。

这是一首传诵很广的小诗，说的是画眉鸟啼声悦耳，所以常被人笼养；然而听了在树林枝头跳来跳去的画眉鸟的婉转歌声，才知道笼中画眉鸟的啼叫有多么不自在。言下之意，推鸟及人（如名缰利锁的束缚），也是一个道理。比如李白、杜甫，一离朝廷，出口便是杰作。全诗以意为主，写景也服从说理的需要。这种诗在唐代很少见，纯属宋调。大概因为诗中道理、语言都很浅显，所以许多著名的宋诗选不收，但一般读者，特别是类似生活体验的读者是很喜欢的。

踏莎行

　　候馆梅残，溪桥柳细，草熏风暖摇征辔。离愁渐远渐无穷，迢迢不断如春水。　　寸寸柔肠，盈盈粉泪，楼高莫近危栏倚。平芜尽处是春山，行人更在春山外。

　　此词中"离愁"二字是关键，"候馆"（旅舍）、"征辔"、"行人"暗示出一个人，"粉泪"、"倚栏"暗示出另一个人。贯通起来，便知写的是一个旅人在征途的况味，上片是他途中所见所感，下片是他想象中的闺中人对他的怀念。

　　这首词最值得注意的是两片的结尾。上片煞拍写旅人在征途的离恨逐渐加浓，"离愁渐远渐无穷，迢迢不断如春水"；下片煞拍则写思妇在楼头的凝望了无益处，"平芜尽处是春山，行人更在春山外"，都是以不了了之，启读者无限遐想。然而，前者是逐渐推远，与李后主"离恨恰如春草，更行更远还生"（《清平乐》）同致；后者是加一倍法，类语尚有"为言地尽天还尽，行到安西更向西"（岑参《过碛》）、"山映斜阳天接水，芳草无情，更在斜阳外"（范仲淹《苏幕遮》）、"寄到玉关应万里，征人犹在玉关西"（贺铸《捣练子》）。作者把渐进和加倍两种办法用于一词，前后映带，颇有唱答之妙。

　　"楼高莫近危栏倚"一句通过呼告又表明，下片乃出于行人的主观想象，故全词以行人为本位，上下片的关系不是并列，而是包孕。

蝶恋花

　　庭院深深深几许？杨柳堆烟，帘幕无重数。玉勒雕鞍游冶处，楼高不见章台路。　　雨横风狂三月暮，门掩黄昏，无计留春住。泪眼问花花不语，乱红飞过秋千去。

　　词写闺怨，亦见于冯延巳《阳春集》。而据李清照《临江仙》词序说："欧阳公作《蝶恋花》有'深深深几许'之句，予酷爱之，用其语作'庭院深深'数阕"。易安去欧公未远，说当可信。

　　上片写春闺寂寞，推想男人在外寻欢作乐。首句连用三个"深"字，复叠的同时顶真，音节可爱，源于晚唐人诗 (如刘商"夜夜夜深闻子规")。"杨柳堆烟"二句，是"庭院深深"的具体说明，"堆"字妙，杨柳堆烟是写深，帘幕无数重更是写深，一连串"深"字，写出一颗被禁锢的与世隔绝的心灵。

　　"玉勒雕鞍"二句是词中人心理活动，是对男人久别不归的一种合理推想 (即"浮云蔽白日，游子不顾返")。"章台路"是汉代长安街名，道旁种杨柳，是当时的红灯区 ("游冶处")。"楼高不见"云云是闺中翘首情态，正是：看又看不见，越想越恼火。

　　下片写伤春伤别，无可奈何的情绪。前写"杨柳堆烟"，已见是暮春情景，"雨横风狂"句更点出是落花时节，"横"字写雨势横飞得妙、非亲见者道不出也。说是"留春"的无计，实含使丈夫回心转意的无计。末二句"问花"亦自问，问什么未明说，总是同情之一问，盖少妇从落红飘零中照见的是自身的不幸，造意措语皆耐味。

《古今词论》引毛先舒云："因花而有泪，此一层意也；因泪而问花，此一层意也；花竟不语，此一层意也；不但不语，且又乱落，飞过秋千，此一层意也。人愈伤心，花愈恼人，语愈浅而意愈（深）入，又绝无刻画费力之迹，谓非层深而浑成耶？"其意是说，作词用意层深则易见刻画，措语浑成则易流肤浅，像这样既层深又自然，做到层深和浑成统一，最为难能可贵。

采桑子

群芳过后西湖好，狼藉残红。飞絮蒙蒙，垂柳阑干尽日风。　　笙歌散尽游人去，始觉春空。垂下帘栊，双燕归来细雨中。

作者中年知颍州时，爱其地利而人和，即有终焉之志。此词为晚年［熙宁四年（1071）后］以太子少师致仕退居颍州时，歌咏颍州西湖之作。原为联章体，共十首，此写暮春花事阑珊、游人散尽之后感觉到的闲适之情，原列第四。

上片写暮春湖景，耐人寻味在"群芳过后——西湖好"这一句。照说万紫千红春满园才好，残红满地、一片狼藉有什么好？说它好，须从"尽日"二字及下片中体会。

下片"笙歌散尽"紧承前意，正因为花事已了，所以游客散尽。繁华热闹虽然消失，代之而起的却是一种宁静安适舒畅的感觉——眼前这"飞絮蒙蒙，垂柳阑干尽日风"的景色，不亦别具宁静之趣？"尽日"，有尽日无人之意。"垂下帘栊"二句为倒装，先是开帘待燕，双燕归来，始垂下帘栊。而双燕从细雨中回到窝中的安乐，正是词人静观自适的生活乐趣的反映。

　　人们都把"天下没有不散的筵席"当作人生憾事，然而筵席不散，就得不到休息的乐趣。不散固好，散了也好。知好之为好，是人云亦云；说了之为好，是此翁独到处。

　　但人情往往也有矛盾，往往执热愿凉。欧阳修一生经历了不少政治风浪，晚年值王安石厉行新法，不可与争，于是退隐世外。解除世纷固觉轻快，而脱去世务又感到空虚——词中"笙歌散尽游人去，始觉春空"，不仅是表现安闲自适，还微妙地表现了这种矛盾的心情，故谭献说此句"悟语是恋语"。

生查子

　　去年元夜时，花市灯如昼。月上柳梢头，人约黄昏后。
　　今年元夜时，月与灯依旧。不见去年人，泪满春衫袖。

　　此词作者或作朱淑真，或作秦观，但南宋曾慥编《乐府雅词》作欧阳修，较为可信。元夜即今元宵灯节。此词妙于构思，结构上纯用桃花人面之法。上片说去年，下片说今年，而以元夜、花灯、人月等字面相互映带，一切皆是，唯有人非。有力突出了怀思之情。

　　《生查子》属双调不换头（重头），五言齐言体用仄韵，本篇采用文义并列的分片结构，形成章的重叠，歌曲反复一遍，回环唱叹，有风人之致。此后词人多效此体，如王迈《南歌子》上片以"家里逢重九"起，下片以"官里逢重九"起；吕本中《采桑子》上片以"恨君不似江楼月"起，下片以"恨君却似江楼月"起；辛弃疾《采桑子》上片以"少年不识愁滋味"起，下片以"而今识尽愁滋味"起。或袭用，或翻新。而此词明快浅切有民歌风味，则为诸词所不及。

146

玉楼春

尊前拟把归期说，欲语春容先惨咽。人生自是有情痴，此恨不关风与月。　　离歌且莫翻新阕，一曲能教肠寸结。直须看尽洛城花，始共春风容易别。

词为暮春送别而作。上片从离筵说起。首句写临别拟说"归期"，突出的是恋恋不舍的别情，次句以"欲语"而未语按下不表，是一曲折。"春容惨咽"一语双关，既指眼前美丽的人儿，又兼指阑珊的春色。"人生自是"二句是情语直说，"恨"指离愁别恨，特别辩解"无关风月"，正是因为它与风月有些纠缠不清的缘故。事实上，风月往往为愁恨之触媒，哪能全然无关？只不过愁恨的根子不在这上面罢了。这里有个内因和外因的关系问题，这虽属常识，却没有人这样痛痛快快地直说过，大是名言。

下片再从离别说起——筵前离歌翻新，一曲令人愁绝，"且莫"的呼告，表明不赞成一味消沉。末二因作豪语——本意是说正因为离别将近，更应珍惜眼前短暂的这段时光，表达方式上却推开劝酒送客，而转说赏花送春，再一次将惜别与惜春挽合起来。语本孟郊《登科后》"春风得意马蹄疾，一日看尽长安花"，"洛城花"亦即"长安花"，牡丹也。"直须看尽"二句并不否定别情，然正因为有别情，才格外强调尽兴，尽兴才能无憾——所谓"何不潇洒走一回"，打破感伤之误区，直道他人所未道，亦大是名言。

此词与其说是写别情，毋宁说是借离别情事抒发一种人生观。既有感于人生无常，又反对虚无悲观的人生态度。肯定生活的意义，词风因而豪放；承认人生无常，故不流于肤浅。叶嘉莹在《灵溪词说》中则认为欧词不同于晏、冯者，特具豪宕的意兴，而王国维《人间词话》谓此词"于豪放中有沉着之致"，更为全面。伤春与伤别在古人诗词中虽常相关，然而惜春之作与送别之作还是判然有别的。本篇却将两者完全打成一片，既是离歌，又是送春的歌。很有特色。《玉楼春》调名一作《木兰花》，是七言齐言体双调词，与近体诗不同者，以押仄韵耳。全词，特别是煞拍处皆两句一气贯注，意象疏朗，悉如散文语法，使这首词风调上显得流利清新，有如古风，较近韦庄。

【宋祁】（998—1061）字子京，安州安陆（今属湖北）人。后迁居开封雍丘（河南杞县）。天圣二年（1024）进士。曾官翰林学士、史馆修撰。与欧阳修等合修《新唐书》。书成，进工部尚书，拜翰林学士承旨。谥景文。与兄痒称"二宋"。有《宋景文集》《笔记》《益部方物略记》等。

玉楼春

　　东城渐觉风光好，縠皱波纹迎客棹。绿杨烟外晓寒轻，红杏枝头春意闹。　　　浮生长恨欢娱少，肯爱千金轻一笑。为君持酒劝斜阳，且向花间留晚照。

　　宋祁年辈在晏、欧间，历官翰林学士、史馆修撰，与欧阳修等合修《新唐书》，书成进工部尚书，逾月拜翰林学士承旨。也是一位余事为词的政要名流。此春游抒怀之作。《古今词话》载："景文（宋祁）过子野（张先）家，将命者曰：'尚书欲见"云破月来花弄影"郎中。'子野内应曰：'得非"红杏枝头春意闹"尚书耶?'"后世传为佳话，而"红杏枝头春意闹"一句，即出此词。

上片写春日郊游所值美景。写春游地曰"东城"，犹如写梅花曰"南枝"，以其得春光之先也。"縠皱波纹"写水如轻纱皱纹，生动形象，应是从画水得到的灵感，同时也就写出了和风丽日天气，一"迎"字，移情于水亦佳。"绿杨烟外晓寒轻"两句，写初春乍暖还寒的气候特点更妙，写还寒谓之"晓寒轻"，已透露天气渐暖的消息，是描写轻腻之处。以红杏表春意，诗词习见，关键在词人独得一个"闹"字。前人说好说歹都在这个字上，李渔就认为这个"闹"字用得粗俗、无理，"争斗有声谓之'闹'，桃李争春则有之，红杏闹春，予实未见也。'闹'字可用，则'吵'字、'斗'字、'打'字皆可用矣。"这话说得没道理，怎么"争春"可以，"闹春"就不行呢？这是通感的妙用。钱锺书说，这个"闹"字是把事的无声的姿态说成好像有声音的波动，仿佛在视觉里获得了听觉的感受，非如此不能形容其杏之红、之繁。甚至还可使人联想到红杏枝头蜂蝶飞舞，春鸟和鸣，由此联想到由春天带来的活泼泼的生机。所以王国维说此句"著一'闹'字而境界全出"。作者在当时就因此获得"红杏枝头春意闹尚书"的美名，正是读者对它作了肯定。

下片因大好春光而引起惜阴之念。"浮生长恨欢娱少"两句，是老生常谈，乏善可陈。不过因为前两句很好，这里平一点也没有关系。须知诗词难得句句妙，而且有句句妙、反而不妙的说法。结尾两句作第二人称语气，"劝斜阳"是拟人，"且向花间留晚照"，即请夕阳的余晖多在花间留一会儿，表现出作者心境愉悦，所以觉得时间不要过得那么快。"留晚照"措语甚新。美好的光景纵然消逝，美好的印象却可以保留。如果今天的读者因"留照"这样的说法，而联想到留影，也很有意思。

总之，这首词之所以不朽，在于作者写出了"红杏枝头春意闹"这一句，立片言以据要，真一篇之警策也。由此可见佳句对于一首词的重要性。

【苏舜钦】(1008—1049) 字子美,绵州盐泉 (四川绵阳) 人,迁居开封。少以父荫补官。景祐元年 (1034) 进士。曾任大理评事,范仲淹荐为集贤校理、监进奏院。被劾除名,寓居苏州沧浪亭。后复为湖州长史。有《苏学士文集》。

淮中晚泊犊头

春阴垂野草青青,时有幽花一树明。
晚泊孤舟古祠下,满川风雨看潮生。

此诗未系年,有人根据它收入集中的位置考定,苏舜钦于庆历三年 (1043) 下半年旅居山阳 (江苏淮安),次年为范仲淹所荐,春间自山阳入汴京任职,诗当作于旅次。

本篇是宋诗之近唐音者。刘克庄谓"极似韦苏州",诗中写春阴天气、孤舟晚泊、水边野草幽花及春潮带雨的情景,似曾相识于《滁州西涧》,但对看毕竟不同。

一是画境较为开阔。这里写的是川不是涧。写天气是"春阴垂野","垂野"二字见于杜甫"星垂平野阔",着意在那个"阔"字,有点"天似穹庐,笼盖四野"的味道。

二是妙用色彩对比。这里天是灰蒙蒙的,地是青青的,色彩暗淡,"时有幽花一树"则是在暗淡的画面中点上些明快的颜色,使人眼睛为之一亮。它不破坏整个画面暗的效果,却显示出"春阴"的特点。"时有"二字颇妙,见得是行船所见。以画喻诗,就好像是在慢慢展开一个长卷。

三是寄意不同。"春潮带雨晚来急,野渡无人舟自横"描写的是任凭雨急潮急、孤舟悠闲自得的意态,乍看"晚泊孤舟古祠下,满川风雨看潮生"也有相同的意趣,细味又有"无人""有人"的不同。

按当时范仲淹任参知政事,推行庆历新政,朝廷中展开激烈党争,作者在入京途中已听到对新法的种种非议，虽然这时候他还是个旁观者，但联系后来行事，应该说也已经有搏击风雨的思想准备。所以，就诗论诗，末句从审美观照的角度写出，令人神往。就寄托而言，则别有意味了——"幽花一树""晚泊孤舟"和"春阴垂野""满川风雨"形成强烈对比，隐隐表现出一种不为环境所动的精神力量。这"境界"有些像柳宗元的《江雪》和山水游记。

初晴游沧浪亭

夜雨连明春水生，娇云浓暖弄微晴。

帘虚日薄花竹静，时有乳鸠相对鸣。

此诗写于庆历六年（1046）春，诗人因参与新政受人构陷，革职为民，退居苏州，造了亭园，以《孺子歌》之"沧浪"二字为名，寄寓作者洁身自好的志向。沧浪亭虽小，却是苏州建筑最早的园林。

诗写园林雨后初晴的景色。下了一夜春雨，雨停而池水上涨，园林生色不少。虽然天已放晴，气温有所回升，但天空还飘着白云，——"微晴"二字辨味很细。第三句"帘虚日薄"承上句之"微晴"，"花竹静"启下句之"鸠鸣"，是重要的转关。末句写树上鸟窠中时有乳鸠对鸣，既衬托出园林的宁静，又为园林增添了生趣。"乳鸠"是幼鸟，雌鸟呢？雨后想必觅食去了，或者此刻正在喂饲幼鸟也未可知。

诗中表现了作者离开官场的纷争倾轧之后，沉浸在大自然的和平与宁静中的乐趣。

【张先】(990—1078) 字子野，湖州乌程（浙江吴兴）人。天圣八年（1030）进士。曾任吴江令。晏殊知永兴军，辟为通判。官至尚书都官郎中。晚年退居湖杭之间。有《安陆词》(《张子野词》)。

天仙子

《水调》数声持酒听，午醉醒来愁未醒。送春春去几时回？临晚镜，伤流景，往事后期空记省。　　沙上并禽池上暝，云破月来花弄影。重重帘幕密遮灯，风不定，人初静，明日落红应满径。

原注"时为嘉禾（嘉兴）小倅（通判。倅，副职），以病眠，不赴府会"。作者这年五十二岁。在春天即将流逝的日子，因身体不适，便未去参加同僚的聚会，躺在床上想心事。狂风之夜，他偶尔捕捉了一个清丽景色，得了短暂的安慰和莫名的感伤。词中细腻的心理描写，在诗中是罕见的。令人想到王国维的妙语："词之为体，要眇宜修，能言诗之所不能言，而不能尽言诗之所能言。诗之境阔，词之言长。"

午睡前，词人曾小饮遣闷，也曾唤家伎唱曲消遣。人在愁中须听忧伤的曲调才能排遣，而《水调》的词情较苦（王昌龄《听流人唱水调子》"岭色千重万重雨，断弦收与泪痕深"），所以就听这个。为什么是"数声"呢？也许只听了个开头便不耐烦，于是就着枕儿被儿，昏昏沉沉睡去，殊不知"酒醒添得愁无限"。这愁的来因，似与时序流逝有关——"送春春去几时回"，这是喃喃自语。对于少年朋友根本不存在的问题，却触动临老者的神经。那真是少年一年是一年。"临晚镜，伤流景"，便是李白说的"君不见高堂明镜悲白发，朝如青丝暮成雪"，杜牧说的"自悲临晓镜，谁与惜流年"，不仅如此，作者这一日的伤春还有特定的心事掺杂其中：

152

"往事后期空记省。"这"往事"指什么事儿？古人用"后期"一词多指错失时机（如张说《蜀道后期》），可见作者追记到的是些令人懊恼的往事，正所谓"此情可待成追忆，只是当时已惘然"。

下片时间从长昼跳到夜晚。"沙上并禽池上暝"这个景色，与其说是词人傍晚看到的，不如说是他想到的。"并禽"亲昵双栖，与索居卧病者形成对照。这是一个风高月黑之夜，本来没有指望看到任何好的景致。然而好风紧处，吹破云层，月光透露，花影动摇。"云破月来花弄影"，"好处在于破、弄两字，下得极其生动细致。天上云在流，地下花影在动，都暗示有风，为以下遮灯、满径埋下伏线。"（沈祖棻）像黑夜般黯淡的心情，该也豁然开朗一下了吧。然而这绝非愁云一扫，愁城全破。风越来越紧，"重重帘幕密遮灯"，可见烛光是摇曳不定的。在这夜深人定的时候，风声甚紧。于是词人想到，那花枝也应摇动得更加猛烈，"明日落红应满径"呢。

要之，词中写出一个暮春风夜的独到感受。那个白天，必是相当烦闷，故有不少恼人之思，到风起后，反有一破愁颜的欣喜，但感伤之意较深。词中通过富于唱叹的句式，抒发得淋漓尽致，有对句、句中对、句中接字如"午醉醒（来）——愁未醒"、"送春——春去几时回"、"临晚镜，伤流景"、"沙上并禽——池上暝"、"云破月（来）——花弄影"、"风不定，人初静"，等等，无往不复，一唱三叹。至于"云破月来花弄影"一句的警策，在词史上为人津津乐道，更是为人广知的事实。

一丛花

伤高怀远几时穷？无物似情浓。离愁正引千丝乱，更东陌、飞絮蒙蒙。嘶骑渐遥，征尘不断，何处认郎踪？　　双

153

鸳池沼水溶溶，南北小桡通。梯横画阁黄昏后，又还是、斜
月帘栊。沉恨细思，不如桃杏，犹解嫁东风。

一起即问"几时穷"，表明女主人公登高望远，不止一次。它略去了
前此许多情事，也概括了前此许多情事。"无物似情浓"是一个大判断，
它出现在前句的铺垫之后，就不是泛泛而谈，而有切身体会。"丝"字双
关"思"字，不说是万千柳丝引起离愁，却说是离愁引得柳丝纷乱，无
理语即情至语。"嘶骑渐遥"是别时情景，点明伤高怀远所为何来。

双鸳池沼，南北通桡，暗示往日幽会情事。梯横画阁，斜月帘栊，
暗示当时有爬窗子、跳粉墙一类情事。既然闹到这个份上，为什么又不
出嫁呢？《古今词话》载花边新闻：张先尝与一少尼私约，因老尼性严，
只得俟夜深人静，少尼放下绳梯，俾张先登阁相遇，张遂有此词。这话
可信不可信？据南宋程垓《书舟词》自注："有尼从人而复出者，戏用张
子野事赋此。"看来宋人是信的。

于是此词所写，就不是一般意义上的闺情，而是尼姑思凡之情，是
为被禁锢的人性叫屈。而"沉恨细思，不如桃杏，犹解嫁东风"则是古
今通赏之俊语，欧阳修就曾戏呼张先"桃杏嫁东风郎中"，以表欣赏。

千秋岁

数声鹈鸩，又报芳菲歇。惜春更把残红折。雨轻风色
暴，梅子青时节。永丰柳，无人尽日花飞雪。　　莫把幺弦
拨，怨极弦能说。天不老，情难绝。心似双丝网，中有千千
结。夜过也，东窗未白孤灯灭。

《千秋岁》这个词调声情激越，宜于抒发抑郁情怀。此词若仅看上片，可能被理解为伤春惜花；然而读到下片，才知道它写的是爱情横遭阻抑的幽怨情怀和坚定不移的决心。

上片沉痛地回顾爱情遭到的破坏，然无一语明说。首二句源于《离骚》"恐鹈鴂之先鸣兮，使夫百草为之不芳"，"又报芳菲歇"著一"又"字，意思是好不容易才待到花开，又报花谢了。真是来也匆匆，去也匆匆。"惜春更把残红折"与其说是纪实，不如说是象征着被破坏而犹坚持的爱情。"雨轻风色暴"二句是上片最为重要而又精彩的两句，表面是写时令、写景物，但双关的是爱情遭受的打击。"梅子黄时雨"是正常的，而谁料"梅子青时节"就横遭风雨的摧残，它象征的是初恋即遭到外来的阻力，从此，主人公就饱受寂寞凄清。煞拍两句语出白居易"永丰西角荒园里，尽日无人属阿谁"，本咏柳，此喻指女方。

下片写不屈服于压力的爱的信念。在换头处另起新意，向来认为只有高手能办。"幺弦"指琵琶第四弦，其音最高。词以反言的方式，说明幺弦怨极，必然会发出倾诉不平的最强音。"天不老，情难绝"，反用李贺"天若有情天亦老"诗句，肯定天难老情亦难绝。以下更出妙喻，说爱情的力量早把双方紧紧地联结在一起，"心似双丝网，中有千千结"，"丝"谐音双关"思"，双层丝网，不仅比喻情结之多，而且暗示两人同心，彼此织成一个情网，把双方牢牢实实地系住，一损俱损。这是全词表达感情的高峰，也是全词的警策所在。末二句意言情思未了，不觉春宵已过，这时东方未白，残月犹明。以景结情，有不尽之味。

清陈廷焯《白雨斋词话》说张先词"有含蓄处，亦有发越处；但含蓄不似温韦，发越亦不似豪苏腻柳"，此词即可以说是含蓄与发越兼而有之，具体说，上片较为含蓄，下片转而发越，情思婉曲而语言流畅，别致隽永，是其所长。

木兰花

　　龙头舴艋吴儿竞，笋柱秋千游女并。芳洲拾翠暮忘归，
秀野踏青来不定。　　　行云去后遥山暝，已放笙歌池苑静。
中庭月色正清明，无数杨花过无影。

　　据题下原注，此词系神宗熙宁八年（1075）寒食节作于吴兴，作者时
年八十六。寒食是古代传统节日，在清明节前两天，古人有禁烟、踏青、
扫墓等风俗，在宋时民间还有赛龙舟的活动，详周密《武林旧事》。
　　上片写寒食当日游春的热闹场面。"舴艋"是江南水乡常见的一种形
体扁窄的轻便小舟，划起来飞快，或得名于对蚱蜢的联想。"龙头舴艋"
二句写吴中儿女在寒食节的快乐游戏，男孩子乐在划龙船，女孩子乐在
打秋千。"拾翠"原指在野外拾翠鸟羽毛，语出《洛神赋》"或采明珠，
或拾翠羽"，诗词中用与"踏青"对仗，有装点字面的作用。"芳洲拾翠"
二句泛写寒食户外春游活动，较前二句所写场面更广阔。
　　下片写夜深人定后的幽静。经过一天玩乐，到了云去山昏，笙歌散
尽的时候。"中庭月色"二句是全词的警策，夜空中还看得到杨花的飞
舞，可见月色是何等"清明"；而这杨花飘过，便无影无踪，写出月色毕
竟不同阳光，即使清明的月色，仍旧朦胧。无怪朱彝尊"叹其工绝，在
世传三影之上"（《静志居诗话》）。
　　自晚唐五代以来，令词多以男女情爱、离别相思为题材，内容较为
狭窄。这词却以时序节令和民间风俗为题材，颇具乡土气息，稍为拓宽
了词体疆域。词的上片和下片，展现的是寒食节的两种情景，一是白昼
游众的活动，气氛热闹，是人所共有的情趣；一是夜晚独坐中庭，欣赏

春宵月色，是老词人特有的情趣。这两种情景不但不相矛盾，反而相得益彰，是此词写作上的特点。

谢池春慢

玉仙观道中逢谢媚卿

　　缭墙重院，时闻有、啼莺到。绣被掩余寒，画阁明新晓。朱槛连空阔，飞絮知多少？径莎平，池水渺。日长风静，花影闲相照。　　尘香拂马，逢谢女、城南道。秀艳过施粉，多媚生轻笑。斗色鲜衣薄，碾玉双蝉小。欢难偶，春过了。琵琶流怨，都入相思调。

　　关于此词的本事，《绿窗新话》卷上引《古今词话》云："张子野往玉仙观，中路逢谢媚卿，初未相识，但两相闻名。子野才韵既高，谢亦秀色出世，一见慕悦，目色相授。张领其意，缓辔久之而去。因作《谢池春慢》以叙一时之遇。"与词意大致相符。它是北宋流传较早的一首慢词。正因为早出，所以与后来慢词多用铺叙手法不同，倒采用令词一种典型的谋篇布局——先景后情，分划显明：上片写贵家池馆春晓之景，下片写郊游遇艳相慕之情。而这景与情，即上下片之关系何在，骤读是不易明了的。

　　"缭墙重院"，原是词中"我"的居处所在。"时闻有、啼莺到"，其所以是"时闻"而非"时见"，从上句看，乃由于高墙缭绕、院宇深邃的缘故；从下二句看，则更由于人在春眠之中。这时而一闻的莺啼，便把人唤醒了。"绣被掩余寒"，可见被未折叠，而天已大亮（"画阁明新晓"）。"朱槛连空阔"句承"画阁"而写居处环境，与"缭墙重院"相应，虽富丽然而寂寥，其境过清。"飞絮知多少"暗点时令——这是暮春景象。这样，从开篇至此写到了春晓、恬睡、闻鸟，所有这些与"飞絮知多少"之景相连，都俨然孟浩然《春晓》诗意。这就构成一个现成思路，间接表现出浓厚的惜春情绪。"径莎平"句以下续写暮春景象，路上长满野草，池面渐广，风平浪静，时有花影倒映。"日长风静"与"闲"字表现的仍是索寞的气氛。这几句又暗示出词中人已徘徊于小园芳径之上，百无聊赖，这就为下片的郊游准备了一个特定的心境。

郊游本为寻芳，而花絮多已零落，"尘香"二字，承上过变自然。"尘香拂马"，目标是城南的玉仙观。一路上愁红惨绿，该有多少感触。这当口，不期然而然地，"逢谢女、城南道"。据本事，他们原是互相慕名的，而百闻不如一见，于是"一见慕悦"。"我"眼中的她，是如此明艳绝伦：其秀丽出于天然，胜似化过妆来（"秀艳过施粉"）；微微一笑，便有无限妩媚；其衣色鲜艳夺目（"斗色鲜衣"），日暖衣薄，更熨帖出其身段之窈窕；其随身佩戴之玉饰，雕琢成双蝉样，玲珑可爱。这里以工笔重彩，画出一个天生丽人，从中流露出一见倾心的愉悦。然而紧接六字"欢难偶，春过了"，则有无穷后时之悔。她眼中的"我"怎样，词中却不明写，从"琵琶流怨，都入相思调"二句看，可说是"心有灵犀一点通"了。写"我"的感受以显言，笔墨较详而露骨；写她的表现则隐言，笔墨极省而含蓄，正见用笔变化，有相得益彰之妙。作者并没有花太多笔墨来写二人相遇如何的交谈或品乐，却通过相顾无言的描写将彼此的倾倒爱悦和相见恨晚的惆怅情绪表露得淋漓尽致。略其事而详其情，长事短说，正是令词才有的做法。同时下片"春过了"三字兼挽上片，惜春之情与后时（即相见恨晚）之悔打成一片，可谓景情交融了。

词写遇艳，结局怎样却没有写，读者却可从最末两句里神会。这种不了了之的做法，也是本属令词的。所以夏敬观论此词说："长调中纯用小令做法，别具一种风味。"（据龙榆生《唐宋名家词选》引）堪称的评。

江南柳

> 隋堤远，波急路尘轻。今古柳桥多送别，见人分袂亦愁生。何况自关情。　　斜照后，新月上西城。城上楼高重倚望，愿身能似月亭亭，千里伴君行。

此调即双调的《忆江南》。词中写的是别情，调名"江南柳"兼关题意。通首作女子口吻。

全词要点在"自关情"三字，开篇却从别路写起。隋炀帝时开通济渠，河渠旁筑御道，栽种柳树，后人称为"隋堤"。这是一个水陆交通要道，成日里不知有多少车马在大路上来往，扬起"路尘"；不知有多少船只扬帆东下，随波逐流；也不知有多少人在长堤上折柳送别，以寄深情。总之，前二句就通过"隋堤"展示了一个典型的送别环境，"波急"与"路尘轻"分写水陆行程，暗示离别图景，寄有依依别情。一个"远"字，对别者是长路漫漫，含有旅愁；对于送者则刻画出依依目送的情态。八个字的含意可谓丰富。这二句着重从眼前、从水陆两路，横向地展开送别图景；第三句则着重从古往今来，纵向地展示送别情事。一个"多"字，概括性极强，几乎将古今天下此中人事全都囊括。正因为别情是如此普遍，也就容易唤起"见人分袂亦愁生"的同情感了。

上片前四句没有具体写到个人送别情事，只客观地叙写普遍的离情，"亦愁生"三字微露主观情感。末一句则用"何况"二字造成递进，突出"自关情"——即个人眼前的离别情事。由于递进，便觉深刻。

过片词意有一大跳跃，已经是别后。别时种种情事都被省略了。这里着重写送者在城楼望月的情景。"斜照后"三字非虚设，它表明送者在城楼延伫的时辰之久，从日落到月出。"重望"又表明先已望过，"隋堤远"数句正是日落前望中之景，重望时应当是不甚分明了。于是送者抬头望新月，并由此而产生了一个幻想："愿身能似月亭亭，千里伴君行。"这里的着想与李白"我寄愁心与明月，随风直到夜郎西"（《闻王昌龄左迁龙标遥有此寄》）相类，可能受到它的启发。但"亭亭"二字却把月的意象女性化了，而送者的女子身份亦由此见出，"千里伴行"的说法更是充满挚意柔情。

词没有具体刻画送别情事，更没有刻意作苦语，但通过古今别情来衬托一己的别情，有烘云托月之妙，将一己别情写得非常充分。词也没有点明双方身份、关系，"君"甚至未直接露面，但通过新月亭亭的意象和伴行的着想，给读者以明确的暗示。词的语言明快素朴，情调清新健康，在送别之作中颇有特色。

蝶恋花

移得绿杨栽后院，学舞宫腰，二月青犹短。不比灞陵多送远，残丝乱絮东西岸。　　几叶小眉寒不展，莫唱《阳关》，真个肠先断。分付与春休细看，条条尽是离人怨。

这是一首运用拟人化手法写的咏物词，也可能是为写人而托为咏柳。它别无标题，创作本事亦不得而知。然而细玩词意，可以得其仿佛。

词的上片说：从外间移来了一株小小杨柳，将它栽种在后院。从此它就脱离了横遭攀折飘零之苦。言下自以为做了件好事。杨柳垂条轻盈袅娜，所以常与美人纤腰在诗词中互为比喻。(如白居易"杨柳小蛮腰"即将人拟柳，"枝袅轻风似舞腰"则将柳拟人。) 这儿说"学舞宫腰"就将杨柳拟人化，开篇便宛然有一个歌女兼舞女的形象在。"学舞"云者，可见其年尚小，不待"二月青犹短"的形容而然。由于这样的拟人，移柳之事似乎暗示着这等情事：一个小小歌女脱离风尘，进了人家宅院，境遇大变："不比灞陵多送远，残丝乱絮东西岸。"灞陵亦作霸陵，乃汉文帝陵寝所在，在长安东，附近有灞桥，自汉唐以来均为折柳送别之地，无怪"残丝乱絮"抛置之多。二句暗示歌女脱离为人随意作践的境地，有了一个好心的主人扶持，"不比"云云，分明是夸口。

下片词意忽生转折。"几叶小眉寒不展"，"寒不展"的叶儿，是颦眉的情态，表明心绪之恶。以杨柳嫩叶比美人之眉，仍是继续前面的拟人，连下句依然显现着那小小歌女的形象。"莫唱《阳关》"，四字暗示的离别情事，因为《阳关》（曲辞即王维名作《送元二使安西》）乃送别曲也。与谁离别呢？看来便是前述那位好心的主人了。主人将外出，故伊人依依难舍。"人言柳叶似愁眉，更有愁肠似柳丝。"（白居易《杨柳枝词》）可见"真个肠先断"的"肠"与"眉"一样是柳的借喻。末二句则是进一步点明断肠原因，兼寄词人的感慨。其中代用了唐人雍陶《题情尽桥》"自此改名为折柳，任他离恨一条条"的名句。似乎那柳丝也不是柳丝，条条尽是离人怨苦之具象了。这使我们想到元人杂剧中的一些名句如："晓来谁染霜林醉，总是离人泪"（《西厢记》）、"这也不是江水，二十年流不尽的英雄血"（《单刀会》），其修辞手段恰与张先此词妙合。

"诗难于咏物，词为尤难。体认稍真，则拘而不畅；模写差远，则晦而不明。要须收纵联密，用事合题，一段意思，全在结句，斯为绝妙。"（张炎《词源》）此词将咏柳写人打成一片，若粘若脱，畅而不拘，收纵自如，结句点醒题意，尤贵于深有寄托。将柳叶、柳枝比作纤腰、美眉或愁肠，都不是作者的发明。然而妙于运用，以此造成一个浑成完整的动人形象，展示出一段曲折哀婉的特殊情事，则是他的独创。词先写伊人在风尘中横被攀折之苦，移入人家后有所改变，但仍有不美满者。词人将此种旷怨之情，融入柳寄离情的比兴境界中来表现，就特别含蓄耐味。

青门引

　　乍暖还轻冷，风雨晚来方定。庭轩寂寞近清明，残花中酒，又是去年病。　　楼头画角风吹醒，入夜重门静。那堪更被明月，隔帘送过秋千影。

　　此词为寒食怀思之作。上片写春寒天气与低落的情怀。寒潮形成的过程是，在冷空气到来前，气候潮湿而暖和；冷空气到来后，就会降雨，然后就是气温下降。"乍暖还轻冷"二句，写的正是寒潮到来的天气，风雨方定，正在降温，人最容易感冒的，故李清照说"乍暖还寒时候，最难将息"。人的情绪本来也有周期性变化，有时晴转阴，有时阴转晴。而且也会受天气影响。寒潮到来，要多穿衣服，令人觉得不太愉快，何况是心中有事的人呢？"残花中酒"二句，也就是小晏所谓"去年春恨却来时"，远一点也就是冯延巳所谓"每到春来，惆怅还依旧"、"为问新愁何事年年有？"

　　下片写入夜后的感觉，并逗漏怀人之意。"楼头画角"二句写夜境寂静，造句奇警。起码包含几层意思——本已入睡，却被画角吹醒；这时感到凉飕飕，又觉得是被冷醒，画角之声，因风传送特别嘹亮，故黄蓼园说"角声而曰风吹醒，醒字极尖刻"；夜深人静，画角吹过，更感觉重门深院之静。结二句写人醒后所见，明月西斜，矮墙那边的秋千架的影子老长老长地伸到这边院里来。这比前面两句更为奇警，"那堪""送影"云云，分明是怨意，不但将明月人格化，而且十分传神地写出怀思之意。《红楼梦》中贾宝玉行酒令有绝妙好辞云"女儿乐，秋千架上春衫薄"，那是有人的秋千，是动荡的秋千；这里写的却是空无一人的秋千，是一动不动的秋千。表情细微幽渺之至。

这首词无论是写环境，还是写心境，都具有相当细腻，表现了对人生敏锐尖新的感受，充分表现了词体的特长。

【柳永】（? —1053）字耆卿，原名三变，字景庄，世称柳七，崇安（今属福建）人。景祐进士。官至屯田员外郎，故又称柳屯田。卒于润州。有《乐章集》。

婆罗门令

昨宵里恁和衣睡，今宵里又恁和衣睡。小饮归来，初更过，醺醺醉。中夜后、何事还惊起？霜天冷，风细细，触疏窗、闪闪灯摇曳。　　空床辗转重追想，云雨梦、任倚枕难继。寸心万绪，咫尺千里。好景良天，彼此。空有相怜意，未有相怜计。

此词写相思无着的情绪，从"咫尺千里"句看，意中人相隔不远，但横在彼此间的现实障碍很难逾越。

上片写孤眠滋味。开头两句从今宵联系昨宵，说昨夜是这样和衣而睡，今宵又这样和衣而睡。连写两夜，情况如一。睡觉必须宽衣，否则血脉不畅，绝对睡不舒服。而主人公连续两夜在外边喝闷酒，回到家中，倒头便睡，哪里还顾得上脱衣？抓住"和衣睡"这样一个典型细节，就入木三分地刻画出了词人的落魄。"中夜后"卜数句与半夜惊梦。"何事还惊起"的一问，表明对突然的惊醒深感遗憾。"霜天冷"二句写醒后肤觉感受是冷冰冰的，"触疏窗"二句写醒后视觉感受是阴森森的，逼真再现了词人孤眠的凄清。

下片写醒后思想很乱，不能再度入眠的苦况。"重追想"三字对上片略过的梦境作了补充，词中安排的"云雨梦"情节，对于表现孤凄处境起着反衬的作用——梦越香艳，越感到现实之黯淡。虽然是梦中一晌贪欢，也值得留恋。相思情切，与好梦难继，形成尖锐的矛盾。"寸心万绪"两句对仗中含对比，"寸心——万绪"极写感情负荷与承受力的反差，"咫尺——千里"极写实际距离与人为隔阂的反差，堪称奇警。"好景良天"是个半句话，由"彼此"截住。这"彼此"二字的含义，无非是"人成各，今非昨"、"一种相思，两处闲愁"，却耐人寻想。其实"彼此"这一顿，只是韵脚所在，换气所在，并非文意上的停顿。就文意而言，从"好景良天"起，是可以一气读到结尾的。结尾用口语作偶句，只更换首尾二字，而有味外味。二句换言之即：只有相爱的想法，没有接近的办法——即有情分者未必即有缘分。写出一种极其普遍的人生憾事，只这一点，就超出唐五代闺情春怨的范围，虽发端于词人自身的情感，却涉及普通、永恒的人情，同时表现出对人生幸福的关心。这是很有开拓意义的。

本篇执着相思情绪，与李商隐《无题》诗的"身无彩凤双飞翼，心有灵犀一点通"、"刘郎已恨蓬山远，更隔蓬山一万重"有相近处。但在写法上重在铺叙而非比兴，大抵从睡前、睡梦、醒后几层叙来，有倒插、有伏笔、有补笔，前后照应，层次丰富，也很有新意。在语言上不是典丽精工，而纯用散行的、口语化的句法写成，通俗浅显，然而细节生动，情事典型，语言有味，令人百读不厌。创造了一种与传统词风迥乎不同的、浅切自然的美学风格，为宋词开拓出一片全新的风光。

雨霖铃

　　寒蝉凄切，对长亭晚，骤雨初歇。都门帐饮无绪，留恋处，兰舟催发。执手相看泪眼，竟无语凝噎。念去去，千里烟波，暮霭沉沉楚天阔。　　多情自古伤离别。更那堪，冷落清秋节！今宵酒醒何处？杨柳岸，晓风残月。此去经年，应是良辰好景虚设。便纵有、千种风情，更与何人说！

　　此词是柳永将往东南漂泊时，与汴京（开封）情人惜别之作。《雨霖铃》为唐时旧曲，据《明皇杂录》云是唐玄宗避安史之乱幸蜀时，在栈道雨中闻铃悼亡而作，张祜有《雨霖铃》诗系七绝。王灼《碧鸡漫志》谓双调的《雨霖铃慢》系本曲遗声。柳永就充分利用这一曲调声情哀怨的特点来抒写离情。

　　上片写临别情景。题前之景是先下过一场骤雨，词即从雨后骤起的秋蝉凄厉的嘶声写起，给人以惊秋之感。"长亭"不是专名，凡送别的场合都用得着，词中的长亭应在汴河上。宋代的汴河两岸多柳，柳树多的地方蝉儿总是特别多，暮色苍茫，骤雨初歇，柳条拂岸，四周又响起凄切的蝉声，这是何等动人愁思的情景。男女双方借这一场骤雨延长了相聚的时间，也拖延了开船时间，骤雨一歇，分手时候也就到了。"都门帐饮"语出江淹《别赋》"帐饮东都，送客金谷"，指在汴京城外长亭饯别。"帐"是郊外憩息的简易设施，然不可呆看，下馆子也可以叫"帐饮"。"无绪"即无心情、无胃口。当一对情人还在那儿恋恋不舍时，舟子早不耐烦，要正点开船。这几句才说"帐饮"，已觉"无绪"；正在"留恋"，又被"催发"，陈匪石《宋词举》谓之"半句一转"，是词中跌宕生姿的笔墨。到这份上，别说已无时间，即使有时间，由于喉头堵得厉害，也是千言万语，不知从何说起。而"泪眼"相看，则是一种无声的语言。以下由一去声的"念"字领起十四字，指示行者去向——汴河南下，便是古代楚国地面。这两句是由当前情景过渡到别后情景的写法，展现了楚天山川、道里迢迢的图景，加上了"千里"、"沉沉——阔"的渲染夸张，则不纯是客观的写景，而是在景色中填充了无边无际的离愁别恨。

下片悬想别后情景。过片不即不离，先宕开一笔，从一己当前的别情中跳出来，上升到一个普遍性的结论——"多情自古伤离别"，将古今人一网打尽。紧接着又以"更那堪"三字将悲秋之思一并揽入，便有气概有力度。与江淹《别赋》"黯然销魂者，唯别而已矣"、李后主《相见欢》"自是人生长恨水长东"，同属大手笔。由此可悟开拓词境之法。"今宵酒醒何处"三句，回应上文"帐饮"，写到首途后第一个清晨，这才展示汴河岸上的杨柳，并有残月装点，其妙在不仅善状难写之景，而且饱含不尽之意。写出了首途所值景色给人的那种既陌生、凄清而又优美的印象。良辰好景，偏在人孤单时出现，所以有些令人难受。自然引起"此去经年"二句的感慨。词人着想之妙在于，他不去设想别后可能遇到的悲苦，而设想的是别后可能遇到的欢乐。连"良辰好景"、"千种风情"都让人感到难过，那么平常日子、比平常更糟的日子是怎样难挨，就更不必说了。所谓"风情"，是指男女之间快乐的情事，这样的情事只能和心爱的人说去，然而心爱者不在跟前，即使有许许多多的风情，又能向谁去说？

此词为宋元时的"流行金曲"，也是历来共认抒写别情的典范之作。词中所写的生活，是超越时空、为历来青年男女经常体验的生活。容易引起听众的共鸣和爱赏。在写法上一是情景交融，妙于点染。所谓点即情语，所谓染即景语。"寒蝉凄切"三句先染光景，"都门帐饮"数句进而铺写情事，煞拍处"千里烟波"二句再染。过片"多情自古"二句点出离别冷落，"今宵酒醒"二句因而染之。"点染之间不得以它语相隔"（刘熙载），从而收到情景相生的效果。二是领字的运用。属于一字领的有

166

"对——长亭晚，骤雨初歇"、"念——去去，千里烟波，暮霭沉沉楚天阔"，属于三字领的有"更那堪、冷落清秋节"、"便纵有、千种风情，更与何人说"，一韵之中，大体一气贯通，特具摇曳多姿的风神。此词所具有的缠绵悱恻的情绪变化，和被评为只合十七八女郎执红牙板歌唱的袅娜多姿的抒情性，同这种句法组织分不开；慢词具有既口语化又有很强的音乐节奏感的特点，也与此有关。三是关键处运用双声叠韵以协调音情，起到了极佳的语感效果。开篇"寒蝉凄切"就是叠韵加双声，鼻韵和舌声联绵，就能微妙地传达景中的声情。"无语凝噎"亦叠韵加双声，而较为低沉。"冷落清秋节"、"今宵酒醒"全是双声字，舌齿音，宜于表现一种凄清的情景。也是其获得成功的原因之一。

蝶恋花

伫倚危楼风细细。望极春愁，黯黯生天际。草色烟光残照里，无言谁会凭栏意？　　拟把疏狂图一醉。对酒当歌，强乐还无味。衣带渐宽终不悔，为伊消得人憔悴。

同调共三词，合写一个恋爱故事。此为其二，写苦苦相思情景。

上片写景。虽为客观写景，却已点出"春愁"，只是不说明其所含具体内容。从所写人物形象看，他伫倚危楼、望极天际、无言凭栏，是一副魂不守舍的样子；从所写远近景物看，是细细凉风、草色烟光、黯淡残照，无不着春愁的主观色彩。末句暗示无言有意，强调这意的没人理解，引起读者悬念。

下片抒情。不即回答上片已提出的问题，却宕开一笔，说想要大醉一场，强寻刺激（"强乐"），来发泄发泄。说到"对酒当歌"，语未了便转，以"强乐还无味"否定了上述想法，也就是肯定"春愁"的无法排遣。最后两句，进一步说这"春愁"也无须排遣，是再转。换言之，也就是词人不打算放弃这段如煎似熬的感情。即使是衣带渐宽、人憔悴，也决不后悔。而"为伊"二字，最后才捅破了"春愁"这层窗户纸——原来如此。

全词着重表现爱的熬煎和爱的无悔。"终不悔"三字，乃是一篇的主词，也是其思想价值之所在。难怪贺裳将其与韦庄《少年游》的"妾拟将身嫁与一生休；纵被无情弃，不能休"并提，作为"小词以含蓄为佳，亦有作决绝语而妙者"的例子。鲁迅说："无论追求什么，只有纠缠如毒蛇，执着如怨鬼，二六时中，没有已时者有望"，可见执着无悔，是通向成功的必由之路。难怪王国维从"衣带渐宽"二语中别有所悟，认为是古今成就大事业、大学问的第二种境界，从而提高了这两句词的知名度。

定风波

　　自春来、惨绿愁红，芳心是事可可。日上花梢，莺穿柳带，犹压香衾卧。暖酥消，腻云嚲，终日厌厌倦梳裹。无那。恨薄情一去，音书无个。　　早知恁么，悔当初、不把雕鞍锁。向鸡窗、只与蛮笺象管，拘束教吟课。镇相随，莫抛躲，针线闲拈伴伊坐。和我，免使年少光阴虚过。

《定风波》这个调名有两体，另一体属中调，此为慢词。以代言体写闺怨，并不是柳永的发明，唐五代词人就是这样干的。然而这首词与唐五代文人之作在具体写法和艺术趣味上却大异其趣。

此词不是优雅地描写情景，而是痛快地倾诉心事——把思妇满腔情思，一股脑儿和盘托出。上片自叙无聊：春来芳心无着，触目桃红柳绿，无非惹人伤感，干什么事都是那样没劲（"可可"，平淡乏味）。人成天感到的就是慵倦——早上春光明媚，却不想起床；脂粉消融，头发蓬乱，但就是不想梳妆。"无那（奈）"一叹，点明所有这一切都是因为薄情人一去杳无音信的缘故。

下片展开遐想：早知这样子，还不如当初不放他走。关他在书房，发给纸和笔，他念他的书，我呢，则手拈针线，在旁边陪读。该有多美。可以说是学习、爱情两不误，才免得浪费青春哩。

此词表现了新兴的市民意识，给词坛带入新的思想内容。从唐五代到北宋晏欧诸公，你曾读到过这样的闺怨吗？从来没有。尽管词中也用了"惨绿愁红"、"芳心"、"香衾"、"暖酥"、"腻云"、"雕鞍"、"蛮笺象管"一类装点字面，但它表现的生活情趣不是古典、高雅、温柔敦厚的，而是世俗化、市民化的。市民阶层是随着商品经济发展而壮大起来的新的社会力量，他们较少封建思想的束缚，敢于反抗封建礼教的压迫。爱情至上，到了可以无视功名富贵、仕途经济的程度，这种新的思想意识是有反封建意义的，也反映了一种新的生活理想和新的时代契机，俗中自有不俗在。士大夫则不以为然。据张舜民《画墁录》载，柳永因赋《醉蓬莱》得罪宋仁宗后，曾谒见政要晏殊，晏殊问"贤俊亦作曲子否？"柳永答道："只如相公亦作曲子。"晏殊很不高兴道："殊虽作曲子，不曾道'彩线慵拈伴伊坐'（作'慵拈'当然更糟）"，话不投机，柳永只得告退。这件逸事，形象地说明了柳词如何不为传统所容，又如何广为人知。柳词在晏殊那里得不到认同，而对当时市民群众来说，却是倍感亲切而大受欢迎的东西。

此词在写法上，运用市井白话——如"是事可可"、"终日厌厌"、"音书无个"、"早知怎么"、"只与"、"拘束教吟课"、"镇相随"以下直到篇终，和没遮拦的表现手法——即不讲含蓄，唯求酣畅淋漓、一泻无余的表达方式，完全突破了传统诗词的语言风格，而近似于说唱、曲艺等俗文学。与此同时女主人公的快人快语,一个具有市井生活气息李翠莲式的人物形象也就活现于纸上。

戚氏

晚秋天,一霎微雨洒庭轩。槛菊萧疏,井梧零乱,惹残烟。凄然,望江关,飞云黯淡夕阳间。当时宋玉悲感,向此临水与登山。远道迢递,行人凄楚,倦听陇水潺湲。正蝉吟败叶,蛩响衰草,相应喧喧。　　孤馆度日如年,风露渐变,悄悄至更阑。长天净、绛河清浅,皓月婵娟。思绵绵,夜永对景,那堪屈指,暗想从前。未名未禄,绮陌红楼,往往经岁迁延。　　帝里风光好,当年少日,暮宴朝欢。况有狂朋怪侣,遇当歌对酒竞流连。别来迅景如梭,旧游似梦,烟水程何限。念利名、憔悴长萦绊。追往事、空惨愁颜。漏箭移、稍觉轻寒。渐鸣咽、画角数声残。对闲窗畔,停灯向晓,抱影无眠。

《戚氏》是柳永的创调,词中以宋玉自比,大约作于外放荆南(湖北江陵)时期,其时已年过半百。由于柳永早年混迹伶工乐妓,不为宋仁宗所喜,久不调职,后来得官,亦难于立朝。外放州郡小官,心情很是郁闷。通篇刻画宦游生涯中的驿馆旅思,是其长技所在。

词为三叠长调。结构上以时间为线索,从傍晚、深夜一直写到破晓,其中插入对往事的追忆,脉络十分清楚。上片写凄清的秋绪。"晚秋"点出时令是九月,接着刻画薄暮时分微雨刚过的驿馆景色。井梧、槛菊,点缀着驿馆的荒寂,残烟上着一"惹"字,暗牵愁情。"凄然"以下八句，写登高望远，怀古伤神，将宋玉《九辩》悲秋之思织入："悲哉秋之为气也，萧瑟兮草木摇落而变衰"、"坎廪兮贫士失职而志不平，廓落兮而无友生"，正好贴切个人感怀。煞拍以一"正"字，领起三句，回到写景，而出以听觉形象。"应"字、"喧喧"字，把蝉鸣、蛩响，彼此呼应的秋声写得十分传神。

中片写永夜的幽思。"孤馆"二句点明处境，心态。"风露渐变"以下，转写更深夜景，与上片又有不同。一"渐"字写出对时令的细微感受。"夜永对景"直到煞拍，当一气读下，文意上的断句当为"夜永对景，那堪屈指，暗想从前——未名未禄，绮陌红楼，往往经岁迁延"。这就过渡到对往事的追忆上来。

下片换头不断曲意，追写狂放不羁的少年生活，补足了"暗想"的内容。最后归结到厌倦征逐名利的官场生活这一主旨上来。从前面的"绮陌红楼"到本片的"狂朋怪侣"，措辞上便有无限留恋与伤逝之感。由此跌出"念利名、憔悴长萦绊"这一全篇的主题词。早年对酒当歌，而功名蹭蹬，是一度失落；临老为利名牵绊，而风流云散，是再度失落。以彼易此，究竟值得不值得？"空惨愁颜"做了回答。最后回到写景，又有一番时间的推移。末二句"停灯向晓，抱影无眠"，"抱影"两字写尽伶仃孤处的滋味，为神来之笔。

全词从秋色秋声展开吟咏，感伤岁月蹉跎，个人发展可能性已不复存在，只有零落一途待人蹒跚——充满着封建时代知识分子为命运嘲弄的不平之鸣，其思想意义虽不能与《离骚》等同，但在有志报国而得不到统治者理解这一点上，则有相通之处。王灼《碧鸡漫志》说"离骚寂寞千载后，戚氏凄凉一曲终"。可见它在当时的影响。

全词212字，为重头巨制。篇幅虽长，却多三言四言的短句，句法活泼，平仄通叶，韵位错落有致。音律考究，特别是四言对仗句式的频频出现，有如骈赋，已为周美成词开启门径。可见柳永不仅长于文辞，而且精通音乐，只有兼此两长者，才可能创制出这样的新声。

夜半乐

　　冻云黯淡天气，扁舟一叶，乘兴离江渚。度万壑千岩，越溪深处。怒涛渐息，樵风乍起，更闻商旅相呼。片帆高举，泛画鹢、翩翩过南浦。　　望中酒旆闪闪，一簇烟村，数行霜树。残日下、渔人鸣榔归去。败荷零落，衰杨掩映，岸边两两三三，浣纱游女。避行客、含羞笑相语。　　到此因念，绣客轻抛，浪萍难驻。叹后约丁宁竟何据？惨离怀、空恨岁晚归期阻。凝泪眼、杳杳神京路，断鸿声远长天暮。

　　此词亦羁旅行役之三叠长调，作于作者浪迹浙江时，故词中用了许多与浙江有关的地名和典故。

　　一叠写旅途经历。首点时令为深秋天气，"扁舟一叶"二句写旅中上路的情况。"度万壑千岩"以下直到煞拍，写在舟中欣赏沿途景色。"乘兴"用王子猷访戴事语；以"万壑千岩"总括越中山水之美，系用顾长康赞美会稽山水为"千岩竞秀，万壑争流"语；"樵风"即顺风，后汉会稽人郑弘取道若耶溪采薪，从神人乞得"旦南风，暮北风"，以助水运之方便。以本地故事入咏，是作者遣词的细密。"南浦"字出江淹《别赋》"送君南浦，伤如之何"，暗逗下文怨别之情。总的说来，此叠写出发的心情，还是较为轻快的。

　　二叠以"望中"二字笼罩，继续写舟中所见景物与人事。"酒旆闪闪"三句写岸上，从"残日下"到"败荷零落"写江中，"衰杨掩映"以下又写岸上。视线随意扫描，织成一幅生动的秋江图。在萧飒衰败的景物中，忽然出现一群天真活泼，一面含羞避客一面又说又笑的浣纱女郎，

172

使景物增添了生气，也牵动了词人的愁思。这种写法与王维《山居秋暝》"竹喧归浣女，莲动下渔舟"，杜牧《南陵道中》"正是客心孤迥处，谁家红袖倚江楼"，苏轼《蝶恋花》"墙里秋千墙外道。墙外行人，墙里佳人笑。笑渐不闻声渐悄，多情总被无情恼"有同致。是词心微妙之处。

三叠抒发感慨，以"到此因念"四字贯彻全叠。虽然沿途景物清佳，聊可破愁解闷，但一群浣女的出现打破了心态的平衡，勾起了离恨。许昂霄说本叠"乃言去国、离乡之感"，沈祖棻云"以去国与离乡分言，深合词意"。"惨离怀"句写怀念乡里的家眷，古代诗词中的"归期"例对还家而言。"凝泪眼"句写挂念汴京的情人。词人此时只恨分身无术了。最后一句"断鸿声远长天暮"，是写照传神的妙笔，以"断鸿"遥寄怀思，景物、人物的形象都非常鲜明，乃柳词典型的结法。它如《玉蝴蝶》"黯相望，断鸿声里，立尽斜阳"、《雪梅香》"无聊恨，相思意尽，分付征鸿"、《曲玉管》"一场消黯，永日无言，却下层楼"。

全词在表情上，前两叠多叙景物，从容不迫；末叠纯作情语，转为急促。前松正为后紧蓄势，备极弛张之妙。歌唱起来，声情相应，自能动人。

望海潮

东南形胜，三吴都会，钱塘自古繁华。烟柳画桥，风帘翠幕，参差十万人家。云树绕堤沙，怒涛卷霜雪，天堑无涯。市列珠玑，户盈罗绮，竞豪奢。　重湖叠巘清嘉，有三秋桂子，十里荷花。羌管弄晴，菱歌泛夜，嬉嬉钓叟莲娃。千骑拥高牙，乘醉听箫鼓，吟赏烟霞。异日图将好景，归去凤池夸。

词咏北宋时的杭州，属汉唐京都诗、赋一路，在题材上已突破花间、樽前的传统。

上片描绘杭州湖山之美与都市繁荣。"东南形胜"三句先从地理与人文上予以总的赞美。"形胜"这个双声叠韵词，兼有位置重要、风光优美两重含义，王勃《滕王阁序》起云"南昌故郡，洪都新府，星分翼轸，地接衡庐，襟三江而带五湖，控蛮荆而引瓯越"，无非是"形胜"二字。"都会"即都市，然而更有人众荟萃，财货聚集的含义。"东南"、"三吴"是空间的、地理的展开，"自古"二字则是时间的、历史的追溯，说明杭州不仅是地灵人杰的所在，而且是历史悠久的名城——在春秋时名钱塘，汉属会稽、为西部都尉治所，陈置郡，隋唐置州，是其大致的历史沿革。

"烟柳画桥"是对"都会"的铺陈描写，从城市交通（"烟柳画桥"）、市容市貌（"风帘翠幕"）、城市人口（"十万人家"）几个方面写来，可见城市的规模之大，不愧"东南第一州"（仁宗诗语）。"参差"二字，兼关民居建筑，备极生动。"云树绕堤沙"三句是对"形胜"作具体刻画，从西湖堤沙、钱塘潮汐、长江天堑几个方面写来，大处落笔，将湖山特色与地位之重要，概括俱足。"市列珠玑"将杭州作为东南商贸中心和消费城市的特点勾勒得相当有力。

下片歌咏杭州呈现的国泰民安之承平景象。"重湖叠巘"三句再描湖山，然而不是强调其"形胜"的一面，而是突出其"清嘉"，为一篇警策所在。"清嘉"亦作"清佳"，即"清丽"也，而有双声叠韵之美。"重湖"二字，尽揽内湖与外湖之胜；"叠巘"二字，则尽收山外青山之奇。"三秋桂子"二句，则一偏山色，一偏湖景，盖杭州灵隐寺多桂，相传是月中桂子落地所生，故白居易有"山寺月中寻桂子"之句；而西湖的荷花是大面积盛开，不同别处荷塘，故杨万里有"接天莲叶无穷碧，映日荷花别样红"之句。"三秋"、"十里"以时空为对，"桂子"秋实，"荷"为夏花，亦自然工整而有概括之妙。南宋罗大经《鹤林玉露》

174

载"此词流播，金主亮闻歌，欣然有慕于'三秋桂子，十里荷花'，遂起投鞭渡江之志。近时谢处厚诗云：'谁把杭州曲子讴？荷花十里桂三秋。那知卉木无情物，牵动长江万里愁。'"这不是事实，却是关于此词的一段佳话。

以下写杭人游乐风俗之盛（可参《武林旧事》）。"羌管弄晴"三句写市民的游乐，"弄晴"、"泛夜"是夜以继日，"钓叟"、"莲娃"概尽男女老少，"羌管"、"菱歌"兼写演奏与清唱，文辞组织颇妙。"千骑拥高牙"三句写长官的游乐，也就是与民同乐。按通常情况，行政长官事务繁忙，没工夫，也不可以随便游山玩水的。然而杭州有得天独厚的自然条件，人在画图中，不必远出即可观游，此其一。同时杭州经济繁荣，市民富足，社会风气及治安情况良好，也就减轻了长官的负担，使之有"醉听箫鼓，吟赏烟霞"的时间，此其二。当然，这也是长官政绩的表现。

结尾顺理成章，预言郡守"异日"将提拔到中央（"凤池"为唐中书省）供职，这当然是好事，但离开杭州又不免生出许多留恋。不得已的办法，就是把杭州风景画下来，挂在"凤池"办公室，一方面可以夸耀于人，一方面也可以随时像白居易那样看着画儿，唱一唱"江南忆，最忆是杭州"。这个结尾应该说是偶得妙想，相当精彩，极富情趣。其意之远，直到汉唐人着想不到之处。

玉蝴蝶

望处雨收云断，凭栏悄悄，日送秋光。晚景萧疏，堪动宋玉悲凉。水风轻、蘋花渐老，月露冷、梧叶飘黄。遣情伤，故人何在，烟水茫茫。　　难忘，文期酒会，几孤风

175

月，屡变星霜。海阔山遥，未知何处是潇湘？念双燕、难凭
远信，指暮天、空识归航。黯相望，断鸿声里，立尽斜阳。

此词亦羁旅行役之作，与《戚氏》《夜半乐》内容相近。篇幅稍短，
风味亦异。"望处"二字统摄全篇，一起写"雨收云断"、暮色苍茫景象，
是词人的一种常用开篇手法。"晚景"二句联想及宋玉《九辩》悲秋，引
起共鸣。以下对千汇万状的秋光，只捕捉最典型的水风、蘋花、月露、
梧叶，用"轻"、"老"、"冷"、"黄"四字烘托，交织成一幅冷清孤寂的
图景。"遣情伤"三句折到怀人之思。

过片插入回忆，写怀念故人之情，"几孤"即几度孤（辜）负，言文
酒之疏，"屡变"言经历之久。以上与《戚氏》语异情同。"海阔"两句
言隔离之远，"念双燕"言思念之切。"空识归航"犹言空知返程而不能
返，与《八声甘州》同用小谢句，而含意不同。结尾与《夜半乐》同致，
见伫立之久，羁愁之深。此词四言偶句特多，尤其是上下片有两组上三
下四的对仗句，很有骈赋的风味，渐近美成。

甘草子

秋暮，乱洒衰荷，颗颗真珠雨。雨过月华生，冷彻鸳鸯
浦。　　池上凭阑愁无侣，奈此个、单栖情绪！却傍金笼共
鹦鹉，念粉郎言语。

柳永小词亦有可观者，如这首《甘草子》就是一篇绝妙的闺情词。
上片写女主人公池上凭阑的孤寂情景。秋天本易触动寂寥之情，何
况"秋暮"。黄昏独自愁，更著风和雨，则主人公愁苦可知。"乱洒衰荷，

176

颗颗真珠雨",不但比喻贴切,句中"乱"字亦下得极好。它既写出雨洒衰荷历乱惊心的声响,又画出跳珠乱溅的景象,间接地,还显示了凭栏凝伫、寂寞无聊的女主人公的形象,其心绪也恰可着一个"乱"字。紧接着,以顶真格写出后两句:"雨过月华生,冷彻鸳鸯浦。"词连而境移,可见女主人公在池上栏边移时未去,从雨打衰荷直到雨霁月升。雨来时池上已无鸳鸯,"冷彻鸳鸯浦"即有冷漠空寂感,不仅是雨后天气转冷而已,这对女主人公之所以愁闷是一有力的暗示。

过片"池上凭阑愁无侣"一句收束上意,点明愁因。"奈此个、单栖情绪"则推进一层,写孤眠之苦,场景也由池上转入屋内。写无侣单栖滋味,词中比比皆是,并不新鲜。此词妙在结尾二句别开生面,写出新意:"却傍金笼共鹦鹉,念粉郎言语。"荷塘月下,轩窗之内,一个不眠的女子独自在调弄鹦鹉,自是一幅绝妙仕女图,画中再度流露出她的寂寞无聊的情绪。而画图难足的,是那女子教鹦鹉念的"言语",乃属于"私房话"。不直写女主人公念念不忘"粉郎"及其"言语",而通过鹦鹉学"念"来表现,尤觉婉曲含蓄。骤闻鸟语,如对故人,可聊以自遣自慰,然而岂能持久?鸟语之后,反而会平添一种凄凉。所以这画面表现的况味又相当复杂。这个结尾,使全词臻于妙境。

《金粟词话》云:"柳耆卿'却傍金笼教鹦鹉,念粉郎言语',《花间》之丽句也。"其实"真珠"、"月华"、"鸳鸯"、"金笼"、"鹦鹉"等皆具辞彩。写环境的华美不能掩盖人物心境的空虚,适有反衬的妙用。女主人公亦如金笼之孤鸟。词中两用鸟名,"鸳鸯"乃虚写,"鹦鹉"是实写,各有妙用。

【杜安世】(1040?—1112)字寿域,京兆(陕西西安)人。《全芳备祖》称杜郎中。有《杜寿域词》一卷。

卜算子

尊前一曲歌，歌里千重意。才欲歌时泪已流，恨应更、多于泪。　　试问缘何事？不语如痴醉。我亦情多不忍闻，怕和我、成憔悴。

这首词写闻歌有感。一位歌女的动情演唱引起词人强烈共鸣，不禁一掬同情之泪。其情事大类白居易《琵琶行》，然而小词对于长歌，在形式上有尺幅与千里之差别。手法正不同。

词分三层。上片都为一层，写歌女的演唱，相当于白诗对琵琶女演奏的叙写。"尊前一曲歌，歌里千重意"，一曲歌而能具千重意，想必亦能说尽胸中无限事；而这"无限事"又必非乐事，当是平生种种不得意之恨事。这是从后二句中"恨""泪"等字可得而知的。首二句巧妙地运用了对仗加顶真的修辞，比较一般的"流水对"更见跌宕多姿，对于歌唱本身亦有模拟效用。"才欲歌时泪已流"一句乃倒折一笔，意即"未成曲调先有情"也。"恨应更、多于泪"，又翻进一笔，突出歌中苦恨之多。白诗对音乐本身的高低、疾徐、滑涩、断连等，有极为详尽的描摹形容；而此词没有也不可能对歌曲本身作直接描绘，但它通过：一曲歌——千重意——泪已多——恨更多的层层翻进，已能启发读者去想象那歌声的悲苦、婉转与动听了。

"试问缘何事？不语如痴醉"，是第二层。对歌女的悲凄身世作了暗示，相当于琵琶女放拨沉吟，自道辛酸的大段文字。但白诗中的详尽的直白，在此完全作了暗场的处理，或者说设置为悬念了。当听众为动听的演唱感染至深，希望进一步了解歌者身世时，她却"不语如痴（如）

178

醉"。这样写固然是受小令体裁的限制，然而却又取得了"此时无声胜有声"的效果。

末三句为第三层，写词人由此产生同情并勾起自我感伤，相当于白居易对琵琶女的自我表白。但白诗明写了"同是天涯沦落人，相逢何必曾相识"的认同感和缘由，此词却没有。他只说"我亦情多不忍闻"，好像是说歌女不语也罢，只怕我还受不了呢。由此可知，这里绝不是一般的"情多"导致感伤，而是词人已从歌词本身猜测到歌女身世隐痛，又联系到个人某些经历，产生了一种同病相怜、物伤其类的感情。非如此决不至于"怕和我、成憔悴"的。

可见歌行所长在叙事，妙在形容的委曲详尽，得其情实；小令所擅在抒情，妙在悬念的设置，化实为虚，得其空灵。此外，这首词在运笔上颇饶顿挫，上片用递进写法，下片则一波三折：试问——不答——即答亦不忍闻，读来便觉引人入胜。《卜算子》词调的两结语，本为五言句，此词则各加了一个衬字变成六言句（三三结构）。大凡词中加衬字者，语言都较通俗，此词亦然。

【晏几道】（1040？—1112）字叔原，号小山，抚州临川（江西抚州）人。晏殊第七子。曾因郑侠上书请罢新法牵连入狱。后任颍昌府许田镇监。晚年退职家居。有《小山词》。

鹧鸪天（二首）

其一

彩袖殷勤捧玉钟，当年拚却醉颜红。舞低杨柳楼心月，歌尽桃花扇底风。　　从别后，忆相逢，几回魂梦与君同。

今宵剩把银釭照，犹恐相逢是梦中。

"人间别久不成悲"，诗句其实包含一种深层的悲哀。小晏词多写别后之悲，而此词又兼写重逢之喜，充满梦幻的感觉。

上片追忆当年相聚之乐。酒宴上至今有"舍命陪君子"一说，当然也可以"舍命陪红颜"，图的是一个尽兴——"彩袖殷勤捧玉钟"写的正是这种情形，"拚（音"判"）却醉颜红"的"拚却"，正是"舍命"的意味。而那"彩袖"的歌女在悦己面前，也显得举措自在，尽兴歌舞——在杨柳围绕的高楼中翩翩起舞，摇动着绘有桃花的扇子缓缓而歌。"舞低杨柳楼心月"，是说歌舞的时间之久，几乎通宵达旦，直舞到月亮落下去，说的是尽兴。"歌尽桃花扇底风"的"风"字用得别致，或谓指歌声振荡出的声气（如卢照邻《长安古意》"清歌一唱口氛氲"），或谓指扇子摇出的风。诸说不同，我取吴世昌先生之别解，谓此"风"即"国风"、"风诗"之"风"——盖古人于歌扇一面画桃花，一面列曲目如今日歌厅之点歌单，以便于客人点歌。"歌尽桃花扇底风"即当晚唱完所有曲目，说的还是尽兴。这四句写回忆中情景，不免主观渲染，颇具辞彩，"彩袖"、"玉钟"、"醉颜红"、"杨柳楼"、"桃花扇"等辞藻，织成一片绚烂，恰是忆境。

下片别后相思和久别重逢。词中有两个"相逢"，一指过去的相聚，一指眼前的重逢。于别后苦情，一言以尽之："几回魂梦与君同"——多少次在梦中见到你啊，然而每一次醒来，都发现原来是梦，原来是一场空欢喜。接下来写意外重逢，亦承此意，说眼前重逢本来是真的，但还是不敢相信，还是疑心是梦。语本杜甫《羌村三首》"夜阑更秉烛，相对如梦寐"，而道出的是一种普遍的心理现象，一种普遍的人生况味。先是写梦如真，然后写真疑梦，更造成一种迷离恍惚之感，深刻地表现了人生若梦的主题。"今宵剩把银釭照"的"剩"字，或注为再三。但也以依本字解会，是说目前只剩一盏银灯，一个字就扫空上片所说的"彩袖"、

"玉钟"、"杨柳楼"、"桃花扇"种种，遂有不胜今昔之感见于言外。因此，重逢虽有一番惊喜，回思往事，又难免有昨梦前尘之感。

此词在艺术上颇具音情之妙，配合梦幻的主题，词中用了二十多个前、后鼻音的字：殷、勤、钟、年、颜、红、杨、心、尽、扇、从、相、逢、魂、梦、君、同、今、剩、银、釭、恐、相、逢、梦、中等，约占全词字数的一半。这些鼻音字读起来，织成一片嗡嗡之声，将人引入一种似梦非梦的境界，恰好与词情配合，增强了感染力。这种处理不像是刻意的造作，而可能是凭感觉把握的结果。

其二

> 小令尊前见玉箫，银灯一曲太妖娆。歌中醉倒谁能恨，唱罢归来酒未消。　　春悄悄，夜迢迢，碧云天共楚宫遥。梦魂惯得无拘检，又踏杨花过谢桥。

词亦怀人之作。上片回忆往昔。唐范摅《云溪友议》载有一个两世姻缘的故事：韦皋与姜辅家侍婢玉箫有情，相别七年后玉箫绝食死，再世为韦皋侍妾。"玉箫"代指旧时相好。四句写歌筵尽欢尽醉的情事，句句有歌（"小令"、"一曲"、"歌"、"唱"），亦几乎句句有酒（"尊前"、"醉"、"酒"），故颇饶唱叹韵味。"妖娆"有心许自成之意，著一"太"字，则成激赏。喝醉不免失态，但没法自制——"谁能恨"则是终不悔的意思。"酒未消"也包含意未消的意思。词人任情、率真的禀性，在此得到充分的表现。

下片写别后相思。春日寂寥，故曰"悄悄"；愁来夜长，故曰"迢迢"。这不是一般春夜的感觉，而是相思情切的表现。卜句包含两个语典，一本江淹诗"日暮碧云合，佳人殊未来"，后人多用"碧云天"寓托怀思之意；一本李商隐诗"巫峡迢迢旧楚宫，至今云雨暗丹枫。微生尽恋人间乐，只有襄王忆梦中"，"楚宫"一词隐含昨日风流故事，著"共"、"遥"二字，则表达了"去者日以疏"的恋旧情结。末二句写相思到极，癔寐求之，为全诗警策。人生天地间，受着各种制约，拘检颇多，正因为如此，自由才成为最高的理想。而作为潜意识产物的梦境这东西，却有"无拘检"的好处，能满足人在现实中无法实现的愿望。于是此夜，词人的梦魂，又踏着满地白花花的柳絮，走过谢桥，重访意中人去了。

词人化用了张泌《寄人》诗意"别梦依依到谢家，小廊回合曲阑斜。多情唯有春庭月，犹为离人照落花"。也有创新，夜路上白花花的柳絮，是从月照落花的意境中翻出。点出梦魂"无拘检"，与不自由的人生对照，也是新意。"惯得"、"又"字，则表明类似的梦不止做过一次，即"几回魂梦与君同"也。而踏花过桥，更活生生展现了梦游情景，较之"别梦依依到谢家"具体生动多矣。据《邵氏闻见后录》载，与小晏同时的程颐读了这两句，笑道"鬼语也"，意甚赏之。连头巾气很重的道学家都受到感染，说明这两句确实富于魅力。

临江仙（二首）

其一

梦后楼台高锁，酒醒帘幕低垂。去年春恨却来时，落花人独立，微雨燕双飞。　　记得小蘋初见，两重心字罗衣。琵琶弦上说相思。当时明月在，曾照彩云归。

晏几道平生最愉快的，莫过于在沈廉叔、陈君龙家与莲、鸿、蘋、云等歌女们共处的那些日子。好景不长，随着陈君龙卧病，沈廉叔下世，莲、鸿、蘋、云们也流落人间。词中的"梦后"，"酒醒"，就意味着陈病沈死，往事"如幻如电，如昨梦前尘"（《小山词序》）。"楼台高锁"、"帘幕低垂"则是陈病沈死后，两家应有的凄清情景，正是"衰柳枯杨，曾为歌舞场，蛛丝儿结满雕梁"，字里行间，多少人生无常之感。

"去年春恨却来时"的"恨"，是点睛的字面，指的是人去楼空、室迩人远之恨，它融合在伤春的情绪中，又回到心上。词人点到为止，旋点旋飞，即结以景："落花人独立，微雨燕双飞。"在落花时节，于阴雨之中，双飞之燕，独立之人，构成一种有意味的情景，确是名句。词语实出于五代翁宏诗："又是春残也，如何出翠帷？落花人独立，微雨燕双飞。寓目魂将断，经年梦亦非。那堪向愁夕，萧飒暮蝉辉。"（《残春》）诗颇不恶，如置晚唐人间，不失佳作。可惜五代诗运衰微，而词体放出了光辉，个别的佳作也就不显不传。所以翁宏的创意造语，经小晏词转用，方大得声称于世。或云此句只宜于词，在诗固不出色，恐未见得。

下片自然沉浸入怀旧的思绪："记得小蘋初见，两重心字罗衣。"小晏词中写到小蘋不止一两处，它如《玉楼春》"小蘋微笑尽妖娆"、《木兰花》"小蘋若解愁春暮，一笑留春春也住"，可见那是一个活泼开朗善笑的姑娘，她给词人的第一印象是那样难以忘怀。词人记得最深的便是"两重心字罗衣"的装束，直接是说衣服上装饰有两排心字图案的花纹，还能引起心心相印的联想。还有便是记得她当时演奏过一曲，"琵琶弦上说相思"，一"说"字尽掠《琵琶行》"低眉信手续续弹，说尽心中无限事"二句之美。从初次见面的印象看，小蘋该是一位多么美丽聪慧的少女呀。

接着词人便追忆宴散后小蘋等归去的情景，抒写伤逝之情："当时明月在，曾照彩云归。"小蘋不知是陈、沈哪一家的歌女，当时必是到另一家侑酒，宴毕便乘月归去。当时明月仍在，小蘋呢，却流转人间，音讯杳无。使人想起李白之"只愁歌舞散，化着彩云飞"（《宫中行乐词》）、白居易之"大都好物不坚牢，彩云易散琉璃碎"（《简简吟》），词句实际上也隐括了两位唐人的诗意，不正面抒情，伤逝之情弥浓。

词先写今春寂寞，后写前时艳遇，本是倒叙，但用"记得"二字一勾，便如顺叙然。

其二

斗草阶前初见，穿针楼上曾逢。罗裙香露玉钗风。靓妆眉沁绿，羞脸粉生红。　　流水便随春远，行云终与谁同？酒醒长恨锦屏空。相寻梦里路，飞雨落花中。

本词所怀之人，可能是往日晏府中一位侍女。

难忘过去两次相逢：一次是初见，时节当是清明前后，少女踏青时斗草游戏，此女活泼的情态便给小晏留下深刻印象；另一次在七夕，女子于是夜须穿针乞巧拜新月，且看她裙沾露水，玉钗微颤，粉脸生红，便知两人关系非同一般，却道得空灵。

不料华年似水，伊人亦如行云，不知去向了。词人借酒浇愁，醒后一看，人去屏空，往事只如一梦。而欲向梦中追寻往事，又似飞雨落花一般缥缈难即。流水、行云、飞雨、落花打成一片，使词境更见凄迷、朦胧，有助于词中所抒怀人之情。

蝶恋花（二首）

其一

醉别西楼醒不记，春梦秋云，聚散真容易。斜月半窗还少睡，画屏闲展吴山翠。　　衣上酒痕诗里字，点点行行，总是凄凉意。红烛自怜无好计，夜寒空替人垂泪。

词亦伤逝。回首西楼欢宴，已如幻如电、如昨梦前尘。白居易《花非花》云"来如春梦几多时，去似朝云无觅处"，晏殊《木兰花》袭其句，改"朝云"为"秋云"，对仗更工。"春梦秋云"象喻美好而不能持久的事物，偏于爱情而言。"聚散"则偏义于"散"。

眼前斜月窗半，词人却不能成寐，画屏上景物特别平静悠闲，反衬出他心境的寂寞无聊。"衣上酒痕"是欢宴留下的印迹，"诗里字"是筵席上题写的词章，本是欢乐生活的表记，而今只能引人神伤了。

末二句借用杜牧"蜡烛有心还惜别，对人垂泪到天明"，另作构思：蜡烛也似同情于人，却又自伤无计消除主人心头的凄凉，只得在寒夜中替人垂泪了。浑成不如小杜，却自具新意。

其二

梦入江南烟水路，行尽江南，不与离人遇。睡里消魂无说处，觉来惆怅消魂误。　　　　欲尽此情书尺素，浮雁沉鱼，终了无凭据。却倚缓弦歌别绪，断肠移破秦筝柱。

上片写梦里相思。一起化用岑参"洞房昨夜春风起，遥忆美人湘江水。枕上片时春梦中，行尽江南数千里"（《春梦》），而"不与离人遇"，却是自作语。梦里销魂未平，觉来惆怅又起，这"消魂"还真误人不浅哩。

下片写醒后排遣。排遣的办法之一是写信，麻烦在信封上地址无法写；就能写，也未必准能收到；就收到，也未必准能回信。排遣办法之二是奏乐，乐器是秦筝，欲借低音缓弦抒发感伤，弹奏之前，不免移遍筝柱调节音高。

全词语言清畅，而抒情有递进、有顿挫，故沉挚有力。

清平乐

留人不住，醉解兰舟去。一棹碧涛春水路，过尽晓莺啼

处。　　渡头杨柳青青，枝枝叶叶离情。此后锦书休寄，画

楼云雨无凭。

通观全词，当是托为妓女送别情人之作。离别在一个渡口，时间是
春天的一个早晨。

前六句主写景，但无往非情。"留人不住"四字，扼要地写出送者、
行者双方不同的情态：一个曾诚意挽留，一个却去意已定。妓、客身份，
见于言外。"留"而"不住"，已启末二句之怨思。从次句看，分手前有
一个饯行酒宴。席间那个不忍别的送行女子，哪里吃得下去；而即将登
舟上路的男子，却喝了个"醉"。"一棹碧涛春水路，过尽晓莺啼处"二
句紧承"醉解兰舟去"，写的是春晨江景，也是女子揣想情人一路上所经
的风光。江中是碧绿的春水，江上有婉转的莺歌，是那样的宜人。这景
象似乎正是轻别的行者轻松愉快的心境的象征。他就这样地走了，想起
来多么令人难堪！"渡头杨柳青青，枝枝叶叶离情"则遥应"留人不住"
句，是兰舟既发后渡头空余的景物，也是女子主观感觉中的景，所以那
垂柳"枝枝叶叶"俱含"离情"。以上四句写景，浑成完整，却包含两种
不同情感的象征。初读似以常语写常景，久读而觉字字句句皆含怨意。

后两句写情。上文讲到挽留、讲到离别，充满依依不舍的缠绵的情
绪。这里却突然转折，说出决绝的话，寄语对方"此后锦书休寄"，因为
"画楼云雨无凭"。——我们青楼女子是靠不住的，你今后不必来信了。
从此割断感情的联系。似乎不可理解，其实这是负气之言，其中暗含难

186

言之隐。妓女社会地位低下，没有爱的权利。即使有了倾心的男子，也没有长聚不散之理。彼此结欢之夕，纵使"枕前发尽千般愿"，时过境迁，便"留人不住"。有感于此，所以干脆叫对方"此后锦书休寄"了。话虽如此，心情还是矛盾的。故周济《宋四家词选》评："结语殊怨，然不忍割弃。"

先是脉脉含情之语，后转为决绝语，二者相反相成。因多情而生绝望，绝望恰表明不忍割舍。末二语锻炼精纯，足称警策。

御街行

> 街南绿树春饶絮，雪满游春路。树头花艳杂娇云，树底人家朱户。北楼闲上，疏帘高卷，直见街南树。　　阑干倚尽犹慵去，几度黄昏雨。晚春盘马踏青苔，曾傍绿阴深驻。落花犹在，香屏空掩，人面知何处？

此词写故地重游中恋旧的情怀，容易令人想起唐诗人崔护《题都城南庄》："去年今日此门中，人面桃花相映红。人面不知何处去，桃花依旧笑春风。"心情颇类，但小晏并不落崔诗的窠臼。

崔诗是从昔到今顺叙，此词却从眼前景象咏起，渐渐勾起回忆，是倒说。上片的开头与结句数字重复（"街南绿树"与"街南树"），颇为别致。细玩词意，原来前四句与后三句乃是倒装，重复处恰是衔接的标志。"街南绿树春饶絮"四句，是北楼南望中的景色和臆想。正因鸟瞰，才能看得那样远，看得见漫天飞絮。这里，"雪满游春路"是由柳树"饶絮"而生的奇想，同时又点出"晚春"二字。至于"树底人家朱户"，当是从"树头"的空隙间隐约见之，它是掩映在一片艳花娇云之中的。把一种急切的寻寻觅觅的情态表现得非常传神。先写出鸟瞰画面，引起读者沉思，再推出人物楼头瞭望的画面，使人感受渐趋明确。

过片由景及情。词中人"阑干倚尽"，甚至在"几度黄昏雨"、"游春"的人们尽皆归去的时候，还不忍离开。"犹慵去"，是写情态，也是写心理。何以如此？紧接二句便是回答。"曾"字说明"盘马"不是今日之事，"晚春"也不是眼前这个晚春，而"绿阴""青苔"的所在，必定是"街南绿树"底下的那某个"人家"。要之，这里是词中人昔游之地。对景枨触如此，必有值得永久纪念的特殊情事。最后三句点睛："落花犹在，香屏空掩，人面知何处？"较之"桃花依旧笑春风"之句，尤觉有花落人去之苦。此词把读者带到忆昔的刹那便止，留下了回味的余地。词中人只于北楼闲望，原来他已经访过词中不曾出现的伊人，然而断无消息，唯"香屏空掩"而已。那么"几度黄昏雨"或不限于一日，"北楼闲上"抚景怀旧或不止一度罢。

就字数而言，此词比崔诗超过一倍，而叙事成分仅及其半（它点出"人家朱户"，却未明言"去年今日此门中，人面桃花相映红"那样的情事），其致力处乃在于通过写景来表现一种心境，这正是词体一般的特长，不同于崔诗；然而作者又通过"人面知何处"的字样巧妙借用了崔护诗意，对情事作了明确暗示，达到了含蓄有致、事简言丰的效果。

木兰花

秋千院落重帘暮，彩笔闲来题绣户。墙头丹杏雨余花，门外绿杨风后絮。　　朝云信断知何处？应作襄王春梦去。紫骝认得旧游踪，嘶过画桥东畔路。

188

词人游春，于暮色苍茫中，来到一处院落，只见秋千，不闻人语，帘幕深深，更觉落寞。便忆起昔年今日，所谓伊人，曾当窗题诗来着。眼前墙头红杏依旧，门外绿杨依旧，只是经过一场风雨，地上有一些落花和柳絮，不可收拾。

这许是陈家，许是沈家。可小云、小蘋们呢？她们或许仍操旧业，在别处为人制造欢乐罢。难道过去真是一场春梦？不，紫骝马分明还记得过去遛过的路，这画桥东边的路。走着走着，突然嘶鸣起来，局顾徘徊一阵，才怏怏离去。

马犹如此，人何以堪！

阮郎归

　　天边金掌露成霜，云随雁字长。绿杯红袖趁重阳，人情似故乡。　　兰佩紫，菊簪黄，殷勤理旧狂。欲将沉醉换悲凉，清歌莫断肠。

重阳节作于汴京。汉武帝于建章宫建桐柱，上有铜人托盘承露，词中借用来咏汴京景物。秋雁南飞，一会儿排成个人字，一会儿排成个一字，雁字长，云更长，着一"随"字，便巧妙地将两种景物关联起来。此时登高有佳人侑酒，说"人情似故乡"，则已有身在异乡之感，正是欣慨交心。

本来便是性情中人，然而岁月蹉跎，不免一度消沉。今趁重九佳节，也佩幽兰，也簪黄菊，聊发少年狂呗。旧狂须殷勤理之，可见勉强多多，所以不免乎悲凉；欲以沉醉解此悲凉，却又没十分把握，所以只得指望席上歌者，千万不要唱出让人闻而断肠的歌声了。

全词以吞吐之笔，抒无奈之情，一波三折，沉着厚重，故称佳作。

【王安石】(1021—1086) 字介甫，晚号半山，抚州临川（今江西抚州）人。庆历二年（1042）进士。嘉祐三年（1058）上万言书，提出变法主张。神宗熙宁二年（1069）任参知政事，行新法。次年拜同中书门下平章事。七年罢相，次年再相；九年再罢相，退居江宁（江苏南京）半山。封舒国公，旋改封荆，世称荆公。卒谥文。有《王临川集》等。

桃源行

　　望夷宫中鹿为马，秦人半死长城下。避时不独商山翁，亦有桃源种桃者。此来种桃经几春，采花食实枝为薪。儿孙生长与世隔，虽有父子无君臣。渔郎漾舟迷远近，花间相见惊相问。世上那知古有秦，山中岂料今为晋。闻道长安吹战尘，春风回首一沾巾。重华一去宁复得，天下纷纷几经秦。

　　陶渊明《桃花源诗并记》创造了一个超越现实、富于魅力的乌托邦，唐宋诗人往往通过再创作，对桃源世界的性质、意义予以文化的阐释，其中较有名的是王维《桃源行》、韩愈《桃源图》和王安石的这篇《桃源行》。王安石诗晚出，然极富新意，体现出宋诗的特色。

　　前四句全翻陶诗开篇的"秦氏乱天纪，贤者避其世。黄绮之商山，伊人亦云逝"，但用了两个形象的事例来概括秦纪之乱，指鹿为马、是朝纲乱矣；大筑长城、是民心失矣。可谓扼要，还不是新意。此节新意在把桃源人称为"种桃者"——陶渊明从来没有这样说过，也没有暗示过。王安石把创造和平世界的桃源人称为"种桃者"与陶渊明诗所谓"相肆命农耕"、"菽稷随时艺"虽不尽吻合，却很有诗意。

　　紧接四句写桃源与世隔绝，没有剥削压迫的社会生活。最令人耳目一新的是"虽有父子无君臣"句，虽然是基于陶诗"秋熟靡王税"的话，

190

但单刀直入，提法更加明快，指出桃源世界并不否定血缘关系，它的本质在于没有封建等级制度。

以下四句概括《桃花源记》故事主要内容，写武陵人与桃源人交换信息，各有一番感叹。记中只说桃源人"不知有汉，无论魏晋"，此诗则补足武陵人感慨——"世上那知古有秦"，是说世人不入桃源，故难确切知道秦时的具体情况。

末四句借桃源人之口对因天下无道、不断进行改朝换代的战争表示感慨。"长安吹战尘"指西汉末年的天下大乱及其后的战乱频仍，经过秦末大乱的桃源人听得如梦如痴，赔了不少眼泪，"天下纷纷几经秦"亦是发前人所未发的妙语，盖一经秦已不堪其苦，况"几经秦"耶！"纷纷"形容亦佳。

本篇故事新咏，非为作诗而作诗。"重华一去宁复得"云云，反映出作者对圣君治世的向往，间接表现出杜诗所谓"致君尧舜上，再使风俗淳"的高远理想。此诗与晋唐人诗格调不同，一是重整体把握而不做具体描绘，所谓大处落笔；二是叙述往往以议论出之，并靠议论警拔、语意出新取胜。诗中"虽有父子无君臣""天下纷纷几经秦"等语，皆前所未道而精刻过人。

明妃曲

明妃初出汉宫时，泪湿春风鬓脚垂。低徊顾影无颜色，尚得君王不自持。归来却怪丹青手，入眼平生几曾有？意态由来画不成，当时枉杀毛延寿。一去心知更不归，可怜著尽汉宫衣。寄声欲问塞南事，只有年年鸿雁飞。家人万里传消息，好在毡城莫相忆。君不见咫尺长门闭阿娇，人生失意无南北！

北宋时辽夏交侵，岁币百万，诗人反思历史，昭君出塞成为热门的诗歌题材。此诗作于嘉祐四年（1059），一时梅尧臣、欧阳修、司马光、刘敞皆有唱和之作。诗人多借汉言宋，如梅、欧直斥汉计之拙便是。王安石此诗却极意刻画王昭君爱国思乡的纯洁深厚感情和她不幸而生彼时的哀怨，是独具卓见之作。

王昭君的悲剧本从入汉宫伊始，诗从"出汉宫"写起，突出了昭君和番的主题。前四句极力渲染她的美丽和悲痛，句中"春风"即"春风面"（出自杜甫《咏怀古迹》）的省语。这里过人之处，是将昭君的美放到"低徊顾影无颜色"——即悲痛的、最不足以显示其美丽的时刻来写。以一"尚"字转折，说就是在这当儿，她的美丽还能使君王动心如此，那么平时也就可想而知了。这是此诗的一处妙笔。

以下四句写汉元帝迁怒于画工。"杀画师"一事出自《西京杂记》，杂记将昭君出塞悲剧归罪于画师，历来很多文人都为画师辩冤。如清刘献廷诗云："汉主曾闻杀画师，画师何足定妍媸？宫中多少如花女，不嫁单于君不知。"王安石的翻案更早也更有意思，"意态由来画不成"是出人意表之句，因为人们通常认为画图是能达到形神兼备的境界，即意态也是可以画成的，说意态画不成，也就强调了昭君之美的非同一般。更是暗示调查研究中掌握第一手材料的重要。所以高步瀛称其"托意甚高，非徒以翻案为能"。

以下有一跳跃，概写出塞后数十年事。四句极写昭君眷念故国之思，却通过着衣不改汉服的细节来表现，是又一妙笔。如陈寅恪说，我国古代所言胡汉之分，重文化甚于重血统。而在历史上尤其是文学上，用为文化标志的常常是所谓"衣冠文物"，如《左传》上讲南冠，《论语》中讲左衽，后来均用为典故。"可怜著尽汉宫衣"的细节表现出昭君爱乡爱国的真挚深厚的民族感情。

诗末四句用家人万里传语相慰，极写昭君之怨。奇怪的是，家人怎么倒劝她"好在毡城莫相忆"，还拿陈皇后作反例，说"人生失意无南北"，这不等于说不得意于汉，就可以当汉奸么？——王安石思想是不是出了点问题？王安石的许多政敌正是这样攻击他的。弄得一个回护他的注家蔡上翔千方百计为他辩诬，还说不清楚。其实那只是一句很无可奈何、很怨艾的话，有点像《离骚》中女媭劝屈原的话，说是强为宽解也得。正因是强解，其效果是愈解愈悲——将昭君爱国而不为国爱的怨苦，抒写得入木三分。全诗段段皆有出人意表的妙笔，在同一题材的作品中当然出类拔萃了。

谢安墩

> 我名公字偶相同，我屋公墩在眼中。
>
> 公去我来墩属我，不应墩姓尚随公。

游戏之作，然而从中可以看出作者的个性和才情。

谢公墩在钟山报宁寺之后，谢安与王羲之尝登此，超然有高世之志。王安石即退居于此。谢安字安石，王安石名安石，所以首言名字偶同。王安石居近谢公墩，彼此望得见，所以说"在眼中"。

末二句说谢公墩今虽易主，却仍叫谢公墩，何不叫王公墩呢？这是开玩笑的话。

诗四言公、我，搬砖弄瓦，妙趣横生。全诗不主情景主意思，是典型的宋调。宋代有人评此诗道："介甫性好与人争，在庙堂与诸公争新法；归山林则与谢安争墩"。苕溪渔隐以为善谑。

梅花

墙角数枝梅，凌寒独自开。

遥知不是雪，为有暗香来。

李璧举古乐府"庭前一树梅，寒多未觉开。只言花似雪，不悟有香来"，谓"荆公略转换，或偶同也"。不管偶同也好，转换也好，王安石这首咏梅是后出转精的。

梅不同于百花，不仅不畏严寒，而且越寒冷越开得繁盛。踏雪寻梅，是一种极富情趣的境界。古乐府一起言寒天见白梅，初未觉花开，是从人的角度写出。而王诗特标"凌寒独自开"，则是从梅的角度写出。这就造成一种境界，一种象征，赋予梅花一种品格。

梅花与雪花，二物同中有异。《千家诗》载宋人卢梅坡诗云："梅须逊雪三分白，雪却输梅一段香"。为宋调佳句。两诗主角皆是梅，强调在"雪却输梅一段香"。不过古乐府是顺叙中作转折，精彩在末句；王诗是因果倒装，两句精彩，"遥知"云云，令人神往。

本篇大约是王安石退居钟山后所作，罢相之后，当然不像往日那样轰轰烈烈，而有点像墙角之梅，不免冷清；但他仍然坚持个人操守，恬然自安，这又像梅花孤芳自赏，芳香不浓，然自有一种淡淡的幽香。深有寄托，所以就不照搬古乐府。

北陂杏花

一陂春水绕花身，花影妖娆各占春。

纵被春风吹作雪，绝胜南陌碾成尘。

　　除梅花外，王安石也喜欢杏花——此花色彩素淡，与梅花有相同风致。此诗亦退居金陵所作。

　　北陂杏花是池边的花，其特点是临池照水，大有自我欣赏的意味。前二句就紧紧抓住这个特点来写：一池春水绕着杏花，岸上有杏花，水中也有杏花，花身与花影，各饶姿态。可以想象，如果风吹花落，就会出现空中花与水中花会合于水面的奇观。前两句是就花咏花。

　　后二句借落花直抒胸臆。这里不免有惜花之意，关键是诗人透过一层，以"纵使"二字宕开一笔，即"退一步说"——北陂的杏花地处僻静，落也是落在水上，落得"质本洁来还洁去"，所以远比开在南面通衢大道边任人观赏，亦任车马踏成尘土要强。

　　这里"北陂"似暗指隐居之所，"南陌"似暗指官场，言下隐隐流露出宁可坚持清操、忍受寂寞，也不愿随俗俯仰、和光同尘，亦即"宁为玉碎，不为瓦全"的意思。诗句以"纵"与"绝胜"相勾勒，在自然转折中显示出一种力度，与其所表现坚持操守的执拗精神高度契合。

北山

北山输绿涨横陂，直堑回塘滟滟时。

细数落花因坐久，缓寻芳草得归迟。

　　北山即钟山，诗亦退居金陵之作。前二句写北山春色，着意写春水——水是山的眼波，没水的山就少了灵性，故写水即写山。"输绿"即送绿，"横陂"指池塘的坡岸，"直堑回塘"犹言直沟曲塘。两句说北山坡上草儿绿油油的，笔直的沟堑和池塘的曲岸边春水清滢滢的。这样的景色叫人看了不用说心情有多舒畅了。

后二句记游，表现的是诗人闲适悠游近乎贪玩的心情。贪玩到看见落花一片片到地，居然一二三四计起数来，看它到底能落多少，——不觉消磨了许多时间；一路上觉得草地爱人，走走停停，又消磨了许多时间。这一天玩得真是有点莫名其妙，但又觉自有妙处，难与君说。就造句而言，每句中自为因果（"因"是因而、"得"是所以）。用"细数落花"来摹写"坐久"，以"缓寻芳草"来解释"归迟"，不仅形象很美、构思精细，而且写尽闲适之情。

后两句各自都能从唐诗中找到措语类似的诗句，如王维的"兴阑啼鸟换，坐久落花多"、刘长卿"芳草独寻人去后，寒林空见日斜时"、杜甫"见轻吹柳毳，随意数花须。细草偏称坐，芳醪懒再沽"，仔细对读，又不完全一样。本来一个人的读书受用，有时就在无意的浸淫中，即使是即景即兴写个人生活经验，也可能在潜意识中受到古人启发。关键是这两句措语之工稳，意境之精妙都超过了前人，自有独到之处。

书湖阴先生壁

茅檐长扫静无苔，花木成畦手自栽。
一水护田将绿绕，两山排闼送青来。

亦退居金陵时题在友人杨德逢（别号湖阴先生）壁上的一首诗。

前二句赞美杨家庭院的清幽，值得注意的是"长扫""自栽"等字，暗示出主人亲近劳动、洁身自好、与自甘淡泊的生活情趣，为下二句赞美湖阴的环境预为地步。

后二句是王安石诗中名句。这里写景首先运用了拟人描写的手法，

"一水护田"而"两山送青","护"、"送"二字之妙，在于写出大自然对于田园情有独钟！"绿"、"青"两个颜色字用如名词亦妙，"绿"竟可以带其绕行，"青"竟可以送其入户，颇具形象效果和艺术魅力。其次在造语上，"护田"、"排闼"（破门而入）这两个词俱出自《汉书》，前者出自《西域传》、后者出自《樊哙传》，都很生动很有新意。后世诗家多赏其以"汉人语"对"汉人语"、不夹异代语，尚属细枝末节。

诗由户内写到户外，由近及远——三句绕向户外田园，四句则揽入更远处的青山，却说两山送青、破门而入，备极回环往复之妙。

出郊

> 川原一片绿交加，深树冥冥不见花。
> 风日有情无处着，初回光景到桑麻。

此诗写春郊景色大异前人，美有独得。

诗中写的显然是春末夏初景象，前二句之妙不在"绿交加"，而在"不见花"。不见花于郊景似乎是有所憾焉了。后二句承此说，和风丽日本是情意绵绵的，这番情意应该给花的，现在可好，"没着处了"。但也没关系，风啊日啊都退而求其次，将它们的爱抚和温馨献给了农作物——桑麻。

明明是说春天的花谢了，田里庄稼却一天好似一天，却偏偏编了这样一个"有情无着"的爱情故事，其辞若有憾焉，其实乃深喜之也。绝句之妙，全在第三句。总之，这是一首极为别致，极富情趣的田园颂歌。王安石不但是一位杰出的政治家，而且是一位很本色的诗人。

悟真院

野水纵横漱屋除，午窗残梦鸟相呼。

春风日日吹香草，山北山南路欲无。

悟真院又名悟真庵，在钟山之东，八功德（以有清冷香甘等八性得名）水之南，环境清幽，是王安石退休后常去的地方。曾有诗云"暗香一阵连风起，知有蔷薇涧底花"，生动刻画了这一带的自然风光，可与参看。

乍看此诗四句皆景，前二句写水写鸟，后二句写风写草，然而其中亦融入情事，耐人含咏。悟真院附近除了八功德水外，还有许多纵横交错的溪涧，形成水系，乃此地独特的风光。"野水"点明水系的天然性，特饶自然之趣。"屋除"指禅院的台阶，纵有溪涧缭绕，若非打水冲洗，事实上不能漱洗屋除。"漱屋除"云云，状出悟真院一尘不染、清洁明净的环境。

次句是记事，"午窗残梦"之不可少，在于它暗示出当日游倦有小憩之事，而小憩醒来，环境又给人以清新的感觉，这个感觉是通过"鸟相呼"表现出来的。若无"鸟相呼"，则"午窗残梦"未美；若无"午窗残梦"，则"鸟相呼"不新。亦见造句老到。

然而诗的精彩还在三四句，写景突破悟真院，而及于山北山南，满山春草，眼界顿宽。风吹草动，由风见草。春风日日吹，逼出香草日日长，写出春草生长的迅猛势头，一派生机，蓬蓬勃勃，不可遏止。读至"山北山南路欲无"，直令人神情一爽，草之长势全从一个"欲"字形出。同时，这句还表明悟真院是一清净之地，如果游众太多，哪怕本是草地，也会踩出一条路来的。

泊船瓜洲

京口瓜洲一水间，钟山只隔数重山。
春风又绿江南岸，明月何时照我还？

诗作于熙宁八年（1075）二月，当时王安石第二次拜相，奉诏入京。前此王安石深感推行新法之不易，从熙宁五年起曾多次要求解除相务，宋神宗一再挽留，直到熙宁七年才允许他辞职离京，知江宁府，时年五十四岁。但由于在朝执政的变法派分为若干小集团，相互攻讦，没有一个服众的领袖，于是神宗不得不再度起复王安石，尽管他两次上书推辞，均未获准，只好勉强上任。此诗是舟次京口（镇江）对岸的瓜洲时写的。诗中表现了作者为衔君命、再度入相时的复杂心情。

前二写舟次瓜洲登陆远眺，对岸是京口，经过一日行程，此去钟山还不算很远——然已隔数重山矣。说"只隔数重山"是自我安慰，不胜留恋之意见于言外。次句中两用"山"字，寓取风调，唐李商隐诗最习见（如"杜牧司勋字牧之，清秋一首杜秋诗"），非病复也。

此诗最为传诵的是三四句，特别是第三句。清袁枚说"作诗容易改诗难，一诗千改始心安"。王安石就最善改诗，他曾为谢贞改"风定花犹舞"为"风定花犹落"，其语构顿工。此诗则是他修改己作使之完美的著名诗例。《容斋随笔》卷八云："吴中士人家藏其草。初云'又到江南岸'。圈去'到'字，注曰'不好'，改为'过'。复圈而改为'入'。旋改为'满'。凡如是十许字，始定为'绿'。""绿"字之所以为优，是因为其他字都是就风写风，比较抽象；只有"绿"字透过一层，从春风的效果着想，所以别具手眼。同时，"又"字也下得好，不仅表现了时光流逝及由此引发的感慨，而且可以令人联想到"前度刘郎今又来"的"又"字。

可以说是"欣慨交心",全诗表情的复杂微妙也正在这一点上。

末句"明月"是眼前所见,表明夜色降临,作者对钟山的依恋弥深。所以他相信投老山林,终将有日——只是不知道将是功成身退呢,还是失意归来。所以"明月何时照我还"这句的意味仍是很微妙很复杂的。

元日

> 爆竹声中一岁除,东风送暖入屠苏。
> 千门万户瞳瞳日,总把新桃换旧符。

元日即大年初一,是中国最重要的传统节日之一。本诗用质朴的语言描写了人们辞旧迎新,欢度佳节的景象,宛如一幅生动的民俗画卷。其间隐喻了诗人革故鼎新的政治理想。

"爆竹声中一岁除"。"爆竹声"是新年里极易唤起读者温馨回忆的听觉元素。"爆竹声中",著一"中"字,就不单指鞭炮鸣响,而是指一个弥漫着爆竹声的场面,还应夹杂人们尤其是孩童的欢声笑语。众多声响此起彼伏,汇集成送别岁末的交响曲,喜悦气氛瞬间升腾。首句为全诗奠定了轻快、明朗的基调。

"春风送暖入屠苏"。喝屠苏酒是中国古时的年俗之一。除夕人们用屠苏草泡酒,元日取来饮,以此恭贺新春。这一天,煦煦微风捎来了早春的气息,丝丝暖意随着新酿的屠苏酒沁人心脾。"送暖"二字值得玩味,春风可以暖人,屠苏酒也可以暖人。这里不但有肤觉感受,还夹杂着味觉感受,耐人寻味。

"千门万户瞳瞳日"。"千门万户"一词,唐人多用于宫廷(语出《汉书·郊祀志》"建章宫千门万户")。但用来指千家万户,也是可以的。"瞳瞳"，指日出时光亮闪烁的感觉。元日天气晴好，旭日东升，霞光普照，是一个吉祥的预兆。这里主要诉诸视觉，夹杂肤觉。还有一种预感，用流行歌曲的话来说，便是："今天是个好日子，心想的事儿准能成。"

"总把新桃换旧符"。这句诗写元日的除旧布新，可以是宫廷，也可以是民间，人们忙碌着把褪色、磨损的旧桃符换掉，挂上色彩鲜艳的新桃符。相传东海度朔山的大桃树下有神荼、郁垒二位神仙，能食鬼驱魔。《荆楚岁时记》："正月一日，贴画鸡户上，悬苇索于其上，插桃符其旁，百鬼畏之。"因此，每逢过年人们都会用桃木板分别写上"神荼""郁垒"的名字，或者用纸画上二神的图像，置于大门上意在祈福消灾，谓之"桃符"。诗中将"桃符"一词扯作两半，"新桃"、"旧符"，形成互文，意味格外深长。

清人注《千家诗》认为这首诗是王安石的自况，末句隐喻作者得君行政，除旧章而行新令。具体而言，诗中以"春风送暖"暗示新法的推行，以"瞳瞳日"暗示惠及千门万户的光明前景，以"爆竹""桃符""屠苏"这些驱魔辟邪之物，暗示诗人对弊政的厌恶和对清明政治的期待。

总之，作者以独特的眼光抓取了元日里富有表现力的细节，不但给读者生动可感的审美体验，同时具有很深的政治寓托。此外，诗中记录的北宋民俗，有珍贵的史料价值。

夜直

金炉香烬漏声残，剪剪轻风阵阵寒。
春色恼人眠不得，月移花影上栏干。

"夜直"即值夜班。按宋制翰林学士每夜轮流一人在学士院里值班住宿。王安石于治平四年（1067）九月为翰林学士，未即赴。熙宁元年（1068）四月奉诏越次入对，始至京师。本诗写春夜值班，时间当在二年——其时宋神宗已决定采纳他的意见，推行新法。

前二句写深夜对时间与环境的感受。"金炉香烬"所见也，"漏声残"所闻也，都表现出长夜时光的流逝。言下有杜甫"明朝有封事，数问夜如何"（《春宿左省》）之意。次句从韩冬郎《夜深》"恻恻轻寒剪剪风"点化而来，原诗有感伤情调，此纯写从室内踱到室外时感受到的凉意和清新。

第三句"春色恼人"是个关键词，意为春色撩人，从罗隐《春日叶秀才曲江》"春色恼人遮不得"化出。原句"遮不得"是说遮不得寒士窘态。此外，"眠不得"则因君臣际遇、即将一展宏图，心情兴奋所致。

末句写景妙句，"月移花影"就表时间推移而言，与首句"香烬漏残"呼应，然而更带有一种东风相借、时来运转的愉悦感。——诗中"春色"一词与《元日》诗题一样，包含政治意义。盖作者久蓄改革之志，曾向仁宗皇帝上万言书倡言改革，未被采纳，神宗即位，这才有"时来天地皆同力"的愉悦感。

诗中把政治上的际遇与自然界的春色融为一体，表现不露一点半点痕迹。要不是《夜直》这个题目略点本事，简直可以乱真唐人宫词，非"知人论事"不得其措意。难怪宋代周紫芝等粗心读者把它当作一首艳诗，并怀疑是否王安石之作，殊不知是自己未能读懂之过。

【苏轼】（1037—1101）字子瞻，一字和仲，号东坡居士，眉州眉山（今属四川）人。苏洵子。嘉祐进士。曾上书力言王安石新法之弊，因作诗刺新法下御史狱，贬黄州。哲宗时任翰林学士，曾出知杭州、颍州，官至礼部尚书。后又贬谪惠州、儋州。历州郡多惠政。卒谥文忠。有《东坡七集》《东坡易传》《东坡书传》《东坡乐府》等。

题西林壁

横看成岭侧成峰，远近高低各不同。

不识庐山真面目，只缘身在此山中。

这首诗作于元丰七年（1084），苏轼由黄州改迁汝州（今河南临汝）团练副使，途经庐山时。《东坡志林》中《记游庐山》说："仆初入庐山，山谷奇秀，平生所未见，殆应接不暇。……最后与总老（东林寺僧常总）同游西林，又作一绝。"即《题西林壁》。西林是寺名，又名乾明寺，在庐山之麓。

"横看成岭侧成峰"二句，写山中看山，移步换形，美不胜收。同一座庐山，行人走向与山脉走向平行时看山，是"横看"，山脉呈现出绵亘不绝的形态，习惯上称之为"岭"。当行人走向与山脉走向形成角度时看山，是"侧看"，山形看上去高耸挺拔，习惯上称之为"峰"。"侧"是"侧看"的省略，说"侧看"比说"纵看"或"竖看"，措词更准确，也更活络。是下字之妙。"远近高低各不同"，是说远看、近看、仰看、俯瞰，山的形态又是千变万化，这是对"横看""侧看"的进一步补充。写出作者在寺僧的陪同下，饱看庐山，得到了充分的自然美的享受。同时也写出，由于观察的角度或立足点不同，得到的感受、所下的结论，可能是迥然不同。这就为下文发表议论做好了铺垫。

"不识庐山真面目"二句，是哲理性议论，作者观察的感性认识，在这里得到升华。近人陈衍点评道："此诗有新思想，似未经人道过。"（《宋诗精华录》）三句大是名言，从表面上看，这是前两句的总结：观察者受限于角度，不可能认识"庐山真面目"，即庐山的全息影像，只能像瞎子摸象一样，得出似是而非的结论。在深层次上，"庐山真面目"已创造出一个意象，代表一切复杂的认识对象。末句补充说明认识受限的原因，是"只缘身在此山中"，即作者在别处所说的："彼游于物之内，而不游于物之外。"（《超然台记》）必然受限。这个道理，本是一个常识，简言之即"当局者迷，旁观者清"。

余话：世间事物往往具有两面理，而此诗所讲的，只是一面理。四川省政协前主席陶武先在干部会上翻用此诗三四句道："要识庐山真面目，还须深入此山中。"意思是没有调查研究就没有发言权。这就讲出了另一面理，是师其辞而不师其意。笔者受到触动，又在这两句的前面加了两句"山外看山山略同，焉知百态作奇峰"，成为一首完整的绝句。蜀中老诗人李维嘉看后建议《岷峨诗稿》采用、排为第一首，并说："这种诗，一个诗人一生中也遇不到几次。"

饮湖上初晴后雨

水光潋滟晴方好，山色空蒙雨亦奇。

欲把西湖比西子，淡妆浓抹总相宜。

苏轼于神宗熙宁四年至七年（1071—1074）任杭州通判。杭州府衙建于凤凰山麓，靠近西湖。《饮湖上初晴后雨》记述了诗人与朋友游湖遇到的天气变化及由此引发的审美体验。原诗共二首，这是第二首。

"水光潋滟晴方好，山色空蒙雨亦奇。"前二句以洗练的语句道出西湖变幻之美。首先诗人抓住西湖在晴空下、细雨中的典型细节，描写西湖之景。"潋滟"指的是水波相连，荡漾之貌。晴日里湖中泛舟，湖波映射着周围的风物和斑驳的日影，波纹的摆动既有线条感又富有韵律，应和了赏景人休闲放松的心情。晴天的西湖动感、喧闹，整体色调生动明丽。"方"暗含诗人对景致的品评，这样的景致与这样的情景，一切刚刚合适，逗起接下来的景色变化。忽而天空转阴，飘起蒙蒙细雨，赏景气氛也随之骤变，这在常人看来必是扫兴的吧。但作者却认为"雨亦奇"。雨中西湖之奇在于"山色空蒙"。"空蒙"是细雨朦胧的样子。透过雨雾，远处之山若隐若现，似有还无，近处山峦被渲染得更加苍翠，雨中西湖的羞怯幽淡与晴天的明艳动人形成鲜明对比。虽然只是写景，却有意无意地体现了诗人宠辱不惊，随缘自适，顺其自然的人生观。

"欲把西湖比西子，淡抹浓妆总相宜。"后二句运用比喻，表现西湖的神韵。西施与西湖同属越地，同有一个"西"字。西子是世间最美的女子，无论是清水出芙蓉的淡妆还是涂脂抹粉的浓妆，总能让人心旷神怡；西湖是人间最美的景色，无论水光潋滟的晴景，还是山色空蒙的雨景，总能让人心旷神怡。这个比喻之妙，在于本体与喻体间差异太大，湖与人本来很难扯到一起，共同特征越不明显，比喻的创造性越大，效果就越好。还有一个"欲"字，说出了诗人想急切把这个比喻说出来的兴奋之情。诗人过去一定时时留恋于西湖景色，作诗数首而没找到合适的比喻。这一次在晴雨交加的刺激下，猛然想到以西子喻西湖的妙喻，于是很兴奋，一定要急切地表达出来。这一妙手偶得成就了书写西湖风光的千年佳句。西子湖从此成为西湖的别名。

西湖边上有一家茶楼，上题一联"欲把西湖比西子，从来佳茗似佳人"，显然是从此诗后二句的妙喻得到启发，同时又对这一妙喻作了进一步的发挥，所以同样耐人寻味。

六月二十七日望湖楼醉书五首（录一）

黑云翻墨未遮山，白雨跳珠乱入船。

卷地风来忽吹散，望湖楼下水如天。

这是诗人所作组诗中的一首，"六月二十七日"指宋神宗熙宁五年(1072)农历六月二十七日，是盛夏的日子。"望湖楼"又叫看经楼，位于杭州西湖畔，五代时吴越王所建。当日作者先在船上游湖，风云突变，阵雨转晴后，才挪到楼上饮酒，醉中诗兴大发，诗是乘兴而作的。

"黑云翻墨未遮山"二句，写阵雨来得快。乌云很快随风密集，天一下子就黑下来。作者不愧为书家，用墨盘被突然打翻来形容头顶的乌云。俗话说"有雨四角亮"，所以"未遮山"。这真是状难写之景如在目前了。"白雨跳珠乱入船"，写倾盆大雨说来就来。"白雨跳珠"写水砸在湖上的力度，"乱入船"，船中进水，竟是天上的大雨。情景壮观极了，但船上也不能再待下去。

"卷地风来忽吹散"二句，写阵雨去得快。阵雨的特点就是这样，由于区域内温差很大，先有狂风，雨是说停就停，停后还有清风。雨其实不是风吹散的，但感觉上是。"望湖楼下水如天"，写雨过天晴，诗人不说天更蓝，而说倒映在水中的天更蓝，是一回事，但是上下天光都写到了，既开阔又平静。

这场暴风雨来得快也去得快，像不像人生遭遇中的突发性事件，最初弄得人不知所措，只要你镇定，风雨之后，好像一切都不曾发生。

陈季常所蓄朱陈村嫁娶图

我是朱陈旧使君，劝耕曾入杏花村。
而今风物那堪画，县吏催钱夜打门。

苏轼自注："朱陈村在徐州萧县"，因其曾任徐州知州，故自称"旧使君"。朱陈村一村唯二姓，世为婚姻，唐时白居易即有《朱陈村诗》记其事，五代前蜀赵德元作《朱陈村图》(据《益州名画录》)，当即为苏轼之友陈（季常）所收藏的"朱陈村嫁娶图"。

古人曾将"花间喝道"、"焚琴煮鹤"等事，谓之"煞风景"。这首题画之作，借题发挥，将现实中"不堪画"的黑暗面，与画图上的"杏花村"（语出杜牧《清明》）做对比，用"煞风景"的办法，对现实进行批判。此亦绝句偏师取胜，举重若轻之一法。

"县吏催钱夜打门"，不是"僧敲月下门"。不但无诗意，而且煞风景。使人联想到杜甫《石壕吏》"有吏夜捉人"，足见百姓无法逃避租徭之苦。钱锺书《宋诗选注》序范成大诗云："我们看中国传统的田园诗，也常常觉得遗漏了一件东西——狗，地保公差这一类地主阶级的走狗及他们所代表的剥削和压迫农民的制度。"苏轼此诗当然不属于"传统的田园诗"之列，他鞭挞的对象就是那些公差走狗及其指使者。

赠刘景文

荷尽已无擎雨盖，菊残犹有傲霜枝。
一年好景君须记，正是橙黄橘绿时。

这首题为《赠刘景文》的诗，赠给另一个人也是可以的。因为它实在是一首写景诗，也可以题为《初冬》。作者只是自道所得，与赠给谁没有关系。诗中关键词是"一年好景"。如果搞一个问卷调查："你认为'一年好景'何在？a. 春；b. 夏；c. 秋；d. 冬"，统计结果不会出人意料：春季得票第一，秋季第二——"春秋多佳日"这个命题，自陶渊明以来，在世间已成定论。苏东坡这首诗却说一年好景正在初冬，令人耳目一新。

"荷尽已无擎雨盖"两句用对仗的方式，写物候的变迁——荷、菊这两种在夏秋间最美的景物，入冬早已过气，而呈现出一派残败衰飒的景象，不免有煞风景。不过，诗人从中却领略到一种特殊的美感——通过"已无——犹有"的勾勒暗示出来。不仅"菊残"一句如此，就连"荷尽"一句，也能使人联想到李商隐的"留得枯荷听雨声"，而别饶意味。"傲霜枝"对"擎雨盖"，不但形象生动，对仗工稳，而且包含着对人格（坚忍独立）的标榜。对于"一年好景"，这是必不可少的铺垫和陪衬，能引起读者对下文的期待，好比打排球的一传。

"一年好景君须记"两句用唱答的方式，写初冬之好景。"一年"句是提唱，作用在于引起注意，用祈使的语气（"君须记"），表明作者将自道所得，读者须洗耳恭听。好比打排球的二传，将球高高托起（钟振振之喻）。"正是"句是结穴，好比扣球得分，是曲径通到的幽处，是渐入之后的佳境——初冬有一段气温回升的小阳春天气，"橙黄橘绿"，正在其时。"青黄杂糅，文章烂兮"（屈原《橘颂》）是其色彩美，硕果累累是其形容美（让人感到收获的喜悦），饱经风霜性格成熟是其内在美（人格美的象征），秀色可餐是其通感美（通感于味觉），可谓美不胜收。于是，你不得不佩服诗人对"一年美景"的这个发明，不得不承认这个案翻得有理。

这首诗在写作上是受到一首唐诗影响的，这首唐诗就是韩愈的《早春寄张水部》："天街小雨润如酥，草色遥看近却无。最是一年春好处，绝胜烟柳满皇都。"诗中说一春好景乃在早春，同样是自道所得，同样是美的发明。"寄张水部"还是寄李水部，同样无关紧要。而"最是一年春好处"，与"一年好景君须记"，连口吻都是一致的。

不过，苏诗之美又并不为韩诗所掩。"橙黄橘绿"所含的秀色可餐之意，就为韩诗所无，而这一点恰恰是苏诗写景的特色——"长江绕郭知鱼美，好竹连山觉笋香"（《初到黄州》）、"日啖荔枝三百颗，不辞长作岭南人"（《食荔枝》）、"蒌蒿满地芦芽短，正是河豚欲上时"（《惠崇春江晓景》）等，和"橙黄橘绿"的写景一样津津有味，句句不离美食家本色，饶有生活情趣。

这首诗后来入《千家诗》，影响长远。举今人绝句为例，"果州气馥水都香，橙橘漫山绿间黄。记得千家诗一首，一年好景在吾乡。"（杨析综《南充农家》）便是一个人看到家乡果园景色，记起儿时读过的这首诗，而兴不可遏的写照。足见一首好诗对读者在精神上可以有多么长远的影响。

惠净师以丑石赠行

在郡依前六百日，山中不记几回来。
还将天竺一峰去，欲把云根到处栽。

诗原题甚长："予去杭十六年而复来，留二年而去。平日自觉出处老少粗似乐天。虽才名相远，而安分寡求，亦庶几焉。三月六日来别南北山诸道人，而下天竺，惠净师以丑石赠行，作三绝句。"六百日即二年，其间诗人常来天竺，与山中道人相遇甚善。临别，惠净大师赠诗人一块石料做案头清供。古人爱石，讲皱、透、瘦，是以丑为美的典型实例。丑石，即美石也。

诗妙在末二句造句造意之奇。不言留恋其地之意，而只言携石而去；又不直言携石而去，而言携"一峰"而去，借代字妙。已经几多曲折，末句更属闻所未闻：可栽者，木也；未闻石（云根）可栽，峰可栽。此必由"云根"的"根"字定向联想而得。有根者，必可栽，可栽者，必可生长，则此石必为灵物可知矣。诗中无一丝凡俗气，不知此老胸中藏几天竺也。

花影

重重叠叠上瑶台，几度呼童扫不开。

刚被太阳收拾去，却教明月送将来。

这首诗写影子很难收拾，富于机趣、童趣。诗不见于《东坡七集》，见于《千家诗》而广为传诵。唐人张若虚《春江花月夜》写月光，就有"玉户帘中卷不去，捣衣砧上拂还来"之句，有神似之处，但《花影》是独立成诗。

"重重叠叠上瑶台"二句，写花影造成错觉，难以打扫。"重重叠叠"是形容台阶上的花影，给人以落叶的感觉，"瑶台"不是说神话中西王母所居瑶台，而相当于"玉阶"，是台阶的美称。"几度呼童扫不开"，是诗人设计的情节，在生活里可能会有类似错觉，但未必"几度"出错，但这个设计非常有趣。写出"花影"恼人的感觉。

"刚被太阳收拾去"二句，写作者对花影趣味观察。在白天花影可以没有，这"太阳"并不是说阳光，因为在阳光直射花丛，也有花影。阳光散射时，才看不见花影。"却教明月送将来"，而在明月底下是一定有花影的。这两句的趣味，不但来自一个细致的生活观察，而且来自拟人，"太阳"好像是解决问题的人，而"明月"则好像是捣乱的人。这是此诗的童趣。语云："如影随形"，一切烦恼皆有因。这是此诗的机趣。

有人说，"上瑶台"比喻小人在高位当权，"扫不开"比喻正直之臣屡次上书揭露也无济于事，三四句喻小人暂时销声匿迹，最终仍然出现在政治舞台上。这种比附说诗，很限制读者的想象力，且伤诗趣，并非诗人原意。

江城子

密州出猎

老夫聊发少年狂，左牵黄，右擎苍。锦帽貂裘，千骑卷平冈。为报倾城随太守，亲射虎，看孙郎。　　酒酣胸胆尚开张，鬓微霜，又何妨。持节云中，何日遣冯唐？会挽雕弓如满月，西北望，射天狼。

熙宁八年（1075）冬，作者祭常山回，与同官习射放鹰之作。写"出猎"的题材，且出之以粗豪的笔墨，从内容到手法对传统词风有更大的突破。

上片写习射放鹰的具体情事。《汉书·张充传》张充少时出猎，"左手臂鹰，右手牵狗"，作者暗用这个典故，并以"苍""黄"两个形容词代替鹰、犬以协韵，好比射猎的特写镜头。作者系文士，年近不惑，年龄和呼鹰嗾犬的举止不大相当，故在"老夫"与"少年狂"中系一"聊"字。"锦帽貂裘"二句写从猎人员众多，声势浩大。"为报倾城"三句，写观猎者之众，和抒情主人公当众一试身手。"亲射虎"用孙权事，见《三国志·吴主传》，直启下片以身许国之情。

过片以酒兴再抒豪情，"鬓微霜"二句与首句"老夫"云云相呼应，略寓老当益壮之志。《史记·冯唐传》载汉文帝时，魏尚为云中（山西大同）太守，抵御匈奴有功，以小故获罪去职，经冯唐劝谏，文帝始命冯持节起复之。

按熙宁三年（1070）西夏大举进攻环、庆二州，四年陷抚、宁诸城，八年宋廷并割地于辽。所谓"西北望，射天狼"，主要指抗御西夏的侵略，也兼关消除来自东北（辽）的威胁。作者因五年前与王安石持不同政见，乞外任避之，自出任杭州通判后，在仕途上一直失意。故希望朝廷给他落实政策，委以重任，以为国效力。

本篇不仅将"出猎"这一非传统题材引入词体创作，而且涉及抵抗辽夏侵略的重大主题，将民族感情和爱国题材引入词作；词中抒发的不只是一般的豪气，同时表现了一种英雄气概，从内容到写法都可以说是南宋爱国词的滥觞。

211

水调歌头

丙辰中秋欢饮达旦，大醉作此篇，兼怀子由

　　明月几时有，把酒问青天。不知天上宫阙，今夕是何年？我欲乘风归去，又恐琼楼玉宇，高处不胜寒。起舞弄清影，何似在人间。　　　转朱阁，低绮户，照无眠。不应有恨，何事长向别时圆？人有悲欢离合，月有阴晴圆缺，此事古难全。但愿人长久，千里共婵娟。

　　本篇是最负盛誉的一首中秋词，《水浒传》"血溅鸳鸯楼"一回歌伎中秋侑酒即唱此词，作于熙宁九年即丙辰（1076）中秋。时苏轼因不合于新政，再次出任地方官知密州，时苏辙在济南，兄弟已有六七年未能见面。故小序云"兼怀子由"。

　　上片写中秋欢饮达旦。首二句从太白《把酒问月》开篇"青天有月来几时，我今停杯一问之"化出。一起即入醉语，颇有谪仙风度，从这个意义上讲，紧接"不知天上宫阙，今夕是何年"一问，便自有一为谪仙、恍如隔世之感。从另一角度讲，"今夕何夕"语出《唐风·绸缪》，是新婚诗，意为今晚之美无法形容，句即有此意（唐传奇《周秦行记》载牛僧孺诗"香风此到大罗天，月地云阶拜洞仙；共道人间惆怅事，不知今夕是何年"，则可能是此句直接出处）。月朦胧，醉朦胧，便有飘飘欲仙之感；既自拟谪仙，则自有"归去"一说；"琼楼玉宇"语出《大业拾遗记》瞿乾佑玩月事、"高处不胜寒"则暗用《明皇杂录》叶静能邀帝游月宫事，盖月中有"广寒宫"也。飘飘欲仙，只是一种感觉，并不能实现，词人却把原因归为"又恐琼楼玉宇高处不胜寒"，便有味。

关于此数语有无恋阙忠君之寄托，今人聚讼纷纭。不能排斥寄托的可能性。据说神宗皇帝读此词就说过"苏轼终是爱君"。只是不能坐实，也不必坐实。苏子于兴会到处、有意无意间发之，读者当以兴会于有意无意间求之。"起舞弄清影"云云，亦暗用太白《月下独酌》语："我歌月徘徊，我舞影零乱。醒时同交欢，醉后各分散。永结无情游，相期邈云汉。""何似在人间"有两解，一解承上"又恐"云云，谓何如在人间也，则是议论，或解为入世胜似出世（袁行霈），或解为在野胜似在朝（施蛰存）；一解承上"我欲"云云，谓哪像在人间也，则是撼感，有不胜飘飘欲仙之致（缪钺）。正是佛以一义演说法，众生各各得所解也。

下片兼怀子由。过片数语，"转"、"低"云云，写出月夜时间的推移。"照无眠"即有"达旦"未睡意，但亦不局限作者一人，或亦悬想子由亦当如此，天下离人亦尽当如此，遂逼下问。本来月的圆缺和人的离合并无必然联系，奈何月圆之夕，特易启人离思。"不应有恨"二语，无理而妙。据司马光《续温公诗放》说，李贺"天若有情天亦老"，人以为奇绝无对，而石曼卿对"月如无恨月长圆"，人以为劲敌。石曼卿年辈甚先于苏轼，此或借石句而变化出之。"人有悲欢离合"三句纯入议论，脱口而出，自来未经人道，故为名言。最后的祝愿语出谢庄《月赋》"隔千里兮共明月"，直接是对子由而发的，也是代天下的所有的牛郎织女立言的。它表现了一种通达的人生观：现实人生尽管有缺憾，却依然使人留恋，让我们以对亲爱者的良好祝愿来弥补这一缺憾吧。

《苕溪渔隐丛话》说："中秋词自东坡《水调歌头》一出，余词尽废。"此词以咏月贯穿始终，然写景的句子只"转朱阁，低绮户"，并不重要，而词上片抒情中带议论，下片议论中有抒情，表现出词人富于憧憬而又直面现实、由把握现实而超越现实的自然观、人生观及人格美，给人以允分的审美享受和积极的思想影响。至于君国之思，尚可存而不论。此词行文明白家常，清空一气，读之无任何语障，然措语多有出处，大觉有书卷气即文化氛围在焉，只是作者信手拈来，得之不觉耳。

定风波

沙湖道中遇雨，雨具先去，同行皆狼狈，余独不觉，已而遂晴，故作此。

莫听穿林打叶声，何妨吟啸且徐行。竹杖芒鞋轻胜马，谁怕！一蓑烟雨任平生。　　料峭春风吹酒醒，微冷，山头斜照却相迎。回首向来萧瑟处，归去，也无风雨也无晴。

元丰五年（1082）三月七日作于黄州谪所，词借途中遇雨的生活小事，抒写作者人生情怀。"莫听穿林打叶声"，"穿林打叶"就是突然下雨，对待突如其来的风雨有两种态度，一是快跑，找个地方躲雨，但必须有躲雨的地方。二是"何妨吟啸且徐行"，即继续吟诗慢慢走，恰如一个笑话所说——"前边也在下雨"，这话歪打正着——苏东坡正是这个心态。"竹杖芒鞋"，不怕滑。"谁怕"，就是这个意思。"一蓑烟雨任平生"，更将对待风雨的这个态度，推广到人生态度，这是词意的升华。

这难道仅仅是一次生活纪实吗？是，又不是。只要知道东坡一生出处大略，知道其乐观的禀性，知道其所受禅宗思想的影响，才能充分玩味其诗词中表现的那一份性情与学养，才能从词的无字处看到"任凭风浪起，稳坐钓鱼台"，"风雨即将过去，阳光就在前头"，"走自己的路，让人家去说吧"等意味，从而受到一种情操的陶冶。

"料峭（凉的）春风吹酒醒"，春风带来阵阵凉意，凉意无多，"微冷"而已，这时酒也醒了。"山头斜照却相迎"，雨后的太阳送来一点暖意。一个"却"字，找回了微妙的平衡。"回首向来萧瑟处"——回看刚才遇雨的地方，可以譬喻人生遭遇挫折的时候。当风雨过去之后，当挫折过

214

去之后，遭遇逆境的经历，反而会成为一种人生财富。人永远要相信，没有过不去的坎，时间会解决一切的问题。

"归去"，相当于陶渊明的"归去来"，人要找到家，更要找到精神家园。"也无风雨也无晴"，这句就像天气预报，难道是说"阴"吗——诗词不是这个读法。这是说，既不以风雨为意，自然也不会以晴为意。一句话，不在乎。既无大喜，也无大悲，有的是从容，是淡定，是平和，是愉悦。这是苏轼的境界，也是陶渊明的境界。

赏析至此，忽然想起一件事儿。一位朋友打电话来倾诉他的苦恼，说想报个奖项，却不断受阻。希望我拿个主意。我只说了两个字——"放弃"。补充三个字——"不在乎"！又补充一句——"我就这个态度。"不料他急将起来，在电话那头大喊："你骗人！这把年纪了，我还不知道什么是真话！"我立刻把电话挂断（我本以为他要说：这把年纪了，谁还在乎那些。）时月不见，竟隔膜到这种程度。我很想说，老兄，你的陶诗，都读到哪儿去了？

苏的陶诗，真没白读！

念奴娇

赤壁怀古

大江东去，浪淘尽、千古风流人物。故垒西边，人道是、三国周郎赤壁。乱石穿空，惊涛拍岸，卷起千堆雪。江山如画，一时多少豪杰！　　遥想公瑾当年，小乔初嫁了，雄姿英发。羽扇纶巾谈笑间，樯橹灰飞烟灭。故国神游，多情应笑我，早生华发。人生如梦，一樽还酹江月。

本篇题为《赤壁怀古》，作于元丰五年（1082）词人谪居黄州时，其年四十六岁。同期所作大都摆脱切近的功利目的，显示出对人生透彻的静观姿态，达到了很高的境界。此词所以越过荆公《金陵怀古》之作。

　　上片由身游而入神游。开篇就有大江奔流气势。刘禹锡曾在《浪淘沙》中写道"君看渡头淘沙处，渡却人间多少人"，妙在语带双关，但在气势上远不敌"大江东去，浪淘尽，千古风流人物"。"风流人物"是要害。此语在晋本指英俊风雅之士，今与"大江东去"联属，平添多少阳刚辞采！以下从容转入怀古。黄州赤壁本非三国赤壁，但词人感兴所至，亦何须出处！"人道是"三字下得言宜。周瑜乃一代人物之选，以少年得志，吴中皆呼周郎。此一昵称，适足传"风流人物"之神韵。以下写赤壁景色，其实无非渲染烘托人物。那"乱石穿空，惊涛拍岸，卷起千堆雪"，不正是因为说到英雄鏖战，感应于自然，而导致的风起水涌么？谓予不信，请看同样是大胡子兼豪放派的陈维崧"话到英雄失路，忽凉风索索"之句，可悟情以景染之奥妙。于是煞拍就势以"江山如画，一时多少豪杰"挽住。

　　下片由神游回到身游。既然"一时多少豪杰"，值得怀念的就不只周郎一个。《赤壁赋》不就偏重一世之雄曹孟德么？为何到词中就反复说周郎呢？个中奥窍就在体裁不同，赋者古诗之流（班固），而"词之为体，要眇宜修"（王国维），诗庄而词媚呀。专说周郎，不仅因为他是胜利的英雄，更因为他是个少年英雄。由这个少年英雄更引出个绝代佳人。史载建安三年，孙策亲迎不过二十四岁的周瑜，授以建威中郎将之职，并与他攻下皖城，分娶二乔，成为连襟。而赤壁大战，乃在十年后。然而人生快意之事，莫过于"洞房花烛夜，金榜题名时"，那么词人把周郎的爱情得意与军事成功扯到一处来写，又有何妨？同时，以小乔衬托周郎，还使人联想到铜雀春梦的破灭，尤多一重意味。词中羽扇纶巾，谈笑破敌的周郎，儒雅之至，潇洒之至；而初嫁佳婿的小乔，则漂亮之至。于豪放词中著如许风流妍媚的人物，谁能说东坡此词以豪放胜，就不当行本色呢？

"月明星稀，乌鹊南飞，此非赋孟德之诗乎？西望夏口，东望武昌，山川相缪，郁乎苍苍，此非曹孟德之困于周郎者乎？方其破荆州，下江陵，顺流而东也，舳舻千里，旌旗蔽空，酾酒临江，横槊赋诗，固一世之雄也，而今安在哉"（《赤壁赋》），本篇中，不仅对于"樯橹灰飞烟灭"的曹公有这样的感慨，对于周郎也有同样的感慨。然而词人神游故迹，并不完全是替古人感伤，"早生华发"、"人生如梦"等语隐有抚今追昔，不胜空度年华之概。这一点读者是不可忽略的。

本篇是词史上划时代的杰作。从温韦到花间，从晏欧诸公到柳耆卿，词中曾有过这样的壮采么？没有，从来没有。这首百字令览胜怀古，大笔驰骛，从题材到手法上对传统都有突破。在词史上影响之深远，辛派词人固不必说，元曲大家关汉卿《单刀会》关羽唱词云："大江东去浪千叠，驾着这小舟一叶。又不比九重龙凤阙，可正是万丈虎狼穴，大丈夫心烈。我觑这单刀会如赛村社。水涌山叠，年少周郎何处也？不觉的灰飞烟灭。可怜黄盖转伤嗟，破曹的樯橹一时绝，鏖兵的江水犹然热。好教我情惨切。这也不是江水，二十年流不尽的英雄血。"即得力于本篇。词在豪放中寓风流妩媚之姿，最是当行本色，后辛弃疾《摸鱼儿》亦得个中深致。毛泽东《沁园春》亦豪放，然于过片和煞拍著丽句云"须晴日，看红妆素裹，分外妖娆"、"江山如此多娇，引无数英雄竞折腰"、"俱往矣，数风流人物，还看今朝"，风格措语，皆有此词影响。

满庭芳

有王长官者，弃官黄州三十三年，黄人谓之王先生。因送陈慥过余，因为赋此。

三十三年，今谁存者，算只君与长江。凛然苍桧，霜干

217

苦难双。闻道司州古县,云溪上、竹坞松窗。江南岸、不因
送子,宁肯过吾邦? 掀掀,疏雨过,风林舞破,烟盖云
幢。愿持此邀君,一饮空缸。居士先生老矣,真梦里相对残
釭。歌声断,行人未起,船鼓已逄逄。

元丰六年(1083)五月,苏轼在黄州,其友人陈慥报荆南庄田。时"有
王长官者,弃官黄州三十三年",因送陈去江南,过黄州访东坡,东坡故
有此作。

陈慥字季常,"少时慕朱家、郭解为人,稍壮,折节读书,晚乃遁于
光、黄间。东坡至黄,季常数从之游"(《施注苏诗》)。而作者对王长官,
则是素闻其名,可谓神交已久,以前却无缘得见。因而此词虽涉三人交
游,较多的篇幅却是写作者与这位王先生倾盖如故之情怀的。

上片全就王长官其人而发,描绘了一个饱经沧桑令人神往的高士的
形象。首三句即发语惊人,盖"三十三年"于人生固然是一个不小的数
目,但对于长江大河却不算什么。而词人竟说:"三十三年,今谁存者,
算只君与长江。"这里隐含有作者对仕途风波的感喟:大浪淘沙,消磨了
多少人物,唯有不恋宦情如王先生者得以长存,岂不可慨!措语之妙,
与作者《木兰花令·次欧公西湖韵》"与余同是识翁人,唯有西湖波底
月"二句同味。王长官弃官不做达三十余年之久,其事虽不可得而详,
但可见是不慕荣利之辈。从黄人尊称之为"王先生"看,他在为官期间
也是为人爱戴的。"凛然苍桧,霜干苦难双"二句即喻其人品格之高,通
过"苍桧"的形象比喻,其人傲干奇节,风骨凛然如见。王长官当时居
住黄陂,唐代武德初以黄陂置南司州。"云溪"、"竹坞"、"松窗",描绘
其居处极幽,颇具隐逸情趣。"闻道"二字则见慕名之久,与相见恨晚之
意。"江南岸"三句是说倘非王先生送陈来黄州,恐终不得见面也。语中
既含幸会之意,又因王先生而归美陈季常。

过片到"相对残釭"句为第二层，写三人会饮。"摵摵"二字拟雨声，其韵铿然，有风雨骤至之感。"疏雨过，风林舞破，烟盖云幢"几句，承上片歇拍。王、陈来访，却转入景语。既见当日气候景色，又照应前文"云溪上、竹坞松窗"的写照，暗示出这次遇合不同于俗人聚首。自然意象与人的气质搭成一种象征关系。造访者固属奇杰，而主人也非俗士，酒逢知己千杯少，故云"愿持此邀君，一饮空缸"。"一饮空缸"也就是干杯，但含有多少豪情！兴酣之际，也不免回顾人生遭际，抚事生哀。"居士先生老矣"，这是作者自叹。虽叹老，却无嗟卑之意。"真梦里"二句翻用杜诗《羌村三首》"夜阑更秉烛，相对如梦寐"，言外见三人相饮谈笑至夜深，彼此相契之深。

末三句为最后一层，写天明分手，船鼓催发，主客双方相见得迟，归去何疾。既幸有此遇，又不免杂着爽然若失之感。

词将叙事、写人、写景、抒情打成一片，景为人设。所叙乃会友之快事，所写乃一方之奇人，所抒乃旷达之情感。与一般的描写离合情怀不同。在用笔上较恣肆，往往几句叙一意，而语具多义，故又耐人咀含。所用韵部，亦属洪亮，与词情悉称。故郑文焯谓其"健句入词，更奇峰特出"，"不事雕凿，字字苍寒，如空岩霜干，天风吹堕颇黎地上，铿然作碎玉声"（《手批东坡乐府》）。

阳关曲·中秋月

暮云收尽溢清寒，银汉无声转玉盘。
此生此夜不长好，明月明年何处看。

就在产生那首卓绝千古的中秋兼怀胞弟的辞章（《水调歌头》）之后不久，苏轼兄弟便得到了团聚的机会。熙宁九年（1076）冬苏轼得到移知河中府的命令,离密州南下。次年春,苏辙自京师往迎,兄弟同赴京师。抵陈桥驿,苏轼奉命改知徐州。四月,苏辙又随兄来徐州任所,住到中秋以后方离去。七年来,兄弟第一次同赏月华,而不再是"千里共婵娟"。苏辙有《水调歌头》(徐州中秋)记其事,苏轼则写下这首小词,题为《中秋月》,自然也写"人月圆"的喜悦;调寄《阳关曲》,则又涉及别情。

月到中秋分外明,是"中秋月"的特点。首句便及此意。但并不直接从月光下笔,而从"暮云"说起,用笔富于波折。盖明月先被云遮,一旦"暮云收尽",转觉清光更多。句中并无"月光""如水"等字面,而"溢"字,"清寒"二字,都深得月光如水的神趣,全是积水空明的感觉。月明星稀,银河也显得非常淡远。"银汉无声"并不只是简单地写实,它似乎说银河本来应该有声(李贺就有"银浦流云学水声"的诗句)的,但由于遥远,也就"无声"了,天宇空阔的感觉便由此传出。江天一色,月轮显得格外圆,恰如一面"玉盘"似的。李白《古朗月行》:"小时不识月,呼作白玉盘。"这比喻写出月儿冰清玉洁的美感,而"转"字不但赋予它神奇的动感,而且暗示它的圆。两句并没有写赏月的人,但有赏心悦目之意,而人自在其中。没有游赏情事的具体描写,词境转觉清新空灵。

明月团圆,诚然可爱,更值兄弟团聚,共度良宵,这不能不令词人赞叹"此生此夜"之"好"了。从这层意思说,"此生此夜不长好"大有佳会难得,当尽情游乐,不负今宵之意。不过,恰如明月是暂满还亏一样,人生也是会难别易的。兄弟分离在即,又不能不令词人慨叹"此生此夜"之短。从这层意思说,"此生此夜不长好"又直接引出末句的别情。但这里并未像"今夜清尊对客,明夜孤帆水驿,依旧照离忧"(苏辙《水调歌头》)那样挑明此意,结果其意味反而更加深远。说"明月明年何处看",当然含有"未必明年此会同"的意思,即有"离忧"在焉。同时,"何处看"不仅就对方发问,也是对自己发问。作者长期外放,屡经迁徙。"明年何处",实寓行踪萍寄之感。这比子由词的含意也更多一重。末二句意思衔接,对仗天成。"此生此夜"与"明月明年"作对,字面工整,假借巧妙。"明月"之"明"与"明年"之"明"义异而字同,借来与二"此"字对仗,实是妙手偶得。叠字唱答,再加上"不长好"、"何处看"一否定一疑问作唱答,便产生出悠悠不尽的情韵。

词避开情事的实写,只在"中秋月"上着笔。从月色的美好写到"人月圆"的愉快,又从今年此夜推想明年中秋,归结到别情。语言清丽,意味深长。除文辞外,作者在声律上也有特色。作者后来有《书彭城观月诗》一文,引录原诗后说:"余十八年前中秋夜与子由观月彭城作此诗,以《阳关》歌之。"《阳关曲》原以王维《送元二使安西》诗为歌词,苏轼此词与王维诗平仄四声,大体相合,等于词家之依谱填词,故此词也反映了苏轼"通词乐,知音律"的一面。

浣溪沙(录三)

徐州石潭谢雨,道上作五首。潭在城东二十里,常与泗水增减清浊相应。

其一

照日深红暖见鱼,连村绿暗晚藏乌,黄童白叟聚睢盱。
麋鹿逢人虽未惯,猿猱闻鼓不须呼,归来说与采桑姑。

其二

旋抹红妆看使君,三三五五棘篱门,相排踏破茜罗裙。
老幼扶携收麦社,乌鸢翔舞赛神村,道逢醉叟卧黄昏。

其三

麻叶层层苘叶光，谁家煮茧一村香？隔篱娇语络丝娘。

垂白杖藜抬醉眼，捋青捣䴵软饥肠，问言豆叶几时黄？

元丰元年（1078），徐州发生严重春旱，作者有诗云："东方久旱千里赤，三月行人口生土。"（《起伏龙行》）作为一州的长官，他曾往石潭求雨，得雨后，又往石潭谢雨，沿途经过农村。这组《浣溪沙》词即记途中观感，共五首，这里是前三首。

第一首写以石潭为中心的村野风光，及聚观谢雨仪式的民众的欢乐。《起伏龙行》序云："父老云，（石潭）与泗水通，增损清浊，相应不差。时有河鱼出焉。"故首句写到潭鱼。西沉的太阳，染红了潭水。由于刚下过雨，潭水增多，涌进了不少河鱼，它们似乎贪恋着夕照的温暖，纷纷游到水面。鱼而可见，也写出了潭水的清澈。与大旱时水浊无鱼应成一番对照。从石潭四望，村复一村，佳木葱茏，只听得栖鸦的啼噪，而不见其影。两句一写见，一写闻。不易见的潭鱼见了，易见的昏鸦反不见了，写出了农村得雨后风光为之一新，也流露出作者喜悦的心情。第三句撇景而写人。儿童黄发，老人白首，故称"黄童白叟"，这是聚观谢雨的人群中的一部分。"睢盱"二字俱从"目"，张目仰视貌，兼有喜悦之意。《易经·豫卦》"盱豫"，《疏》："盱谓睢盱。睢盱者，喜悦之貌。"这里还暗用韩愈《元和圣德诗》"黄童白叟，踊跃欢呀"句意。只及童叟之乐，则一般村人之乐，及作者乐人之乐可知。是举一反三的手法。

谢雨的盛会，打破了林潭的寂静，常到潭边饮水的"麋鹿"突然逢人，惊恐地逃避了。而喜庆的鼓声却招来了顽皮的"猿猱"。"虽未惯"与"不须呼"相映成趣，两种情态，各各逼真。颇有助于表现和平熙乐的气氛。细细品味，似觉其中含有借以比拟人物的意趣。山村的老人纯朴木讷，初见知州不免有几分"未惯"，孩童则活泼好动，听到祭神仪式

222

开始的鼓声，已争向前来，恐落人后了。他们回家必得要兴奋地追说一天的见闻，说给谁呢？当然是未能目睹盛况的"采桑姑"们了。"归来说与采桑姑"，这节外生枝一笔，妙趣横生，丰富了词的内涵。

词中始终没有正面写谢雨之事，只从鼓声间接透露了一点消息。却写到日、村、潭、树等自然景物，鱼、鸟、猿、鹿等各类动物，黄童、白叟、采桑姑等各色人物及其活动，织成一幅有声有色的画图。上片竟连用"深红"、"绿暗"、"黄"、"白"等色彩字，细辨则前二属实色（真色），后二属虚色（假色），交错使用，画面生动悦目。下片则赋而兼比。全词无往而非喜雨、谢雨的情事，表现出作者取舍经营的匠心。前五句是实写，实写易板滞，末一句以虚相救，始觉词意玩味不尽。

第二首写谢雨途中见闻。情形与前者又不一样。上片作者着重写村姑形象，似乎就是顺着前一首写下去的。村姑不像朱门少女深锁闺中，但仍不能和男子们一样随便远足去瞧热闹，所以只能在门首聚观，这是很富于特征的情态。久旱得雨是喜事，"使君"（州郡长官的敬称，这里是作者自谓）路过是大事，不免打扮一下才出来看。劳动人民的女子打扮方式，绝不会是"弄妆梳洗迟"的，"旋抹红妆"四字足以为之传神。匆匆打扮一下，是长期生活养成的习惯，同时也表现出心情的急切。选择一件茜草红汁染就的罗裙（"茜罗裙"）穿上，又自含爱美的心理。"看使君"同时也有观看热闹的意味在内。"三三五五"总起来说人不少，分散着便不能说太多，但"棘篱门"毕竟小了一些，都争着向外探望，你推我挤（"相排"），便有人尖叫裙子被踏破了。短短数语就刻画出一幅极风趣生动的农村风俗画。作者下笔十分自然，似是实写生活中事，以至使人觉得它同杜牧《村行》诗的"篱窥茜裙女"一句只是暗中相合而已。

下片写到田野、祠堂，又是一番光景：村民们老幼相扶相携，来到打麦了的土地祠；为感谢上天降雨，备酒食以酬神，剩余的祭品引来馋嘴的乌鸢，在村头盘旋不去。两个细节都表现出喜雨带来的欢欣。结句则是一个特写，黄昏时分，有个老头儿醉倒在道边。这与前两句形成忙

223

与闲，众与寡，远景与特写的对比。但它同样富于典型性。"桑拓影斜春社散，家家扶得醉人归"（王驾《社日》），酩酊大醉是欢饮的结果，它反映出一种普遍的喜悦心情。

如果说全词就像几个电影镜头组成，那么，上片则是个连续的长镜头；下片却像两个切割镜头，老幼收麦、乌鸢翔舞是远景，老叟醉卧道旁是特写。通过一系列画面表现出农村得雨后的气象。"使君"虽只是个陪衬角色，但其与民同乐的心情也洋溢纸上。

第三首写村中见闻。上片写农事活动。首句写地头的作物。"苘"是麻的一种。"麻叶层层"是写作物茂盛，"苘叶光"是说叶片滋润有光泽，二语互文见义，是雨后庄稼实况。从具体经济作物又见出时值初夏，正是春蚕已老，茧子丰收的时节。于是村中有煮茧事。煮茧的气味很大，只有怀着丰收喜悦的人嗅来才全然是一股清香。未到农舍，在村头先嗅茧香，"谁家煮茧"云云，传达出一种新鲜好奇的感觉，实际上煮茧缫丝何止一家。"一村香"之语倍有情味。走进村来，隔着篱墙，就可以听到缫丝女郎娇媚悦耳的谈笑声了。"络丝娘"本俗语中的虫名，即络纬，又名纺织娘，其声如织布，颇动听。这里转用来指蚕妇，便觉诗意盎然，味甚隽永。另有一种别具会心的解释说："从前江南养蚕的人家禁忌迷信很多，如蚕时不得到别家串门。这里言女郎隔着篱笆说话，殆此风宋时已然。"（俞平伯《唐宋词选释》）则此句还反映了当时的民俗。

下片写作者对农民生活的采访，须发将白的老翁拄着藜杖，老眼迷离似醉，将下新麦（"捋青"）炒干后捣成粉末以果腹，故云"软饥肠"。这里的"软"，有"送食"之义，见《广韵》。两句可见村中生活仍有困难，流露出作者的关切之情。于是更询问：豆类作物几时成熟？粮食能否接上？简单的一问，含蕴不尽。

要之，作者并没有把雨后农村理想化，他不停留在隔篱的观察上，而是较深入地接触到农民生活的实际情况，所以具有相当浓郁的生活气息。作者把词的题材扩大到农村，写农民的劳动生活，对于词境开拓有积极的影响。

浣溪沙

送梅庭老赴上党学官

门外东风雪洒裾，山头回首望三吴。不应弹铗为无鱼。

上党从来天下脊，先生元是古之儒。时平不用鲁连书。

这是一首送友赴任之作。梅庭老生平未详，从词里可知他是三吴地区（浙东、苏南一带）人。"上党"，一本作"潞州"，治所在今山西长治，北宋时与辽邦接近，地属边鄙。"学官"掌地方文教，职位不显，可谓"食之无味，弃之可惜"。在昔韩愈身为国子博士，尚不免"冬暖而儿号寒，年丰而妻啼饥，头童齿豁，竟死何裨"之讥。梅庭老赴任，想必不太情愿，而又不得已而为之，苏轼便针对他这种心情写了这首词送他。

"门外东风雪洒裾"，是写送别的时间与景象。尽管春已来临，但因下雪，天气尚很寒冷。而"飞雪似杨花"的情景，隐含无限惜别之意。彼此握别，意见言外，言"雪洒裾（衣裾）"而不言"泪沾衣"，颇具豪爽气概。次句即有一较大跳跃，由眼前写到别后，想象梅庭老别去途中，于"山头回首望三吴"，对故园依依不舍。这里作者不是强调三吴可恋，而是写一种人之常情。第三句便针对这种心情进一言："不应弹铗为无鱼。"这句用战国齐人冯谖事，冯谖为孟尝君食客，初不受重视，弹铗作歌道："长铗归来乎，食无鱼。"（《战国策·齐策》）此句意谓梅庭老做了学官，总算是"食有鱼"，不必唱归来。同时又似乎是说，尽管上党地方艰苦，亦不必计较个人待遇，弹铗使气。两可之间，语尤忠厚。

过片音调转高亢："上党从来天下脊"。意谓勿嫌上党边远，其地势实险要。盖秦曾置上党郡，因其地势高，故有"与天为党"之说。杜牧《贺中书门下平泽潞启》："上党之地，肘京洛而履蒲津，倚太原而跨河朔，战国时，张仪以为天下之脊。"作者《雪浪石》诗亦云："太行西来万马屯，势与岱岳争雄尊。飞狐上党天下脊，半掩落日先黄昏。"可以参读。"先生元是古之儒"，此称许梅庭老有如古之大儒，以天下为己任，意谓勿以学官而自卑。此联笔力豪迈，高唱惊挺，可以壮友人行色。然而不免还有一个问题，上党诚为要地，学官毕竟冷闲，既有大志大才，何以不当大任呢？这就补出末句："时平不用鲁连书。"鲁连，即鲁仲连，事迹参见李白《古风》诗解。因上党是赵地，当时宋辽早已议和，故云时代承平，梅庭老即有鲁连奇策，亦无所用之，只能做一介学官，即如古之醇儒，终不免像韩愈所说那样"冗不见治"。这里既有劝勉其安心本职工作之意，又含有对其生未逢辰不得重用之遭际的同情。

词仅六句，却委曲周详，既同情于友人不得志的遭遇，又复风义相期，开导他努力于公事。作者是用自己乐观旷达的人生态度去影响朋友，出语洒脱却发自肺腑，故能动人。《浣溪沙》词调，在作者以前如晏、欧等名家手里，大抵只用于写景抒怀，而此词却以之写临别赠言，致力于用意，开拓了小词的题材内容。下片的联语对仗自然工稳，音情高古；两片结语均用战国故事，为全词增添了色泽和韵味。

【黄庭坚】（1045—1105）字鲁直，自号山谷道人，晚号涪翁，洪州分宁（江西修水）人。"苏门四学士"之一。治平进士。哲宗时以校书郎为《神宗实录》检讨官，迁著作佐郎，以修史"多诬"遭贬。有《山谷集》《山谷琴趣外篇》。

郭明府作西斋于颍尾请予赋诗

食贫自以官为业，闻说西斋意凛然。

万卷藏书宜子弟，十年种木长风烟。

未尝终日不思颖，想见先生多好贤。

安得雍容一尊酒，女郎台下水如天。

熙宁四年（1071）作者初为官任叶县（属河南）尉时，因颖口（属安徽颖上县）友人书斋落成求诗而作诗二首，此其一。诗人未到西斋，故全从想象着笔，这从"闻说"、"想见"、"安得"可以会意。

首联以自己为官，陪起对郭建西斋隐居读书的敬意。食贫而以官为业的话头，使人联想到陶渊明所谓"生生所资，未见其术，亲多劝余为长吏，脱然有怀"、"尝从人事，皆口腹自役"，包含有许多无奈和自非的意思。次联赞美西斋落成，包含作者的理想和祝愿，是全诗警策。巴金曾对"家"和"长宜子弟"的祖训非常反感，说"财富并不长宜子弟，如果不给他以生活的本领"，而"藏书宜子弟"却没有什么不对，可以说正是强调给子弟以生活本领。对句写"种木长风烟"，指绿化居室环境。两句又暗用《管子·权修》"十年之计，莫如树木；终身之计，莫如树人"，寓议论于描写之中，只因增了"长风烟"三字，就多了环保的意思。

三联写对郭的倾慕之情。"未尝不思颖"中垫"终日"二字，表现朝思暮想，更见殷切之意。"先生好贤"中加一"多字"，更强调对方乐善之意。末联因郭求诗而生相聚之想，即老杜"何日一樽酒，重与细论文"意。女郎台故址在今安徽省阜阳县，相传古时有胡女嫁给鲁哀侯做夫人，哀侯为她筑了这座台。"女郎台下水如天"想得身临其境，逸兴遄飞。诗有名言，且以"闻说"、"想见"、"安得"等字勾勒，诗意连贯而下，如行云流水，舒卷自如，可谓老成。

次元明韵寄子由

半世交亲随逝水，几人图画入凌烟？

春风春雨花经眼，江北江南水拍天。

欲解铜章行问道，定知石友许忘年。

鹡鸰各有思归恨，日月相催雪满颠。

元丰四年（1081）知太和县（属江西）时所作，时年三十七。时苏辙（子由）贬官筠州（江西高安），作者胞兄黄大临（字元明）有诗寄苏，因而和之。

首联说彼此交亲虽有半世之久，时光流逝，但有几人建立了功业呢？"逝水"出自《论语》，"凌烟阁"是唐太宗为功臣画像的地方。首句起得平常，而次句说功名蹭蹬则出乎人意，丰富了已经流逝的那半世的内涵，文字自然成对，笔势兀傲宏放。

次联以健笔概写江南春景（"花经眼"语出杜诗，"水拍天"语出苏诗），而怀远之情见于言外，与上联似衔接非衔接。黄诗笔虽健，但时入生涩瘦硬，而此联兴象华妙，有唐人"水深林茂"气象（刘熙载语），颇觉难能可贵。

三联正写相思相赠之情，本拟辞官学道，想必苏辙定能赞许。铜章墨绶指县令印信，出自《汉官仪》；"问道"字面出自《庄子》而指进学之道；"石友"即金石之交，出潘岳《金谷诗》；"忘年交好"出自《梁书·何逊传》，以苏辙大黄六七岁故云。

末联抒慨与首联回应，谓你我各有兄弟之思，欲归而不得，只好听任时光流转，催生白发而已。《小雅·常棣》"鹡鸰在原，兄弟急难"，故后多以"鹡鸰"代指兄弟。全诗层层转换，无一平笔，颇具顿挫之妙。

登快阁

痴儿了却公家事，快阁东西倚晚晴。

落木千山天远大，澄江一道月分明。

朱弦已为佳人绝，青眼聊因美酒横。

万里归船弄长笛，此心吾与白鸥盟。

作于元丰五年（1082），快阁在太和县治东澄江边，以江山广远，景物清华得名。阁名快阁，诗亦快诗。

一起即叙公余登阁之事及当时的愉快心情。作者因阁名而联想到晋夏侯济的话"生子痴，了官事、官事正未易了也。了事正作痴，复为快耳。"大意是官事不易办完，办完正说明太痴，但也快乐。这使人联想到金圣叹批"拷红"所说的："作县官每日打退堂鼓时，不亦快哉！"叙事之中就融入了抒情。次句的"倚"字是倚阁而赏的意思，比径用"赏"字要耐读。出于杜诗"注目寒江倚山阁"（《缚鸡行》）。

次联写景——时逢深秋，千山落叶，天空为之远大；入夜后素月分辉，静影沉璧，江景一何光明！两句上四下三，各含两个具有因果关系的片语。境界开阔略近杜诗"无边落木萧萧下，不尽长江滚滚来"，但峡景动荡，野景宁静，又有不同。

三联抒感。用钟子期死，俞伯牙终身不复鼓琴之典，言世无知己，只好用美酒遣怀。"青眼"用阮籍故事，"横"字下得很绝。两句"朱弦"、"青眼"，"佳人"、"美酒"对仗极为工稳。

末联言欲弃官归隐，"白鸥盟"典出《列子·黄帝篇》，言人无机心，始可盟鸥。归船、长笛、白鸥等形象的运用，造成一种很美的意境。

全诗且叙事，且写景，且抒情，一气盘旋而下，前人谓"寓单行之气于排律之中"，如太白歌行写法，很能道出这首七律的特点。作者腹笥甚广，虽语有来历，但左右逢源，俯拾即是，多少自在！

寄黄几复

我居北海君南海，寄雁传书谢不能。

桃李春风一杯酒，江湖夜雨十年灯。

持家但有四立壁，治病不蕲三折肱。

想得读书头已白，隔溪猿哭瘴溪藤。

作于元丰八年（1085），其时诗人监德州（属山东）德平镇。黄几复乃作者同乡兼同科密友，时知四会县（属广东）。两人当时天南地北，各近海滨。

诗一起就说这层意思。语采《左传·僖公四年》楚成王谓齐桓公"君处北海，寡人处南海，惟是风马牛不相及也"，但意思却变成友人间的相思。"寄雁传书"本古人陈言，但加"谢不能"（语出《汉书·项籍传》东阳少年杀县令而请立陈婴，"婴谢不能"）就有新意。因为相传大雁同飞至衡阳而止，故其地有回雁峰，又何能托其寄书南海耶？

次联抚今追昔，忆彼此交情。"桃李""春风""一杯酒"（出老杜怀李白诗）、"江湖""夜雨"（玉溪寄北诗）皆常词，唯"十年灯"为自作语，然而合为两句，则意境清新。出句见朋友昔年相聚之乐，对句表别后十年离索之苦，读之隽永有深味。陈衍谓为"此老最合时宜语"，也就是说两句主情景，纯出以名词句，较类唐人胜语。

三联又不尔，立意措辞皆露"狂奴故态"。两句各有一转折，"持家——但有四立壁"，家徒四壁（语出《史记·司马相如传》）说明不善理家，

230

而作为一县之长，不理家正是廉洁奉公的表现；"治病——不蕲（求）三折肱"，语出《左传·定公十三年》"三折肱，知为良医"，即今人所谓"久病出良医"，此以医喻政，谓黄几复无须三折肱即有政绩，放在岭南实在屈才。

末联是惦念之辞，想象黄几复因好学不倦头发已白（语借老杜怀李白之"匡山读书处，白头好归来"），而其所居则是瘴气弥漫的猿啼之区（柳宗元有《入黄溪闻猿》）。

全诗内蕴丰富，善用典实，以故为新；运古于律，音律拗峭。"桃李春风一杯酒""持家但有四立壁"第六字不律。特别是后一句，以三仄调——其实是五仄结，更属古风的调声；然而波澜老成，很能代表黄诗的特色。

戏呈孔毅父

> 管城子无食肉相，孔方兄有绝交书。
>
> 文章功用不经世，何异丝窠缀露珠？
>
> 校书著作频诏除，犹能上车问何如。
>
> 忽忆僧床同野饭，梦随秋雁到东湖。

诗人一生在政治上不得志，故有弃官归隐念头，此为赠友人孔平仲（字毅父）作，主要抒写对现实的不满和牢骚。

首联对仗，起得很别致。"管城子"是笔（语出韩愈《毛颖传》谓毛颖所受封号），"孔方兄"是钱（语出鲁褒《钱神论》），同时与对方的姓字相映带，涉笔成趣。两句谓笔无封侯之相（"食肉相"语出《后汉书·班超传》相者谓超"燕颔虎颈，飞而食肉——此万里侯相也"），钱又和我绝了交（"绝交书"出于嵇康）。本来是四个无关的典故，拉杂使用，以自我调侃的口吻发牢骚便有新意。一读即知是学者之诗，不读书的人哪得如此书卷气来。

次联自作语，谓我的文章既然没有经邦济世的功用，那跟蜘蛛网上缀着的露珠又有什么两样呢？丝窠缀露，看上去闪闪发光像是缀满珠玑，但一钱不值，可见象喻之妙。

三联复用语典大发牢骚。北齐颜之推《颜氏家训》谓梁朝全盛时，贵家子弟大多没有真才实学，却担任了秘书郎、著作郎一类官职。故当时谣谚讽刺道："上车不落为著作，体中何如即秘书"，意即只要能登上车向人请安者即可充职。黄庭坚于元丰八年（1085）应召还京，受任秘书省校书郎，元祐二年（1087）改官著作郎，而这两个职务在宋亦是闲散官职，人微言轻，诗云"校书著作频诏除（授职）"指此，所以他自嘲"犹能上车问何如"。

末联暗示欲弃官归隐之意。说忽然回忆起当年与你在僧床便饭的情景，我的梦魂便随秋雁飞回老家的东湖（在今南昌市郊，距修水不远）。

全诗善用典故，拉杂使事，嬉笑怒骂，皆成文章，与发牢骚的内容十分默契。诗采用书、珠等韵脚，是很窄的韵脚，作者却写得很洒脱，很有思致。没有深厚的学问功底是难以做到的。宋诗的"以文字为诗"，正要从此等诗予以体会。

题竹石牧牛

野次小峥嵘，幽篁相倚绿。

阿童三尺棰，御此老觳觫。

石吾甚爱之，勿遣牛砺角。

牛砺角尚可，牛斗残我竹。

苏东坡善画怪石、丛竹，李公麟善画动物、人物，黄庭坚所题这幅《竹石牧牛图》乃苏李合作，苏画李补，甚有意趣，加上黄庭坚作诗题字，可谓四美。

前二句咏苏画竹石，野外有块小小怪石，石边有一丛翠竹。"峥嵘"是山石嶙峋的样子，借代怪石。次二句咏李补人牛，牧童手持三尺鞭，骑着头老牛。"觳觫"是牛恐惧貌，语出《孟子·梁惠王》，借代老牛。"老觳觫"与"小峥嵘"在字面上遥相映带而成趣，带有浓郁的书卷气，而语气亲切有味。

后四句是观画有感，因为竹石野趣可爱，而人牛生动逼真，所以诗人不禁对画中牧童打起招呼来——这石头我太喜欢了，别让牛角磨擦损伤；更不能让牛打架，践踏了丛竹——这丛竹我也一样喜欢，语用韩愈诗"牧童敲火牛砺角"（《石鼓文》）、李涉诗"无奈牧童何，黄牛吃我竹"（《山中五无奈何诗》）。句调则仿李白《独漉篇》："独漉水中泥，水浊不见月。不见月尚可，水深行人没。"厚竹薄石，以石坚于竹故云耳。

诗于题外寓取风趣，是否还有别的寄意？论者认为，山谷出于拳拳公心，婉言奉告当政者不要搞宗派斗争，把好端端的局面弄糟。这样说，诗人就是从画而联想到真人真牛，再用喻当时执政的人，而托于"戏咏"了。这也是中国传统的比兴办法，这样写就可做到"言之者无罪，闻之者足戒"。就诗而言，也更加曲折有味。

病起荆江亭即事

翰墨场中老伏波，菩提坊里病维摩。
近人积水无鸥鹭，惟见归牛浮鼻过。

宋徽宗即位后，想要调停"元祐"（旧派）与"绍圣"（新派）两派矛盾，起用了一批"元祐党人"。黄庭坚因得于元符三年（1100）十一月离开戎州（宜宾）贬所，次年即建中靖国元年到峡州（今湖北宜昌），在那里待命，诗即作于其时。此其一。

在题目中，作者特别说明这首诗是"病起""即事"之作。病后尚觉无力，然而心情已经好多了，这种感觉与他久贬遇赦的心情是完全一致的。读这首诗，要体会诗中无聊中有愉悦的况味。

首句"翰墨场中老伏波"是说自己不伏老。用了一个典故——"伏波"即伏波将军，指后汉马援。马援六十二岁时尚自请出征（《后汉书·马援传》），是不伏老的典型。诗人用以自譬，但他不是武人，所以加"翰墨场"（文场）以示区别。

次句"菩提坊里病维摩"是说刚刚生过病。又用了一个典故——"维摩"即维摩诘，本是佛经中一个有学问、有文才的人物。唐代《维摩诘经变》（变文）有"文殊问病"的故事，作者虽然久居贬所，却意外得到朝廷的征召，所以用了这个问病的故事暗示这一层意思。

三四句"近人积水无鸥鹭，惟见归牛浮鼻过"，写病起后，急于走出户外，在荆江亭看到了这样一幅天然画图。虽然荆江亭上没有看到鸥鹭之类的水鸟，却看到一二水牛浮上水中，翘着鼻孔（被牧童牵着、吆着），缓缓地向村庄那边游去。这幅宁静、悠闲、和谐、生机盎然的图景（使人联想起李可染画的水牛图），与作者待惯的官场，应该形成一种对照，在作者的心中，也许会唤起一些感动，一些向往。

唐代陈咏即有"隔岸水牛浮鼻过，傍溪沙鸟点头行"（见《北梦琐言》）的诗句，任渊说"此本陋句"（《黄山谷诗注》），也许有些过火。从描摹上看，这两句还是入画的。不过黄庭坚点化前一句，没有停留在画意上，通过"惟见"的勾勒，写出了久处官场中人，从病后偶然看到的景色中获得的启示，却又写得那样不动声色，所以"神采顿异"（任渊）。即此，也可以略约体会到作者所主张的"点石成金"之妙。

234

王充道送水仙花

凌波仙子生尘袜，水上轻盈步微月。

是谁招此断肠魂？种作寒花寄愁绝。

含香体素欲倾城，山矾是弟梅是兄。

坐对真成被花恼，出门一笑大江横。

这首咏花诗，原题较长作《王充道送水仙花五十枝，欣然会心，为之作咏》，作于前诗同时。时乞知太平州（安徽当涂），在荆州（江陵）沙市候命。

水仙之为花，是放在盆中与水石同供，冬日开花，白花黄心，有金盏银台之称，为花中清品，一起即以洛神比花，盖洛神正是一水仙也，据《洛神赋》形容是"凌波微步，罗袜生尘"，诗将水仙人格化，且置于水上月下。谓其步态"轻盈"，形象极为可人。

次联"断肠魂"指洛神，洛神是位失恋女神，故云。论者或认为是说诗人自己，大误。招芳魂而种作寒花，花亦带愁绝之态，是山谷妙想，也说明水仙花形态是楚楚可怜，容易引人感伤的，这就为下文"独坐真成被花恼"伏笔。

三联上句形容水仙姿态绰约美好，下句则凿空乱道，和梅花、郑花（山谷改题花名为山矾）大攀其兄弟关系，不免感觉有点滑稽。然而有意无意将别的名花派为男性，意言唯独水仙才配为女性。这使人想到贾宝玉那句傻得可爱的名言"女儿家都是清水骨肉"——水仙就正是清水骨肉！正是好一个林妹妹！

本来"人世难逢开口笑"，而与姿态愁绝、小性儿的"林妹妹"坐对，就是贾宝玉也不免有恼的时候，何况是黄庭坚这个老头！难怪他要暂时回避一下，——"出门一笑大江横"。人窝在家里不开怀的时候，最好的办法是离家出走，面对广阔天地如大江、如草原、如大山，保你能开颜一笑的。

诗的最后一句出其不意，简直与咏花不沾边。宋陈长方《步里客谈》说杜诗《缚鸡行》（此诗直开宋调）末尾从"鸡虫得失无了时"，突然断句旁入——"注目寒江倚山阁"，即不了了之，最为警策，为山谷所本。此说对认识黄诗的渊源关系和表现特色是有帮助的。

最后需要说明的是，这个结尾并不是否定水仙花，相反，诗人对朋友送来五十枝水仙是欣然受之，不过写诗要借题发挥一下罢了。换言之，尽管水仙之花品不类作者之人品，但作者对水仙的欣赏怜爱之意是洋溢于笔墨之间的。

雨中登岳阳楼（二首）

其一

投荒万死鬓毛斑，生入瞿塘滟滪关。

未到江南先一笑，岳阳楼上对君山。

写作前诗之翌年春天，诗人西行，拟回江西老家，再赴太平州（安徽当涂），取道岳州（湖南岳阳）洞庭湖，登岳阳楼望君山，创作的两首绝句。作者时年58岁。

前二叙遇赦东归事。上句用柳宗元《别舍弟宗一》诗句"一身去国六千里，万死投荒十二年"，概括了自己六年谪居偏僻之地的种种辛苦；下句用《后汉书·班超传》"臣不敢望到酒泉郡，但愿生入玉门关"语意，表现自己绝处逢生的欢喜。时人张舜民被贬郴州，曾有《卖花声·登岳阳楼》云"何人此路得生还"，极尽迁谪悲怆之感。黄庭坚此次生还，是穿三峡而入的，三峡峡口瞿塘有滟滪堆极险要，故民谣有"滟滪大如马，瞿塘不可下；滟滪大如猴，瞿塘不可游；滟滪大如龟，瞿塘不可回；滟滪大如象，瞿塘不可上"（据刘白羽《长江三日》）之说。"生入瞿塘滟滪关"，既是写实，又是象征绝处逢生，殊不易也。

后二写登岳阳楼。末句"岳阳楼上对君山"乃陈述事实，风度完全出在第三句——"未到江南先一笑"，关键是"未"、"先"二字的勾勒上，它设定的命题是在未返回故乡前是不能笑得太早的，于是"先一笑"之说才洋溢着一种按捺不住的喜悦，才显得如此耐味。

其二

满川风雨独凭栏，绾结湘娥十二鬟。

可惜不当湖水面，银山堆里看青山。

第二首偏重写景。二写雨中登楼望君山，妙在不但联想到有关湘妃的传说，而且把君山峰群形象地比喻为湘妃的十二髻鬟，在朦胧的烟雨中分外迷人。语本苏舜钦《淮中晚泊犊头》"满川风雨看潮生"、雍陶《望君山》"应是水仙梳洗罢，一螺青黛镜中心"。

后二想象乘舟湖上看山，当别有奇观。刘禹锡《望洞庭》写月光下看君山是"遥望洞庭山水色，白银盘里一青螺"，而眼前满川风雨，湖中波浪千叠，如果乘着一叶小舟临湖面，出入风浪，岂不是在"银山堆里看青山"么？"可惜"云云，辞若有憾，其实表现出很有兴致，这是因为心情特好的缘故。

关于洞庭与君山，前人吟咏佳句多矣，而山谷能熔铸前人胜语，融入脱离苦海得庆生还的喜悦心情，读来感受一新。

237

新喻道中寄元明

中年畏病不举酒，孤负东来数百觞。
唤客煎茶山店远，看人获稻午风凉。
但知家里俱无恙，不用书来细作行。
一百八盘携手上，至今犹梦绕羊肠。

作于崇宁元年（1102）省家后，赴任所途次新喻（江西新余）道中。作者昔日遭贬，胞兄大临（字元明）曾亲送至黔州贬所，此次复职东归始得叙手足之情，别后复寄此诗，如话家常。

首联写因病多年戒酒（据山谷在戎州填词有序云"老夫止酒，十五年矣"、"遇宴集，独醒其旁"），这次东归相聚，也未能开怀痛饮。首句"中年畏病不举酒"第六字当平作仄，且连用五仄声（与"持家但有四立壁"同），在七律中为拗折之句。

次联写新喻道中情况。偏远的山店招呼客官喝茶——唐宋人饮茶不像今人之用沸水沏，是用水"煎茶"，于是趁机歇脚乘凉，看山农收割稻谷。

三联是叮咛家人语。说这次回家，但知家中无恙——据说恙是一种毒虫，古人草居露宿，相慰问时必问"无恙"，所以暂时不用详细写信来（杜诗"来书细作行"）。

末联回忆当初被贬之往事。"一百八盘"是道途所经险境，作者《书萍乡县厅壁》说："初，元明自陈留出尉氏、许昌，渡汉沔，略江陵，上夔峡，过一百八盘，涉四十八渡，送余安置于摩围山之下。"是何等笃爱之手足情也。

黄庭坚屡次称赞陶诗、杜诗是"不烦绳削而自合"。本篇皆眼前景，口头语，自然旋折，朴质流畅，毫无作意，就是"不烦绳削而自合"，是黄庭坚的别调。后来曾幾等就每每学黄诗的这一体。

跋子瞻和陶诗

> 子瞻谪岭南，时宰欲杀之。
>
> 饱吃惠州饭，细和渊明诗。
>
> 彭泽千载人，东坡百世士。
>
> 出处虽不同，风味乃相似。

作于崇宁元年（1102）八月，苏轼于前一年七月病逝常州。东坡是陶渊明的崇拜者，诗品人品颇得力于陶，晚年知扬州时，曾和陶《饮酒诗》二十首，南迁之后又和《归园田居》八十九首。

东坡贬岭南乃在绍圣元年（1094）新党当政时，初被安置惠州。时宰章惇欲借忧伤抑郁及水土不服置之死地，哪知东坡胸次甚广，在惠州《纵笔》诗云："自须萧散满霜风，小阁藤床寄病容。为报先生春睡美，道人轻打五更钟。"章见之遂再贬儋耳（海南儋州市）。故前二句说"时宰欲杀之"是有根据的。当然这也使人联想起杜甫怀李白的名句"世人皆欲杀，吾意独怜才"来。

三、四句落到和陶诗上来。忧能伤人，使人不思茶饭，而东坡能"饱食惠州饭"，说明他是怎样不以迁谪为意。陶诗以静穆为主，能"细和渊明诗"，又可见他的心境是怎样平和了。虽然只点到即收，然已意足。能吃能睡的人，用"时宰"的办法是杀不成了。

后四句借陶之人品赞美东坡，认为他们不但都是以道德文章名垂不朽之人，而且彼此风味相似。五、六句在称呼上略作变化（子瞻——东坡，渊明——彭泽），自然映带（先称字，后称号）。"千载"、"百世"互文，而"人"（处士）、"士"（士大夫）辨味极细。

七、八句说两人出处不同，是因为陶渊明只做了一百多天彭泽令就去官归隐，而苏东坡却终生宦海沉浮，从形迹上看，截然不同。然而这两个人都不以贫富得失为怀，任真率性而行，而且诗入哲域，则又是相同的。"虽"、"乃"二字呼应转折，"风味"措语妙——人乎？诗乎？让读者自行体味。

诗作题跋，不主情景，纯乎写意。本来跋诗，却一味说人，说人即是说诗，这是其潇洒脱俗之处。本是古风，中幅自然成对（饱吃——细和，惠州饭——渊明诗，彭泽——东坡，千载人——百世士），质朴而有文采。全诗风格与所咏之人极为契合，是为妙品。

定风波

次高左藏使君韵

万里黔中一漏天，屋居终日似乘船。及至重阳天也霁，催醉，鬼门关外蜀江前。　　莫笑老夫犹气岸，君看，几人黄菊上华颠？戏马台南追两谢，驰射，风流犹拍古人肩。

此词为作者在黔州贬所的作品。唐置黔中郡，后改黔州，治所在今四川彭水，在宋时是边远险阻的处所。绍圣二年（1095）黄庭坚以修《神宗实录》不实的罪名，贬为涪州（四川涪陵）别驾，黔州安置，开始他生平最艰难困苦的一段生活。当时他的弟弟知命有诗云："人鲊瓮中危万死，鬼门关外更千岑。问君底事向前去，要试平生铁石心。"（《戏答刘文学》）写出他在穷困险恶的处境中，不向命运屈服的博大胸怀。这种心境见于词体创作，则一变早年多写艳情的故态，转而深于感慨了。此阕通过重阳即事，抒发了一种老当益壮、穷且益坚的乐观奋发精神。

全词分四层写。上片首二句写黔中气候，以明贬谪环境之恶劣。黔中秋来阴雨连绵，遍地是水，人终日只能困居室内，不好外出活动，不说苦雨，而通过"一漏天"、"似乘船"的比喻，形象生动地表明秋霖不止叫人不堪其苦的状况。"乘船"而风雨喧喧，就有覆舟之虞。所以"似乘船"的比喻不仅是足不出户的意思，还影射着环境的险恶。联系"万里"二字，又有去国怀乡之感。这比使用"人鲊瓮中危万死"的夸张说法来得蕴藉耐味。其实，前二句与其说是夸张黔中环境的艰难困苦，不如说是为以下二句蓄势。下三句一转，写重阳放晴，登高痛饮。用"及至"、"也"二虚词呼应斡旋，有不期然而然、喜出望外之意。久雨得晴，是一可喜；适逢佳节，是二可喜。逼出"催醉"二字。"鬼门关外蜀江前"回应"万里黔中"，点明欢度重阳的地点。"鬼门关"即石门关，在今四川奉节县东，两山相夹如蜀门户，"天下之至险也"（陆游《入蜀记》）。但这里却是用其险峻来反衬一种忘怀得失的胸襟，大有"鬼门关外莫言远，五十三驿是皇州"（作者《竹枝词》）的意味。如果说前二句起调低沉，此三句则稍稍振起，已具几分傲兀之气了。

过片三句承上意写重阳赏菊。古人在重阳节有簪菊的风俗（杜牧《九日齐山登高》："尘世难逢开口笑，菊花须插满头归"），但老翁头上插花却不合时宜，即所谓"几人黄菊上华颠"。作者却借这种不入俗眼的举止，写出一种"气岸遥凌豪士前，风流肯落他人后"（李白《流夜郎赠辛判官》）的不伏老的气概。"君看"、"莫笑"云云，全是自负口吻。这比前写纵饮就更进一层，词情再扬。但高潮还在最后三句。这里用了一个典故：晋时刘裕北征至彭城，九月九日会将佐群僚于戏马台（台为项羽所筑，在今江苏铜山县南），赋诗为乐，当时名诗人谢瞻、谢灵运各赋诗一首（诗见《文选》卷二十）。"两谢"即指此二人。此三句说自己重阳节不但照例饮酒赏菊，还要骑马射箭，吟诗填词，其气概直追古时的风流人物（如在戏马台赋诗之两

241

谢）。末句中的"拍肩"一词出于郭璞《游仙诗》"右拍洪崖肩"，即追踪的意思。下片分两层推进，从"莫笑老翁犹气岸"到"风流犹拍古人肩"彼此呼应，一气呵成，将豪迈气概表现到极致。

虞美人

宜州见梅作

　　天涯也有江南信，梅破知春近。夜阑风细得香迟，不道晓来开遍向南枝。　　玉台弄粉花应妒，飘到眉心住。平生个里愿杯深，去国十年老尽少年心。

　　徽宗崇宁二年（1103），黄庭坚因写过一篇《承天院塔记》，被人诬为"幸灾谤国"，被除名羁管宜州（广西宜山）。他冬天从鄂州起程，次年五六月始达宜州贬所。此词即作于三年的冬天。当时作者已是六十岁的老人了。

　　宜州近海南，去京国数千里，说是"天涯"不算夸张。到贬所居然能看到江南常见的梅花，作者很诧异："天涯也有江南信，梅破知春近。""梅破知春"，这不仅是以江南梅花多在冬末春初开放，意谓春天来临，而且是侧重于地域的联想，意味着"天涯"也无法隔断"江南"与我的联系（作者为江西修水人，地即属江南）。"也有"——居然也有，是始料未及、喜出望外的口吻，显见环境比预料的好。"也"字用法，与作者初贬黔州时作《定风波》"及至重阳天也霁"的"也"字同妙。表现出一种豁达乐观的情怀。

　　紧接二句则由"梅破"——含苞欲放，写到梅开。梅花开得那样早，那样突然，夜深时嗅到一阵暗香，没能想到什么缘故，及至"晓来"才

242

发现向阳的枝头已开繁了。"开遍"仅限于"向南枝",故不失为早梅,令人感到新鲜,喜悦。"得香"在"夜阑（其时声息俱绝,暗香易闻）风细（恰好传递清香）"时候,不及想到,是由于"得香迟"的缘故。此处用笔细致。如果说"也有"表现出一次意外（居然有梅）,"不道"则表现出又一次意外（梅开何早）,作者惊喜不迭之情,溢于言表。

于是这个天涯戴罪的垂老之人,已满怀江南之春心。一个久已忘却的关于梅花的浪漫故事,不期然而然地回到记忆中来了。《太平御览·时序部》引《杂五行书》:"宋武帝女寿阳公主人日卧于含章殿檐下。梅花落公主额上,成五出花,拂之不去。"这就是"玉台弄粉花应妒,飘到眉心住"的典故由来。多少诗人词客用它,但此词用来却有独特意味。由此表现出一个被贬的老人观梅以致忘怀得失的心情,暗伏下文"少年心"三字。想起故事的人,自己进入了角色,体味到那以梅试妆的少女娇羞喜悦的心情。这是何等浪漫的情味！所以,此处用事之妙不仅是切题而已。

从绍圣元年（1094）初次贬谪算起,到此已经整整十年,是多么不平静的十年。作者并不能一味浪漫,纯然超脱,他必须正视这个现实,虽则是无情的现实。想到往日赏梅,对着如此美景（"个里",此中,这样的情景中）,总想把酒喝个够;但现在不同了,经过十年的贬谪,宦海沉沦之后,不复有少年的兴致了。结尾在词情上是一大兜转,"老"加上"尽"的程度副词,更使拗折而出的郁愤之情得到充分表现。用"愿杯深"来代言兴致好,亦形象有味。

词通过梅花,把天涯与江南、垂老与少年、去国十年与平生做了一个令人不知不觉的对比,有力表现出作者对当局横加的政治迫害的不满,有不胜今昔之慨。另一方面,作品又表现出天涯见梅的喜悦,朝花夕拾的欣慰,使得这首抒愤之作饶有兴味,而无消沉之感。

【陈师道】(1053—1102)，字履常，一字无己，号后山居士，彭城（江苏徐州）人。少贫，学文于曾巩，绝意仕进。元祐初，苏轼等荐为徐州教授。后任太学博士、秘书省正字等职。有《后山先生集》《后山谈丛》。

示三子

去远即相忘，归近不可忍。儿女已在眼，眉目略不省。
喜极不得语，泪尽方一哂。了知不是梦，忽忽心未稳。

作于元祐二年（1087），其题前情事：作者家贫，元丰七年（1084）岳父提点成都府路刑狱，陈妻并三子一女寄食岳家，作者本人因母老不得随行。本年因苏轼、孙觉等人荐举，始充任徐州州学教授，才将妻儿接回徐州，遂有此作。

前二句抚今追昔，上句说远别后因归期无日也就不去想它，是相对于后来而言，其实哪有不惦记的；下句说当归期将近时，反而变得难以忍耐。曲尽人情。

三、四句叙重见儿女的情况，因别时儿女尚小（作者送别诗有"何者最可怜，儿生未知父"），正是飞长时期，一别四年，又无照片寄来，原来一岁的现在五岁，原来四岁的现在八岁，模样儿当然与记忆对不上号。抓这个细节，生动表现出见到三子时，欢喜与感慨交织的微妙感受。

五、六句写当时自己的表情，高兴得不知说什么好，眼泪直流，而后破涕为笑。这表情下面的心情是复杂和激动的。

七、八句更深一层作结，说虽然明明知道不是做梦，但心里还是很不踏实，不相信眼前的团聚硬是真的。

诗末二句翻用老杜《羌村》"夜阑更秉烛，相对如梦寐"而富有新意，与晏几道《鹧鸪天》"今宵剩把银釭照，犹恐相逢是梦中"意境略同。全诗朴质以生活内容取胜，妙在一个真字。

陈师道绝句

书当快意读易过，客有可人期不来。
世事相违每如此，好怀百岁几时开？

作于元符二年（1099）困居徐州时，尽管不堪其贫，作者却不以为意，依然左右图书，欲以文学名后世。其时黄庭坚被斥逐戎州，苏轼被贬海南，张耒任职宣州，皆无因相见。时有《寄黄充》诗也说："俗子推不去，可人费招呼；世事每如此，我生亦何娱！"可参读。

全诗发抒生活苦闷，纯以意为。前二句各说一事，上句说心爱的书可惜容易读竟——要是总有"且待下回分解"敢情好，只是想得美！谁叫你一读起来连饭也不想吃，非一口气读竟不行。所以从古以来乐读的人对心爱的书，就存在想读完又怕读完、一种自相矛盾的心态，如嵇康"每读二陆之文，（就）未尝不废书而叹，恐其卷之竟也"。

下句说性情投合的人，天天盼他来，老是盼不来——盼谁谁就来敢情好，还是想得美！没有预约，可人怎么会来？可人非神，何从知道你盼他来？即使知道你盼他来，但可能因为不得已的原因，未必来得了。此一命题的逆命题，即"俗子推不去"，也成立，但无重复必要。首句换言读书，各为一意，了不相干而又未尝无干，顿觉精警无比。

谁没读过好书，谁没有期待过可人？这两句所写，都是常人共有的生活感受，而又发常人所未发，所以叫人过目不忘，觉得作者简直是在为我写心。末二句由以上个别事例推及一般，说人生事与愿违的情况之多，往往如此，结论是难怪人生的苦恼总是多于快乐。诗的结论代表了一种认识误区。作者不明白什么是"完一美",若要好，须是了也（"一定要有完全的休止，才纺织成完美的音乐"）。凡事都要进得去、出得来呀。作者只知道读书投入的乐趣，然而好书读竟也是一种满足呀。作者又未免太自我中心，清人吴伟业诗云："不好诒人贪客过，惯迟作答爱书来。"（《梅村》）也是写这种心态，也是名句。可人不来，你为何不去呢？再说也可以打个电话约呀。何必自找烦恼呢？此东坡所以为东坡，而后山所以为后山。

顺便说，陈师道本属苦吟诗人，成诗不易，同时代黄庭坚称其"闭门觅句"。读者所不待见。而本篇则是偶然触着，随口道出了很有意思的生活体验，所以成为集中少有的佳作。

【陈与义】 （1090－1139）字去非，自号简斋，洛阳（今属河南）人。政和三年（1113）登上舍甲科。绍兴中，历官至参知政事。有《简斋集》《无住词》。

再登岳阳楼感赋

岳阳壮观天下传，楼阴背日堤绵绵。

草木相连南服内，江湖异态阑干前。

乾坤万事集双鬓，臣子一谪今五年。

欲题文字吊古昔，风壮浪涌心茫然。

高宗建炎二年（1128）秋作于岳州。诗人自宣和六年（1124）被谪监陈留酒税，由于金兵入侵，宋朝发生了天翻地覆的变化，国家不幸，也造成个人生活的不幸——作者遂成孤臣孽子，先自陈留避乱，经邓、房、均州，至本年八月到达岳州。先已有登岳阳楼诗云："万里来游还望远，三年多难更凭危。白头吊古风霜里，老木苍波无限悲。"此为再登之作。

岳阳楼在岳阳城西门上，楼西南为洞庭湖，北倚长江，临江有堤。首句总括岳阳楼以壮观名闻天下，次句写站在楼的北面背日处，可以看到江边长堤。次联写望中景色，湖南境内草木葱茏，而江水浊黄，湖水清碧，尽收凭阑望眼之中。"草木相连"一句平平，而"江湖异态"一句精警，简劲浑涵，句格老成，或"风景不殊，正自有山河之异"耶，耐人含咏。

三联抒发伤时念乱之情。建炎二年，正是徽、钦二帝被掳，北宋江山摇摇欲坠之时，诗人忧心如焚，万端愁绪，都从斑白的双鬓上反映出来。这样的内容也是一言难尽的，而诗人却以"乾坤万事集双鬓"一语尽之，得杜律凝练之法。"臣子一谪今五年"表面上是说个人迁谪时间，其实句下包含"这是怎样的五年啊"那样的意思。换言之，一谪五年，并非个人应获之谴，也不是出于朝廷的意图，而是因为国难和战争影响了仕宦前途。发端于个人遭际，而归结局于政局。这是很耐人寻味的。两句对仗字面上意远，细味含意仍有关联。陈衍说此联是"学杜得其骨者"，就是针对其造句凝练、对仗意远的特点而言的。

作者当时肯定会想到杜甫《登岳阳楼》，或许更远地想到屈原的贾生，对他们发生深刻的共鸣。末联就写这层意思，末句以景结情，说明而不说尽，有篇终接浑茫感——这符合登高望远的实际感受。从文学继承上讲则是得力于杜诗的。

此诗虽然着眼国事，但作于迁谪的特定环境，故其伤时念乱带有一种孤臣特具的情结，加之表达凝练老成，故读来尤其令人感怆。

春寒

二月巴陵日日风，春寒未了怯园公。
海棠不惜胭脂色，独立蒙蒙细雨中。

高宗建炎三年（1129）作于岳州，时城中刚发生过大火，火后作者借居郡守王某后园君子亭居住，自号园公。诗咏园中海棠。

岳州（巴陵）背江朝湖，是多风的地带，早春二月春寒料峭时冷风尤甚。前二句先写早春二月的气候，"怯"即怯春寒也。

后二句咏海棠。海棠为落叶灌木或乔木，《瓶史·月表》列为二月花盟主第一（其余为玉兰、绯桃），花朵簇生娇美，未放时呈深红色，开放后呈粉红色或白色，品种甚多，有垂丝海棠、铁脚海棠等。本诗关键在于将海棠花置于寒风细雨中，同时予以人格化，就显得出色了。首先，海棠为花，特宜细雨、尤宜春寒（杨万里"晚寒正与花为地"），带雨的海棠，因而也特别动人。作者咏海棠诗颇多，另一首写道："欲识此花奇绝处，明朝有雨试重来。"写出了雨就写出了海棠的德性。

诗言"不惜胭脂色"，是怯寒怕雨的"园公"有所不知，亦正意反说也。一位淡施脂粉的美女站在细雨之中，全然不顾、根本不觉风雨的存在，容易给人心事重重的印象。更有人说此诗写出了一种不畏风寒的政治品格。读者固不妨意逆，却不必是诗人本意。

伤春

庙堂无策可平戎，坐使甘泉照夕烽。

初怪上都闻战马，岂知穷海看飞龙！

孤臣霜发三千丈，每岁烟花一万重。

稍喜长沙向延阁，疲兵敢犯犬羊锋。

高宗建炎四年（1130）作于邵阳（湖南）。上年十一月金兵大举渡江攻破建康（南京），十二月攻入临安（杭州），高宗逃自明州（宁波）乘舟入海；本年四月金兵复攻破明州，高宗泛海逃至温州。"伤春"原与悲秋一样，在古人笔下多因时序流逝而抒写个人伤怀。至杜甫一改旧法，用以抒发对国事的忧念。此诗亦忧念时事，抒发孤愤之作。

前四句直抒国难而抨击国策。《史记·匈奴列传》述云："胡骑入代、句注边，烽火通于甘泉（汉行宫名）、长安数月"。首联即借咏时事，而重点在直斥"庙堂无策"——国难当头，只有两策，要么战，要么和。你和他不和，结果就只有逃跑。所以"无策"其实是无能，"无策"其实是失策。

次联紧接写金兵连下宋之都城，竟逼得高宗从海上逃跑。"上都"本指京都，因南渡之初，建都未定，建康、临安均在拟议之中故云。或云此处"上都"指汴京，系追说靖康事，亦通。此联用"初怪""岂知"勾勒，一气贯注，写两个想不到——想不到金人能轻易攻入都城，想不到皇帝会从海上狼狈逃跑。这里虽然没有直接的议论，但字里行间充满对不抵抗主义、逃跑主义的愤慨和不满。"飞龙"一词出自《易经》，形容逃跑皇帝，来与"战马"相对，尤具讽意。

三联抒写对国事的忧念，乃一篇之警策。"孤臣"本指失势之臣（柳宗元"孤臣泪已尽，虚作断肠声"），此则指失君之臣，紧扣上文"穷海飞龙"而来。两句分别化用安史之乱前后李白所写的"白发三千丈，缘愁似个长"《秋浦歌》、杜甫所写的"关塞三千里，烟花一万重"（《伤春》）来表达一己的孤忠与忧愤，两句一情一景，情景对照。用来浑成无迹，如自己出。按杜甫（《伤春》）本是广德中吐蕃攻破长安，代宗逃陕州之际，诗人在阆州所作；这与陈与义身在湖南，心怀江浙的流亡皇帝的心境相似。"烟花一万重"前著"每岁"二字，即有自然界春花秋月依旧，不管人间沧桑之意。万重"烟花"与千丈"霜发"，构成强烈对比。所谓"乐景衬哀，倍增其哀"。"孤臣"与"每岁"的成对，相当精微（"孤"是一、"每"是每一）。总之，此联沉郁凝练的风格，酷肖老杜。

末联歌颂抵抗，即是对"庙堂"实行的逃跑主义作侧面批判。向子諲于建炎中知潭州（长沙），三年（1129）金兵犯州，向率军民坚守，城围八日而陷，又督兵巷战，突围后又收拾残部继续抗金。向原任直秘阁学士，直龙图阁——宋廷藏图书典籍之处，相当于汉廷之"延阁"，故以呼之。"疲兵"云云，不讳言向部势单力薄，以弱击强，这里表彰的不是胜利，而是勇气、斗志，是一个"敢"字。在国家民族生死存亡的关头，斗则存、不斗则亡。"稍喜"的措辞有分寸，一方面是肯定其带头抗金的意义，另一方面又嫌当时敢于抗金者太少。

诗主题明确，心关天下，忧念现实，歌颂抵抗，反对逃跑。可谓大义凛然。诗以意行，而主要的意思大都包含首尾两联中。中间的两联对主题则起着烘托、渲染、深化的重要作用，特别是第三联中"每岁烟花一万重"景语的加入，生色不少，无此句则未免直质枯淡，有此句则全篇兴象、声情顿佳。诗人非常注意勾勒字的运用，"坐使""初怪""岂知""稍喜"等，关联呼应，使全诗意脉一气盘旋而下。独于第三联不作勾勒，即变叙述为描绘，又加强了它的鲜明性和警策性。

【曾幾】（1084—1166）字吉甫，号茶山居士，河南（河南洛阳）人。其先居赣州（江西赣县）。入太学，后任将郎，赐上舍出身。南宋初，提刑江西、浙西。官至敷文阁待制，以通奉大夫致仕。谥文清。有《茶山集》。

三衢道中

梅子黄时日日晴，小溪泛尽却山行。

绿阴不减来时路，添得黄鹂四五声。

这是一首纪行写景绝句。三衢即衢州（属浙江），因境内有三衢山而得名。

前二句叙天气和行程。梅子黄时在江南属初夏季节，一般为阴雨天气，故赵师秀有"黄梅时节家家雨"（《约客》）之句。此言"梅子黄时日日晴"，则说明天气特殊，另一方面也表明天气晴和，为下文写旅途风光的清新张本。作者的行程是由水转陆，由乘舟转山行，"却"字有转折的意味，把行程变换引起的新鲜喜悦之感隐约传出。

后二句正写三衢道中之景。"来时路"三字省净地暗示前不久曾走过这一路，这一次是沿原路回去。由于时节由春天进入初夏，景色也有一些变化，来时所看到的绿荫更深，已经听得见黄鹂的歌唱。

山行看到漫道绿荫，听见几声黄鹂歌唱，这本是最平凡不过的事了。关键在于诗人通过回忆来路所见，与眼前景物以比，用"不减""添得"字面勾勒，写出了回程的新鲜感，这就使平凡的景物平添了诗趣。

题访戴图

小艇相从本不期，剡中雪月开明时。

不因兴尽回船去，那得山阴一段奇。

这是一首题画诗，画的内容是《世说新语》中王徽之（字子猷）雪夜访戴乘兴而行、兴尽而返的故事，也可以看作题咏故事的诗。

前二句叙访戴事。因子猷居山阴，于雪夜心血来潮，临时决定远道往寻远在剡溪的戴逵，没有事先约定，所以是"本不期"。"剡中雪月并明时"是小舟夜行访戴的情景，有画意，有诗情。"（大雪）四望皎然"是原文，"雪月并明"是创意——盖雪夜神似月夜，故有此神来之笔。

后二句是就题抒感，说子猷因访戴而饱览了山阴一段奇景。本来王子猷访戴，就有点醉翁之意不在酒的意味，何况是"本不期"，所以"何必见戴"。但此行是否多余呢？一点也不，如果没有这一次经历，他又哪能饱览山阴雪夜奇景呢？如果没有这一次经历，后人又哪得"乘兴而来，兴尽而返"的一段佳话呢？"山阴一段奇"可以从景与事两个意义上加以解会。句中只说"兴尽"一头，乃是一种省略的说法。

访戴故事在《世说新语》中列入《任诞》门，可见原作者认为王子猷有始无终的造访是一种怪诞行为。但本诗却认为它很合理——"不因兴尽回船去，那得山阴一段奇！"所以陈衍赞赏为"晋人行径，宁矫情翻案，决不肯人云亦云"。这里一是说写晋人而具晋人风度，作者与古人为神交；二是说"不肯人云亦云"，所以有新意——有新意，正是一切成功之作的奥秘所在。

【刘子翚】（1101—1147）字彦冲，号屏山，一号病翁，建州崇安（今属福建）人。以荫补承务郎。曾任兴化军通判。后退居武夷山，专事讲学。有《屏山集》。

汴京纪事（录三）

其一

帝城王气杂妖氛，胡虏何知屡易君。

252

犹有太平遗老在，时时洒泪向南云。

列在原题下共有七绝二十首，为组诗。作于靖康之变 (1127) 以后，诗采汴京故事为题材，写尽山河变色的感慨。

本篇原列第一。写汴京失守、二帝被掳，遗民渴望光复的殷切心情。前二句写金人占领汴京，妄立伪帝等史实。古人认为"王气"是王朝运数的象征。"杂妖氛"指金人入汴，自然"王气"不王。"胡虏何知"四字当读断，"何知"什么？何知中华之礼义也。盖靖康二年 (1127) 徽钦二帝被掳北行，金人立张邦昌为楚帝 (后金兵退，避位，贬潭州赐死)；建炎四年 (1130) 金人重占汴京，复立刘豫为齐帝 (后配合金人攻宋不利，被废黜死)。"屡易君"指此。

由于民族文化心理结构不同，金人很难理解伪帝不被宋人接受的原因。后二句即写沦陷区中的遗民念念不忘故国故君的民族感情。句中"太平遗老"指北宋遗民；"南云"则指南宋王朝。什么是民族？"人们在历史上形成的一个有共同语言、共同地域、共同经济生活以及表现于共同文化上的共同心理素质的稳定的共同体。"(斯大林) 民族是一个历史范畴，由共同文化心理结构所形成的民族感情或民族凝聚力，是历史生活中一种最迷人或最动人的现象 ("楚虽三户，亡秦必楚")，而君主则是民族凝聚力在特定历史阶段上的一个徽号、一个标志。这里的忠君只是现象，民族感情才是事情的本质。此诗把握住这一点来写，给人留下极深的印象。

其二

空嗟覆鼎误前朝，骨朽人间骂未销。

夜月池台王傅宅，春风杨柳太师桥。

这首诗原列第七，是对误国奸臣王黼、蔡京等人无情鞭挞。"空嗟覆鼎误前朝，骨朽人间骂未销"二句回顾北宋亡国的痛史。首句中的"覆鼎"，语出《周易·鼎》"鼎足折，公覆餗（sù，食物）"，喻大臣——王、蔡等人的失职。而冠以"空嗟"二字，意思是永远的伤痛、无可挽回的伤痛。次句的"骨朽"与"骂未销"形成强烈对比。"骨朽"是说人早死了，带有很强的憎恶色彩。而"骂未销"即遗臭万年，但比遗臭万年的说法更口语化，因而更有力度。

前二句的力度还在于它劈空道来，没头没脑，原因在于它省去了主语。其主语是不可省略的，不过放在后二句补充交代，就具有拗折的张力。而这个补叙，仍不是指名道姓，反而用一种富于诗意的语言，描摹两个处所，以作借代。

"夜月池台王傅宅，春风杨柳太师桥"，这里的"王傅"指徽宗朝的王黼（官居太傅楚国公），"太师"指蔡京（官居太师鲁国公）。王、蔡二人生前皆广建府第园林，穷极奢侈，荒淫误国，是所谓"六贼"的代表人物。"夜月池台王傅宅"二句，一方面显示出"梨花院落溶溶月，柳絮池塘淡淡风"的荣华富贵气派；一方面又展示的是一组空镜头，饶有风景不殊，人去楼空，河山变色之慨。这种写法，乃假吟风弄月之形，行口诛笔伐之实。和唐代刘禹锡"朱雀桥边野草花，乌衣巷口夕阳斜"手法异曲同工。刘诗是借古讽今，而此诗是直面现实政治，在憎爱之情上要强烈得多。

这首诗的前二句是露骨的骂语，后二句是委婉的诗语；前二句是着议论，后二句不着议论。这种形式上的反差，与内容上的反讽，是高度统一的，在艺术上是很成功的。

其三

辇毂繁华事可伤，师师垂老过湖湘。

缕衣檀板无颜色，一曲当时动君王。

这首诗原列第二十，咏李师师。李师师是中国历史上著名女性之一，她是汴京人，相传幼年为尼，故以"师"名。后为艺伎，歌舞名动京师。在中国古代，交际场所的女性角色，是由艺伎来充当的。李师师当年不仅与风流名士如周邦彦等往来，而且是宋徽宗的老相好。徽宗微服私访，在李师师处留宿不归，开皇帝嫖妓之先河。因此，李师师也是北宋末年社会历史的一面镜子，可以照出世事的沧桑。

　　"辇毂繁华事可伤，师师垂老过湖湘。"两句径从李师师亡国后的经历写起。首句，"辇毂"本指帝王车驾，这里指京师。"辇毂繁华"，使人想起一本书，就是孟元老的《东京梦华录》，记了些汴京全盛时那些风花雪月的事。"事可伤"三字，则将其一扫而光。可以说，一句话交代了一段痛史，引起许多沧桑感喟。次句李师师一出场，不是当年那个"纤手破新橙"的李师师，而是一个"垂老"的李师师。"过湖湘"三字，使人想起另一个人，就是唐代天宝末年流落湘潭的名艺人李龟年。两人同姓，所操同业（当然同中有异），连遭逢都是相同的。李龟年流落湘潭，于花前月下，为人演唱，皆开元天宝旧曲，闻者无不掩泣。那么，李师师流落湖湘的情形又如何呢？张邦祥《青泥莲花记》云："靖康之乱，师师南徙。有人遇之于湖湘间，衰老憔悴，无复向时风态。"真是彼此彼此，令人怅惋。

　　"缕衣檀板无颜色，一曲当时动君王。"两句就李师师的露面，发不胜今昔之慨。第三句，"缕衣"是金缕衣、指华丽的女装，"檀板"是艺人所操的家伙，"无颜色"一般情况指人，当然，也可以指"缕衣檀板"，因为它们也是有颜色的。指人，就是"衰老憔悴，无复向时风态"。指物，就是敝旧与尘封。李龟年流落湘潭，还可以演唱，因他是个男的。而女乐则须色艺双全，一旦失色，李师师恐怕是没有演唱的机会了。正是这一念的作势，使末句的反跌十分有力："一曲当时动君王！"这就是回忆李师师的"向时风态"呀。"君王"是谁？宋徽宗。宋徽宗哪里去了呢？被金人掳到北方去了。李师师的"向时风态"哪里去了呢？被时间被动乱抛到爪哇国去了。所以这一句好像是陈述句，其实是感叹句。

简单说，这首诗通过北宋末年一代名伶（或名伎），用今天的话说，即演艺界的著名艺人的身世遭逢，抒写一代人的国破家亡之恨。李师师其人及其遭遇，在那个时代是很典型的。

【邵雍】（1011—1077）字尧夫，自号安乐先生，北宋哲学家、思想家、教育家。其先范阳（今河北涿州）人，幼随父徙居共城（今河南辉县）。三十岁后游河南，隐居苏门山，人称百源先生，死后谥康节，又称康节先生。著有《伊川击壤集》等。

山村咏怀

一去二三里，烟村四五家。
亭台六七座，八九十枝花。

这首诗的作者是哲学家，而诗中偏不说哲理，却以游戏出之，将从一到十的基数词，巧妙地安排进一首描绘山村景色的诗中。诗中有烟村、人家、亭台、春花，作空间显现，是诗中有画。十个基数词，用得相当灵活。"一"字作副词用，表示动作的短暂和随意。以后的"二三""四五""六七"，等等，都是约数。而"八九十"连出，更觉别致。全诗跌宕生姿，妙趣横生，声、义、画得到了很好的融合，表现出很高的游兴。王夫之论绝句道："稍以郑重，故损其风神。此体一以才情为主，率笔口占之难，倍于按律合辙也。"（《薑斋诗话》）此诗可谓得之。

好诗有一个不二的标准，那就是可传。这首诗的好处，第一便是可传。流沙河羡之欲死，云："游戏固然，确无深意，但是颇有趣味。有趣味便有益。髫年书此，一遍成诵，终身不忘，不知作者是谁。我若能有

256

一首（一句也好）流传到千年后，便做阿鼻地狱之鬼，也要纵声欢笑，笑活转来，再笑，直到又笑死去。"（《詹詹草》）可为知者道，难与俗人言也。

平昌人刘道平嗜诗，经常说自己读书不多，偏爱打油，却时有可传之句。如咏高压锅之"一阀千钧头上重，天旋地转口难封。若无稍缓胸中气，便付安危儿戏中。"又如咏竹，他人都说有节、虚心，刘道平却说："一朝截作短长笛，便喜人间横竖吹。"又如咏都江堰："鱼嘴争流何太急，向前一步自然宽。"不一而足。

故曰：作诗不须多，有诗可传，足矣。

【李唐】（1049—1130）字晞古，河阳三城（河南孟州市）人。徽宗时入画院。北宋灭亡，流落临安（浙江杭州）。后入画院为待诏。与刘松年、马远、夏圭并称为"南宋四大画家"。

题画

云里烟村雨里滩，看之容易作之难。
早知不入时人眼，多买胭脂画牡丹。

据说画家李唐初到杭州，无人赏识，便写了这首诗，意在讥讽当是社会上崇尚艳丽花鸟画的庸俗风气。这是一首很典型的宋诗。

首先应指出，它是一首画家自题其画的绝句，和唐诗人咏画诗性质略有不同，是与书画融为一体的诗歌，这种风气是宋代出现的。诗中真正咏画的只有第一句"云里烟村雨里滩"，这是一幅山水画，画中是细雨蒙蒙、满纸云烟的景象。

以下三句纯属议论，分两层。次句自道作画甘苦为一层——"看之容易作之难"。画家要有两种功夫，一是眼中功夫即善于观察生活，要想得到；一是手上功夫即要有精湛技法，要画得出。所以是"看之容易作之难"，但另一方面，则是"难者不会，会者不难"，或者"成如容易却艰辛"。此句明白如话而包含生活哲理，有如俗谚。

作画难，而知音更难。后二句写高雅艺术与流行趣味的矛盾为一层，这是诗的主意所在。诗中写时人冷淡山水，而看好"牡丹"，这实际上是写两种审美趣味的冲突，使人联想到周敦颐《爱莲说》后段所说："予谓菊，花之隐逸者也；莲，花之君子者也；牡丹，花之富贵者也。菊之爱，陶后鲜有闻；莲之爱，同予者何人？牡丹之爱，亦乎众矣。"要用高雅艺术改变流行趣味较难，要放弃高雅艺术迎合流行趣味为易。诗云既然时人不能欣赏山水云烟，只喜爱大红大紫的牡丹，那还不好说，就多买些胭脂来画吧。既然人们不欣赏美声唱法，那大家都改成流行唱法吧。这话其实是反语、是嘲讽、是扫皮，绝非由衷之言。事实上，要追求高雅艺术，就要耐得住寂寞。"胭脂"是国画颜料，也是女人的化妆品，用来表达"媚俗"之意，味道尤足。

【王观】字通叟，高邮（今属江苏）人。嘉祐二年（1057）进士，累官大理寺丞，知江都县。有《冠柳词》。

卜算子

送鲍浩然之浙东

水是眼波横，山是眉峰聚。欲问行人去那边？眉眼盈盈处。　　才始送春归，又送君归去。若到江南赶上春，千万和春住。

258

这是一首富于奇趣而又本色的词作。词一开始似乎以眼波、眉峰来比喻浙东山水的明媚，这既扣住了题面又显得新颖。因为它与古人通常的做法正好相反。《西京杂记》谓"文君姣好，眉色如望远山"，唐人诗云"双眸剪秋水"(白居易)、"一双瞳人剪秋水"(李贺)，都是以自然山水景物来比喻眉眼的风流。传统的审美心理使我们的古人对山川自然之美特别心领神会，诗画艺术的冲动往往发源于山水，故以山水来比喻眉眼，较为合乎习惯。反过来，以眉眼比喻山水，就显得独到而富于奇趣。

读到三、四句"欲问行人去那边？眉眼盈盈处"，令人感到又不只是在形容山水了。在自然景物消隐的同时，一个"巧笑倩兮，美目盼兮"的女性形象跃然纸上。又使人联想到"所谓伊人，在水一方"(《秦风·蒹葭》)。这里是否暗示着鲍浩然此行，不仅是为了浙东山水佳丽，而且还有令人羡艳的约会呢？作者未必有，读者何必无。在别人笔下可能写得非常质实、非常落套的内容，王观却处理得如此轻松，如此空灵。

这样看下去，下片一串儿"春"字也就别有着落。表面文章是说鲍浩然在春末夏初成行，点出时序。但江北已经入夏，江南怎么会还是春天呢？原来词人并不管事实如何，只是一味抒发感兴，他相信鲍浩然到江南会找到春天的。末二句是紧扣"眉眼盈盈"的暗示打趣道：你可千万要珍惜那美好时光呢。

同样的譬喻和写法如果出现在诗中，便会有香艳软弱的感觉，而在词体，则觉有无限妍媚。这是因为词体产生于歌筵，"儿女情多，风云气少"的婉约风格，早已形成正宗。而王观"其新丽处与轻狂处，皆足惊人"(王灼)的作品，如此词，正是十分本色的。试比较韩子苍在海陵送葛亚卿诗云"今日一杯愁送君，明日一杯愁送君。君应万里随春去，若到桃源问归路"，与此词工拙不可以道里计，部分原因也就在于此。

【李元膺】东平人，南京（今河南商丘）教官。词存《乐府雅词》中。

洞仙歌

一年春物，惟梅柳间意味最深。至莺花烂漫时，则春已衰迟，使人无复新意。予作《洞仙歌》，使探春者歌之，无后时之悔。

雪云散尽，放晓晴池院。杨柳于人便青眼。更风流多处，一点梅心，相映远，约略颦轻笑浅。　　一年春好处，不在浓芳，小艳疏香最娇软。到清明时候，百紫千红，花正乱，已失春风一半。早占取韶光，共追游，但莫管春寒，醉红自暖。

本篇旨趣，小序已表白清楚，意在提醒人们及早探春，无遗后时之悔。然而，若许以"独识春光之微"（沈际飞《草堂诗余正集》评），却又不然。因为词有所本，唐杨巨源《城东早春》云："诗家清景在新春，绿柳才黄半未匀。若待上林花似锦，出门俱是看花人。"韩愈《早春呈水部张十八员外》亦云："天街小雨润如酥，草色遥看近却无。最是一年春好处，绝胜烟柳满皇都。"均先得此意。不过，同样意思发而为词，以比兴手法出之，仍饶有新意。

序云："一年春物，惟梅柳间意味最深。"上片即分写梅与柳，均早春物候。隆冬过尽，梅发柳继，词人巧妙地把这季节的消息具体化在一个有池塘的宅院里。当雪云刚刚散尽，才放晓晴，杨柳便绽了新芽。柳叶初生，形如媚眼，故云："杨柳于人便青眼。"人们在喜悦时正目而视，瞳孔张大，眼多青处，故曰"青眼"。二字的运用不唯象形，又赋予柳以多情的人格。与柳色遥遥相映（"相映远"）的，是梅花。"一点梅心"，与

260

前面柳眼的拟人对应，写出梅柳间的关系。盖柳系新生，梅将告退，所以它不像柳色那样一味地喜悦，而约略有些哀愁，"约略颦轻笑浅"。而这一丝化在微笑中的几乎看不见的哀愁，又给梅添了无限风韵，故云"更风流多处"在梅不在柳。如此妩媚的拟人，如此细腻的笔墨，写得"意味最深"。

　　过片即用韩诗"最是一年春好处"意，挽合上片，又开下意，即"至莺花烂漫时，则春已衰迟，使人无复新意"。"小艳疏（淡）香"上承柳眼梅心而来，"浓芳"二字则下启"百紫千红"。清明时候，繁花似锦，百紫千红，游众如云。"花正乱"的"乱"字，表其热闹过火，反使人感到"无复新意"，它较之"烂漫"一词更为别致，而稍有贬义。因为这种极盛局面，实是一种衰微的征兆，"已失了春风一半"呢。在这春意阑珊之际，特别使人感到韶光之宝贵。所以，词人在篇终向"探春者"殷勤致意："早占取韶光共追游，但莫管春寒，醉红自暖。"这里不仅是劝人探春及早，还有更深一层的意思。盖早春容易让人错过，也有气候上的原因。春寒料峭，自然不如春暖花开之宜人，但"春寒"也自有意趣。只要有酒，一旦饮得上了脸，通身也就暖和了。这给此词增添了几分风趣。

【秦观】(1049－1100) 字少游，又字太虚，号淮海居士，高邮（今属江苏）人。"苏门四学士"之一。元丰八年（1085）进士。曾任秘书省正字，兼国史院编修官等职。坐元祐党籍，累遭贬谪。有《淮海集》。

满庭芳

　　山抹微云，天粘衰草。画角声断谯门。暂停征棹，聊共引离尊。多少蓬莱旧事，空回首、烟霭纷纷。斜阳外，寒鸦万点，流水绕孤村。　　销魂，当此际，香囊暗解，罗带轻分。谩赢得青楼，薄幸名存。此去何时见也？襟袖上、空惹啼痕。伤情处，高城望断，灯火已黄昏。

　　元丰二年（1079）冬作。秦观在这年春天为觐省在会稽为官的叔父并祖父，离家入越，当时知越州的程公辟馆之于蓬莱阁，先后作有《会蓬莱阁》《次韵公辟将受代书蓬莱阁》等诗。离越时又写了《别程公辟给事》结云"买舟江上辞公去，回首蓬莱梦寐中"，诗中还以唐时越伎盛小丛喻指会稽歌伎，《艺苑雌黄》谓此词即为所悦歌伎而作，绝非信口雌黄。此词以抒别情为主，其时少游尚未登第，艳情和身世之感亦寓词中。

　　上片从绘景开笔。凡词调以两个四言句发端的，大都要求对仗工稳。此词一起的"山抹微云"二句，就有先声夺人之妙，一向脍炙人口，差不多成了作者的金字招牌——苏轼就给了他一顶"山抹微云秦学士"的桂冠，以配"露花倒影柳屯田"；而作者的女婿范温，在一个派对上自我介绍为"山抹微云女婿"，引得满座发笑。二句妙在"抹"、"粘"炼字。什么叫抹？抹就是涂抹（杜诗"晓妆随手抹"），以一色重置底色之上，有透明或不透明之感；粘即粘贴（张祜《草》"草色粘天鹈鹕恨"），以一物附着于一物之上，有空间层次之感。写景如画，传出极目天涯之意。

　　"画角声断"一句，点出时已黄昏。盖宋代以吹角于城楼（"谯门"是城上望远的楼）以报昏晓，词中常见（如姜夔"渐黄昏、清角吹寒，都在空城"）。"暂停征棹"二句点饯别情事。征棹只是"暂停"，离尊只是"聊共"——传达出临别无可奈何的惆怅。"多少蓬莱旧事"二句紧承上意，通过回忆往日的情爱，写好景不长、怅怅恋恋的心情。"烟霭纷纷"既是即目所见之景，又双关往事如烟之意，情景交融，不着痕迹。"空回首"的"空"字，表现的是无可奈何的惆怅。

262

煞拍"斜阳外"三句进一步描写暮色，"虽不识字人，亦知是天生好言语"（晁补之语）。它从隋炀帝"寒鸦千万点，流水绕孤村"脱化而来，又为元人马致远《天净沙》所祖述。景语亦情语——盖天色已暮，归鸦成阵，行人却在此际出发；流水绕村，似有万种依恋，然而不得不流向远方，何也？

换头直以情起。"销魂"二字一韵，出于江淹《别赋》"黯然销魂者，唯别而已矣"，暗点题旨。"香囊暗解"二句遥承"暂停征棹"，写话别情事。盖古代男子有系香囊的习俗，香囊暗解，是赠对方以为纪念。古代女子衣带的结法有种种花式，其一为菱形连环回文结，谓之"同心结"，象征永不分离；"罗带轻分"则意谓从此分飞，所谓"君泪盈，妾泪盈，罗带同心结未成"（林逋《相思令》）。这和柳永《雨霖铃》"留恋处，兰舟催发，执手相看泪眼，竟无语凝噎"情景神似，无怪苏轼要说是"学柳七作词"。"轻分"兼含轻轻拆开罗带与轻易别离双重含义，后一义自然引起"薄幸"一念。

杜牧《遣怀》"十年一觉扬州梦，赢得青楼薄幸名"，实际概括了小杜《遣怀》《赠别》二诗的题旨。后来姜夔《扬州慢》"杜郎俊赏"六句也用了这两首诗意。他们虽然都提到"青楼"，但表达的并不是轻薄的意绪，都含有身世之感。此词著一"谩"字，则有不期然而然之意，暗示并非自己轻别，更非真的薄幸。本来自以为认真，不知怎么倒成了"逢场作戏"。盖作者当时年届而立，而功名未成，用杜牧诗意，正是心有灵犀、兼写爱情与仕途两不得意，故周济指出此词是"将身世之感打并入艳情，又是一法"，可谓具眼。"此去何时见也"两句问而不答，正是无法回答。"空惹啼痕"句是第二次使用"空"字，写无奈的心情。

结尾三句，以"伤情处"挽住情语，以下复以景结。"高城望断"，与篇首极目天涯呼应，这时人在舟中，离越州城越来越远，回望先时别处，高城渐渐隐入暮色之中，唯见一片灯火闪烁而已。全词将情、景事熔为一炉，点到情事的地方有两处，即"暂停征棹"二句、"香囊暗解"

二句，但这是作品抒情的基础；首尾及中幅以写景贯穿，从山抹微云——烟霭纷纷——寒鸦成阵——高城灯火，时间流逝亦见乎其中，与柳永《雨霖铃》的笔法差不多。特以融入杜牧诗意，打并入身世之感，与柳词专写离别相思不同。

据《本事词》《能改斋漫录》载，当时西湖有歌伎琴操，听人将秦观此词第一韵误记为"画角声断斜阳"，遂改全词作"阳"韵：

山抹微云，天粘衰草，画角声断斜阳。暂停征棹，聊共饮离觞。多少蓬莱旧事，空回首、烟霭茫茫。孤村里、寒鸦万点，流水绕低墙。魂伤，当此际，轻分罗带，暗解香囊。谩赢得青楼，薄幸名狂。此去何时见也？襟袖上，空惹余香。伤情处，高城望断，灯火已昏黄。

据说苏轼听了，十分称赏。按原作"文"韵，口型小而声韵细，属柔和级，表情凄楚、沉痛。改作"阳"韵，口型大而声韵响，属洪亮级，表情转觉悲凉、苍莽，显然更合苏轼的口味，而非秦观本色。

江城子

西城杨柳弄春柔，动离忧，泪难收。犹记多情曾为系归舟。碧野朱桥当日事，人不见，水空流。　韶华不为少年留。恨悠悠，几时休？飞絮落花时节一登楼。便做春江都是泪，流不尽，许多愁。

这是一首暮春怀人之作。上片是由杨柳勾起的回忆，下片是抒情中所作的比兴修辞，均自然而具特色。

杨柳在词中扮演了一个重要角色，首句便是"西城杨柳弄春柔"。这柳色，通常能使人联想到青春及青春易逝，又可以使人感春伤别。"弄春柔"的"柔"字,便有百种柔情,"弄"字则有故意撩拨之意。赋予无情景物以有情,寓拟人之法于无意中。(试比较张先"云破月来花弄影"的名句。)"杨柳弄春柔"的结果,便是惹得人"动离忧,泪难收"。

"泪"字是词中又一个关键字,直通片末的"水空流"。因柳,词人有所感忆:"犹记多情曾为系归舟。碧野朱桥当日事,人不见,水空流。"这里给读者足够的暗示,这杨柳不是任何别的地方的杨柳,而是靠近水驿的长亭之柳,所以当年曾系归舟,曾有离别情事在这地方发生。那时候,一对情侣或挚友,就踏过红色的板桥,眺望春草萋萋的原野,在这儿话别。一切都记忆犹新,可是眼前呢,风景不殊,人儿已天各一方了。"水空流"三字表达的惆怅是深长的。在写"泪"之后写到"水",似不经意,其实已为下片煞拍的设喻做了伏笔,这正是词中机杼所在。

好景不长,凡人都有这类感慨。过片却特别强调"韶华不为少年留",那是因为少年既是风华正茂,又特别善感的缘故,所谓既得之,患失之。"恨悠悠,几时休?"两句无形中又与前文的"泪难收"、"水空留"唱和了一次,这样,一个巧妙的比喻已水到渠成。只需要一个适当的诱因,于是便有"飞絮落花时节一登楼"的描写。"一登楼",可见不常登楼。而不登则已,"一登"就在这杨花似雪的暮春时候,真正是伤如之何?感如之何?这就逼出最后的妙喻:"便做春江都是泪,流不尽,许多愁。"它妙就妙在一下子将从篇首开始逐渐写出的泪流、水流、恨流挽合做一江春水,滔滔不尽地向东奔去,使读者沉浸在感情的洪流中。这比喻不是突如其来的,而是逐渐汇合的,说它水到渠成,也就是说它自然而具特色。

至此,读者便会感到这比喻又显然受到李后主"问君能有几多愁,恰似一江春水向东流"名句的影响,甚至可以说是从此翻新的。那么它新在何处呢?细味后主之句作问答语,感情是哀痛而澎湃汹涌的;少游之句改作假设语("便做"),语气就委婉得多,表达的感情则较缠绵伤感。前者之美是"阳刚"的,后者却稍近"阴柔":都是为具体的情感内容所制约,故各得其宜。

望海潮

　　梅英疏淡，冰澌溶泄，东风暗换年华。金谷俊游，铜驼巷陌，新晴细履平沙。长记误随车，正絮翻蝶舞，芳思交加。柳下桃蹊，乱分春色到人家。　　西园夜饮鸣笳，有华灯碍月，飞盖妨花。兰苑未空，行人渐老，重来是事堪嗟。烟暝酒旗斜，但倚楼极目，时见栖鸦。无奈归心，暗随流水到天涯。

　　此词汲古阁本《淮海词》题《洛阳怀古》，非是。词中提到金谷、铜驼等地，系虚拟洛阳，实写汴京，虚虚实实，乃有忧谗畏讥之意在焉。前三句说梅花渐稀，冰河解冻，年华暗换，又到早春时节，然后引起对往事的回忆。

　　"金谷俊游"到"飞盖妨花"，追忆往日文人盛会：一是元祐三年的西园雅集，与会者还有苏轼兄弟、黄庭坚、晁补之、陈师道等；一是元祐七年的西城宴集，与会者有三十六人之多。词中选取了春游和夜饮两个场面来写，于春游写了误随车，即兴恋爱等情事；于夜饮写了园中灯彩使明月减色，众多车马于花枝有损，而月明花繁之意一并见于句下。

　　"兰苑未空"以下写眼前的冷落，与往日繁华形成对照，引起茫茫愁绪。烟暝、栖鸦象征着人事的萧条，与上文絮翻、蝶舞、柳下、桃蹊等形成对比。由此逼出"归心"，可见汴京已不可久居，而这"归心"又无著处，只好"暗随流水到天涯"，句下流露出找不到归宿的失落感。

　　全词起结皆抚今，中间插入追昔内容。追忆越是美好，越是富于情趣，眼前景况就越是难堪，词意也越耐咀嚼。

鹊桥仙

　　纤云弄巧，飞星传恨，银汉迢迢暗度。金风玉露一相
逢，便胜却人间无数。　　柔情似水，佳期如梦，忍顾鹊桥
归路。两情若是久长时，又岂在朝朝暮暮。

　　"鹊桥仙"就是牛郎织女。牛郎织女的故事汉代就有，后世家喻户
晓，最富于人民性。歌咏这个故事的诗，前有十九首中的《迢迢牵牛
星》，水平很高，后世没人能超过。到秦观这首词出来，才叫它不能专美
于前，其原因主要在于立意之新。

　　此词专写七月七日、牛郎织女一年一度相会的日子，是七夕词。取
材就与十九首不同。七夕从这个意义上可以称为古代的"情人节"。因为
是织女的佳期，所以民间风俗于当晚陈瓜果于庭前。年轻女子则要拜新
月、并在月下穿针引线，以乞得未来幸福和心灵手巧，称之为"乞巧"。
上片开始"纤云弄巧"，就借夜空云彩的纤柔多姿，来贴切双关一个
"巧"字；"飞星传恨"则将偶然景色与传说联系，把流星想作爱的使者。

　　下句的"暗渡"可以承此理解为流星飞度银河，悄悄地为牛女传递
消息；也可以理解为牛郎织女在此夜静静地在鹊桥上相会。"迢迢"字面
出十九首，既指隔河千里的空间距离，又指经年久别的时间距离。而从
十九首以来，关于牛郎织女的作品，都是立足于他们的不幸遭遇为之辞，
为其一年相会一次感到遗憾，说天上的双星还不如人间的夫妻。词人却
一反众说，"金风玉露"二句谓牛女一年相会一次，因其珍贵，反比人间
夫妻天天见面还好。秋于五行属金，金风即秋风，玉露即白露（李商隐
《七夕》诗"由来碧落银河畔，可要金风玉露时"），二句语意，冰清玉洁，令人

267

耳目一新，反见旧说识见低下。

过片写柔情的融洽，以水为譬，切合银河的风光；写佳期的短暂，以梦为譬，又切合夜间的感受。字面不难理解，语意却妙极了。人称淮海词"淡语皆有味，浅语皆有致"，这两句就是很好的例子。李清照批评秦观"专主情致，而少故实"，其实换一个角度看，不正是钟嵘所谓"观古今胜语，多非补假，皆由直寻"，未尝不是优点。"忍顾鹊桥"句承"佳期如梦"，写七夕佳期来也匆匆、去也匆匆，言下有不堪回首之意。出人意料的是末二句一转，回应上片煞拍"便胜却人间无数"，写出了一篇之警策。这里可能点化自唐人赵璜（一作李郢）七夕诗："莫嫌天上稀相见，犹胜人间去不回。"然而赵诗立意在羡慕牛郎织女的长生不老，这样简单做"加法"，未免乏味。不敢恭维。此词强调灵犀相通的重要，尤胜于朝夕相处，化腐朽为神奇，顿觉高明之至。

"朝朝暮暮"语出宋玉《高唐赋》"朝为行云，暮为行雨；朝朝暮暮，阳台之下"，和"行云行雨"一样，都是性爱的暗语。所以末二句骨子里也就是说最亲密的关系是真心相爱，而不是性关系。这当然是一种高明的见解，正因为这样，后代青年男女，才从这两句词中受到鼓舞，化为力量。

明人沈际飞说："七夕以双星会少离多为恨（如十九首），而此词独谓情长不在朝暮，化腐朽为神奇。"此词语言浅显，两片结句皆情语，在婉约词中并不以技巧见长，但它以深刻的人生体验和高尚的思想境界取胜，故历代传诵不衰。

踏莎行

雾失楼台，月迷津渡，桃源望断无寻处。可堪孤馆闭春寒，杜鹃声里斜阳暮。　　驿寄梅花，鱼传尺素，砌成此恨无重数。郴江幸自绕郴山，为谁流下潇湘去。

绍圣四年（1097）春三月作于郴州（属湖南）。其时作者无端被牵入党争，随旧党失势而连遭贬黜——先贬杭州通判、再贬处州酒税，最后又被人罗织罪名，贬徙郴州并削去所有的官爵和俸禄，一贬再贬至于远州，悲苦近于柳宗元；而其无辜受累，委屈又略似李商隐。此词抒写谪居之恨。

首二句写大雾弥漫而月色朦胧，显然是一个象征性的造境。"迷"、"失"二字，正是词人心情的写照。大雾蒙蔽了楼台，月色隐没了渡口，完全是一副看不到未来、看不到出路的样子。紧接"桃源望断"一句，抒情由暗转明，慨叹找不到逃避政治迫害的世外桃源。"可堪孤馆"二句，方落到现实情景中来，正面抒写词人谪居郴州不胜悲苦的心绪。注意"孤馆"一词，宋词中多用指外放或谪居之官舍（柳永《戚氏》"孤馆，度日如年"），非指一般旅舍。宦情比羁思更苦。这两句的写景——春寒料峭、孤馆紧闭、杜鹃啼血、残阳如血，谪宦中人的心也在滴血，是何等凄厉的情景，由于充满主观感情色彩，所以被王国维作为"有我之境"的著例予以赏叹。

过片连用两个关于寄书的典故，"驿寄梅花"见《荆州记》陆凯寄范晔诗（"折梅逢驿使，寄与陇头人。江南无所有，聊赠一枝春"），"鱼传尺素"出古乐府《饮马长城窟行》（"客从远方来，遗我双鲤鱼。呼儿烹鲤鱼，中有尺素书"）。柳宗元谪居柳州诗云："共来百越文身地，犹自音书滞一乡"，是双重怅恨。而此处却说在谪居收到亲友来信，更在心中堆积起重重离愁——秦观被贬纯属莫名其妙，心情当然与柳宗元不一样。"砌成"字暗含一喻，语极形象。

"此恨"为何？"郴江幸自"二句就本地风光设喻，作进一步生发。"幸自"语译即"本来好好的"，"为谁"即"为何"。由于作者借水怨山，情未明挑，所以有颠扑不破之感。近人诠释或曰"郴江也不耐山城的寂寞，流到远方去了，可是自己还得待在这里得不到自由"（胡云翼），或曰"这是象征性地谴责自己，秦观呀，你生在家乡，就在家乡生活多幸福呀，为什么要外出谋官呢"（靳极苍），或曰"本想出来为朝廷做一番事业，正如郴江原本是绕着郴山转，谁会想到如今竟被卷入一场政治斗争的旋涡中去呢"（高原），这些解释可以并存，不好是此非彼，因为都讲得太实，所以不能穷尽原句之意蕴。苏东坡特别喜欢这两句词，把它写在扇面上，并惋惜道"少游已矣，虽万人何赎"。

浣溪沙

漠漠轻寒上小楼，晓阴无赖似穷秋。淡烟流水画屏幽。

自在飞花轻似梦，无边丝雨细如愁。宝帘闲挂小银钩。

此词写小楼春感，并无具体情事，而专致于玩味春阴天气带来的轻愁浅恨，着力建造一个幽微细致的心境，最见词体特长。

上片由春寒上楼，写到楼中陈设。"漠漠"是轻淡而弥漫的存在状态，一般用来形容烟雾，词中用来写气温。通常的理解，此句写主人公在春阴微寒的天气中登上小楼。也有人认为"轻寒"才是主语，算是别解。暮春气温本已回升，次句说寒潮一来，天气却像回到了深秋。"无赖"是埋怨的语气，因为随着气温下降，人的情绪也为之低落，感到没劲、无聊。第三句专写室内陈设，"淡烟流水"是画屏上的景物，这清幽的景物也就与楼上的轻寒，深秋般的感觉打成了一片。

下片从楼外阴雨天气再写到楼中陈设，沈际飞谓"精研不减南唐（中主）"。过片联语梁启超赞为"奇句"，妙在比喻的创意。两句实写景，飞花、丝雨是本体，而"梦"与"愁"是喻体，两两本不相干，但词人却发现它们有轻而自在、细而无边的共同点，发人所未发；通常的比喻，是用具象的喻体来比抽象的本体，以使本体获得形象性，而此二句反其道而行之，用抽象的喻体来比具象的本体，从而使本体获得空灵感；同时梦、愁也暗示主人公独处一楼的应有的情态，把这比喻的本体、喻体倒个个儿也有味。"词心"之誉，正要从此中领会。

有人将此二句实看作"以飞花和细雨形容梦和愁"（潘君昭），未免有负作者深心。以落花、细雨写梦状愁，南唐中主已有"细雨梦回鸡塞远"、"丁香空结雨中愁"、"风里落花谁是主"等名句，但总不如这两句天然成对，后出转精。末句又是纯写楼景，然而宝帘被银钩挂起，楼上人倚窗凝神注视着窗外细雨、飞花的情态，也一并画出。

这种精微的词境，无法苛求以社会意义，却不能不承认它的审美价值。作者在咀嚼他那一份闲愁的同时，也就获得了某种审美的满足，从而消除了一些寂寞和烦恼。此词笔致疏淡，毫不用力，运用了"漠漠"、"轻"、"小"、"淡"、"幽"、"自在"、"轻"、"丝雨"、"细"、"闲"、"小"等一系列轻描淡写的字面，而在平淡中却带有极为细腻敏锐的生活感受。最能表现词境特有的婉约细腻之美，正是在这种意义上，我们称秦观为一位本色的词人。

如梦令

遥夜沉沉如水，风紧驿亭深闭。梦破鼠窥灯，霜送晓寒侵被。无寐，无寐，门外马嘶人起。

秦观半生仕途坎坷，屡遭贬谪迁徙。此词通过驿亭一夜的所闻、所见、所感，抒写谪宦羁旅的情怀。人物的心境全是通过环境的描写来表现的，是很富于情致的作品。

"遥夜"即长夜，但它构成双声，比较"长夜"，不仅从意义而且也从声音上状出了夜漫漫而难尽的感觉。紧接"沉沉"的叠字，更增强上述感觉，妙在"如水"的譬喻。是夜长如水，是夜凉如水，还是黑夜深沉沉如水呢？只说"如水"，而不限制在何种性质上相"如"，让读者去体味。联系"遥夜"这似乎是形容夜长，联系"沉沉"又似形容夜深，联系下文"风紧"则又似形容夜凉，喻义倍加丰富。较之通常用水比夜偏于一义的写法，有所创新。这句点明时间是夜晚，次句则点出地点，"驿亭"是古时供传递公文的使者和来往官员憩宿之所，一般都远离城市。驿站到夜里自是门户关闭，但词句把"风紧"与"驿亭深闭"连在一起，则有更多的意味。一方面更显得荒野"风紧"；另一方面也暗示出即使重门深闭也隔不断呼啸的风声。"驿亭"本易使人联想到荒野景况以及游宦情怀，而"风紧"更添荒野寒寂之感。作者的心情就从这纯粹的景语中暗示出几分。

在这样的夜晚，他也许会做上一个还乡之梦吧，尽管第三句只写"梦"而没有说明梦的具体内容。而"梦破"二字，又流露出不少烦恼情绪。沉沉寒夜做一好梦，更反衬出氛围的凄清。"梦破"大约与"鼠"有关，老鼠半夜出来偷灯油吃，不免弄出些声响。人一惊梦，鼠也吓跑了，但它还舍不得已到口边的美味，远远地盯着灯盏。它那目光闪闪，既惶恐，又贪婪。"鼠窥灯"的"窥"字，用得十分传神。昏暗灯光之下这一景象，直叫人毛骨悚然，则整个驿舍设备之简陋、寒碜，也就使人可以窥斑见豹。能否捕捉富于特征性的细节，往往是创造独特的词境的成败关键。同属写惊梦，"梦破鼠窥灯"就与"花落子规啼，绿窗残梦迷"（温庭筠《菩萨蛮》）的意境不同，而各擅妙境。孤立地看，花鸟与老鼠之为物，美丑判然；但作为诗歌意象的"鼠窥灯"可谓善状特殊的情景，有特殊的美感。此句与下句间，有一个从夜深至黎明的时间过程，天犹未明，"晓"临是由飞"霜"知道的，而"霜"降又是由"寒"之"侵被"感到的。"送"字、"侵"字都锤炼极佳。

由第四句可知，饥鼠惊梦的结果是主人公不能继续安睡。"无寐，无寐"的重复，造成感叹语调，其中包含着许多内容，只要联系"风紧"、"鼠窥灯"、"霜送晓寒"等情景，不难体味出来。好不容易熬到天明，而"门外马嘶人起"。盖古时驿站常备官马，以供来往使者、官员们使用。门外驿马长嘶，人声嘈杂，正是驿站之晨的光景。这不仅是写景，从中可以体味到被失眠折腾的人听到马嘶人声时的困怠情绪。同时，"马嘶人起"，又暗示出旅途跋涉，长路关山，白昼艰辛的生活又将开始。则行役的愁怀又见于言外。

词自始至终没有直接写人物的心情，而集中抒写"无寐"者听觉、视觉和肤觉种种感受，令读者如历其境，不但成功传达了一段旅程况味，而且表达出一种倦于宦游的情绪。

点绛唇

醉漾轻舟，信流引到花深处。尘缘相误，无计花间住。

烟水茫茫，千里斜阳暮。山无数，乱红如雨，不记来

时路。

刘熙载论词，谓词要"空诸所有"（这叫作"清"）而"包诸所有"（这叫作"厚"）。这一点对于小令似乎特别重要。秦观这首《点绛唇》是较好的一例，它不但绝少情语，就是写景也没有具体细微的描画，似乎一味清空；细味之，却又觉得它言外有余意，意蕴深厚。

这首词汲古本题作《桃源》。词的首二句确乎有似于《桃花源记》的开篇："缘溪行，忘路之远近。忽逢桃花林。""醉漾轻舟，信流引到花深处"，把读者带到一个优美的境界，这儿似乎是桃源的入口。人在醉乡，且是信流而行，这眼前一片春花烂漫的世界当是个偶然发现。又似乎是

273

一个好梦："春路雨添花，花动一山春色，行到小溪深处，有黄鹂千百。"（《好事近·梦中作》）一种愉悦的心情也就见于如此平淡的语言之外。同时而起的，却又有一种深切的遗憾："尘缘相误，无计花间住。""尘缘"自是相对灵境而言的，然而，联系到作者"屡困京洛"（《碧鸡漫志》卷二）的坎坷身世，又使人感到它有所寄托。"名缰利锁，天还知道，和天也瘦"（《水龙吟》），那"名缰利锁"，正是尘缘的具体内容之一，长调固不妨具体些，而此处只说"尘缘相误"，隐去正意，便觉空灵，正"以不犯本位为高"（《艺概》卷四）。三、四句与前二句，一喜一慨，词情便摇曳生姿，使人为之情移。

下片一连四句写景，没有用力痕迹，俱属常语淡语之类。然而"烟水茫茫，千里斜阳暮"却勾勒出一幅"斜阳外，寒鸦万点，流水绕孤村"（《满庭芳》）一样的"销魂"的黄昏景象。"千里""茫茫"尤给人天涯漂泊之感。紧接一句"山无数"，与"烟水茫茫"呼应，构成"山重水复疑无路"的境界，这就与上片"尘缘相误"二句有了内在的联络。值此迷惘之际，忽然风起（从无字处见出），出现"乱红如雨"（李贺《将进酒》："桃花乱落如红雨"）的萧飒景象，原来是残春时节了。一句一景，蝉联而下，音节急促，恰状出人情之危苦。合起来，这几句又造成一个山重水复、风起花落、春归酒醒、日暮途远的浑成完整的意境。如此常语淡语，使人"咀嚼无滓，久而知味"（《词源》卷下评秦词）。虽然没有明写欲归之字，而欲归之意在在皆是。结句却又出人意料转折出欲归不得之意："不记来时路。"只说"不记"，更为耐味。虽是轻描淡写，却使人感到其情蕴深沉，曲折地反映出备受压抑而不能自解的作者，在梦破后无路可走的深深的悲愁。

虽是写"桃源"，由于处境与胸次各异，秦词与陶诗风貌就完全不同。"久在樊笼里，复得返自然"的陶潜笔下，处处流溢出一个精神上有所归宿的人的自得情怀；而"醉卧古藤阴下，了不知南北"的秦观笔下，却时时纠结着一个缺少精神支柱的失意者的迷惘与悲哀。这首小令以轻柔优美的调子开端，"尘缘"句以后却急转直下，一转一深，不无危苦之辞，就很典型地反映了这种心境。它自然能在千百年里引起那为数不少的失意彷徨之士的感情共鸣。

【贺铸】(1052—1125) 字方回，号庆湖遗老。卫州共城（河南辉县）人。宋太祖孝惠皇后族孙。授右班殿直。元祐中，通判泗州，又倅太平州。晚居吴下。有《庆湖遗老集》《东山词》(《东山寓声乐府》)。

青玉案

　　凌波不过横塘路，但目送，芳尘去。锦瑟华年谁与度？月桥花院，琐窗朱户，只有春知处。　　碧云冉冉蘅皋暮，彩笔新题断肠句。试问闲愁都几许？一川烟草，满城风絮，梅子黄时雨。

　　作于晚年隐居苏州时，作者当时在横塘附近筑了"企鸿居"，室名得自曹植《洛神赋》，此词亦多用曹赋中语（"凌波""芳尘""蘅皋"）。曹赋历来被认为是为"感甄"而作，而贺铸所企之"鸿"，则应是理想"美人"的代称。此词乃借美人香草之辞，关合所志不遂，孤寂自守的情怀，所谓深得楚骚遗韵者。

　　起三句用曹赋"凌波微步，罗袜生尘"，谓理想的美人可望而不可即，她不到横塘这边来，自己只能目送她远去。显然这不是纪实，而纯属造境。"锦瑟华年"四句用《锦瑟》诗意，想象这美人儿住在一个人迹罕至的神仙洞府，"只有春知处"就是无人知其处的委婉说法。显然这也不是纪实，而有志趣高洁、盛年不偶之托喻。

275

过片"碧云冉冉"二句，承前"凌波不过"句，谓美人期不来，遂有感伤之作。"碧云"出江淹《杂体诗》，"彩笔"亦用江淹梦得郭璞彩笔事。以上"凌波"、"芳尘"、"锦瑟"、"月桥"、"花院"、"琐窗"、"朱户"、"碧云"、"蘅皋"、"彩笔"多用藻绘绮丽之辞，正所谓"其志洁，故其称物芳"（《屈原列传》），正所谓"幽洁如屈宋"也。

　　然而使这首词享誉词林的，还是"试问闲愁都几许"一问带起的三喻，即所谓"博喻"，其穷形尽相，自胜于单一的比喻。这组喻象各有所司，共同赋予抽象的闲愁以具体形象——"一川烟草"状愁绪之多，"满城风絮"状愁思之乱，"梅子黄时雨"状愁之绵绵不断，各拟一端，创意独到。三句所写，又不只是喻象，合起来又是一幅江南春末夏初典型的景色。盖作者寓居苏州，对江南景物有极细的观察，故信手拈来，遂成妙谛。因而三句既得对"试问"一句的回答，又像是撇开此问而以景结，有意无意，其味益厚。

　　此词一出，时人皆服其工，作者因此得了个"贺梅子"的雅号。黄庭坚寄诗曰："少游醉卧古藤下，谁与愁眉唱一杯？解道江南断肠句，只今惟有贺方回。"是说秦观死后，贺铸无敌。"断肠句"即以此词"彩笔新题断肠句"来代称全词。

鹧鸪天

　　重过阊门万事非，同来何事不同归？梧桐半死清霜后，头白鸳鸯失伴飞。　　原上草，露初晞，旧栖新垄两依依。空床卧听南窗雨，谁复挑灯夜补衣？

　　词作于苏州，系悼亡妻赵氏之作。作者曾因服母丧居苏州，元符三年（1100）冬一度北上，赵氏夫人约死于北行前，而本篇则作于北行返回后。

首二句开门见山，直抒胸臆。"阊门"乃苏州西门，"重过万事非"云云，一反物是人非的说法，而说不但人非，而且万事皆非。可见作者在生活中对赵氏依赖之深，不可须臾离的，离了一切乱套。"同来何事不同归"一问沉痛深至，好像是赵氏故意扔下他不管似的，这话无理，然而多情。人们在哭难舍难分的亲人时都是这么哭的。

"梧桐半死"二句对举两喻开始造境，上句活用枚乘《七发》"龙门之桐""其根半死半生"，然而把夫妻比作一棵树，就比"两棵树"的比喻更觉同气连枝，死了一半，另一半还有什么生趣？俗话说"少年夫妻老来伴"，共同生活越久，感情越深。世间中年丧妻，多另娶新人，重照结婚照者。俗谚云"夫妻本是同林鸟，大限来时各自飞"——然少年丧妻，何如老年丧妻之痛！"头白鸳鸯"句，语工而意新，有恨不与尔同死生之慨，令人一读难忘。

过片再造境。以荒原、衰草、旧栖、新垄连后文之空床、夜雨，构成一幅悲凉的画面，造就孤独寂寞的气氛。"原上草，露初晞"出古乐府，喻人生短暂，兼关新坟。"旧栖"与"新垄"对举，以见二情生死不渝。末二句再抒情，而上句融入空床夜雨之景，下句包含对往事的回忆。这里不仅是写孤栖的寂寞，长夜的失眠，还反映了亡妻对词人一向的体贴、关怀，夫妻相濡以沫、生活的清苦，以及词人对亡妻的怀念之情。虽情语，极耐味。盖赵氏虽出宗室，然备极贤惠，能以勤俭持家，一如韦丛。而此词亦不让元才子悼亡诗专美于前矣。

全词首尾作情语，中幅深入造境，语新意工，尤以"梧桐半死"、"头白鸳鸯"二语，以及末句之问，发人所未发，不可多得。

六州歌头

少年侠气，交结五都雄。肝胆洞，毛发耸。立谈中，死生同，一诺千金重。推翘勇，矜豪纵，轻盖拥，联飞鞚，斗城东。轰饮酒垆，春色浮寒瓮。吸海垂虹。闲呼鹰嗾犬，白羽摘雕弓，狡穴俄空，乐匆匆。　　似黄粱梦，辞丹凤。明月共，漾孤篷。官冗从，怀佗傺，落尘笼，簿书丛。鹖弁如云拥，供粗用，忽奇功。笳鼓动，渔阳弄，思悲翁，不请长缨，系取天骄种。剑吼西风。恨登山临水，手寄七弦桐，目送归鸿。

作于哲宗元祐三年（1088）秋，时年三十七，在和州（安徽和县）管界巡检任，词的要旨与抗夏有关。

上片追昔。回忆从十七八岁到东京，靠门荫当上一名低级侍卫武官，其后六七年的豪侠生活。"少年侠气"二句总冒。"肝胆洞"到"矜豪纵"七句写少年同伴的侠义品格。"轻盖拥"至煞拍十句，写彼此豪纵生活。展示了一轴弓刀武侠的生动画卷，雄姿壮采，不可一世。虽然尚未说到立功，但前途看来是未可限量的。

下片抚今。过片以"似黄粱梦"陡转，"辞丹凤（辞阙）"到"忽奇功"十句，写廿四岁离京至今十三年来南北羁宦、沉沦下僚、抱负难展。"鹖弁如云拥，供粗用，忽奇功"至为重要，反映了北宋朝廷重文轻武，武士们都干些地方杂活，劳碌于案牍之间，无法建功立业。一肚皮牢骚，倾泻而出。"笳鼓动"六句，写元祐三年三月西夏攻德靖砦，六月犯塞门砦，消息传来，激发起词人老兵的热血。然而当时朝廷对出兵与否尚有争议，作者人微言轻，请缨无路，忠愤填膺，托之"剑吼西风"。这对苏轼《江城子·密州出猎》"会挽雕弓如满月，西北望，射天狼"的壮声，是一个有力的回应，而更具紧迫感和悲慨。篇末"手挥七弦桐"二句，化用自嵇康《赠兄秀才入军》"目送征鸿，手挥五弦"，转激烈为平和，悲凉中仍抱有一种殷切期望。

此词是宋词中值得注意的一首具有民族气概的、爱国主义杰作，上继苏轼《江城子·密州出猎》，下开张孝祥《六州歌头》先声。较苏词更加豪放，得辛派词风之先。这个词调较长，却以短句居多，贺词平上去三声通押，三十九句而入韵就有三十四句之多，形成连珠炮般的语气，不止"不为声律所缚，反能利用声律之精密组织，以显示抑塞磊落，恣纵不可一世之气概"(龙榆生)。

生查子·愁风月

风清月正圆，信是佳时节。不会长年来，处处愁风月。
心将熏麝焦，吟伴寒虫切。欲遽就床眠，解带翻成结。

此词写独睡处栖的愁怀。"解带翻成结"可以作全词评语，词中人不断地力求解脱，却陷入无可排遣的烦恼之中。

开头两句"风清月正圆，信是佳时节"，点出眼前是个风清月圆的好天良夜。但"信是"这种语气，含有客观上是如此，而吾心中却未必然的意味，如"江山信美非吾土"就是。果然下二句即突然翻转："不会长年来，处处愁风月。"带着主观感情，"以我观物，故物皆着我之色彩"(王国维《人间词话》)。无边风月，在离人眼中是可以唤起景是人非之感的。所以，词中人因与对方长年隔别，每见风月即生愁，"处处"二字，不仅指地，亦指时时、事事，凡关乎风月者，即是愁端。由"佳时节"而

279

"愁风月"，这一转折，也就是欲解带而翻成结了。说"长年来"、"处处"，这就从时间和空间的广泛范围内把眼前的"愁"展开，对情事作了更具体的暗示。

风月不能解忧，反平添一段烦恼。闺中光景又如何？熏香吟诗，借以排遣愁情，然而"熏麝"反而使心同香一样焦，吟声则与虫鸣一般凄切。这里仍是写心情之焦愁与凄苦，用熏麝之"焦"与虫声之"切"双关，便觉倍添意趣，属于缘情造景，亦与生活合拍，故觉十分谐和。生活中寻求排遣宣布失败。于是乎词中人便决心睡觉，来与愁苦告别。"欲遽就床眠"的"欲遽"二字，活画出无可奈何而成决断的情态。不料在这节骨眼上，衣带又解不开。越想快点解开，越是糟糕，反而打成了一个死结。全词这个结尾极富于戏剧性。"欲遽就床眠，解带翻成结"，俨然六朝乐府之俊语，它写出了烦恼人处处不顺心的恼乱意态。

通过这样三解三结，步步深入，把"剪不断，理还乱"的离愁写得很深透。末二句不仅具有民歌情趣，而且是片言据要，乃一篇之警策。

【仲殊】即僧挥，姓张，又字师利，安州（湖北安陆）人。曾举进士，后出家为僧，居苏州承天寺、杭州吴山宝月寺，与苏轼交游唱酬。崇宁中自缢死。有《宝月集》。

诉衷情
寒食

涌金门外小瀛洲，寒食更风流。红船满湖歌吹，花外有高楼。　　晴日暖，淡云烟，恣嬉游。三千粉黛，十二阑干，一片云头。

杭州西湖山明水秀，擅东南之胜，唐人已有"江南忆，最忆是杭州"之说。唐末五代经济重心南移，到北宋时这里已成了东南的大都会和游览胜地。在歌咏杭州西湖的诗词佳作中，这首写寒食风光的小令是别饶风姿的妙品。

　　全词铸辞奇丽清婉而造境空灵，表现出较高的独创性。涌金门为杭州城西门，"涌金门外"是西湖，词中却代称以"小瀛洲"。"瀛洲"为海上神山之一。有山有水的胜地，用海上神山比之也正相合。而西湖之秀美又不似海山之壮浪，着一"小"字更贴切。下句的"风流"一词本常用于写人，用写湖山，则是暗将西湖比西子了。"人间佳节唯寒食"（邵雍《春游》），作为游览胜地更是别有景象，不同常日，故"寒食更风流"。"更风流"进一层，仍是笼统言之，三句以下才具体描写，用语皆疏淡而有味。把游湖大船称作"红船"，与"风流""小瀛洲"配色相宜。厉鹗《湖船录》引释道原诗："水口红船是妾家"。则红船或是妓船，故有"歌吹"。"花外有高楼"则用空间错位的笔触画出坐落在湖畔山麓的画楼。

　　这是一个晴和的日子，湖上飘着一层柔曼的轻纱，过片"晴日暖，淡云烟"就清妙地画出这番景致。春花、红船、画楼、湖光、山色具焉，织成一幅美妙的图画，画外还伴奏着箫管歌吹之音乐。没有着意写游人，却深得"恣嬉游"的意趣。于此处下这三字，才觉真力弥满，游春士女之众可想而知。词人却并不铺写这种盛况，而采用了举一反三、画龙点睛的手法写道："三千粉黛，十二阑干。"以"粉黛"代美人，言外香风满湖。与"风流"二字照应。美人如此之多，则满湖游众之多更不待言。"阑干"与"高楼"照应，又包括湖上的亭阁，使人窥斑见豹。

　　结尾三句用了鼎足对形式，省去许多话，精整而凝练。特别是析数法的运用很有趣味，"三千——十二——一片"，随数目的递减，景象渐由湖面移向天外，形象由繁多而渐次浑一，意境也逐渐高远。而最后的"一片云头"之句，颇含不尽之意。《维摩经》云："是身如浮云，须臾变灭。"李白《宫中行乐词》云："只愁歌舞散，化作彩云飞。"作者为释氏

281

门徒，又擅文词，"浮云"之喻当烂熟于胸中。用于篇末作结，于写足繁华热闹之后，著一冷语，遂使全篇顿添深意。《蓼园词选》对这结尾有一解会："按宋之南渡，西湖号为销金窝，一时繁华游冶之盛，有心者能不忧之？不谓物外缁流，已于冷眼中觑之。"说此词有所讽喻，固然，但以为指南渡后事，则是误解。僧挥乃北宋人，俗姓张，名挥，安州士人，因事出家，名仲殊。与苏轼有交游，见《东坡志林》。陆游《老学庵笔记》谓其雅工于乐府词，犹有不羁余习，卒于徽宗崇宁年间，距南渡为时尚远。黄蓼园失考。

【周邦彦】(1056—1121) 字美成，号清真居士，钱塘（浙江杭州）人。元丰初，为太学生，以献《汴都赋》为神宗所赏识，命为太学正。后任庐州（安徽合肥）教授、溧水县令。徽宗时，提举大晟府。有《清真居士集》，已佚，今存《片玉词》。

兰陵王

柳

柳阴直，烟里丝丝弄碧。隋堤上、曾见几番，拂水飘绵送行色？登临望故国。谁识，京华倦客？长亭路、年去岁来，应折柔条过千尺。　　闲寻旧踪迹。又酒趁哀弦，灯照离席。梨花榆火催寒食。愁一箭风快，半篙波暖，回头迢递便数驿，望人在天北。　　凄恻，恨堆积。渐别浦萦回，津堠岑寂。斜阳冉冉春无极。念月榭携手，露桥闻笛。沉思前事，似梦里，泪暗滴。

告别汴京之作。词题为"柳"，便寓别情。汴河隋堤两岸，柳树成行，柳丝飘拂，柳绵乱飞，古今多少人折柳送客，而今轮到送自己。京华冠盖云集，既让人厌倦，又让人难舍。

行前各处走了走，行期很快就到了，在寒食前夕，举行饯宴。席间曲奏阳关，灯烛闪烁的情景，令人难以忘怀。照理说赶路越快越好，却愁一箭风快，回头之间，便过数驿，原来"美人如花隔云端"呵。

行渐远，恨堆积，一路说不尽的迂回寂寞。夕阳无限好，春天还没完，好叫人又想起月榭携手，露桥闻笛，种种前事来。想着想着，泪水上来了，只好背着人偷偷地滴了。

既然离别是如此痛苦，又不能留，必有不得已的理由。难怪宋人传说道：这首词是作者为与李师师相好，得罪了宋徽宗，被逐出都门，与李师师告别之作。

苏幕遮

燎沉香，消溽暑。鸟雀呼晴，侵晓窥檐语。叶上初阳干宿雨，水面清圆，一一风荷举。　　故乡遥，何日去？家住吴门，久作长安旅。五月渔郎相忆否？小楫轻舟，梦入芙蓉浦。

此词作于汴京，写雨后观荷，而引起江南故乡之思。开篇四句写夏日雨后的清晨。因为雨后天气潮湿，所以室内点起"沉香"，以驱除"溽暑"带来的闷湿气味。"鸟雀呼晴"三句，写天晴的黎明景色，一个"呼"字写活了鸟雀的欢欣，一个"窥"字写活了它们在屋檐下探头探脑、东张西望的活泼神态，声态毕具。

"叶上初阳干宿雨"三句是全词的中心,写太阳升起来后的荷池景色,被王国维誉为"真能得荷之神理（即神形）者"。神理何在呢?水面荷叶一张张是"清圆"的,而叶上未全被风干的雨珠也是"清圆"的,荷叶无穷碧,荷花别样红,"风荷"是摇动的,叶上的水珠是滚动的,而荷花与荷叶的姿态是"一一"挺拔向上的——一个"举"字,尤见荷花、荷叶的长势和生命力。词人兴致佳处,摆脱了"风裳"、"水佩"、"冷香"、"绿云"、"红衣"等现成的藻绘,寥寥几笔素描,就为荷花传神写照,造成一个活泼清远的词境,有文章天成之妙。

过片"故乡遥"四句直点故乡之思,与前片的关系还不明显。作者为钱塘人,曾到苏州,钱塘也属吴郡,故笼统称之"吴门"。"长安"代指京师汴梁。末三句写故乡归梦,"小楫轻舟,梦入芙蓉浦"始挽合上片表明因果关系——盖江南水乡尤其是西湖,陂塘荷花最具地方特色,作者睹风荷而思乡,也就是顺理成章的了。"五月渔郎相忆否"一句提唱,对乡亲而言,自作多情,足以动人。

六丑

蔷薇谢后作

正单衣试酒,怅客里、光阴虚掷。愿春暂留,春归如过翼,一去无迹。为问莼何在?夜来风雨,葬楚宫倾国。钗钿堕处遗香泽,乱点桃蹊,轻翻柳陌。多情为谁追惜?但蜂媒蝶使,时叩窗隔。　　东园岑寂,渐蒙笼暗碧。静绕珍丛底,成叹息。长条故惹行客。似牵衣待话,别情无极。残英小、强簪巾帻。终不似、一朵钗头颤袅,向人欹侧。漂流处,莫趁潮汐。恐断红、尚有相思字,何由见得!

《六丑》是周邦彦的自度曲，据说曲犯六调，声美而难歌，名义取自"高阳氏有子六人才而丑"（吴衡照《莲子居词话》）。此词写作者错过了蔷薇花期的惜花心情，也是一首葬花词。

　　上片写春归花谢。盖蔷薇春末开花，初夏凋落。开头就是一去声的"正"字领起三句，"单衣""试酒"（《武林旧事》记四月初酒库呈样尝酒）皆切合初夏季节，其中插入一个去声的"怅"字领两句，表明自己辜负了一个春天，至于为什么则没说。接着一个去声的"愿"字又领三句，紧承"光阴虚掷"而来，写春去之势已无可逆转。词人这个春天错过了花期，没有能欣赏到盛开的蔷薇。周济评这几句是"千回百折，千锤百炼"，具体讲即：不是留而是"暂留"，而暂留也不得；春不但去了，而且飞一样去了，而且不留痕迹地去了。意思有好几层。

　　"为问花何在"一句提唱，是问春、问蔷薇，由此带出六句作一喻，将凋谢的蔷薇比作夭折的楚宫美人，将零乱的花片比作她散乱委地的首饰（《长恨歌》"花钿委地无人收，翠翘金雀玉搔头"、徐寅《蔷薇》"晚风飘处似遗钿"、刘禹锡《踏歌词》"桃蹊柳陌好经过"皆语意之所本）。"乱点"形象，"轻翻"紧扣蔷薇花片，更形象。"多情为谁追惜"三句，表面上是说只有爱花成性的蜂蝶在叩着窗儿哭花，实际上是说落花之惜、同予者何人，所谓"侬今吊花人笑痴"也。

　　下片写东园吊花，又生出许多想象。"东园岑寂"四句，写迟到的懊息，令人想起《金缕衣》忠告的"莫待无花空折枝"。"长条故惹行客"三句，即从空枝着想，从蔷薇枝条带刺着想，翻无情作有情，长条牵衣是拟人、待话亦是拟人。落花的多情，间接表现着词人自己的多情。"残英小"四句，写强簪残花。残花不比鲜花，只是慰情聊胜于无耳。"飘零处"以下到篇终，更就随水漂流的落花联想到红叶题诗的故事（见《云溪友议》），移花换叶，深恐落花有意，而流水无情，语痴而妙。

　　任何葬花词都不会只局限于惜花，其中应包含着作者自己的人生体验。此词恐不止是"自叹年老远宦，意境落寞"（《蓼园词选》），其中或有悼亡之意也难说。就花写花，哪得无此沉痛。此词形象饱满，写得浑厚典雅，珠圆玉润。毛先舒说长调当如娇女步春，一步一态（《古今词论》引），此词尤其是下片，深得个中之妙。故一向被推为周词代表作。

满庭芳

夏日溧水无想山作

　　风老莺雏，雨肥梅子，午阴嘉树清圆。地卑山近，衣润费炉烟。人静乌鸢自乐，小桥外、新绿溅溅。凭栏久，黄芦苦竹，拟泛九江船。　　年年，如社燕；飘零瀚海，来寄修椽。且莫思身外，长近尊前。憔悴江南倦客，不堪听、急管繁弦。歌筵畔，先安簟枕，容我醉时眠。

此词作于知溧水时（1093－1096），作者正当中年，经历宦海沉浮，无想山在县南十八里，一名禅寂院，中有韩熙载读书堂，词记游抒怀。

上片写江南初夏景色。一起三句就是名言，抓住了江南初夏物候特征。作者信手拈来小杜"风蒲莺雏老"、老杜"红绽雨肥梅"诗句，铸为联语，对仗极工。"老"、"肥"二字皆形容词作动词活用，便觉词气飞动；二字既概括了从春至夏，禽鸟与果实的生长过程，又暗示了时光的流逝。"风"、"雨"切合梅雨季节天气，既表春归，又为后文山居潮湿伏笔。"午阴嘉树清圆"句抓住了夏日树冠茂密、而正午日头当顶的特点，"嘉树"、"清圆"两个造语都新鲜可人，奄有陶诗"蔼蔼堂前林，中夏贮清阴"之意。

"地卑山近"二句，写溧水地低，而无想山草木茂密，又值梅雨季节，所以空气潮湿。二句之妙在于不但写潮湿，还写出到底如何潮

286

湿——"费"字见烤干不易，"烟"字见生火不旺，皆具体生动。"人静鸟鸢自乐"三句，写晴明天气中的快乐，乌鸢故是"自乐"，而人则乐其所乐。而晴天看水，更觉"新绿"之妙。"凭栏久"三句回应上文"地卑山近"，化用《琵琶行》"住近湓江地低湿，黄芦苦竹绕宅生"，而以被贬江州的白居易自譬，同时生出泛舟遣兴之想。

下片抒漂泊宦游倦思。"年年"四句又生一喻，以迁徙不定的海燕自比，谓出京后的这几年，曾教授庐州，又到过荆州，而今居溧水，一如燕子之寄人篱下，有一种未能找到归宿的感觉。"瀚海"活用，指大海。"且莫思身外"二句，化用杜诗"莫思身外无穷事，且尽尊前有限杯"，接"拟泛"句，有耽玩以遣兴之意。

"憔悴江南倦客"二句，再用《琵琶行》诗意，谓遣兴归遣兴，但外来的刺激也可能引起迁谪之意。所谓"不堪听、急管繁弦"，即化用"却坐促弦弦转急"到"江州司马青衫湿"诗意，因无迹，所以人皆知"黄芦苦竹"用白诗，不知此处亦承前用白诗也。"歌筵畔"三句语出《南史·陶潜传》"潜若先醉，便语客：我醉欲眠卿可去"，而意不同，谓对酒当歌，不过借以麻痹自己，故须先安排簟枕，逃避以梦也。

此词大量熔铸前人诗语，因词中以乐天自比，故多用其句，信手拈来、有意无意，有一气呵成之妙。盖作者自具生活感兴，满心而发，一反故态，是写不是做，虽多用语，却不为语累，近于诗、远于赋，故读来尤有清空之感，而无质实之态。

玉楼春

桃溪不作从容住，秋藕断来无续处。当时相候赤阑桥，今日独寻黄叶路。　　烟中列岫青无数，雁背夕阳红欲暮。

人如风后入江云，情似雨余沾地絮。

　　此词写与旧时情人疏远后旧地重游的惆怅，题材并不新鲜，但写作很有特色。上片直入旧地重游情事。"桃溪"句用刘、阮天台遇仙故事，寓言自身经历（周济谓"只赋天台事"未妥）。"不作从容住"表明这是一场短暂的恋爱；"秋藕"句反用藕断丝连的习语，言实际关系已一刀两断。"当时"二句今昔对比，是全篇主题句，"赤阑桥"与"黄叶路"同地而异称，俞平伯言"桃溪"、"秋藕"已暗含春秋之映带，而"赤阑桥"在唐诗中多与春水杨柳连用，此处与"黄叶路"对仗，亦有春秋之映带。春温秋肃，恰是今昔对比的感觉。"重寻"不是寻人，而是寻梦。

　　下片写路上风光和心情。"烟中列岫"二句是寻路中偶值的景色，出句化用了谢朓"窗中列远岫"，而意蕴更接近王禹偁的"数峰无语立斜阳"，对句化用了温庭筠"鸦背夕阳多"，使人联想到王勃的"落霞与孤鹜齐飞"——这样美丽的景色，会很快在眼中消逝。这里的景与情的关系，妙在若有若无间。末二句就江景设为两喻，融景入情。陈廷焯说"上言人不能留"是对的，说"下言情不能已"未免隔靴搔痒；或言谓感情胶着，无法摆脱，似矣，犹未尽意；吴世昌引参寥诗"禅心已作沾泥絮，不逐东风上下狂"，谓正与"情不能已"相反，是说情欲随而不得自由，可谓胜解。

　　关于形式，或言全篇是大排偶法（俞平伯），其实首二句非对仗，亦不必对仗；其余三联，则确属对仗。陈廷焯说末二句"呆作两臂，别饶姿态"，为什么说"呆作"呢？这是因为近体诗尚且避免对结，即使对结，也多作流水对，否则就有板滞的感觉。而此词对结纯属的对。为什么又"别饶姿态"呢？因为其情感内容本腻，腻即缠绵粘着，其形式与内容是高度统一的。

288

蝶恋花

早行

月皎惊乌栖不定。更漏将残，辘轳牵金井。唤起两眸清炯炯，泪花落枕红棉冷。　　执手霜风吹鬓影。去意徊徨，别语愁难听。楼上阑干横斗柄，露寒人远鸡相应。

　　此词写秋别而重在早行的况味，在同类题材中便别致。起三句写拂晓的清新，除"月皎"二字外，提供的都是听觉形象——乌啼声、残漏声、辘轳声，都是清晓特定的声音，是词中人在枕上听得的声音。"月皎"是乌啼的原因，当然这是下半月的景象。"金井"是由辘轳引起的联想。视听通感，这些听觉形象也能造成清新的视觉画面感。

　　"唤起"两句写两人起床的情景，因为男方要早行，所以特别惊醒，是他在唤女方。"清炯炯"是词中精彩字面，如果女方本酣睡，唤醒必然睡眼惺忪，只有醒眼、泪眼才会这样莹莹地发亮。"棉"是枕中填充物，如果当时下泪，只能打湿枕函，只有较长时间落泪，才会湿透枕中之棉。"棉"本白色，"红棉"是一个创意的辞藻，它令人想起红泪，当然事实上只是清泪，这不过是一个诗歌意象而已。

　　"执手霜风"三句，写临歧道别情景。"霜风"点明节令。末二句上写空闺，闺中人上楼远望，天还未高，她看得见什么呢？只是星斗而已。其天涯之思，俱在不言中。下写野景，最得早行况味，用温词《更漏子》结句"一声村落鸡"，而易一为多，鸡声相应较之一声鸡鸣，更近黎明。而旅人冲风冒寒中种种感觉与情思，也尽在不言中矣。

　　词一头一尾都重在室外环境的刻画，中幅写人，意境相当清远，极有生活体验。是将羁旅情怀与离别之思结合得最好的一首作品。

少年游

　　并刀如水，吴盐胜雪，纤手破新橙。锦幄初温，兽烟不断，相对坐调笙。　　　　低声问：向谁行宿？城上已三更。马滑霜浓，不如休去，直是少人行。

　　关于这首词有一则本事："道君（宋徽宗）幸李师师家，偶周邦彦先在焉，知道君至，遂匿于床下。道君自携新橙一颗，云江南初进来，遂与师师谑语。邦彦悉闻之，隐括成《少年游》云。"（张端义《贵耳集》卷下）其事确有与否一向有人怀疑（如清吴衡照《莲子居词话》卷一），王国维辨其必无。无论创作缘起如何，文学作品毕竟不同于生活情事的照搬。就这首词而论，词中人物便只是一对秋夜相会的情人罢了。词属双调，意分三层，主要从女方着笔。
　　"并刀如水，吴盐胜雪，纤手破新橙"一层。写情人双双共进时新果品，单刀直入，引读者进入情境。"刀"为削果用具，"盐"为进食调料，本是极寻常的生活日用品。而并州产的刀剪特别锋利（杜甫："焉得并州快剪刀"），吴地产的盐质量特别好（李白："吴盐如花皎白雪"），"并刀"、"吴盐"借用诗语，点出其物之精。而"如水"、"胜雪"的比喻，使人如见刀的闪亮、盐的晶莹。二句造形俱美，对偶天成，表现出铸辞的精警。紧接一句"纤手破新橙"，则前二句便有着落，决不虚设。这一句只有一个纤手破橙的特写画面，没有直接写人或别的情事，但"潜台词"十分丰富：谁是主人，谁是客人，谁招待谁等，读者已能会心，作者也就不多说了。这对于下片一番慰留情事，已具情节的开端。手是纤纤的玉手，

290

初得之新橙，与如水并刀、胜雪吴盐，组成一幅色泽美妙的图画。"破"字清脆，运用尤佳，与清绝之环境极和谐。三句纯是物象，却能传达一种爱恋与温情，味在品果之外。

"锦幄初温，兽烟不断，相对坐调笙"又一层。先交代闺房环境，用了"锦幄"、"兽烟"（兽形香炉中透出的烟）等华艳字面，夹在上下比较淡永清新的词句中，显得分外温馨动人。"初温"则室不过暖，"不断"则香时可闻，既不过又无不及，恰写出环境之宜人。接着写对坐听她吹笙。笙这种管乐器，最要防寒防潮，"调笙"正见室内温度、湿度之适宜。只写到"调笙"，此情此境，却令人大有"未成曲调先有情"之感。"相对"二字又包含多少不可言传的情意。此笙是女方特为愉悦男方而演奏，不说自明。此中乐亦在音乐之外。

上片两层创造了一个温暖馨香的环境，酝足了依恋无限之情，为下片写分别难舍作好铺垫。上片写到"锦幄初温"是入夜情事，下片却写到"三更"半夜，过片处有一跳跃，中间省略了许多情事。"低声问"一句直贯篇末。谁问？未明点，读者从问者声口不难会意是那位女子。为何问？也未明说，读者从"向谁行宿"的问话自知是男子的告辞引起。写来空灵含蓄。挽留的意思全用"问"话出之，更有味。只说夜深（"城上已三更"）、路难（"马滑霜浓"）、"直是少人行"，只说"不如休去"，却不直道"休去"，表情措语，分寸掌握极好。"言马言他人，而缠绵偎依之情自见，若稍涉牵裾，鄙矣。"（沈谦《填词杂说》）这几句不仅妙在毕肖声口，使读者如见其人，还同时刻画出外边寒风凛冽、夜深霜浓的情境，与室内的环境形成对照。则挽留者的柔情与欲行者的犹豫，都在不言之中。词结束在"问"上，结束在期待的神情上，意味尤长。恰如毛稚黄所说："后阕绝不作了语，只以'低声问'三字贯彻到底，蕴藉袅娜。无限情景，都自纤手破橙人口中说出，更不别作一语。意思幽微，篇章奇妙，真神品也。"

词中所写的男女之情，意态缠绵，恰到好处，可谓"傅粉则太白，施朱则太赤"，不沾半点恶俗气味；又能语工意新，"香奁泛话吐弃殆尽"（陈廷焯《白雨斋词话》卷六），堪称本色佳制。

西河

金陵怀古

　　佳丽地，南朝盛事谁记？山围故国，绕清江、髻鬟对起。怒涛寂寞打孤城，风樯遥度天际。　　断崖树，犹倒倚，莫愁艇子曾系。空余旧迹，郁苍苍、雾沉半垒。夜深月过女墙来，赏心东望淮水。　　酒旗戏鼓甚处市？想依稀王谢邻里。燕子不知何世，向寻常巷陌人家，相对如说兴亡，斜阳里。

　　这是周邦彦的一首怀古词，隐括了刘禹锡《金陵五题》中最著名的《石头城》《乌衣巷》和古乐府《莫愁乐》诗意。

　　一叠从金陵山川形胜说入，便较刘诗华丽雍容。首句采自谢朓《入朝曲》"江南佳丽地，金陵帝王州"，突出金陵之得地利，追起一问，令人遥想其为南朝故都昔日的繁华，已伏后文感慨。"山围故国"四句化用《石头城》一半诗意，"髻鬟"、"风樯"二句是添加的新词，从总体上展现的是一幅境界阔大高远，江山景物清华的画面，不为梦得所囿。"孤城"之于"空城"，一字之易，极有分寸——宋时金陵虽属废都，到底还是北宋一大城市。

　　二叠才逐渐聚焦到断崖枯树、孤城女墙等更具有沧桑意蕴的景物上来，这里化用了古乐府"艇子打两桨，催送莫愁来"和《石头城》另一半诗意，写得悲凉之雾、遍布秦淮、物是人非，怎能莫愁。以上两叠所

292

写，都是金陵的外景，有由远推近的趋势。

三叠便写到金陵坊市，寓不胜今昔之感。化用《乌衣巷》诗意，但颇有出新。"酒旗戏鼓甚处市"，就很有北宋的时代感，金陵已从六朝帝王之州变成了北宋商业、消费城市，秦淮上新添了不少勾栏瓦肆，寻欢作乐的红男绿女都是普通市民，而不是旧时王谢为代表的豪门世族，这是古无今有的新气象（或将此句解为忆昔误）——"想依稀"句中包含有太多的沧桑。"燕子不知"三句从刘诗来，但刘诗只说"飞入寻常百姓家"，这里却变为更有意味的一幅情景：屋檐下燕语呢喃，好像饱经沧桑的过来人，在斜阳里闲话兴亡呢。

或云北宋危机四伏，作者外放时值方腊起义，遂有吊古伤今之情。然而此词作年难定，所谓伤今之意，并不像刘诗那样醒豁。其主要成就在艺术性，不必用思想性来提高其评价。周邦彦能事之一，是能融化古人诗句如自己出。《西河》就是最好的实例，对于刘禹锡的《金陵五题》来说，有如李光弼将郭子仪军，号令一新。

一是结构，变虽好却小的绝句为洋洋洒洒的长调，具有与题面相称的气势感；二是具有北宋时代生活气息；三是句法声情，最短的"佳丽地"，和最末一韵"向寻常巷陌人家相对如说兴亡斜阳里"（各本断句不同，正因为一气蝉联），相差十余字之多，读来疾徐尽变，更觉声情并茂、姿态横生。在此词之前，王安石已先有《桂枝香·金陵怀古》题旨相同，评价很高。周词后出转精，让王词"独步不得"（沈际飞），尤为难能可贵。

夜游宫

叶下斜阳照水，卷轻浪、沉沉千里。桥上酸风射眸子。立多时，看黄昏，灯火市。　　古屋寒窗底，听几片、井桐飞坠。不恋单衾再三起。有谁知，为萧娘，书一纸。

这首词在《清真集》中归入秋景之什，是编集者所为。题或作《秋晚》，或作《秋暮晚景》，则是选本谬加，把主题缩小了。其佳处并不在写景，而在于通过一些平常之极的秋景细致地传达一种思家怀人的情思。周济《宋四家词选》说词意"本只'不恋单衾'一句耳"。其实更准确的拟题应是《一封家书（或情书）》。然而，作者却用了大半的篇幅，按日落、上灯、深夜的时间顺序，分三层来写。

前两句写斜阳照水、水流千里的江景。这是秋天傍晚最常见的景象之一。"斜阳照水"四字给人以水天空阔的印象，大类唐人"独立衡门秋水阔，寒鸦飞去日衔山"（窦巩）的诗境。而从"叶下"二字写起，说斜阳从叶下照向江水，便使人如见岸上"官柳萧疏"一类秋天景象。再者，由于看得到"叶下斜阳照水"，则其所在位置是近水处也可知。这一点由下句"桥上"予以补出。这两句虽未写到人，写景物是从人的所在处看出去，则无可疑。且叙写亦极有层次：由树下日照的局部水面，到卷浪前行的一派江水，到奔驰所向的沉沉远方，词人目之所注，心之所思，亦有"千里随波去"之势。景中寓情，有味外味。

紧接"桥上酸风射眸子"（李贺："东关酸风射眸子"）一句，则把上面隐于句下的人映出，他站在小桥上。风寒刺目，"酸"与"射"这两个奇特的炼字，给人以刺激的感觉，用来写难耐的寒风，比"寒"字"刺"字表现力强得多。这人居然能"立多时"而不去，他在"看"，看什么？难道真的是"看黄昏，灯火市"么？词句虽然这么写来，但那种街市天天有的入夜景象又有什么可看呢？这几句大有"独立小桥风满袖，平林新月人归后"（冯延巳《鹊踏枝》）的意味。它写出了沉浸在思绪中的人，对外部世界的异常的态度。

换头三句，"镜头"换了。是深夜，在陋室。"古屋寒窗"，破旧而简陋的居处，是隔不断屋外风声的，连水井旁的桐叶飞坠的声音也听得极清楚（虽则是"几片"）。这是纯景语，但已大有"悠哉悠哉，辗转反侧"（《诗经·关雎》）之意，其中该夹有"梧桐树，三更雨，不道离情正苦"（温庭筠《更漏子》）那样轻微的叹息。到此为止，词的前面部分俱是写景。而看看流水、街灯，听听坠叶声，这是多么平凡琐屑之景，又是多么没要紧的话呵，组织似乎也并不经意，如零乱道来。然而正是这样一连串的写景，恰如其分地摹状出一个愁绪满怀、无可排遣、寻寻觅觅、冷冷清清的客子的心境。"故没要紧语正是极要紧语，乱道语正是极不乱道语"（刘熙载《艺概》），为后几句的"点睛"，做好了"画龙"的准备。

寒窗风紧，长夜难挨，即使是单薄的衾被，也该裹紧身子，"恋"它一"恋"。却"不恋单衾再三起"！"再三"，则是起而又卧，卧而又起。"单衾"之"单"，兼有单薄与孤单之意。这个惶惶不可终日、而又惶惶不可终"夜"的人，到底有什么心事呢？结尾三个短句方予点醒："有谁知，为萧娘，书一纸。"原来一切都是由一封书信引起的。全词到此一点即止，余味甚长。有此结尾，前面的写景俱有着落，它们被一条活动的意脉贯通起来，成为一个有机的整体，否则便真成"没要紧语"；而此结又有赖于前面"层叠加倍写法"、"方觉精力弥满"（周济《宋四家词选》评），堪称"点睛"之笔。三句本唐人杨巨源"风流才子多春思，肠断萧娘一纸书"，不过变"春思"作秋思罢了。（萧娘，唐人惯用以指所爱恋之女子。）这里化用，却不明说相思"肠断"意，益觉淡语有味。

"词境"与"诗境"不同，它须"更为具体，更为细致，更为集中地刻画抒写出某种心情意绪"，"常一首或一阕才一意，含意微妙，形象细腻"（李泽厚《美的历程》）。这首词就成功地创造了一种完美的词境。词中两用唐人诗句，略易字面或句法，隐括入律，即妥帖入妙，如自己出，也起到丰富词意的作用。

诉衷情

　　出林杏子落金盘。齿软怕尝酸。可惜半残青紫，犹印小唇丹。　　南陌上，落花闲。雨斑斑。不言不语，一段伤春，都在眉间。

　　由于词体产生于歌筵，故唐宋词中女性形象占有优势。周邦彦便是一个善为女主人公传神写照的能手。此词写少女伤春，大抵用两种笔墨，相映成趣。

　　上片用工致之笔，刻画一个具体情节。"出林杏子"一句，先就暗示了这是杏子刚刚成熟的时节，即暮春时候。金盘里的杏子是摘来的，词人却写作"落金盘"，不但新颖，而且妥帖（"落"则熟也）。不过第一批出林的杏子，乃属尝鲜之列，并未熟透甜透。这从它"青紫"相间的颜色可知，这恰是"试摘犹酸赤未黄"（韦应物）呢。所以少女刚品尝一口，便"齿软怕酸"了。南宋杨万里著名诗句"梅子留酸软齿牙"（《闲居初夏午睡起》），说出同样的道理。所谓"齿软"，是一种形象化的说法，俗语称之"倒牙"。其结果便留下半枚残杏，"可惜半残青紫，犹印小唇丹。"这个特写镜头很俊，一个青紫相间的残杏上，留下小小口红痕印，被撂在一边。则那咬杏的人儿，酸在口中，蹙到眉尖的情景，悠然可会。这样联想，可以直通词尾的"眉间"字。

　　下片则用较空灵的笔触，烘出少女伤春情事。"南陌上，落花闲。雨斑斑"三句用速写简妙笔墨，勾勒出一个背景。"斑斑"二字本形容落花狼藉情态，此承"雨"字作形容，又兼有"桃花乱落如红雨"（李贺）的意趣，不独见春雨之骤急。最后三句则着力写人物的表情及心理，上片写少女尝杏，酸到眉尖，这里一著暮春之景，则那眉间的酸意，又不全为青杏而然了："不言不语，一段伤春，都在眉间。"虽然表现只在眉间，那"酸"却是透彻心底的。

这首词的妙处，就在于作者将少女尝鲜得酸的偶然情事，与其怀春心酸的本质内容勾连，以前者触发后者，似不经意，实具意匠经营。"花褪残红青杏小"（苏轼）乃是暮春的景色，但作者不仅写了景色，还就此发展成一段生活情事，便觉活泼可爱。善于言情叙事，闲中着色，是周邦彦拿手的本领。参阅"并刀如水，吴盐胜雪，纤手破新橙"（《少年游》），便与此词上片有异曲同工之妙。而此词的尝杏怕酸的情节，似乎对妙龄怀春的心境还有一重象喻作用，即暗示着少女心中萌发的爱情追求，就像吃杏子一样，想要尝试，又怕齿酸，而"眉尖心上，无计相回避"（范仲淹）也。这种微妙心理，词中写得是很真切的。

【谢逸】（？—1113）字无逸，号溪堂，抚州临川（江西抚州）人。屡试不第，然以诗文名于一时。曾作蝴蝶诗 300 首，世称谢蝴蝶。有《溪堂词》。

菩萨蛮

暄风迟日春光闹，葡萄水绿摇轻棹。两岸草烟低，青山啼子规。　　归来愁未寝，黛浅眉痕沁。花影转廊腰，红添酒面潮。

这是一首春闺怨词。女主人公的情绪有一个由不怨到怨的发展过程。"暄风迟日春光闹，葡萄水绿摇轻棹。"一开始词人用浓墨重彩，描绘出一幅春日冶游图景，虽无一字及人，而人在其中。"暄风"，即春风。

（萧纲《纂要》："春日青阳风曰阳风、春风、暄风、柔风、惠风。"）"迟日"即春日。（《诗经·豳风·七月》："春日迟迟。"）而"暄"、"迟"二字，能给读者以春暖日长的感受。"春光闹"显然是"红杏枝头春意闹"（宋祁）的名句的化用，虽是概括的描写，却能引起姹紫嫣红开遍的联想。将春水比作葡萄美酒（点化自李白《襄阳歌》），则暗示着游春者为大好春光陶醉，不徒形容水色可爱。画桡轻扬，春风吹衣，阳光和煦，其乐如何。不同境遇的人对韶光的感受也应不同。对于此词的女主人公，春天的良辰美景同时便是触发隐衷的媒介。

"两岸草烟低，青山啼子规"二句，就是由乐转悲的一个过渡。虽然看起来只是写景，船儿划到一个开阔去处，水平岸低，时闻杜鹃。古典诗词中的语汇与意象有其特殊的内容积淀，那芳草萋萋的景色，就暗示着情亲者的远游未归。（《楚辞·招隐士》："王孙游兮不归，春草生兮萋萋。"）那"不如归去"的鸟语，更坐实和加重了这一重暗示。（范仲淹《子规》："春山无限好，犹道不如归。"）景语能含情事，由此可悟作词之法。

"归来愁未寝，黛浅眉痕沁。"写春游归来，兴尽怨生。只"未寝"二字，便写出女主人公愁极失眠，同时完成了时间由昼入夜的转换，一石二鸟。眉间浅浅的黛色，既意味着残妆未整，又暗示着无人扫眉，己亦懒画。

这个不眠的春夜，是个月夜，于是女主人公独个儿喝起闷酒来了。"花影转廊腰，红添酒面潮。"两句之妙，妙在由花影而见月，由醉颜而示闷。空灵蕴藉，句有余裕。"花影"由廊外移入"廊腰"，可见女主人公花下对月独酌已久。而喝闷酒最易醉人，看她已不胜酒力，面泛红潮了。可"醉貌如霜叶，虽红不是春"呵。如此复杂的心绪，如此难状之情景，在词人笔下表达得多么轻灵。虽"语不涉己"，已"若不堪忧"。

从温、韦到西蜀词人（即所谓"花间派"）逐渐形成了词的传统表现手法，即注重比兴与暗示，化直接的叙写为情景的感性显现，富于文采，句子间跳跃感强，句法也较灵活，风格以婉约见称。南渡以后，古意渐失。此词则较多地保留了传统的手法，这对于闺怨的题材，似乎特别相宜。

【晁冲之】字叔用，济州巨野（今属山东）人，晁补之从弟。授承务郎。师从陈师道。绍圣间隐居具茨山下，徽宗时屡荐不起。有《晁具茨先生诗集》。

汉宫春

梅

　　潇洒江梅，向竹梢稀处，横两三枝。东君也不爱惜，雪压风欺。无情燕子，怕春寒、轻失花期。惟是有、南来归雁，年年长见开时。　　清浅小溪如练，问玉堂何似，茅舍疏篱？伤心故人去后，冷落新诗。微云淡月，对孤芳、分付他谁。空自倚、清香未减，风流不在人知。

　　词虽长调，其寄意却单纯，只就梅之品性孤高与环境冷落两方面反复写来，其情自深。

　　首句"潇洒"二字状梅品的清高，概尽全篇。"江梅"可见是野梅。又以修竹陪衬写出。盖竹之为物有虚心、有劲节，与梅一向被称为岁寒之友。"向竹梢稀处，横两三枝"，极写梅孤洁瘦淡。芳洁固然堪赏，孤瘦则似须扶持，以下二句就势写梅之不得于春神，更为有力："东君也不爱惜，雪压风期。"梅花是凌寒而开，其蕊寒香冷，不仅与蜂蝶无缘，连候燕也似乎"怕春寒、轻失花期"。因燕子在仲春社日归来，其时梅的花时已过，故云。一言"东君不爱惜"、再言燕子"无情"，是双倍的遗憾。

"惟是有"一转，说毕竟还有"南来归雁，年年长见开时"，其词若自慰，其实无非憾意，从"惟是有"的限制语中不难会出。同一意念，妙在说来富于变化。同时，这几句词笔挥洒而思路活泼，盖"燕雁与梅不相关，而挽入，故见笔力"（《独醒杂志》卷四）。

林逋咏梅名句云："疏影横斜水清浅，暗香浮动月黄昏。"（《山园小梅》）下片则化用以写在野的"江梅"的风流与冷落。唐人咏梅诗云："白玉堂前一树梅，今朝忽见数花开。儿家门户重重闭，春色因何入得来。"（薛维翰《春女怨》）这是"玉堂"所本。过片三句言"清浅小溪如练"，梅枝疏影横斜，自成风景，虽在村野（"茅舍疏篱"），似胜于白玉堂前。以问句提唱，紧接又一叹："伤心故人去后，冷落新诗。""故人"即指林逋，此谓"梅妻鹤子"的诗人逝后，梅就失去了知音，"疏影横斜"之诗竟成绝响。即有"微云淡月"、暗香浮动，又有谁赏？（"分付他谁？"）不过"孤芳"自赏而已。仍以问意提唱，启发末二句，言孤芳自赏就孤芳自赏罢："清香未减，风流不在人知。"这里"空自倚"三字回应篇首，暗用杜甫"天寒翠袖薄，日暮倚修竹"（《佳人》）句意，将梅拟人化，意味自深。

此词风格疏淡隽永。原因是多方面的，首先是词中梅的形象给人以清高拔俗的感觉。为了塑造这样一个形象，作者选择了"潇洒""稀""清浅""冷落""微""淡"等一系列色淡神寒的字词，刻画梅与周围环境，俨然一幅水墨画，其勾勒梅花骨格精神尤高。与此相应，全词句格也疏缓纡徐，往往几句（通常是一韵）才一意，结构上也没有大的起落，这就造成一种清疏淡永之致，毫无急促寒窘之态了。

【万俟咏】字雅言，自号词隐、大梁词隐。终生不第。能自度新声，崇宁中，充大晟府制撰，与田为等人按月律进词。有《大声集》。

昭君怨

春到南楼雪尽，惊动灯期花信。小雨一番寒，倚阑干。

莫把阑干频倚，一望几重烟水。何处是京华。暮云遮。

此词为客中思归之作。造语平淡而饶有转折，其情一转一深。

"春到南楼雪尽，惊动灯期花信。"先写客中值上元灯节。大地春回，"雪尽"则见日暖风和。《吕氏春秋·贵信》云："春之德风，风不信（不如期而至），则其花不盛。"故谓花开时风名花信风。而农历正月十五日上元节又称灯节，为赏灯之期。此"灯期"之花信为何？据陆游《老学庵笔记》卷四载，有一种"小桃"，上元前后即著花，状如垂丝海棠。欧阳修咏小桃诗所云"初见今年第一枝"者是。所谓"惊动"，即言春到南楼，时值元宵，小桃开放，如从睡梦中惊醒。这里虽只着笔于春花佳节，实暗启归心。客逢入春，又一年矣，"人归落雁后，思发在花前"，情何以堪！

"小雨一番寒，倚阑干。"写倚"南楼"之栏杆，似承上"灯期花信"而来，细味则已转折。盖独倚栏杆之人，必不在游众之中，又岂为元宵灯火来。这一番寒意，是因为刚下过的一场小雨，还是因为客心悲凉的缘故？那是断难分辨的。这就折进一层，以下就径写归思。

上片结句说"倚阑干"，过片则翻转说"莫把阑干频倚"。说莫"频倚"栏杆，正说明已是"频倚"栏杆，可见归思之切。又进一层。其所以强言"莫倚"，乃是因为于事无补——"一望几重烟水。"重重叠叠的烟水云山遮断了故国的望眼。于此直道相思了无益处，偏偏又欲罢不能。"何处是京华"，又全是望寻之神了。"京华"指京都，即汴京。又作翻进。最后更作否决："暮云遮。"还是望而不见。此句似暗用李太白"总为浮云能蔽日，长安不见使人愁"诗意，既写景兼以寄慨，实有比义。经过这样的翻复跌宕，便真觉墨气四射，无字处皆是归心了。

长相思（二首）

雨

一声声，一更更。窗外芭蕉窗里灯，此时无限情。
梦难成，恨难平。不道愁人不喜听，空阶滴到明。

通篇不出"雨"字，而全是夜雨之声。"一声声"见雨之稠密，"一更更"见雨不断绝，而失眠者侧耳倾听，长夜难熬的意态就暗示出来了。"窗外芭蕉"因雨击声而显其存在，又写出雨声之响亮呼应"声声"字；"窗里灯"点"夜"，体现"更更"意。写"灯"写"芭蕉"，俱是写雨之影响。"此时无限情"便因雨而兴发了。

"梦难成"，是因为风雨助人凄凉；平生心事，一时百端交集，故觉"恨难平"。"愁人"喜听也罢，"不喜听"也罢，雨只不管，下个不停。"空阶滴到明"，则愁人一夜没合眼可知。阶无人曰"空"，强调空，也是突出离人寂寞孤苦之感。末句回应篇首，"一更更"的延续，终至天明。一气呵成。

此词使人联想到晚唐温庭筠的《更漏子》。那首著名辞章前半幅写画堂不眠的女子，后半幅写夜雨："梧桐树，三更雨，不道离情正苦。一叶叶，一声声，空阶滴到明。"万俟咏此篇则敷衍其末三句，专力写雨，而"愁人"之情见于言外；温词之雨明写（"三更雨"），此词之雨则不点明。它可谓得温词神韵而形象更集中，境界益窄而更见深刻含蓄。

山驿

短长亭，古今情。楼外凉蟾一晕生，雨余秋更清。暮云平，暮山横。几叶秋声和雁声，行人不要听。

写羁旅之思，亦全于景物描写见之。"短长亭"，是古人送别的处所（"十里五里，长亭短亭"），这句写山驿望中所见，兼含旅思。"古今情"则是由此而产生的深远联想。两个短句，一偏于行程——空间，一偏于时间，想象纵横驰骋，使其感情色彩增强而意境加厚。三句扫开"情"字而客观写景："楼外凉蟾一晕生。"造句其妙：楼带新月一痕，其景如画；用"蟾"而不用"月""兔"字，不仅平仄妥帖，而且因蟾蜍之为物喜湿而体冷，更能表现"凉"意，"凉"字又暗示了行人触景所生的感情，黄蓼园说此句"仍带古今情之意"，可谓善于体会；月"晕"是"雨余"景象，又是风起的征兆（"月晕而风"），故此句近启"雨余秋更清"一句，远兴"几叶秋声"一句。

过片"暮云平，暮山横"，从构图说，"平"与"横"方向一致，则秋景空阔而单调可知，全是萧瑟之感。加之叶声与雁声，而更添凄清。如此苦情，末句却轻淡地道一句："行人不要听。"此即"愁人不喜听"意，是主观愿望，然而造物无情，它是"不道愁人不喜听"的，所以叶声仍然历乱而雁声仍旧凄喙。"不要听"而不得不听，不发听后之感而只道"不要听"，真令人觉其"含无限惋恻"（《蓼园词选》评）。

这两首词有一个共同特点，即"语弥淡，情弥苦"。这与作者善于造境、写景有关，更与他善于运用音韵之因素有关。《长相思》以三字骈句起唱，句句入韵，双调不换头，本具铿锵而回环往复之韵调。作者在选调上既有推敲，更有意运用叠字（依次是"声"、"更"、"窗"、"难"、"不"、"暮"、"声"字叠用，在句中部位则各各不同），增加唱叹的效果。特别是写雨的一首运用更密，"声声"、"更更"叠字对起，又兼有像雨声之妙。

【陈克】（1081－？）字子高，自号赤城居士，天台（今属浙江）人。一云临海（今属浙江）人，侨居金陵。吕祉帅建康时，辟为参议。有后人辑本《赤城词》。

菩萨蛮

绿芜墙绕青苔院，中庭日淡芭蕉卷。蝴蝶上阶飞，烘帘自在垂。　　玉钩双语燕，宝甃杨花转。几处簸钱声，绿窗春睡轻。

这首为历来推赏的小词，写春晓春眠，题材原属平常。但它造境深细，故能推陈出新。词意的分段不必与分片吻合，如此词前六句为烘托渐进之笔，后二句方擒题意。

首句系白居易《陵园妾》成句，"墙绕院"，给人以封闭深幽之感。而墙上爬满"绿芜"，院里不少"青苔"，大有"花径不曾缘客扫"的意味。这样开篇就有了关上门儿稳睡的架势，直通篇末。"青苔院"对"绿芜墙"，造语亦工。"中庭"已有日光，可见时辰已不早了，至少是近午了，暗示后文"春睡"之恬熟。春日毕竟可爱，光线不像夏日那么强，"淡"字用得很精细。春寒尚未全然退尽，犹卷的芭蕉，其芳心尚未被东风吹展，也含有一种朦胧的睡态，不无比喻之意。"红蔷薇架碧芭蕉"，古人庭院往往种花与芭蕉映衬成景。只写芭蕉不写花，非无花可写，只是作者用笔具虚实相间之妙，花开由下句之"蝴蝶"带出，全凭读者妙悟。

蝴蝶居然能上阶飞，也可见庭中、廊上无人。"烘帘自在垂"，暗示主人犹眠。"烘帘"指晴日烘照的帘幕，一说为熏香时垂下的防止透风的特制帘幕。写其"自在垂"，"以见其不闻不见之无穷也"（《谭评词辨》）。"自在"二字写出作者的主观感受。这时，并非全无动静：玉钩之上，语燕双双，它们是尚未穿帘飞去，还是已试飞归来？宝甃（井壁代指井）之上，杨花点点，"转"字深得庭中飞花之趣。杨花落地无声，燕语呢喃，更添小院幽静。

这样，前六句就一层深一层地写足庭院之静穆，使人心清。于此环境再写"绿窗春睡"，不须着意，幽趣自佳。然而，作者并不满足于此，偏在这里独出新语，以倍增其境的佳妙。"几处簸钱声，绿窗春睡轻。"关于"簸钱声"有两说，一曰风吹榆钱的沙沙声，一曰古代游戏的簸钱之声。（王建《宫词》就有这类描写："暂向玉华阶上坐，簸钱赢得两三筹。"）二说之中，以后说为近似。几处少女在作簸钱之戏，发出轻微声响，不断传入耳鼓，与绿窗春睡互相映照，最见情趣。

末句从晏几道《更漏子》"绿窗春睡浓"翻出，然"睡"下着一"轻"字，尤为妙思入神。故前人读此二句，每每称赏，谓之"殊觉其香茜"（《词林纪事》卷十引卢申之语）。没有前六句的衬托，词境固难深细；然倘无此二句造古人未到之境，则此词亦未见精彩。

【朱敦儒】（1081－1159）字希真，号岩壑，洛阳（今属河南）人。早年隐居不仕。绍兴三年（1133）补右迪功郎。五年（1135），赐同进士出身，为秘书省正字、擢兵部郎中，迁两浙东路提点刑狱。秦桧当国时除鸿胪少卿，桧死，亦废。晚居嘉禾。有《岩壑老人诗文》《樵歌》等。

念奴娇

插天翠柳，被何人、推上一轮明月？照我藤床凉似水，飞入瑶台琼阙。雾冷笙箫，风轻环佩，玉锁无人掣。闲云收尽，海光天影相接。　　谁信有药长生，素娥新炼就，飞霜凝雪。打碎珊瑚，争似看、仙桂扶疏横绝。洗尽凡心，满身清露，冷浸萧萧发。明朝尘世，记取休向人说。

这首词写月下感想。出语便奇："插天翠柳，被何人、推上一轮明月？"柳树纵高，何能直插云天？而月上柳梢头，也有个时间推移过程，何来如此奇想？而这恰恰是躺在柳下"藤床"纳凉仰看天宇者才能产生的幻觉："翠柳"伸向天空，而"明月"不知不觉便出现了，如同被推上去一样。加之月夜如水一般的凉意，更会引起美妙的幻想，于是纳凉赏月的词人飘飘然"飞入瑶台琼阙"。

"雾冷笙箫"以下写飞入月宫后所闻、所见及所感。这里雾冷风轻，隐隐可闻仙乐（"笙箫"），和仙子的"环佩"之声，大约她们正随音乐伴奏而飘飘起舞吧。言下已有寻声暗问的意态。然而"玉锁"当门而"无人掣"，说明月宫清静，不受外界干扰又不觉感到怅然。回顾天空是"闲云收尽"，海光与月光交映重辉，炼成一片令人眩惑的景象。

关于月宫，民间传说很多，"入河蟾不没，捣药兔长生。"（杜甫《月》）据说有玉兔捣药，这药可以使人延寿。然而"长生"的念头，只不过是世俗的妄想。作者过片即予棒喝："谁信有药长生？"在月中，不过是"素娥（嫦娥）新炼就"的"飞霜凝雪"而已，并没有什么长生不老药，这或许含有警告世人之意。在词人看来，人间那些"打碎珊瑚"之类的夸豪斗富之举，怎比得上我的赏玩月中枝叶扶疏的仙桂之为脱俗呢？"打碎珊瑚"出于《世说新语·汰侈》石崇和王恺斗富的故事，这里信手拈来，反衬月中桂树之可爱，自然惬意。作者通过如此清空的笔墨，勾画出一个美丽的、纯洁的、没有贪欲的境界。在这里，他两袖清风，"满身清露，冷浸萧萧发"，感到凡心洗尽，有脱胎换骨之感。

然而，这一切不过是月下的梦，尽管美丽动人，却又无从对证，只能自得于胸怀，不可为俗人说。一夜过去，又将回到人间现实。故结云："明朝尘世，记取休向人说。"这里有深沉的感喟和对尘世的深切厌倦。

这首词所创造的那种光明澄彻的境界和词人由月光激发的浪漫想象，容易使人联想到苏轼《水调歌头》（明月几时有）和张孝祥《念奴娇》（洞庭青草）。但张词写在湖光天影中荡舟之乐，苏词只说"我欲乘风归去"，二者都没有离开人间。而此词却写在藤床上神游月宫之趣，其间融入了月的传说，并对传说作了修正，其境优美清寂，由风、露、雾、霜、雪和琼、瑶种种意象造成一个冰清玉洁的世界，似乎有意与充满烽烟势焰的人世间对立，表现了作者鄙弃庸俗、不满现实的思想。

好事近

　　摇首出红尘，醒醉更无时节。活计绿蓑青笠，惯披霜冲雪。　　晚来风定钓丝闲，上下是新月。千里水天一色，看孤鸿明灭。

　　朱敦儒于高宗绍兴十九年（1149）离开朝廷后，长期寓居嘉禾（浙江嘉兴）。《宋诗纪事》引《澄怀录》："陆放翁云：'朱希真居嘉禾，与朋侪诣之。闻笛声自烟波间起，顷之，棹小舟而至，则与俱归。室中悬琴、筑、阮咸之类。檐间有珍禽，皆目所未睹。室中篮缶贮果实脯醢，客至，挑取以奉客。'"可见作者当时全然过着一种世外桃源式的生活。他前后写了六首渔父词（均调寄《好事近》）来歌咏这种闲适生活的情趣。这是其中的一首。

　　开头一句表明自己放弃官场生活的坚决。"摇首"二字很形象，既对"红尘"（尘世，这里指官场）否定，又不置一词，这是一种轻蔑不屑的态度，亦如杜甫《送孔巢父谢病归游江东》诗所云"巢父掉头不肯住，东将入海随烟雾"之意。何以如此，词人未说，只好让读者自去体味，紧接的一句只把原因推到自己的志趣与官场格格不入。晋时嵇康就数过官场之"七不堪"："卧喜晚起，而当关呼之不置，一不堪也；抱琴行吟，弋钓草野，而吏卒守之，不得妄动，二不堪也。"（《与山巨源绝交书》）总之，披红着紫，就必须严守官场制度，醒醉都要受节制的。对于"天姿旷远，有神仙风致"（《花庵词选》赞作者语）的人物是一种束缚！一旦"摇首出红尘"，做了个烟波钓徒，才能"醒醉更无时节"。这两句语言明快质朴，同时又极传情，一种超脱尘世的轻快感溢于言表。

三、四句则进而写渔父生活，能使人想起两首著名的唐人诗词——张志和《渔父》词和柳宗元《江雪》诗。其实，渔父生涯既不全然像"青箬笠，绿蓑衣，斜风细雨不须归"写的那样浪漫，又不全像"孤舟蓑笠翁，独钓寒江雪"写的那样苦寒。"绿蓑青笠"，白鹭桃花，固然可悦；"披霜冲雪"，独钓寒江，也很习惯。总是恬淡自适。这样写来，实兼张志和词和柳宗元诗的境界而折中之，颇具概括之妙。

渔父的志趣和生活概貌有了一个总的交代，后片便截取一个断面，进一步表现闲适生活的可爱。江湖上也有风浪，"已佩水仙宫印，恶风波不怕"（同调词）等句，都表明这一点。但与官场风波比较，则"江头未是风波恶"（辛弃疾）。而到"晚来风定"时候，更有一番景致：新月当空，钓丝不动，水平如镜，上下天光，表里澄彻。作者用洗练的笔墨勾勒出一幅清雅的图画。这境界是静的，所有的景物都表现着这一特点："钓丝"是静的（"闲"）；"上下是新月"，可见水也是静的，静得连皱纹也没有。而在这幅静态的画面上，作者最后加上奇妙的一笔：一只缥缈的孤鸿，明灭于远空，那是静的背景上的一个动点，而它的动感不是来自位置的移动而是来自光线的变化。这小小一点便使如画的词境更其安静、清丽、美妙。

仅说后片如画还不够，这画境还具有一种象征的意义。那风平浪静的江景，显然是词人"澄怀"的反映；那"缥缈孤鸿影"，也是一个自由出没于江上的幽人的写照。

308

【李清照】（1084－1151?）自号易安居士，齐州章丘（今属山东）人。李格非女，赵明诚妻。金兵入据中原，流寓南方，明诚病卒，境遇坎坷。有后人辑本《漱玉词》，今人辑本《李清照集校注》。

夏日绝句

生当作人杰，死亦为鬼雄。
至今思项羽，不肯过江东。

这首五言绝句按照内容，应该题为《咏史》或《乌江亭》之类。题为《夏日绝句》显然是书愤的，应该作于靖康之难（1127）宋室南渡后的某个夏天。按，金人攻破汴京，掳走徽钦二帝就在夏初。

"生当作人杰"二句，是抒怀。相当于今人说"宁可站着死，不肯跪着生"。语有来历，"人杰"语出汉高祖对萧何、韩信、张良等人的评价，后人称汉室三杰。"生当作人杰"的意思是，活着就应建功立业。"鬼雄"语出屈原《九歌·国殇》："身既死兮神以灵，魂魄毅兮为鬼雄。""死亦为鬼雄"的意思是死要死得壮烈，死也要做鬼中的英雄。这显然是针对投降派、主和派表示不满。

"至今思项羽"二句，是咏史。《史记·项羽本纪》记项羽战败，"乃欲东渡乌江。乌江亭长檥船待，谓项王曰：'江东虽小，地方千里，众数十万人，亦足王也。愿大王急渡。今独臣有船，汉军至，无以渡。'项王笑曰：'天之亡我，我何渡为！且籍与江东子弟八千人渡江而西，今无一人还，纵江东父兄怜而王我，我何面目见之？纵彼不言，籍独不愧於心乎？'"遂"不肯过江东"，终至战死。作者对项羽的这种宁死不屈的精神，做出高度评价，是有现实针对性的，与南宋统治者的苟且偷安形成鲜明对照。表达了作者的不满。

全诗短短二十个字，一气呵成，连用三个典故而令人不觉，字里行间透出一股正气。是历代传诵，家喻户晓的名篇。

如梦令

　　昨夜雨疏风骤，浓睡不消残酒。试问卷帘人，却道海棠依旧，知否，知否？应是绿肥红瘦。

　　古代诗词中表现伤春惜花的作品很多，李清照的这首词却很特出。"当时文人莫不击节称赏，未有能道之者"（明·蒋一葵），后世更传诵不衰，如果说词中情感内容离今天已较远，那么它的艺术表现还是颇有魅力的。

　　有生动的情节性，这在小令并不多见。词中写了两个人物，女主人公（一位闺中少女或少妇）和她的婢女。词情是在她们的问答之中流露出来的，这两人的心绪不同，语气各别，相映成趣：一个非常感伤，借酒浇愁，回想夜来风雨，对庭花（"海棠"）的命运十分担心，语气忐忑不安；另一个却不那么善感，语气平和乃至漫不经心。互为衬托，加强了艺术效果，有力地表现出女主人公伤春的情绪。

　　这情绪的表现不是平直的而是曲折多姿的。前二句中，女主人公回忆"昨夜雨疏风骤"，心想的是海棠花不知成了什么样子，所以当她"试问卷帘人"时，不免悬心挂肠。可婢女"却道海棠依旧"，这是出人意料的（注意"却"字），又是聊可自慰的，悬念稍稍一放，但转念一想，海棠花即使未全部飘零，又哪会毫无损伤，所以"海棠依旧"断不可能。再说，眼下是暮春时节，海棠纵然熬过今朝，又怎能保住明宵？于是女主人公刚才宽放的心又紧悬起来，不禁痛惜失声："知否，知否？应是绿肥红瘦。""全词一弛一张，婉曲尽情"，"只数语中层次曲折有味"（《云韶集》）。

口语化是此词又一特色，但它并不等于口语。这里有高度的提炼与精心的推敲。"雨疏风骤"即风声大，雨点小，这不但是相关联的两种自然现象，而且只有在这种情况下，庭花才不至于全部零落成泥，粗心的婢女才会认作"海棠依旧"，所以这四字不是随意轻下的。"绿肥红瘦"即叶多花少，但词人既不用"多""少"，也不用"绿暗红稀"的通常写法，别出心裁地用了"肥""瘦"二字，这就将自然景物人格化了。同时使人联想到惜花之人，只怕是"人比黄花瘦"呢。正因为这样，它才称得语新意工。前人都认为《如梦令》安顿二叠语最难，此词却利用这叠语来表现吁叹不止的情态，"知否，知否"，口气宛然，人物也就活现纸上了。

一剪梅

　　红藕香残玉簟秋，轻解罗裳，独上兰舟。云中谁寄锦书来？雁字回时，月满西楼。　　　　花自飘零水自流，一种相思，两处闲愁。此情无计可消除，才下眉头，却上心头。

　　各本题作"别愁""离别""秋别""闺思"等。词写两地相思，是没有问题的。"红藕香残"写户外荷塘，"玉簟秋"写室内之物，对清秋季节作点染，也是没有问题的。

　　关键在"轻解罗裳，独上兰舟"二句怎么讲，有人笼统地讲为"写日间水面泛舟之事"，但为什么"独上兰舟"，还须"轻解罗裳"？或说游泳，显然可笑。或说是写独寝，"兰舟"实指床榻（《唐宋词新话》谢桃坊说），也很勉强。

　　按"轻解罗裳，独上兰舟"二句省去了主语，应是分咏二事。比较

311

合理的解释应是："轻解罗裳"对应于"玉簟秋"，乃写孤眠情事；"独上兰舟"对应于"红藕香残"，乃写采莲情事，分别说的是女主人公在日间和夜间的活动。一个"独"字，兼管上下句，——无论属于哪种情况，她都感到寂寞难耐。

过片"花自飘零"、"水自流"，分别照应"红藕香残"和"独上兰舟"，是兴语。然而它兴起的不是惯常所谓"落花有意，流水无情"的意思，而是时光的无情流逝，带来的"一种相思，两处闲愁"，因而甚有新意。

"才下眉头，却上心头"二句，化用自范仲淹的"都来此事，眉间心上，无计相回避"（《御街行》），不仅写出了愁的无可回避，还具体表现了这样的情态——愁是如何从外在（眉间）转入内在（心头），因细腻，所以后出转工（参王士禛《花草蒙拾》）。二句运思的尖新，与上片煞拍"雁字回时，月满西楼"的浑成含蓄，适成对照，可见词人创作语汇之丰富。

醉花阴

薄雾浓云愁永昼，瑞脑消金兽。佳节又重阳，玉枕纱厨，半夜凉初透。　　东篱把酒黄昏后，有暗香盈袖。莫道不消魂，帘卷西风，人比黄花瘦。

各本题为"重阳"或"九日"，写重阳节独处思念丈夫的情绪。

"佳节又重阳"点出时令。前两句写长昼难消，镇日无聊。"薄雾浓云"是阴天，天气怪不舒服，何况是幽闺独处。词于云、雾分别浓、淡，用字甚细，做成唱叹。次写闺房熏香。炉中香慢慢烧完，得有一个不短的时间。"瑞脑消金兽"写出了时间的漫长，形象地传达了长日的难消的感受。

"佳节又重阳"后边的两句写午夜梦回，难以入眠。本来秋凉是最好睡觉的时候："绛绡缕薄冰肌莹，雪腻酥香，笑语檀郎，今夜纱厨枕簟凉。"（《采桑子》）而此时的"玉枕纱厨，半夜凉初透"，却让人有些无法接受。

过片二句，补叙日间登高赏菊情事。据《东京梦华录》，九月重阳都下酒家皆以菊花缚成洞户，都人多出郊外登高。"东篱把酒黄昏后"用陶潜"采菊东篱下，悠然见南山"（《饮酒》）字面，只是较为寂寞；"有暗香盈袖"用《古诗十九首》"馨香盈怀袖，路远莫致之"字面兼诗意，相思之情溢于言表。

最后三句推出抒情主人公形象："莫道不消魂，帘卷西风，人比黄花瘦。"以"莫道"二字提唱以结，是唐人七绝惯伎，施之小令，更见摇曳多姿。以花比人，传神只在一"瘦"字。菊本是孤高的象征，而秋花又没有春花那样的富丽，其"瘦"在神。通过富于创意的比喻，不仅表现了女主人公的顾影自怜，还表现几分孤芳自赏和几分自嘲，所以为妙。

据说这首《醉花阴》，使"明诚叹绝，苦思求胜之，乃忘寝食三日夜，得十五阕，杂易安作以示友人陆德夫，德夫玩之再三，曰：只有'莫道不消魂'三句绝佳。"（伊世珍《嫏嬛记》）。

声声慢

寻寻觅觅，冷冷清清，凄凄惨惨戚戚。乍暖还寒时候，最难将息。三杯两盏淡酒，怎敌他、晚来风急！雁过也，正伤心，却是旧时相识。　　满地黄花堆积。憔悴损，如今有谁堪摘！守着窗儿，独自怎生得黑！梧桐更兼细雨，到黄昏、点点滴滴。这次第，怎一个愁字了得！

本篇是李清照晚年杰作，倾诉了词人夫亡家破、饱经乱离的哀愁，直是一篇悲秋赋。

　　开篇即连下十四叠字，如倒倾鲛室、明珠走盘。这完全是兴到神会、妙手偶得，有层次地、恰如其分地表达了一种微妙复杂而难于表达的心理变化过程——"寻寻觅觅"是"寻觅"的叠词，既"寻觅"必有失落，对于南渡后的词人来说，失落的东西太多。"冷冷清清"是"寻觅"的结果，是什么也找不回来。"凄凄惨惨戚戚"是心理感受，是因寻觅无着而导致的极度悲凉的感觉。这一串叠字出自情绪自然消长，而非有意的文字猎奇，以奇特的音情和创意称绝千古（南宋张端义谓之"公孙大娘舞剑手"），因而具有不可模仿性。（元曲家乔吉作《天净沙》云："莺莺燕燕春春，花花柳柳真真，事事风风韵韵"云云，使人感到造作；郭沫若为大跃进凑热闹而作《声声快》云："轰轰烈烈，闹闹热热"云云，使人感到滑稽。）

　　深秋如早春，天气忽暖忽寒，体质衰弱的人容易发生感冒，最难保养（"将息"）。"乍暖还寒"在这里虽然直接是说天气，却又使人联想到风雨飘摇的时局——又何尝不是"乍暖还寒"！使人联想到世态的炎凉和人情的冷暖——又何尝不是"乍暖还寒"！词人一向深爱陶诗，此时此刻，又如何能保持平和的心态？"三杯两盏淡酒，怎敌他、晚来风急！"透过一层，则是说自我的慰藉相对于恶劣的环境，毕竟势单力薄，"三"、"两"和"淡"等下字，极有分寸。"怎敌他、晚来风急"，即李后主所谓"无奈朝来寒雨晚来风"（《乌夜啼》）。按，"晚来"一作"晓来"，孰是孰非，见仁见智。我取"晚来"，是因为它与下片"黄昏"相呼应，将全篇情景定位于秋晚，使词境从整体上切合词人凄凉的晚景。再说煞拍的"雁过也"，也属秋晚景象。正在伤心的时候，忽然听到长空雁叫，使人更觉凄凉。北雁南飞，很自然地和北人南渡搭成联想，构成同情——其实是移情于物。说大雁"却是旧时相识"，是感觉而不是事实。然而它唤起的是对故乡热土及往昔所有的怀念。

　　过片由晚风，写到满地的落花，那是陶潜深爱的、也是词人自己深爱的菊花。"堆积"二字，形象地展示了风扫落花，遍地狼藉的情景。本来，菊花就给人以"瘦"的感觉，加之晚风的肆虐，更觉"憔悴"。"而今有谁堪摘"的一问，使人想起唐人"有花堪折直须折，莫待无花空折枝"（《金缕衣》）的名言，一语双关地痛惜着永别了的人生花季——正是"韶华不为少年留"（秦观《江城子》），同时还能使人想到国事的不堪。"守着窗儿"的"守"字，写出人在窗边的时间之久，这一个黄昏好难挨也；"独自怎生得黑"的"黑"字代夜，以口语入词，将一个险韵，安顿得十分妥帖。"梧桐更兼细雨"是一个古典的情景，从白居易的"秋雨梧桐叶落时"（《长恨歌》）到温庭筠的"梧桐树，三更雨"（《更漏子》），诗人词客已有许多的创意。而这一情景出现在本词，仍有新意，那就是"到黄昏、点点滴滴"，再用叠字，从音情上加大感染的力度。点点滴滴，收不住的雨脚，象征的是绵绵不绝的愁情。

昔人言愁，多用比喻，或如一江春水，或如无边丝雨，或如满城风絮。此词结尾写愁，尽弃前人窠臼，直抒胸臆道："这次第，怎一个愁字了得！"纯出口语，而一语百情。盖人在一筹莫展时，常会发出"这咋得了哦"的、即古人所谓"徒唤奈何"的叹息。"怎一个愁字了得"就包含着这个口气，放进了一个"愁"字，却又说并非一个"愁"字可以尽之。这使人想到魏晋时代的"言意之辨"。言不尽意，不如以不尽尽之，结果就留下空白，让读者主动填补，与李后主"别是一番滋味在心头"（《乌夜啼》）之句，实有异曲同工之妙。

词中一阵风过、一阵雁过、一阵花落、一阵雨来，层层渲染，自始至终紧扣悲秋之意，即景、即事、即兴而作，故一片神行，妙于浑成。此外又深于境界，具有象征意蕴，不局限于一时一事，而包容甚大。在修辞上善用叠字，开篇即用十四叠字，后片又用四字再叠，如大珠小珠落玉盘。在语言上不用骈偶典故，无装点字面，将口语提炼入词，却避免了打油腔调，真正做到了雅俗共赏。词用入声韵，句中亦多入声字，入声字多属舌齿音，做成啮齿叮咛、喁喁自语的声情，适宜于表现低抑的情感内容。在全宋词中，此词风格特别，表现了很高的创调才能。（辛弃疾于博山道中作《丑奴儿》，自称"效李易安体"，但读来读去只觉是辛词，故知易安词格不易模仿。）

永遇乐

　　落日镕金，暮云合璧，人在何处？染柳烟浓，吹梅笛怨，春意知几许？元宵佳节，融和天气，次第岂无风雨？来相召、香车宝马，谢他酒朋诗侣。　　中州盛日，闺门多暇，记得偏重三五。铺翠冠儿，捻金雪柳，簇带争济楚。如今憔悴，风鬟霜鬓，怕见夜间出去。不如向帘儿底下，听人笑语。

重要情节：女词人独自关在家中度过了一个元宵节。

街上不是没有花灯，朋友不是没有邀请她出去观景，"来相召、香车宝马"，只是由于她没有心情，"谢他酒朋诗侣"。

这一日晴方好，你看黄昏的景色是："落日镕金，暮云合璧"，"暮云合璧"未必就有雨意。词人也说："元宵佳节，融和天气。"可见"次第岂无风雨"完全是一句不成其为理由的推辞别人的话。

词中有两个对比。一是纵向对比：以往昔"中州盛日"（北宋的升平时代）亲历的兴高采烈的元宵，和眼前面对的冷冷清清的元宵相比；一是横向对比：以他人（相对年轻的人）过节喜欢热闹的心理，和自己如今害怕热闹的心理相比。曾几何时，不甘寂寞的我，竟喜欢上了孤独。

时光是一个屡屡得手的贼：它使你丢失了过去的丰姿，留下如今的憔悴；丢失了过去的充实，留下如今的空虚；丢失了过去的执着，留下如今的苟且时光就这样暗中偷换了人心。这是一首超越时代的词，身逢丧乱，遭遇不幸，经历沧桑的心，都会不同程度地对它发生共鸣。

【张元幹】(1091—1170) 字仲宗，号芦川老隐，又号芦川山人，神州长乐（今属福建）人。政和、宣和间，以词名。靖康元年（1126）李纲任亲征行营使，为属官。官至将作少监。秦桧当权，弃官而归。有《芦川归来集》《芦川词》。

石州慢

己酉秋，吴兴舟中作

　　雨急云飞，惊散暮鸦，微弄凉月。谁家疏柳低迷，几点流萤明灭，夜帆风驶，满湖烟水苍茫，菰蒲零乱秋声咽。梦断酒醒时，倚危樯清绝。　　心折。长庚光怒，群盗纵横，逆胡猖獗。欲挽天河，一洗中原膏血。两宫何处？塞垣只隔长江，唾壶空击悲歌缺。万里想龙沙，泣孤臣吴越。

　　宋高宗建炎三年（1129），岁在"己酉"。这年春上，金兵大举南下，直扑扬州。高宗从扬州渡江，狼狈南逃，江北地区完全失守。作者当时避乱南行，秋天在吴兴（浙江湖州）乘舟夜泛，抚事生哀，写下了这首悲壮的词作。"泣孤臣吴越"即全词主题之句，通篇都写孤愤。

　　上片写景，亦即愤激之情的郁积过程。它用色彩黯淡的笔调画出舟中所见之夜色：雨霁凉月，疏柳低迷，流萤明灭，菰蒲零乱，烟水苍茫，秋声鸣咽，一切都阴冷而凄迷。其意味深厚，又非画图可以比拟。首先，"雨急云飞"的开篇就暗示读者，这是一阵狂风骤雨后的宁静，是昏鸦乱噪后的沉寂，这里，风云莫测、沉闷难堪的秋来气候，与危急的政局有一致之处。其次，这里展现的是一片江湖大泽，类乎放逐的骚人的处境，于中流露出被迫为"寓公"的作者无限孤独彷徨之感。写景的同时显现着景中活动着的人物形象。他在苦闷中沉饮之后，乘着一叶扁舟，从流萤低飞、疏柳低垂的水路穿过，驶向空阔的湖中，冷风拂面，梦断酒醒，独倚危樯，此情此景，不正和他"怅望关河空吊影，正人间鼻息鸣鼍鼓"（《贺新郎》）所写的一致么？只言"清绝"，不过意更含蓄罢了。于是，一个独醒者、一个梦断后找不到出路的爱国志士形象逐渐鲜明起来。这就为下片尽情直抒胸臆做好了准备。

过片的"心折"（心惊）二字一韵。这短促的句子，成为全部乐章的变徵之声。据《史记·天官书》载，金星（夜见于西方称"长庚"）主兵戈之事。"长庚光怒"上承夜景，下转时事的感慨和书愤，就像水到渠成般自然。时局可谓内外交困。建炎二年济南知府刘豫叛变降金；翌年，苗傅、刘正彦作乱，迫高宗传位太子，后被平服。"群盗纵横"句该是痛斥这些奸贼的。不过据《宋史·宗泽传》载，当时南方各地涌现了很多义勇组织，争先勤王，而"大臣无远识大略，不能抚而用之，使之饥饿困穷，弱者填沟壑，强者为盗贼。此非勤王者之罪，乃一时措置乖谬所致耳"，则此句作为对这种不幸情况的痛惜语亦可讲得通。要之，这一句是写内忧。下句"逆胡猖獗"则写外患。中原人民，生灵涂炭，故词人痛切之极。这里化用了杜诗"安得壮士挽天河，尽洗甲兵长不用"（《洗兵马》）的名句，抒发自己强烈愿望："欲挽天河，一洗中原膏血。"

愿望归愿望，现实是无情的。词人进而指出三重不堪的事实：一是国耻未雪，徽钦二帝尚被囚于金。"两宫何处"的痛切究问，对统治者来说无异于严正的斥责。二是国土丧失局面严重——"塞垣只隔长江"。三是朝廷上主战的志士横遭迫害，"唾壶空击悲歌缺"。《世说新语·豪爽》："王处仲（敦）每酒后辄咏'老骥伏枥，志在千里。烈士暮年，壮心不已'。以如意打唾壶，壶口尽缺。"王敦所咏曹操《龟虽寿》中的句子本含志士惜日短之意，这里暗用以抒发爱国主张横遭摧抑，志不获伸的愤慨，一"空"字感喟良深。由于这一系列现实障碍，词人的宏愿是无从实现了。这恰与上片那个独醒失路的形象吻合。末二句挽合全词："万里想龙沙，泣孤臣吴越。""龙沙"本指白龙堆沙漠，亦泛指沙塞，这里则借指二帝被掳囚居处。"孤臣"即词人自指，措辞带愤激的感情色彩。

"泣孤臣吴越"的画面与"倚危樯清绝"遥接。

张元幹本能为清丽婉转之词，与周、秦肩随，而他又是将政治斗争内容纳入词作，为南宋豪放词导夫先路的人物。此词就是豪放之作，它上下片分别属写景抒情，然而能将秋夜泛舟的感受与现实政局形势密切结合，词境浑然一体。语言流畅，绝去雕饰，然而又多用倒押韵及颠倒词序的特殊句法，如"唾壶空击悲歌缺"（即"悲歌空击唾壶缺"）、"万里想龙沙"（"想龙沙万里"）、"泣孤臣吴越"（"吴越孤臣泣"）等，皆造语劲健，耐人咀嚼。

水调歌头

举手钓鳌客，削迹种瓜侯。重来吴会三伏，行见五湖秋。耳畔风波摇荡，身外功名飘忽，何路射旄头？孤负男儿志，怅望故园愁。　　梦中原，挥老泪，遍南州。元龙湖海豪气，百尺卧高楼。短发霜粘两鬓，清夜盆倾一雨，喜听瓦鸣沟。犹有壮心在，付与百川流。

作者壮年曾从李纲抗金，秦桧当国后致仕南归，绍兴中坐送胡铨及寄李纲词除名。此词题下原注"追和"，即若干年后和他人词或自己旧作。查集中《水调歌头·同徐师川泛太湖舟中作》一篇，其中有"底事中原尘涨，丧乱几时休"、"想元龙，犹高卧，百尺楼"及"莫道三伏热，便是五湖秋"等句，与此词句意相近，或即是本词所和之篇。张元幹曾从徐俯（师川）学诗，徐亦应有同题的词，惜已佚。徐俯因参与元符党人上书反对绍述，被列入邪等，名上党人碑；高宗绍兴二年被召入都，赐进士出身。张元幹绍兴元年休官回福建，因此"同徐师川泛太湖舟中"

作词之事当在建炎年间。而此"追和"之词，从"重来吴会"两句看，应是辞官南归后约二十年某一夏日，重游吴地时作。集中《登垂虹亭》诗有云"一别三吴地，重来二十年"，可证。

上片即自写心境，自画出一个浪迹江湖的奇士形象，着意写其豪放不羁的生活和心中的不平。首二句就奠定了全词格调。"举手钓鳌客，削迹种瓜侯"，皆以古人自譬。钓鳌种瓜，本隐逸者事，而皆有出典。《史记·萧相国世家》载秦时人召平为东陵侯，秦亡后隐居长安东种瓜，世传"东陵瓜"。这里用指作者匿迹销声，学故侯归隐。而"钓鳌客"的意味就更多一些。赵德麟《侯鲭录》："李白开元中谒宰相，封一版，上题曰'海上钓鳌客李白'。相问曰：'先生临沧海钓巨鳌，以何物为钓线？'白曰：'以风浪逸其情，乾坤纵其志。以虹霓为丝，明月为钩。'又曰：'何物为饵？'曰：'以天下无义丈夫为饵。'时相悚然。"作者借用此典，则不单纯寄意于隐逸，其恨不得"以天下无义丈夫为饵"之意亦隐然句下，锋芒所指似在"时相"。

吴会即吴县，地近太湖，"重来吴会"即重游故地；"三伏"、"五湖秋"，拈用前词"莫道三伏热，便是五湖秋"字面，以说时令，也不无仍承前词上文"惟与渔樵为伴，回首得无忧"的那种在炙手可热的势焰下暂得解脱的寓意。以下三句愤言国事关心，而功名未立，请缨无路。"耳畔风波摇荡"，谓所闻时局消息如彼；"身外功名飘忽"，谓自己所处地位如此。"耳畔"、"身外"，皆切合不任事、无职司的情况。南宋爱国人士追求的功名就是恢复中原，如岳飞《小重山》词说的"白首为功名"。"旄头"为胡星（见《史记·天官书》），古人以为旄头跳跃主胡兵大起。"何路射旄头"即言抗金报国之无门，这就逼出后文："孤负男儿志，怅望故园愁。"这里的"故园"，乃指失地；"男儿志"即"射旄头"之志。虽起首以放逸归隐为言，结句则全属壮心犹在之意。下片全从这里予以申发。

过片写想望故国百端交集的心情："梦中原，挥老泪，遍南州。""梦

320

中原"是由"怅望故园愁"所导致。"挥老泪",沾襟可也,何能"遍南州"?这是夸张,也是风雨入梦的影响。几句大有后来陆游"胡未灭,鬓先秋,泪空流"之慨。因在睡中,故又得"高卧"二字,联及平生意气,遂写出"元龙湖海豪气,百尺卧高楼"的壮语。借三国陈登事,以喻作者自己"豪气未除"(《三国志》许汜议陈登语)。可见作者湖海闲游,实非心甘情愿。以下"短发霜粘两鬓"从"老"字来,"清夜盆倾一雨"应"泪"字来,正写中宵闻雨惊梦事。何以会"喜听瓦鸣沟"?这恰似陆游所谓"夜阑卧听风吹雨,铁马冰河入梦来"(《十一月四日风雨大作》)。滂沱大雨倾泻于瓦沟,轰响有如戈鸣马嘶,中为"一洗中原膏血"的象征,此时僵卧而尚思报国的人听了怎能不喜?是的,自己"犹有壮心在"呢!壮心同雨水汇入百川,而归大海,是人心所向,故云"付与百川流"。——末韵结以豪情,也是顺流而下。

全词就这样交织着壮志难酬而壮心犹在的复杂情绪,故悲愤而激昂,相应地,词笔亦极驰骋。从行迹写到内心,从现实写到梦境。又一意贯穿,从"钓鳌客"、"五湖秋"、"风波摇荡"、"湖海豪气"、"盆倾一雨"、"瓦鸣沟"到"百川流",所有意象都汇合成一股汹涌的狂流,使人感到作者心潮澎湃,起伏万千,具有极强的艺术感染力。词中屡借古人酒杯浇自己块垒,言有尽而意无穷,故能豪放而不粗疏。词写风雨大作有感,笔下亦交响着急风骤雨的旋律。"芦川词,人称其长于悲愤"(毛晋《芦川词》跋),评说甚当。

【王之道】(1093—1169)字彦猷,濡须(安徽合肥)人。宣和六年(1124)进士。历知开州、通判安丰军、提举荆湖北路常平茶盐公事,除湖南转运判官致仕。有《相山居士词》。

如梦令

　　一饷凝情无语，手捻梅花何处。倚竹不胜愁，暗想江头归路。东去，东去，短艇淡烟疏雨。

　　这首闺情词，写的是一位女子盼望心爱的人从远方归来的殷切情怀。词中对人物外貌举止着墨甚少，对其内心活动的刻画却极为深细。读时须注意其措语、用典及结构上的意匠经营。

　　"一饷凝情无语"，显然不是终日无言，终日销凝；而是忽然间因触景牵情而产生的不快。从次句看，很可能是因攀折梅花所致。这情形有类于《西洲曲》"忆梅下西洲，折梅寄江北"，从忆梅到折梅，对远人的怀思有一个由无意识转入有意识的过程。折梅与怀人有关，所来自远，刘宋时陆凯赠范晔诗云："折梅逢驿使，寄与陇头人。江南无所有，聊赠一枝春。"故次句言"手捻梅花何处"，其归趣乃在怀远。"何处"二字则有欲寄无由寄的苦恼，故"手捻"梅枝，彷徨不已。

　　女子所怀何人，下句更有暗示。"倚竹不胜愁"，系用杜诗《佳人》"天寒翠袖薄，日暮倚修竹"句意，杜诗所写，乃一位为丈夫离弃的佳人贞洁自保的操行。这里用以暗示词中女主人公同心而离居的忧伤，和对丈夫一往情深的盼望。同时又沿袭杜诗，有以翠竹之高节拟人之意。"暗想江头归路"，则进一步点出郎行之踪迹。想当初，他定是从"江头"扬帆远去的，而今也该从去路归来了吧！这句"暗想"联上"凝情无语"云云，又进一步通过状态表情，表现出女子的思念之深沉，那是难以用言语表达的。而"江头归路"联上"何处"云云，又使人联想到唐诗"妾梦不离江水上，人传郎在凤凰山"（张潮）的意境，使人体会到她的内心之痴迷。

322

从"暗想江头归路"到末二句"东去，东去，短艇淡烟疏雨"，在意象上有一个跳跃。注意两个"去"字，可知不是丈夫归途的情景，倒恰恰是他当初出发的状况。那时，他就乘着一叶行舟在烟雨迷蒙的江头离她东去，那景象是如此凄迷，又是如此记忆犹新，令人难以忘怀。这样回忆形成倒叙的结构，不仅使读者领略到更多的情事，丰富了词的内蕴，而且造成一种类乎汉诗"步出城东门，遥望江南路。前日风雪中，故人从此去"的意境，即显示出女主人公心境的悲凉，企盼的失望。

"词之难于令曲，如诗之难于绝句，不过十数句，一句一字闲不得。末句最当留意，有有余不尽之意始佳。"（张炎《词源》）这首词的作者，注意措语用意的深婉，做到了句无闲字而有余意；结尾处所造想象中境界，亦饶悠悠不尽之韵味，故称合作。

【朱翌】 （1097－1167）字新仲，舒州（安徽潜山）人。号灊山居士。政和八年（1118）同上舍出身。南渡后，为秘书少监、中书舍人。绍兴十一年（1141），以忤秦桧责授将作少监，韶州安置。桧死，充秘阁修撰，知宣州，移平江府，授敷文阁待制。有《灊山集》《猗觉寮杂记》等。

点绛唇

流水泠泠，断桥横路梅枝亚。雪花飞下，浑似江南画。
白璧青钱，欲买春无价。归来也，风吹平野，一点香随马。

这首词一题为《雪中看西湖梅花作》。作者冒雪游湖观梅，雅兴不浅。他看到了一段画意，又看到了几分春意，信手拈来似的作成此词，

"不为雕琢，自然大雅"（《词林纪事》卷九引《词苑》）。据说朱敦儒造访作者之父不遇，于几案间见此词，遂书于扇而去。（陈鹄《耆旧续闻》）可见它之为人爱赏了。

上片写作者看到的画意，其中也透露出春意。虽然"春"字出得很晚，但第一句"流水泠泠"，如鸣佩环的描写，已全无冰泉冷涩之感，从而逗漏出春的消息。由闻水声过渡到看梅花，是渐入佳境的写法。"断桥横路梅枝亚"，断桥又名段家桥，在孤山路上，而孤山梅花极盛。梅枝横伸路上，相倚相交。这里的"横"、"亚"二字，俱重空间显现，已具画意。而梅之异于百花，唯在其傲干奇枝，迎霜斗雪之姿态，故卢梅坡诗云"有梅无雪不精神"（《雪梅》）。可见三句"雪花飞下"绝非凑句，而是烘托突出梅花神韵的笔墨。"飞下"二字写出江南雪的特点，是静谧无声的瑞雪。它成为词中盛开的梅花的极其生动的背景。至此，读者已大有"人在画图中"之感，"浑似江南画"一句恰如其分地点出这种感受。

下片即写作者感受的春意，和观梅归来其乐融融的心情。刚刚经历过隆冬的人，会特别觉得春日可爱，那真是有钱难买的。"白璧"乃贵重玉器，"青钱"乃优质钱币。青钱不用说了，即使价值连城之璧，毕竟是有"价"的，而春天却是"无价"的。"白璧青钱"二句，还有一层较隐微的含意，须读者善会。那就是"春无价"又意味着"清风明月不用一钱买"（李白），欲买不来，不买却会来。下句"归来也"三字大有意味。如果用"归去也"三字，那就只能理解为赏梅者兴尽而返。但"归来也"，既可作词人游过归来讲，联上句也可作"春"已归来讲，这一点很关紧要。能体会到这一层，则末二句"风吹平野，一点香随马"，便全是"春风得意马蹄疾"之感了。"一点香随马"，造句清新俊逸，它既使人联想到"更无一点尘随马"，又使人联想到"踏花归去马蹄香"。然而"马蹄香"只能是春深之境，而"一点香随马"确是早春之意。那暗香追随的情况，非梅莫属。人的心情如何，这里已不言自明。

仅看到此词"自然""不事雕琢"是不够，还应看到作者在驱遣语言的分寸感上所具备的功力。虽然用意十分，在措语时，他只肯说到三四分：由于造句考究而富于启发性，读者领略到的意趣却是很丰富的。词的上片主景语，下片纯属情语。不管是写景抒情，都用疏淡笔墨，空白较多，耐人寻味，有如一幅写意的水墨画，也与咏梅题材相称。

【朱淑真】女，号幽栖居士，杭州钱塘（浙江杭州）人，一说海宁（今属浙江）人。北宋绍圣间在世，一说南宋绍定间在世。出身仕宦之家，尝随父宦游吴、越、荆、楚间。有《断肠集》《断肠词》。

清平乐（二首）

其一

风光紧急，三月俄三十。拟欲留连计无及，绿野烟愁露泣。　　倩谁寄语春宵？城头画鼓轻敲。缱绻临歧嘱付，来年早到梅梢。

唐贾岛《三月晦赠刘评事》诗云："三月正当三十日，风光别我苦吟身。共君今夜不须睡，未到晓钟犹是春。"命意新奇，女词人朱淑真因其意而用之于词，构思更奇。

词的起句便奇突。"风光"通常只能说秀丽、迷人等，与"紧急"搭配，就很奇特。留春之意已引而未发。紧补一句"三月俄三十"，此意则跃然纸上。这两句属于倒置，比贾诗从月日记起，尤觉用笔跳脱。一般写春暮，止到三月，点出"三十（日）"，更见暮春之"暮"。日子写得如此具体，读来却不板滞，盖一句之中，已具加倍之法。而一个"俄"字渲染紧急气氛，比贾句用"正当"二字，尤觉生色。在三月三十日这个临界的日子里，春天就要消逝了。说"拟欲留连计无及"，一方面把春天设想为远行者，一方面俨有送持者在焉。这"拟欲留连"者究竟是谁？似是作者自谓，观下句则又似是"绿野"了。暮春时节，红瘦绿肥，树木含烟，花草滴露，都似为无计留春而感伤呢。写景的同时，又把自然景物人格化了。上两句与下两句，一催一留，大有"方留恋处，兰舟催发"的意趣，而先写紧催，后写苦留，尤觉词情荡漾。上片结句方倒插一句写景。如置诸篇首，就显得平衍。

上片已构成一个"送别"的格局。催的催得"紧急"，留的"留连无计"，只好抓紧时机临别赠言罢。故过片即云"倩谁寄语春宵"。上片写惜春未露一个"春"字，此处以"春宵"出之，乃是因为这才是春光的最后一霎，点睛点得恰是地方。春宵渐行渐远，需要一个称职而殷勤的使者追及传语。"倩谁"？——"城头画鼓轻敲"，此句似写春宵之境，同时也就是一个使者在自告奋勇。读来饶有意味，隐含比兴手法。唐宋时城楼定时击鼓，为城坊门启闭之节，日击二次：五更三筹击后，听人行；昼漏尽击后，禁人行。叫作"咚咚鼓"。鼓声为时光之友伴，请它传语，着想甚妙。"敲"上着一"轻"字，便带有微妙的感情色彩，恰是"缱绻"软语的态度。"临歧"二字把"送别"的构思表现得更加明显。最末一句即"临歧嘱咐"的"缱绻"情话："来年早到梅梢。"不道眼前惜别之情，而说来年请早，言轻意重，耐人寻味。"早到梅梢"尤为妙笔生花之语。盖百花迎春，以凌寒独放的梅花为最早，谓"早到梅梢"，似嫌梅花开得还不够早，盼归急切，更见惜春感情的强烈。把春回的概念，具象化为早梅之开放，又创出极美的诗歌意象，使全词意境大大生色。整个下片和贾岛诗相比，已属别开生面，更有异彩。

贾岛原作只是诗人自己寄语朋友，明表惜春之意。而此词却通篇不见有人，全用比兴手法创造了一个童话般的送别场面：时间是三月三十日，行者是春天，送行愁泣者是"绿野"，催发者为"风光"，寄语之信使为"画鼓",俨然是大自然导演的一出戏剧。而作者本人惜春之意,即充溢于字里行间,读之尤觉奇趣横生。

其二

恼烟撩露,留我须臾住。携手藕花湖上路,一霎黄梅细
雨。　　娇痴不怕人猜,和衣睡倒人怀。最是分携时候,归
来懒傍妆台。

此词或题《夏日游湖》(西湖),乃是作者描写或追忆一次爱情生活体验的小词。

上片写一对男女游湖遇雨,为之小住。语序倒装是词中常见现象,明白这一点对理解这里的词意有帮助。女主人公与男友相约游湖,先是"携手藕花湖上路",这大约是西湖之白堤吧,那里的藕花当已开了,"接天莲叶无穷碧,映日荷花别样红"呢。也许这对情侣最初就是相约赏花而来。不料遇上"一霎黄梅细雨"。正是这场梅雨及撩拨着人的"烟"呀"露"呀,留他们停步了。总得找个避雨的处所吧。"留我须臾住"的"我",乃是复数,相当于"我们"。游湖赏花而遇雨,却给他们造成了一个幽清的环境和难得亲近的机会。所以是事若有憾,实深喜之的。

下片写女主人公大胆的举动及归来后异常的心理。"一霎黄梅细雨"使西湖谢绝游众,在他们小住的地方,应当没有第三者在场。否则,当人面就搂搂抱抱,未免轻狂。须知这里"娇痴不怕人猜"之"人",与"和衣睡倒人怀"(本句一作"随群暂遣愁怀")之"人"实际上只是一个,都是就男友而言。当时情景应是这样的:由于女主人公难得与男友单独亲近,一旦相会于幽静场所,遂难自持,"娇痴"就指此而言。其结果就是"感郎不羞郎,回身就郎抱"(《碧玉歌》)。"睡倒人怀"说穿了就是热烈拥抱,李后主所谓"一向偎人颤"、"教君恣意怜"也。这样的热情,

327

这样的主动，休说外人，即使自己的男友也不免一时失措或诧异。但女主人公不管许多，"不怕人猜"，打破了"授受不亲"一类清规戒律，遂有了相恋以来一次甜蜜的体验。

正因为是第一次，感觉也就特别强烈而持久。"最是分携时候"，多么依依不舍；"归来懒傍妆台"，何等心荡神迷！两笔就把一个初欢中的女子情态写活了。

多情而不亵，贵在写出少女真实的人生体验。本来南朝乐府中已有类似描写，但那是民歌。如今出现在宋时女词人之手，该是何等地有勇气。道学家们看不惯拥抱镜头，虽不免诋之为"淫娃佚女"、"有失妇德"，然而词论家仍不吝予以高度的赞扬："易安'眼波才动被人猜'，矜持得妙；淑真'娇痴不怕人猜'，放诞得妙。均善于言情。"（《莲子居词话》卷二）

菩萨蛮

山亭水榭秋方半，凤帏寂寞无人伴。愁闷一番新，双蛾只旧颦。　　起来临绣户，时有疏萤度。多谢月相怜，今宵不忍圆。

这是一首闺怨词，词中应有女词人自己的影子。从"秋方半"而月未圆的描写可知，所写乃中秋节前（或后）若干日的情景。

"春秋多佳日"，而"山亭水榭"的风光当分外迷人，但词中却以极冷漠客观的笔调写出。因为"良辰美景奈何天"，消除不了"凤帏"中之"寂寞"。——独处无郎，还有什么赏心乐事可言呢？"凤帏"句使人联想到李商隐《无题》诗中的名句："重帏深下莫愁堂，卧后清宵细细长。"如此情状，叫人怎不颦眉，怎不愁闷？有意味的是，词人使"愁闷"与

"颦眉"分属于"新""旧"二字。"旧"字以见女主人公愁情之持久，"新"字则表现其愁情之与日俱增。一愁未去，一愁又生，这是"新"；而所有的愁都与相思有关，这又是"旧"。"新""旧"二字相映成趣，更觉情深。

辗转反侧，失眠多时，于是乃有"起来"之事。"起来"而"临绣户"者，似乎是在期待心上人的到来。然而户外所见，只不过"时有疏萤度"而已，其人望来终不来。此时，女主人公空虚的情怀，是难以排遣的。在这关键处，词人给她一点安慰，写出一轮缺月，高挂中天，并赋予它人情味，说它因怜悯闺中人的孤栖，不忍独圆。"多谢"二字，痴极妙极。同是写孤独情怀，苏东坡在圆月上做文章："不应有恨，何事长向别时圆"；朱淑真则在缺月上做文章："多谢月相怜，今宵不忍圆。"移情于物，怨谢由我，真有异曲同工之妙。

此词最有兴味之所在正是结尾两句。

朱淑真本人的爱情生活极为不幸，作为一位女词人，她多情而敏感。词中写女主人公从缺月得到同情，不啻是一种含泪的笑颜。无怪魏仲恭在《朱淑真断肠诗词序》中评价其词为"清新婉丽，蓄思含情，能道人意中事，岂泛泛者所能及"。

【杨万里】(1127—1206) 字廷秀，号诚斋，吉州吉水（今属江西）人。"中兴四大诗人"之一。绍兴二十四年进士。孝宗初，知奉新县，历太常博士、太子侍读等。光宗即位，为秘书监。有《诚斋集》。

夏夜追凉

夜热依然午热同，开门小立月明中。

竹深树密虫鸣处，时有微凉不是风。

"追凉"一词出杜甫《羌村》"忆昔好追凉"，比"纳凉"在意味上要主动、渴切。题目表明此诗写的是日常生活感受。

前二句写夏夜的炎热，重复一"热"字。按理说夜间较午间，应该略为退凉，而今番"夜热"居然与"午热"相同，可见气候炎热非同寻常。次句写开门立月，不全是为赏月，一半儿也是追凉的缘故。

后二句写追凉的感受。夏夜纳凉缺不了风，可此夜却没有半点风意。然而诗人依然感到一些凉意，这凉意来自何处呢？来自月光、竹树、虫声，来自宁静的心境，这就是俗话所谓"心静自然凉"的道理。

诗中所写的感觉是细腻而又平常的，诗人不是直接说出心静生凉的道理，而是通过"时有微凉——不是风"，这种委曲微妙的说法表达的，正如陈衍所说，若将末三字掩了，读者必猜是什么风矣，岂知其'不是'哉！此时的诗味完全出在"浅意深一层说，直意曲一层说"。

小池

泉眼无声惜细流，树阴照水爱晴柔。

小荷才露尖尖角，早有蜻蜓立上头。

这首诗写小池之小景，好像是一幅小品风景画或风景摄影，虽小却好。

"泉眼无声惜细流，树阴照水爱晴柔"二句写池水，池水的来源是泉水。泉水是从泉眼中汩汩流出的，虽然动静不大，但出水流量却很充沛，水质很好，所以池水清澈，水面倒映着岸上的树影，风光特美。"惜"

"爱"二字，写出观景者的愉悦心情，同时又移情于物，好像是说"泉眼"特别珍惜自己的水流，而"树阴"特别偏爱晴和的天气，这就不但表现了人与自然物的和谐关系，也巧妙地表现出自然物之间的亲和关系。

"小荷才露尖尖角，早有蜻蜓立上头"二句写池中的荷花以及招来的蜻蜓，好像一个特写镜头。荷花含苞待放，蜻蜓飞来立在上头，这是小池中常常可以见到的天然好景，一经高手抢拍成功，就会成为可爱的图片。除了画意之美外，作者的语言运用也很微妙。如称花蕾为"小荷"，又形容以"尖尖角"，不但语意亲切，而且形态逼真。进而是"才露"和"早有"的勾勒，诗人似乎揣摸到蜻蜓率先探得小荷之乐，体物入微，与苏诗"春江水暖鸭先知"同妙。

可以说这首诗写的，是一种发现的喜悦：蜻蜓发现了小荷，不亦乐乎！诗人发现了蜻蜓之发现小荷，尤其不亦乐乎！

宿新市徐公店

篱落疏疏一径深，树头新绿未成阴。
儿童急走追黄蝶，飞入菜花无处寻。

此诗写的是作者在新市（叫新市的地方很多，一说在今浙江德清县，一说在湖北京山县，一说在湖南攸县）一家姓徐的客店住宿时，所看到一幅村野情景。

"篱落疏疏一径深"二句，写客舍附近的农村景象，田地有疏疏的篱笆，有一条长长的小路通向远方。小路的两边是什么作者没有说，但从末句看，应该是盛开的菜花。菜花盛开的季节，是一年好景之一。 位当代农民诗人写道："入望长郊景浩茫，菜花春麦泻晴光。是谁泼彩川西坝，一片青青一片黄。"（郭定乾《春望》）此诗作者兴趣不在写景，而在童趣，所以只交代情节发生的场景。"树头新绿未成阴"（一作"树头花落未成阴"），树头的花已谢了，但树叶还不很茂盛，这是寒食前后的景象，是日暖昼长蝴蝶飞的时节。

"儿童急走追黄蝶"二句，写作者在小路上看到儿童捕蝶的趣事。三句写儿童急追蝴蝶，快要捉住的那一瞬间，一个"黄"字暗藏玄机，为下文预作铺垫。末句"飞入菜花无处寻"，于是黄蝶的"黄"和菜花的黄，黄作一堆。对黄蝶来说，是危机的突然化解；对儿童来说，是目标的瞬间消失。黄蝶飞入菜花丛中，造成视觉的紊乱，令飞跑的儿童迷失了追捕方向。三、四句一张一弛，构成内在韵律，饶有诗味。

诗人敏捷地捕捉住大自然赋予昆虫以保护色这一奇妙现象，设计了一个富于童趣的情节，读来兴味盎然。诗中黄蝶入花，儿童傻眼的情态如见；而诗中大人对小孩"幸灾乐祸"的神情也跃然纸上，令人忍俊不禁。妙在童趣。有一首咏雪的奇趣诗道："一片一片又一片，两片三片四五片，六片七片八九片，飞入芦花都不见。"结尾写雪花飞入芦花，视觉形象的突然消失，与此诗有异曲同工之妙。

闲居初夏午睡起

梅子留酸软齿牙，芭蕉分绿与窗纱。
日长睡起无情思，闲看儿童捉柳花。

夏日午觉醒后，不免仍存睡意，没有心思干事，而诗人当时丁忧家居，处于闲适的生活中，"日长睡起无情思"便是实感。然而此诗的好处却在从无情思中翻出许多情思，而又不动声色。善于捕捉琐细的题材和描写细腻的生活感受，原是杨万里的特长啊。

诗人在午睡前可能饮过酒，并食梅解醒，故一觉醒后，齿间尚有余酸。这种感觉本难名状，大致上下牙接触有不适感，不能咀嚼硬物，俗语谓之"倒牙"，而一个"软"字，恰好写出了这种感觉。这是醒后的第一感觉——味的感觉。古人窗纱多用绿色，日子久后便会褪色，而盛夏芭蕉浓绿充盈，掩映窗外，就使得窗纱变深，似乎是芭蕉分给它一些绿色。这是醒后另一感觉——属于视觉。两句中"留""分"二字，赋客观以主动，很有情趣。以下就垫了"日长睡起无情思"一句，绝句做法以第三句为转关，第四句则是结穴所在——"闲看儿童捉柳花"。户外儿戏当然是诚斋看到的眼前事，而在造语上，则本白居易"谁能更逐儿童戏，闲看儿童捉柳花"。但白诗表达的是一种清醒的遗憾，此诗易"谁能"为"闲看"，在无法参与之外，别有歆羡之意在，诗人至少在感情上参与儿戏，并得到重返天真的乐趣。

　　人生旅途中，成人者的最大遗憾，莫过于丧失了早年的那份童心、童真与童趣。不少诗人画家，只能通过笔来追摩重温那已逝的情景，近人如知堂《儿童杂事诗》、子恺漫画，皆有妙谛。中国古代诗人兴趣在此的并不多，著名的如左思《娇女诗》、杜甫《北征》片断、李商隐《骄儿诗》等，代不数人，人不数作。而诚斋绝句中却有不少儿童题材的传神之作，如此诗，究其创作动机或并不起于午睡后的烦闷，而起于后来见到儿戏时瞬间的精神交通，儿童的天真无闷与成人生活中的虚假无聊，适成鲜明对照，诗人由此得到一种感召和精神上的复归。据说张浚读此诗，赞道："廷秀胸襟透脱矣！"当是就这种自我超越而言的。

寒食雨作

双燕冲帘报禁烟，唤惊昼梦耸诗肩。

晚寒正与花为地，晓雨能令水作天。

桃李海棠聊病眼，清明寒食又来年。

老来不办雕新句，报答风光且一篇。

寒食是中国古代传统节日，与清明相连。其时江南多雨，所谓"清明时节雨纷纷"也。

首联写春晓好睡，醒来见梁燕双双飞回，记起是寒食节，引发诗兴。诗云双燕报信，唤惊昼梦，就有趣味。次联是全诗警策。春暖时节，花则早开易谢；春寒料峭，花开的时间则较长。故出句说晚寒正是与花为地步（作打算）；次句说春雨涨池，水天相映的景色极佳。"正与花为地"、"能令水作天"铸对工稳，为绝妙好辞。陈衍说"三四天，地作对，工而自然"，其所以工，是因为这一联语中地虚而天实，故颇灵妙。"与花为地"这种说法来自口语，特别生动。

三联说今年清明寒食是在病中度过，桃李海棠草草看过，未知来年也若何。末联说年岁大了，写不出新奇的诗句，为了报答风光，姑且写这一篇。这个结尾是诚斋式的，所谓笔端有口，但也有凑句之嫌。前四作截句更好。

插秧歌

田夫抛秧田妇接，小儿拔秧大儿插。

笠是兜鍪蓑是甲，雨从头上湿到胛。

唤渠朝餐歇半霎，低头折腰只不答。

秧根未牢莳未匝，照管鹅儿与雏鸭。

"种田辛苦要唱歌"（《刘三姐》），插秧歌源出于民间。记得故乡就有插秩歌略云："大田栽秧角对角，老汉踏到媳妇脚。"杨万里是一位重视向民歌学习的诗人，写有成组的夯歌、船歌，这一首是秧歌。

插秧是农村大忙时节，为抢农时，农夫不仅要全家总动员，而且往往要请人帮忙。插秧劳动的主要环节是从秧田中拔秧、在田水中动去泥土后即捆秧、再把成捆的秧子抛给大田中人叫作抛秧、大田中人插秧。前二句所写就是全家动员，分工协作、干得热火朝天的忙碌情景。语言来自生活，同时经过诗的处理（四人分工并非固定）。

插秧时节最怕天旱，那时少不得还要戽水。碰上下雨，真天助我也。三、四句写农夫在大雨滂沱中插秧，尽管披蓑戴笠，还是从头湿到肩，干活就好比打仗一样（"笠是兜鍪蓑是甲"）。不但感觉不到辛苦，心中的高兴劲儿甭提。不理解劳动人民思想感情，很难写到这个份儿上。

五、六句写田间送饭，选取细节很有意思。田坎上人喊吃饭，田中的人却只顾插秧，这情景一何生动感人！送饭到田间，田间人顾不上吃饭，是表现田间忙活的气氛。送饭的关心干活的，干活的关心手中活计，"只不答"不是不答，是想在吃饭前还多插一片秧。

最后两句说，刚插的秧还未生根、秧子还未插完，还要看管好小鹅、小鸭，别让它们糟踏秧苗。可见插秧时节不但劳累，而且事情繁杂，一处不周到，就会添乱子。不但劳力，而且劳心。特别交代"鹅儿与雏鸭"，是因为它们比大鹅大鸭更为难管，顾虑极细。

以大众语写农家事，难得如此生动又如此紧凑，几无一闲笔。至于句句入韵，更出神入化地传达了插秧劳动所具的紧锣密鼓的节奏。

晓出净慈寺送林子方

毕竟西湖六月中，风光不与四时同。

接天莲叶无穷碧，映日荷花别样红。

335

净慈寺在西湖西南。一个夏天早上，杨万里宿寺起来，送别官居直阁秘书的朋友林子方。盛夏六月虽然暑热，清晨却是较凉爽的。旭日东升，照临湖上，荷叶长得十分茂密，几乎布满了湖面，而朵朵荷花盛开，鲜艳地点缀在绿底上，形成有气派的怡红快绿场面，与一般荷塘景色大为不同，便成为西湖四季景色中最为迷人的一段。

"毕竟西湖六月中，风光不与四时同"是脱口而出的即兴的两句，其语序都是诗化的。按习惯的语法，应该说："西湖六月中风光毕竟与四时不同。""毕竟"二字提前，是诗词创作中常见的腾挪以协于诗律的手法："毕竟不同"四字虽然拆散，但两句依然保持着口语中一气贯注的语气；而又使"毕竟"这个副词得到强调，使诗句具有欣赏夸耀的意味。夏天本是四时之一，说"风光不与四时同"，意谓在四时中风光尤具特色。

如果诗的前两句只是说一说，后两句则是画一画："接天莲叶无穷碧，映日荷花别样红。"有人说这两句是互文，其实是分写莲叶与荷花，在措辞上是极有分对的。湖面如画，莲叶便是绿色的底，荷花则是点缀在底上的图。因为莲叶密布湖面，方可用"接天"形容，而荷花特别鲜妍，方才用"映日"描画。二句之妙并不在具体入微地描绘形象，而在于写景的概括和抽象，"无穷"是空间上的夸张，"别样"是程度上的形容，都具有模糊性，然而它们却能启发读者的想象力。"别样"乃口语，犹言特别，或异常。李后主有"别是一般滋味在心头"的名句，妙在说明而不说尽。此诗中的"别样红"虽属写景而非抒情，依稀亦有同妙。

初入淮河

船离洪泽岸头沙，人到淮河意不佳。

何必桑干方是远，中流以北即天涯。

南宋在符离之败后，与金国签订了比绍兴和议更为屈辱的隆兴和议，划定东起淮河西至大散关一线为国界。淳熙十六年（1189）冬，杨万里奉命去迎接金廷派来的贺正使，此诗系四绝句之一，写初入淮河屈辱抑郁的心情。

洪泽湖在江苏西部，自北宋开水道以达于淮河，遂为漕运要道。"船离洪泽岸头沙，人到淮河意不佳"二句言才离洪泽，便入淮河，这是"缩地法"式的夸张，给人以一种空间上的窘迫压抑之感。作为臣伏于金的南宋王朝的使者，不免有见人矮三分的屈辱感。诗中把这种潜意识中深沉的感觉用"意不佳"三字轻轻表过，使人读后觉得措语虽轻，分量却重。这里"人到淮河"的人，似乎不仅仅特指作者个人，还有泛指国人的意味。

"意不佳"，是因为金瓯残破而收拾无望，陆游《醉歌》说得很直接："穷边指淮淝，异域视京洛"。杨万里此诗则换了曲折委婉的说法："何必桑干方是远，中流以北即天涯。"桑干即永定河上游，在今山西北部，河北的西北部，在唐代是与北方少数民族交接处，唐人每视同边塞（雍陶《渡桑干水》"南客岂曾谙塞北"）。而在南宋，边境线已南移何啻千里，淮河中流以北，便属异域，别说桑干河了。诗句本刘禹锡《和令狐相公别牡丹》："莫道两京非远别，春明门外即天涯"，写出心理上的咫尺天涯之感，但只是伤离别，杨万里则从淮河想到桑干，大有国事不堪回首的感慨。

此诗用意十分，下语三分，举重若轻，措辞委婉，耐人寻味。

桑茶坑道中

晴明风日雨干时，草满花堤水满溪。

童子柳阴眠正着，一牛吃过柳阴西。

杨万里诗多即兴偶成于道途闻见中，所谓"万象毕来，献余诗材"。此题下共得诗八首，此其七。写桑茶坑（地名，顾名思义，谷多桑茶也）道中所见小放牛的情景。

前二句写天气和风光。春雨初晴，堤上草茂，溪中水满，是放牛的好去处。后二句写牛儿在草地上啃草，牧童在柳树下睡大觉，这是春暖郊野常见情景。诗人通过写一个"柳阴眠正着"，一个"吃过柳阴西"相对照，以"柳阴"为定点，写出了时间推移的过程。牛从柳阴东边吃到西边，是通过啃草留下的痕迹，鉴识出的。诗中并没有明说，给读者以玩味的空间。同时还表现了牧童既无人管，也不管牛；人也自在，牛也自在；睡的放心，吃的听话；睡的睡得香，吃的吃得香等生活情趣，表现得十分够味。

"活法"云者，首先是富于生活气息，其次是活泼泼的语言和表达方式。

宿池州齐山寺即杜牧之九日登高处

我来秋浦正逢秋，梦里重来似旧游。

风月不供诗酒债，江山长管古今愁。

谪仙狂饮颠吟寺，小杜倡情冶思楼。

问着州民浑不识，齐山依旧俯寒流。

首联记时地，并谓此来池州，有如旧地重游。其所以如此，是因为从唐贤李、杜诗中已熟知其地，早已神往过了。首句叠用"秋"字，格调清爽流利；谓此来如梦里，新游如旧游，表现出池州风光给人的迷惑、亲切之感。

次联写池州江山风月，颇具语妙。两句"不供"、"长管"意思似相反实相同，出句说池州风月激发诗人灵感与酒兴，使人欠下许多酒债。"债"字偏义于酒，即只供诗材，不供酒债。对句说池州江山引发游客对人事代谢、朝代兴衰的愁怀，即不管人愁（任人自愁），长管人愁（教人发愁）。出曰"不供"，对曰"长管"，各偏一义，说法不同，教人从正反两方面寻思，正自语妙。

五、六句怀古，分咏李、杜二人在池州活动，而皆系于寺楼所在地，则想当然耳，是诚斋灵活处。这是两个名词句，故给读者留下广阔的想象余地。"李白一斗酒百篇"，以豪饮捷才著称，故谓之"狂饮颠吟"；杜牧曾"赢得青楼薄幸名"，颇有艳情之作，故谓之"倡情冶思"，造语具复叠之妙。更妙的是把这两个片语置于"寺"、"楼"之前，若定语然。虚构而实写，挥洒自如，风度与所咏之人相称，故绝佳。

李白、杜牧留下丰富精神遗产，是属于人民的，人民应记住他们的名字。末联言问着本地掌故，州民居然一点不知，令人增慨。此暗用杜牧《九日齐山登高》"古往今来只如此，牛山何必泪沾衣"诗意，语出刘禹锡《西塞山怀古》"人世几回伤往事，山形依旧枕寒流"，结得悠远。

过松源晨炊漆公店

莫言下岭便无难，赚得行人错喜欢。
正入万山圈子里，一山放出一山拦。

这首诗作于绍熙三年（1192）作者任江东转运副使外出时。题中的"松源"是山区地名，"漆公店"是前一夜投宿的客栈，"晨炊"犹言早餐。题目告诉读者这样一些信息：作者山行至少走过一天山路了，又要开始第二天的行程。从头一天的行程，他取得了一个经验，也便是这首诗的缘起。

"莫言下岭便无难，赚得行人错喜欢。"两句写走山路容易产生的一种误区。首句以"莫言"打头，是个祈使句，是过来人教训"行人"的口气。"下岭"是个关键词，犹言下坡。山行的特点是道路崎岖不平，除了上坡就是下坡，谚云"上坡脚杆软，下坡脚杆闪"，都不好走，唯有下坡后的一段平路走起来比较轻松。然而，这段平路一般是不长的，接下来就会再上坡、再下坡。所以，作者告诫道："莫言下岭便无难。"次句便是说那个误区，什么误区呢？就是"错喜欢"，就是高兴得太早，以为走上平路，以后就不再上坡下坡了。而这个误区是有以导之的，这个意思通过"赚得"表达出来，什么是赚得呢？说严重点就是诱骗。谁诱骗呢？这就是个悬念，且待下文分解了。

"正入万山圈子里，一山放出一山拦。"两句讲山行的崎岖，是"行人"必须面对的现实。以"正"字领起，是汉语中的正在进行时，表明某一状态的正在持续。"万山"犹群山，便是诱骗者了。当然这是拟人的手法。"圈子"犹言圈套。这里包含一个暗喻，说山行好比进入了"万山"这个家伙的圈套。什么圈套呢？这又是一个悬念。末句揭秘，令人恍然大悟："一山放出一山拦。""放出——拦"这样的说法，继续拟人。而"一山"又"一山"，就好像是"万山"安排在途中的马崽，前面的放你一马，让人"错喜欢"一下，后面的又拦住去路，让人愁一下。简直是一场恶作剧。"一山放出"和"一山拦"，形成句中排，出以唱叹，增加了诗的风趣。

风趣是杨万里诗（诚斋体）的生命，使诗特别活泼。在这首诗中，悬念的设置，拟人法的运用，语言的民间，比喻的妙用，都增加了诗的风趣。这些都很有代表性。谁都不喜欢别人板着脸说话，何况是诗呢。这是诚斋体所以为人喜爱的一个原因。

这首诗还不仅仅止于风趣，还有一个隐喻的层面、义理的层面，给读者以启迪。世界是充满矛盾的，科学上没有平坦的道路可走，人生道路不会一味平坦，人类的事业更不是一帆风顺。必须面对一个一个的问题，必须克服一个一个的困难。而且不能指望克服了一个困难就万事大吉，解决了一个问题就一劳永逸。在现代社会，问题不是越解决越少，但是还得要解决。旧的问题解决了，新的问题还会出现，还得要面对。而人类的事业，正是在这样的过程中前进的。人们的危机处理意识，社会的应急机制也就是这样建立起来的。当然，杨万里想不到这些。然而，文学的成功之作，都是形象大于思想的，都有重新解读的可能性。这首诗只是一例。

好事近

月未到诚斋，先到万花川谷。不是诚斋无月，隔一庭修竹。　　如今才是十三夜，月色已如玉。未是秋光奇绝，看十五十六。

"笔端有口古来稀，妙悟奚须用力追！"（张镃）杨万里作诗讲究活法，作词也如此。比如这首小令，只陶渊明"吾亦爱吾庐"之意，但写得灵活洒脱之至。

"诚斋"是作者的书斋名（按词人在任零陵丞时曾拜访家居的爱国名将张浚，张浚勉以"正心诚意"之学，遂以自号），而"万花川谷"是靠近诚斋的花园名，这个园名很美，能唤起很美的意象。而"月未到诚斋，先到万花川谷"，也就是"万花川谷先得月"的说法，又加深了读者的上述印象。这样便通过园名的巧用空灵地描绘了月色。而"未到"与"先到"呼应，又暗示了待月诚斋的情事，同时唤起读者一个悬念，以便接下去补充说明缘由："不是诚斋无月，隔一庭修竹。"这不仅解释了"月未到诚斋"

的缘故，而且又令人不觉地描绘了笼罩在一片竹影中的诚斋幽深的夜色。

以下仍是诉说的语气："如今才是十三夜，月色已如玉。"写月色只"如玉"二字，固然简洁，而"才是"与"已"字作勾勒，又表现出一片喜出望外的神情。读者正待叹赏，而词人语未了便转，又写出新的企盼："未是秋光奇绝，看十五十六。""未是"云云似对"十三夜"的否定，其实只是造成递进的语气，将奇绝之景留到来夜，更有余蕴。

在上片中，书斋、花园、庭竹在叙述事由的语气中逐一展现，使词中写景显得空灵。而在下片中，则着重在十三夜与十五十六月色的比较上着笔，更增加了空灵的感觉。空灵的好处是给读者的想象以自由活动的空间。有人说"诚斋天分也似李白"（刘克庄），如此词的满心而发、肆口而成，便在太白风度。当然，诚斋所长在小品，与李白"兴酣笔落摇五岳"的气象比，是有小大之别的。

【范成大】（1126—1193）字致能，号石湖居士，苏州吴县（今属江苏）人。"中兴四大诗人"之一。绍兴二十四年（1154）进士。历任处州知府，知静江府兼广南西道安抚使，四川制置使，参知政事等职。曾使金。晚居故乡石湖。有《石湖居士诗集》《石湖词》《桂海虞衡志》《吴船录》等。

州桥

> 州桥南北是天街，父老年年等驾回。
> 忍泪失声问使者，几时真有六军来？

作于宋孝宗乾道六年（1170）出使金邦时。州桥指北宋汴京（开封）城内横跨汴河的天汉桥。

前二句写使至旧京州桥的怅触。题下原注："（自州桥）南望朱雀门，北望宣德门，皆旧御路也。"次句感慨尤在"父老"二字。盖汴京沦陷已达四十四年之久，范成大本人尚且是第一次见到州桥，对昔日汴京的了解仅限于书本。而沦陷区的中年以下，尤其青少年，故国的观念自是相当淡泊。唯年纪在五六十岁以上的老者才有故国故君之思，然而盼了一年又一年，仍旧希望渺茫。作者使金所写日记《揽辔录》载："遗黎往往垂涕嗟啧，指使人曰'此中华佛国人也'。"可叹。

后二句构思了一个遗民拦道哭问南宋使者情节，问题传神在"真有"二字上。写出父老望眼欲穿的心情，看来他们对南宋隐忍求和的国策还完全蒙在鼓里，教使者无言以对。这里同时也就暗含对南宋当局的指责。

后来陆游《夜读范致能揽辔录，言中原父老见使者多挥涕，感其事作绝句》云："公卿有党排宗泽，帷幄无人用岳飞。遗老不应知此恨，亦逢汉节解沾衣。"对《州桥》的不尽之意，做了进一步的发挥。

望乡台

千山已尽一峰孤，立马行人莫疾驱。
从此蜀川平似掌，更无高处望东吴。

作于淳熙元年（1174）由知静江府（桂林）调知成都府到任时。作者当时已有倦于宦游之意。成都北面有望乡台，诗以为题，取远望可以当归之意。

作者当年早春从桂林出发，经湖南至荆州，经三峡入川，时而舟楫浮江，时而越岭攀山，至遂宁始见平川。前二句就写山区过尽，即将进入盆地。耐人寻味的是"莫疾驱"的内心独白。

"莫疾驱"的原因何在？就在脚底是入蜀的最后一峰，是最后剩下的"望乡台"。后二句就补充说明这一原因。"蜀川"即四川盆地，用"平似掌"来比喻，十分贴切。就旅途言是化险为夷了，就乡思言则愈来愈深了，"从此蜀川平似掌"虽聊可告慰，"更无高处望东吴"却不无遗憾，正是由于这样两种对立心情，构成此诗缠绵而不失开阔的情调。充分表现了诗人善于描写微妙感情的才能。

四时田园杂兴（录六）

其一

土膏欲动雨频催，万草千花一饷开。

舍后荒畦犹绿秀，邻家鞭笋过墙来。

作者原序说："淳熙（1186）丙午，沉疴稍纾，复至石湖旧隐。野外即事，辄书一绝，终岁得六十篇，号四时田园杂兴。"可见《四时田园杂兴》是作者关于田园题材的绝句集，写作历时一年，含春夏秋冬四季。这样大型的绝句组诗，表现了田园生活的方方面面，是田园诗在宋代的一个很大的收获。这首诗从作者住宅周围环境说起，写初春万物复苏的生机。

"土膏欲动雨频催，万草千花一饷开。"两句是一个大的笼罩。首句写大地解冻，好雨应时，是天上地下一齐动作。"土膏"的"膏"字特别耐味。"膏"者油也，用写土地的肥沃，非常生动形象，使人感到捧一把都能攥出油来。谚云："春雨贵如油。""土膏"、"土膏欲动"与春雨的关系甚大。春雨一到，地下的种子就会推翻泥土，这就是"欲动"之所指了。次句紧接写万草千花漫山遍野席地而来，直是迅速，像电影特技的低速镜头一样精彩。"万"、"千"、"一"这几个数词，在句中有强烈对比的作用，使人感到花花草草何其多也，接连开放何其快也。

"舍后荒畦犹绿秀，邻家鞭笋过墙来。"两句镜头转到院坝和墙角。

三句写院坝（舍后）里的菜圃，"荒畦"尚未种菜，"绿秀"指长满野菜，一个"犹"字表现惊喜，而且潜伏着更大的惊喜。你想，荒畦尚且繁荣如此，已经播种的畦垄呢，绿的呀，还用说吗！末句用特写以结，是呈现亮点。邻家的竹笋，居然从地下穿墙根而入，长进自家的院坝里了。可喜的侵入者呀！"鞭笋"的"鞭"字极为形象、极为民间。民间喜将一切鞭状之物，径称为鞭（如竹鞭、牛鞭）。一切以鞭为名之物，皆表现生命力的强大。"邻家鞭笋过墙来"就形象地表现了植物在萌发过程中生命力之强大，表现出春的生机之压抑不住。这又使人联想到叶绍翁"满园春色关不住，一枝红杏出墙来"。

同样是压制不住，"一枝红杏出墙来"给人的感觉是眼前一亮，更鲜妍更柔美；"邻家鞭笋过墙来"给人的感觉是不容分说，更野性更阳刚。

其二

蝴蝶双双入菜花，日长无客到田家。

鸡飞过篱犬吠窦，知有行商来买茶。

"蝴蝶双双入菜花，日长无客到田家"两句写农舍晚春光景。首句写蝴蝶穿飞于菜花，是抓住了晚春风光特色的。菜花时节的"蝴蝶"都是粉蝶，分白色和黄色二种。白色粉蝶穿梭于菜花之中，可以成为生动的点缀。黄色粉蝶进入菜花，简直就是一种隐身的魔术了，杨万里之"儿童急走追黄蝶，飞入菜花无处寻"，就是这种情景的写照。次句写村落的宁静，与首句春意闹的感觉形成对比。"日长"指从冬至开始春来白昼一天比一天长。日长人静，无人串门，并非田家谢客，而是成年劳力一齐出动，忙活（含采茶）去了。一、二句一忙一闲，饶有韵味。

"鸡飞过篱犬吠窦，知有行商来买茶。"通过农家少闲月的铺垫，这两句接着写行商收购茶叶之事。第三句先写鸡飞狗跳，引起悬念。鸡犬之为诗歌意象，在古诗中，是与和平生活联系在一起的。"鸡飞过篱犬吠窦"描写极为生动，这里的鸡犬不宁，并不是因为暴力的干扰，而是因为生人——"行商"即茶商的到来。极富农村生活气息。末句是摊牌，"知有"云云，表明这是田家经验范围内的事。然而，对于读者却是一个新鲜的知识。三、四句以一张一弛，形成韵味。

据载，宋代官府控制茶叶买卖，行商只有在获得官方发给的许可证（长引、短引）后，才能下乡收购茶叶。而农民采下的新茶，靠他们才能进入流通领域。这些内容本无诗意。然而，诗中通过一个生活细节——农家的鸡飞狗跳，来报道行商到来的信息，就表现出浓浓的生活气氛。

其三

昼出耘田夜绩麻，村庄儿女各当家。

童孙未解供耕织，也傍桑阴学种瓜。

本篇通过农村青少年的活动反映农忙季节的农村生活习俗。首二句言农村青年不误农时，各司其职。"村庄儿女"是指尚未婚配的农村青年男女，其于耕耘绩纺，各各在行。末二句抓住农家年龄层次更小的儿童活动来写，意味更长，正如"兵家儿早识刀枪"一样，农村儿童对农业劳动耳濡目染，无师自通。他们的游戏也以劳动为模仿的对象。"也傍桑阴学种瓜"便写出了农家孩子在大人们的影响下对农业劳动萌发的兴趣和主动参与。这样的活动具有自愿性和自娱性，孩子们天真纯朴的情态如见。通过这样一种典型的生活情事，写出了劳动者对劳动的热爱。

其四

采菱辛苦废犁锄，血指流丹鬼质枯。

无力买田聊种水，近来湖面亦收租。

本篇写水乡农人的遭遇，揭露封建剥削的无孔不入。采菱是一种历史悠久的生产活动，唐诗中就经常写到采菱的场面，不过多是美丽的采菱姑娘荡舟于绿水之上，颇具诗情画意。而范成大却从严酷的现实出发，写出采菱劳动的艰苦和阶级矛盾的尖锐。采菱主要靠徒手操作，犁锄派不上用场，而菱角有尖芒，手指有时会被划破的，以"流丹"形容"血指"，给人鲜血淋漓、惊心动魄的刺激感，"鬼质枯"三字也很形象，也就是瘦得不像人。采菱者多是失去土地的劳动者，既无力买田，同时也不佃田——因为不堪沉重的地租剥削的缘故。原来湖面种菱是不收租的，所以尽管辛苦，犹不失为一条活路。这里"种水"是比照"种田"生造的词儿，却显得简括新颖，符合平仄要求。殊不知好景不长，苛政像瘟疫一样蔓延到湖上："近来湖面亦收租"。往后的日子怎么过呢？诗人就此打住，妙在不言。这首诗使人想起唐人名句："渤澥声中涨小堤，官家知后海鸥知"（陆龟蒙《新沙》）、"纵使深山更深处，也应无计避徭征"（杜荀鹤《山中寡妇》）。

其五

静看檐蛛结网低，无端妨碍小虫飞。

蜻蜓倒挂蜂儿窘，催唤山童为解危。

这首诗属于夏日田园杂兴。这种以昆虫作题材的诗，古人叫"禽虫诗"。白居易多有这一类诗，与范成大同时的杨万里集中，也多有这一类诗。

在这首诗中，作者用一种儿童的眼光，像是讲述着一个童话故事，故事里有三个以上的角色。依次说来，一个角色是加害者——蜘蛛（檐蛛），在故事中扮演阴谋家、和平破坏者的角色。"静看檐蛛结网低"，是说蜘蛛结网，常在矮檐之下，这里包含着一种生活经验，一种自然的选择——矮檐之下，是蚊虫特多的地方，也便成为蜘蛛结网的最佳去处。

另一个角色是受害者、弱势群体，是作者的同情所在，这就是"小虫"，也就是下文的"蜻蜓""蜂儿"。"无端"二字，表明了作者的感情态度，对蜘蛛这是谴责，对"小虫"这是鸣冤叫屈。有趣的是，作者笔下的受害者不是苍蝇蚊子。当然，如果一定要写成苍蝇蚊子也不是不可以，像"猫捉老鼠"那样的故事中，老鼠还可以成为同情的对象呢。不过，写成"蜻蜓""蜂儿"，更加入情入理，不会产生歧义而导致质疑。

第三个角色是侠客，是解危者，是伸张正义者，是路见不平、拔刀相助的人，这就是"山童"。"蜻蜓""蜂儿"落入蜘蛛设下的陷阱中，有性命之忧，唯一的指望就是侠客的出现。这侠客便是"山童"，只能是山童。为什么不能是成人呢？成人有成人的世界，成人的眼光，已看不到这"小人国"里的故事——那是多么有趣的故事唷。

诗中还有一个隐形的角色，准确讲，是一种画外音，来自"催唤"者，说穿了，就是诗人自己。眼看"蜻蜓""蜂儿"被蛛网牢牢粘住，脱身不得，诗人不免替它们着急，忍不住代它们向"山童"发出求救的呼声。因此，诗人自己在诗中，扮演着第四个角色。

有人说，对生活的一切的诗意的理解，是童年时代给我们的最伟大的馈赠。如果一个人在悠长而严肃的岁月中，没有失去这个馈赠，那他就是诗人。这首诗的作者，无疑就是一个这样的人。

其六

新筑场泥镜面平，家家打稻趁霜晴。

笑歌声里轻雷动，一夜连枷响到明。

此诗写打稻时节农人忙碌而快活的情景，亦属夏日田园杂兴。前二句写打稻的准备工作。首先是筑场，"镜面平"以比喻形容写出晒场平整光洁的事实，还写出劳动者对亲手创造的成果的一种审美愉悦。一个

348

"趁"字，写出收获季节须抢农时的情况，也写出一种争先恐后的劳动热情。"霜晴"二字来自生活经验，非随意可得。

后二句紧接上句，写如何"趁霜晴"。原来是连夜赶晚地干。"笑歌"句表明劳动虽然累，但天公作美，农人心情是愉快的。"连枷"是古老的脱粒工具，至今未废，以"轻雷动"形容噼噼啪啪的打场声极美，犹如轻柔和谐的和声。真正的雷声，哪怕是轻雷决没有这样悦耳的效果，因为它会引起切身利害的思虑，唯其是似雷非雷，才有如此美妙的听觉效果。农民是辛苦的，然而风调雨顺之年，由于生活会相对改善，也会给他们带来一些喜悦。此诗通过劳动场面，写出了真正意义上的农家乐，与王禹偁"各愿种成千百索，豆萁禾穗满青山"有异曲同工之妙。

卖痴呆词

除夕更阑人不睡，厌禳钝滞迫新岁。
小儿呼叫走长街，云有痴呆召人卖。

"卖痴呆"是宋时年节的一种民俗，对象是小儿，它和七夕节"乞巧"用意是一样的，就是希望当事人变得聪明，只不过"乞巧"的对象是青少年女性而已。

"厌禳钝滞"即救治笨拙，所针对的应该是表现愚笨的，按今人知识，即带有自闭、孤独症倾向的幼儿。古人迷信，认为这些症状，是鬼魅附身的缘故。又认为，这鬼魅只有在找到新寄主的前提下，患儿才能痊愈。"卖痴呆"的操作办法，就是在除夕守岁的当夜，带着小儿在街道上呼喊，如有人不小心答应了，这"痴呆"就卖给那人了。这有点嫁祸于人的意思，但谁教你自己答应呢，再说，你也照样可以通过"卖痴呆"的办法，把痴呆卖出去嘛。说穿了，还是"各人自扫门前雪，休管他人瓦上霜"的自私心理作怪。

"小儿呼叫"应该有词儿，可惜绝句字数太少，无法表现。作者又没有自注，乃至失传。但可从近世民间治小儿夜哭的习俗，加以想象——民国时代，街市的电线杆上往往贴有红纸，上书"小儿夜哭，请君念读。小儿不哭，谢君万福"。据说别人念了，可治自家幼儿夜哭的毛病。亦属民间"厌禳"之一法，其做法利己却不损人，虽同属迷信，论心则较为可取。孔子曰"（诗）可以观"，此即一例。

【陆游】(1125—1210) 字务观，号放翁，越州山阴（浙江绍兴）人。"中兴四大诗人"之一。绍兴中应礼部试，为秦桧所黜。孝宗即位，赐其进士出身，曾任镇江、隆兴通判。乾道六年（1170）入蜀，任夔州通判。乾道八年，入四川宣抚使王炎幕府。官至宝章阁待制。晚居山阴镜湖。有《剑南诗稿》《渭南文集》《南唐书》《老学庵笔记》等。

游山西村

莫笑农家腊酒浑，丰年留客足鸡豚。
山重水复疑无路，柳暗花明又一村。
箫鼓追随春社近，衣冠简朴古风存。
从今若许闲乘月，拄杖无时夜叩门。

作于孝宗乾道三年（1167），因符离之败落职居乡时，是一首纪游之作。当时陆游居住在绍兴西郊镜湖畔之三山，题中之村即在三山西面。

首联通过热情待客，写丰年农家的快乐。这不是一般意义上的好客，而是所谓"穰岁之秋，疏客必食"。在语气上，则描摹农家留客口吻，与

"故人具鸡黍，邀我至田家"的纯叙述不同，上句带几分自谦、下句带几分自炫，惟妙惟肖地反映出农家衷心的喜悦。

次联写到村的经过。与"绿树村边合，青山郭外斜"的纯写景不同，在写景中寓有生活哲理。"山重水复"两句首先来自水程实感，所谓"舟行若穷，忽又无际"(柳宗元)，而且还象征着事物在发展过程中，经常会遇到暂时的困惑或停滞的阶段，然而只要继续探索，经过一阵徘徊，总会有豁然开朗的时候。

前人写类似生活实感的人不少，如王维"遥爱云木秀，初疑路不同。安知清流转，忽与前山通"、耿湋"花落寻无径，鸡鸣觉有村"、强彦文"远山初见疑无路，曲径徐行渐有村"、王安石"青山缭绕疑无路，忽见千帆隐映来"等，但都是着重叙述这种生活经验，没有一个写得像陆游这样富于理趣。用"山重水复"来写"疑无路"，以"柳暗花明"(出武元衡诗)来写"又一村"，不但对仗工稳，而且概括性强、象征性显，大有"踏破铁鞋无觅处，得来全不费功夫"的味道。流水对的形式，又赋予诗句以灵动之气。

三联写山西村人群众"社会"活动，以节日气氛，更为具体生动地写出了好年头带来好兆头，为孟浩然《过故人庄》所无。"春社"是古代农村祭祀土地神和五谷神的节日，村民吹吹打打，群众追随围观，名为娱神，实亦自娱。"衣冠"是人的精神面貌的反映，诗人抓住"简朴"的特征，就写出了纯朴节俭、不事华靡的劳动人民的本色。

末联写告别语，与《过故人庄》略近。但这里表现的是对村民在感情上的认同，也就是说在感情上打成一片。作为一个士大夫，是十分难能可贵的。这也是陆游爱国主义思想的一个重要组成部分。

诗不但思想境界、情感内容明朗健康，而且富于理趣，留意民俗，语言精练、清新、流畅，在唐宋七律中是独具特色的佳作。

剑门道中遇微雨

衣上征尘杂酒痕，远游无处不销魂。

此身合是诗人未？细雨骑驴入剑门。

作于孝宗乾道八年（1172）冬。作者本年正月应四川宣抚使王炎之聘赴南郑（陕西汉中）任干办公事兼检法官，参预军事机密。是冬调任成都府路安抚使范成大幕任参议官，诗为途经剑门山作。陆游此行是从国防前线到后方大都会，是去危就安、去劳就逸，然而并不合其心愿，故有失落情绪，俱见此诗。

前二句写途中落魄况味。赴任途中，风尘仆仆，人的领口是黑的，胸口有酒渍——长途跋涉的辛苦全反映在久未换洗的外套上。"销魂"换言之即狼狈，表面上是扣题面"遇微雨"来的——即杜牧所谓"路上行人欲断魂"。说"远游无处不"云者，意谓纵使无雨也销魂——骨子反映着此次调动从内心深处给诗人造成的失望。

接下来该是发牢骚，却没有。后二句自我调侃道"我今生命中注定是个诗人么？"何以言之，答案在最后一句——"细雨骑驴入剑门"。一则唐诗人郑綮答人索句，谓"诗思在灞桥风雪中驴子背上，此处哪得有诗"，盖唐代诗人（如孟浩然、李贺、贾岛等）多有山程水驿中驴背敲诗的经验，故成为名言；再则，"自古诗人多入蜀"，李白是蜀人，杜甫、高适、岑参、元白、李商隐、韦庄皆有入蜀之行，而杜甫就是从剑门山走过来的。所以从"骑驴""入蜀"两重意义上看来都合该是诗人了。

很多人梦想做诗人而做不成，而以英雄、战士自我期许的陆游，却偏偏只有做诗人的命。幸乎不幸乎？唯有天知。全诗通过自嘲的口吻，表现了一位爱国者失意的思想感情。作品意蕴是复杂的，文化内涵是丰富的。唐人绝句无此种风味。

黄金错刀行

　　黄金错刀白玉装，夜穿窗扉出光芒。丈夫五十功未立，提刀独立顾八荒。京华结交尽奇士，意气相期共生死。千年史册耻无名，一片忠心报天子。尔来从军天汉滨，南山晓雪玉嶙峋。呜呼！楚虽三户能亡秦，岂有堂堂中国空无人！

　　作于乾道九年（1173）任嘉州（乐山）代理知州时。诗借刀以言志，抒发抗金复国的壮志豪情。共三段，段自为韵。

　　一段咏刀入题，写急于复国立功的情结。"黄金错刀"语出张衡《四愁诗》"美人赠我金错刀，何以报之英琼瑶"，指环把上黄金错络的佩刀，"白玉装"谓刀匣。谓宝刀夜出光芒，是活用龙泉宝剑气冲斗牛的典故（《晋书·张华传》），与他篇写"匣中宝剑夜有声"一样，是对刀主"逆胡未灭心未平"的暗示。"丈夫五十"（陆游时年四十八）二句，与李白《行路难》"停杯投箸不能食，拔剑四顾心茫然"，同出于鲍照《拟行路难》"对案不能食，拔剑击柱长叹息。丈夫生世会几时，安能蹀躞垂羽翼"，痛感的是"年光过尽，功名未立"（刘克庄），而"提刀独立顾八荒"更有男儿顶天立地的意思，从而对未能建功立业更为于心不甘。

　　二段回忆青年时期，即所谓"结交台谏，鼓唱是非，力说张浚用兵"那一时期激动人心的往事。"京华"指南宋都城临安，包括建康一线，两句谓结交奇士、风义相期，绝非泛说，而有十分丰富的具体生活内容。"千年史册耻无名"，字字磊落光明，为烈士写心。"名"乃功名非虚名。"一片丹心报天子"，此心此志，可对天日，而后来遭遇的挫折，不说也

353

罢。读诗须联系作者生平，方能因声求气。

三段一跳说到从军南郑，抗金热情复炽。从汉水之滨，遥望终南积雪，缅怀盛唐气象，令人热血沸腾。于是情不自禁地想到历史上楚亡于秦后，楚人那充满民族义愤的誓言："楚虽三户，亡秦必楚！"这个誓言最后是实现在楚霸王身上了的。诗中"中国"指赵宋。想当年楚国是倾巢覆没，而赵宋至少还拥有江南半壁河山，岂无希望耶？前言京华奇士，此言岂曰无人，先后呼应，自信心与自豪感洋溢纸上。诗作于嘉州，豪情亦如岑嘉州。岂偶然耶？

花时遍游诸家园

> 为爱名花抵死狂，只愁风日损红妆。
> 绿章夜奏通明殿，乞借春阴护海棠。

同题的诗一共十首，是淳熙三年（1176）诗人在成都写的。成都是一个花城，唐代的杜甫在成都就写下不少咏花诗，奇怪的是唯独没有关于海棠的吟咏。陆游这首诗咏海棠，弥补了这个遗憾。

《花时遍游诸家园》这个题目，表现出一种很高的兴会，这种兴会也反映到这首诗中，这是阅读此诗时，要加以留意的。

"为爱名花抵死狂，只愁风日损红妆"二句，写久旱天气中，因爱花而惜花。杜甫有"不是爱花即欲死，只恐花尽老相催"（《江畔独步寻花》），为此诗首句所本。兴会高处，不觉手舞足蹈，固不妨措语强烈也。次句意思是天旱（风日）不宜于养花，"损红妆"为拟人法，形容海棠娇怯的样子，为后二句张本。

"绿章夜奏通明殿，乞借春阴护海棠"二句写祈雨的心情。诗人并不直说，却借道教说事。"绿章"即青词，乃道士祈天时用青藤纸朱书的奏文，"通明殿"是玉帝所居殿名。作者以护花使者的姿态出现，说自己连夜赶晚草写绿章封事，为的是向上帝乞借春阴，只为惜花护花，这是杜撰故事，著想奇妙，同样表现出很高的兴会。所谓兴会，乃是一种浮想联翩的状态，有兴会才有语言，有兴会才有想象，有兴会才有创作欲望、不吐不快。

惜花盼雨，是一个多么常见的思绪，只因为作者有不同寻常的兴会，因此这首诗在艺术表现上能够独一无二。写诗就要追求这样的独一无二。

长歌行

　　人生不作安期生，醉入东海骑长鲸。犹当出作李西平，手枭逆贼清旧京。金印煌煌未入手，白发种种来无情。成都古寺卧秋晚，落日偏傍僧窗明。岂其马上破贼手，哦诗长作寒螀鸣？兴来买尽市桥酒，大车磊落堆长瓶。哀丝豪竹助剧饮，如巨野受黄河倾。平时一滴不入口，意气顿使千人惊。国仇未报壮士老，匣中宝剑夜有声。何当凯旋宴将士，三更雪压飞狐城！

淳熙元年（1174）五十岁，作于离蜀州通判任，寓居成都安福院僧寮时。诗借饮酒豪兴抒写胸中积郁和难以扑灭的报国宏愿。

前四句先写报国宏愿。谓人生即不做高蹈之仙人，犹当为济代之忠臣，一反前人功成追仙的说法，用退后一步的口气，实在因为成仙不可为，而忠臣可为。"李西平"指唐德宗时平朱泚之乱、收复西京、功封西平郡王的名将李晟。"旧京"借长安以喻汴京。四句以"人生"为主语，保持着一气到底的气势，所谓大江无风，波浪自涌，神似李白。"金印煌煌"六句，一跌而到现实而今眼目下，意在马上破贼之身，却处闲于古寺僧舍之下，如寒虫一般苦吟。究其原因，实在是金印不在手，东风不与便的缘故。"岂其"二句，实止一句，似平空提起，实照应"犹当出作李西平"意来，气颇不平。

"兴来买尽"六句说到借酒消愁，却并不消沉，表现出放翁诗的一个重要特点。这里强调"平时一滴不入口"，可见本非酒徒；而"意气顿使千人惊"，则暗寓不鸣则已、一鸣惊人之意；形容剧饮"如巨野受黄河倾"，则有涤荡中原之意味。从而再度掀起感情的高潮。

结尾四句再为抑扬，"国仇未报"一抑，宝剑夜鸣一扬，末二句更从饮酒生发雪夜举行凯旋庆宴一念，将诗情扬至高峰。"飞狐城"即飞狐口（在河北涞源），为北方边郡军事要道。诗用乐府古题《长歌行》，其实并不太长，也可以题为《将进酒》，诗的抒情方式和大起大落的节奏，酷肖李白。作者在诗中大发牢骚，却并不流于消沉，而是燃烧着希望之火，给读者以积极的鼓舞和教育，又颇具自己的特色。方东树《昭昧詹言》推此诗为陆游诗的压卷之作，是有相当理由的。

五月十一日夜且半梦从大驾亲征

天宝胡兵陷两京，北庭安西无汉营。五百年间置不问，圣主下诏初亲征。熊罴百万从銮驾，故地不劳传檄下。筑城绝塞进新图，排仗行宫宣大赦。冈峦极目旧山川，文书初用淳熙年。驾前六军错锦绣，秋风鼓角声满天。苜蓿峰前尽亭障，平安火在交河上。凉州儿女满高楼，梳头已学京都样。

淳熙七年（1180）作于江西抚州，时任"提举福建常平茶盐公事"。

356

多年岁月蹉跎，诗人还不肯放弃他的恢复之梦。诗题序合一，长达四十八字："五月十一日夜且半，梦从大驾亲征，尽复汉唐故地，见城邑人物繁丽，云西凉府也。喜甚，马上作长句，未终篇而觉。乃足成之"所言不止调兵遣将，而且大驾亲征、不只收复淮北，而且尽复汉唐故地；不待觉后援笔，而且早在梦中马上作诗：凡此皆可见意兴的酣畅。全诗四段，段自为韵，平仄互转。

一段写大驾亲征。四句当注意者，是诗人是站在中国历史的高度，眼界超出赵宋一朝，追溯民族恨史。盖自唐天宝乱后，国势渐弱，北庭、安西两都护（后置方镇），在德宗贞元间为吐蕃攻占，同时陷落的，还有河西走廊前沿的凉州（即题中西凉府）。从那时起，近五百年间，又有后晋石敬瑭割燕云十六州献契丹，使汉民族政权退居白沟（巨马河流经河北兴定县部分）以南；赵宋仍之，尔后发生靖康之变，汉民族政权又退居淮河以南，可谓每况愈下。诗人梦收汉唐故地，是其在潜意识中抓住了宋代积弱的历史原因，实能追本溯源，眼光不可谓不远。

"熊罴百万"四句写尽复失地。虽然百万雄师，却又兵不血刃，孙子曰："凡用兵之法，全国为上，破国次之"、"百战百胜，非善之善者也；不战而屈人之兵，善之善者也"，这是一种最理想的战争结局。皇帝在行宫中排列仪仗，宣布大赦，可见不尚杀戮、不事劫掠，是王者仁义之师。字里行间充满汉民族之浩然正气。

"冈峦极目"四句写全胜的喜悦。北南政令归一，一切文书皆使用大宋年号、历法。须知文物典章制度在民族文化心理上是高于一切的，"中原文书用胡历"乃诗人平生最痛心疾首之事，方知此句所包含的大欢喜。大驾前六军军容整肃，战袍鲜明耀眼，秋风飒飒，鼓角齐鸣，声震长空，这是盛大庆典场面。写得浓墨重彩，是全诗抒情的高潮。

末四句写一统后边区的和平气象。苜蓿峰（见于岑诗，疑在今甘肃西部）与交河（在今吐鲁番西）皆边塞地名，各各俱已设防，烽火则报道平安的信息。不意盛唐气象复睹于兹。最后二句以旖旎的笔墨，用凉州儿女发

357

式的改变，见微知著地表现出统一带给边区人民的大欢喜。京都，向来领导着服装发式新潮流。"梳头京样"是唐人歌曲《内家娇》歌唱当时女性赶时髦的风习。而凉州儿女数百年来久厌胡服，不图今日重见汉官，立刻也就"梳头京样"了。这充满柔情的笔墨，为全诗的壮采平添几分风韵，最见作者才情。

陆游平生记梦诗近百首，多是反攻复国之梦。如"梦里都忘困晚途，纵横草檄论迁都"（《记梦》）、"三更抚枕忽大叫，梦中夺得松亭关"（《楼上醉书》）、"夜阑卧听风吹雨，铁马冰河入梦来"（《十一月四日风雨大作》）、"梦里都忘闽峤远，万人鼓吹入平凉"（《建安遣兴》）等。赵翼说："人生安得有如许梦？此必有诗无题，遂托之梦耳。"这九十余篇记梦，当然不必全是真梦，梦在这里是作者借以实现其理想的一种方式，也就是浪漫主义的创作方法。在诸多记梦诗中，本篇是写得最恣肆的，它场面宏丽、气魄雄迈、洋溢着激情、绝不提梦觉后的悲哀，具有一种奇情壮采。

题面中"喜甚"二字，在诗中并无直接抒写，但通过一系列具体场景——大驾亲征、尽复故地、筑城进图、宣敕改历、烽火平安、凉儿女妆梳等，自然流露喜不自胜之情。

夜泊水村

腰间羽箭久凋零，太息燕然未勒铭。

老子犹堪绝大漠，诸君何至泣新亭。

一身报国有万死，双鬓向人无再青。

记取江湖泊船处，卧闻新雁落寒汀。

淳熙九年（1182）作于成都，时作者主管成都府玉局观，奉祠居家。

358

此居锦江舟中述怀之诗。

首联写壮志未酬之意。杜甫《丹青引》形容凌烟功臣有"猛士腰间大羽箭"之句，此则云羽箭凋零，未能勒石记功（"燕然勒铭"是后汉窦宪事），与凌烟功臣形成对照。

次联直抒豪情，"绝大漠"是汉武帝赞霍去病语，借以自我期许；同时设置一对立面，即当代"南渡诸人"（典出《世说新语》）。一句以"犹堪"、一句以"何至"勾勒成流水对。相形之下，硬骨头"老子"益自豪，软骨头诸公益可鄙。

三联写以身许国，而时不我待的矛盾。"一生——有万死"、"双鬓——无再青"，反对颇具语妙。出句失律，对句拗救，以诗句浑成故无大妨。

结联回应首联"太息"，落到眼前，谓此夜泊船锦水，卧闻新雁，报国之情，犹耿耿于怀也——"记取"云云即有此意。

此诗意境沉郁，音情顿挫，属对老成，逼近杜律。

书愤

早岁那知世事艰，中原北望气如山。

楼船夜雪瓜洲渡，铁马秋风大散关。

塞上长城空自许，镜中衰鬓已先斑。

出师一表真名世，千载谁堪伯仲间。

此诗作于宋孝宗淳熙六年（1186）春，陆游退居山阴六年后，这时以朝奉大夫权知严州军州事起用，因作此诗追怀往事并抒发报效祖国的热情，须知这年诗人已六十二岁，所以难免有失时之悲。

二十年前，诗人在镇江通判任上就以光复河山为己任，与驻扎在建康（南京）的爱国主战派将领张浚之子张栻及幕府中人交好，鼓吹抗战。瓜洲在长江边上与镇江斜相对峙，当时是国防前沿，故有战舰水师驻扎。又约在十余年前，诗人曾从军南郑，参与爱国将领王炎进攻中原的军事部署，曾几次亲临大散关（宝鸡西南）前线，那时又做过一次反攻复国的好梦。这两段宝贵的生活经历，就被熔铸在前四句诗中。"那知"犹言"岂料"，"世事艰"三字概括了民族所遭逢的深重灾难，是一抑。"中原北望气如山"写志在恢复的英雄气概，是一扬。

　　"楼船夜雪瓜洲渡，铁马秋风大散关。"叙事中兼写景象，于四时中特别拣出隆冬和深秋的季候来写，就造成了严寒萧瑟的气氛，瓜洲渡、大散关这两个地名前置以"楼船夜雪""铁马秋风"的描写，便觉叙事精警，声色动人，为全诗增色不少。然而，在镇江也好，南郑也好，希望都落了空：由于符离兵败，张浚罢职，诗人也落下交结台谏、鼓唱是非、力说用兵的罪名，丢了官；另一次则因王炎调职，使北伐计划成为泡影。

　　从"早岁那知世事艰"到"铁马秋风大散关"，一气贯注，须一气读下，笔力之矫健仿佛李杜。史载刘宋文帝将杀大将檀道济，檀投帻怒叱曰："乃坏汝万里长城。"诗人说自己也是"塞上长城空自许，镜中衰鬓已先斑"，心情是悲愤的，但他并不泄气，最后通过标榜诸葛亮"鞠躬尽瘁，死而后已"的精神来激励自己："出师一表真名世，千载谁堪伯仲间。"杜甫称赞诸葛亮"伯仲之间见伊吕"偏重于他的谋略，而陆游这是称赞诸葛亮偏重于他的献身精神。诗中并没有直抒个人此时怀抱，但读者已经心领神会了。

　　这首七律句句经得起推敲，却给人以一气呵成之感；虽说是一气呵成，又饶有抑扬顿挫：说早岁不知世事之艰是一抑，紧接写北望中原气壮山河便是一扬，至"楼船夜雪""铁马秋风"二句更是酣畅之至，以下便用"空自许"三字一收，又挽合到"世事艰"，概何胜言，末二句则推开以自励作结，诗情复得振作。全诗磊落不平，令人百读不厌。可见作诗不仅要有材料，有技巧，尤贵以感兴驱使而为之。没有较深的感兴，勉强逞才摛藻，读来哪得如此上劲。

临安春雨初霁

世味年来薄似纱，谁令骑马客京华？

小楼一夜听春雨，深巷明朝卖杏花。

矮纸斜行闲作草，晴窗细乳戏分茶。

素衣莫起风尘叹，犹及清明可到家。

淳熙十三年（1186）由山阴赴召知严州时，作于临安客舍。此时陆游六十二岁，已退居五六年，宦情已淡，还是怀着一线希望赴阙。严州有子陵滩、钓台，为东汉大隐士严光隐居处，故陛辞时孝宗特嘱以"山水胜处，职事之暇，可以赋咏自适"，则放翁亦可称奉旨作诗了。正是"辜负胸中百万兵，百无聊赖以诗鸣"（梁启超）。知此，便不难理会此诗何以有厌倦官场的心情。

首联言宦情已淡，偏又出山。用迷惘、自责的口吻，表现出此次赴召的失望心情。以"薄似纱"形容宦情（"世味"），赋无形以具象，极为佳妙。"谁令"？除了胸中那颗爱国心，还有谁呢！结果被自己的感情欺骗了。

次联撇开话头，写临安春雨初霁之景。其所以脍炙人口（据说传入宫中，深为孝宗所赏识），首先在于它抓住了江南风物特色，其次在于通过听觉描写淡荡春光。诚然，这容易使人联想到老前辈陈与义"客子光阴诗卷里，杏花消息雨声中"的卜句，而且陈诗的上句，也隐含在陆诗的后一联中。然而陆游将"杏花消息雨声中"，扩为一联，增加了不少新意，大大丰富了原有的诗味，一是明确了一夜春雨与明朝杏花之间的因果关

361

系，二是增加了"春在卖花声里"（王季夷）的意思。是卖花人将先到郊野的春光，带入了临安街头巷尾。小楼屋檐滴雨声未绝，而街头巷尾卖花声已起。诉诸听觉，但已具一幅何等别致的早春都市风情画。然而这样的都市风光，在那个特定的时代，对这个特定的人物来说，不有点过于和平了么！

三联写寓所生活情事。也显得过于清闲无事，究心于书道与茶道——这两事非有闲心不办的。东汉大书法家张芝写草书十分考究，平时都写楷字，人问其故，答云："匆匆不暇作草。"陆游善书，今存手迹疏朗有致，风韵潇洒，盖亦深谙个中三昧，故云"闲作草"。"矮纸"指尺幅较短的纸。"分茶"即品茶、点茶，是宋代流行的一种茶道，后传入日本（参黄遵宪《日本国志》）。"细乳"指茶水面上浮起的白色泡沫。"戏分茶"与"闲作草"一样，皆幽人雅致，非志士所宜。无怪放翁并不满意。

末联明点倦宦之意。晋人陆机诗云"京洛多风尘，素衣染为缁"，是说两京车马辐辏，容易把浅色衣服领口弄脏，后世多用为倦于宦游故事。此处"素衣"前置，诗人好像是拍拍衣裳，宽慰自己道，估计清明前可以赶回家乡，祭扫先人坟茔，并与家人团聚。遥应篇首，反映了这次临安之行的失望情绪。

秋夜将晓出篱门迎凉有感

三万里河东入海，五千仞岳上摩天。

遗民泪尽胡尘里，南望王师又一年。

光宗绍熙三年（1192）作于山阴，时年六十八岁。这是在一个热得反常的秋晚，诗人不得安睡，忧念国事之作。原题下共二诗，此其二。

前二句痛悼中原失地，是陆游名句。"三万里河"指黄河，"五千仞岳"指泰华二山（《寒夜歌》"三万里之黄河入东海，五千仞之泰华摩苍冥，坐令此地没胡虏，两京宫阙悲荆榛"可为注脚），用代中原失地。汉民族本发轫中原，黄河、泰华从来都是华夏民族的骄傲和象征，丧失中原对于华夏民族就等于丧失了根本。而南宋安于江南半壁河山既久，国人神经多已麻木；一经作者提起，顿觉疾首痛心。这两句在内容上是触目惊心的，在形式上则打破七言律句以"二二三"为节奏的常规，作"三一三"对起，音情是非常的，形式是严重的。

后二句思念中原遗民，类似结尾也见于范成大诗及作者本人的《关山月》。尽管南宋统治者已无意于收复失地，但老诗人还没死心，还要提个醒儿——除了宗庙河山，北方还有同胞骨肉啊。还能再麻木下去吗？就题材重大和感情容量深厚而言，此诗达到了七绝艺术的极诣。

小舟游近村舍舟步归

斜阳古柳赵家庄，负鼓盲翁正作场。
死后是非谁管得，满村听说蔡中郎。

原题下共四诗，此其四。作于宁宗庆元元年（1195），时年逾七旬。诗记赵家庄一时见闻和感想。

前二句记村民观听民间艺人说唱表演的情况。一个农闲的黄昏时分，赵家庄的村民在坝子里听一位年老的盲艺人说唱蔡伯喈与赵五娘——后来著名南戏《琵琶记》故事。蔡邕（字伯喈）在东汉时官至左中郎将，故称蔡中郎，故事中的蔡伯喈是一个成名后背亲弃妻的负心汉。其实真实的蔡邕性至孝，并无重婚之事。

后二句即事抒感，极颓唐语而别饶感慨。本来文学作品主人公与创作原型不是一回事儿，《琵琶记》故事不过民间传说，其是其非，无关紧要。然而诗人却借题发挥，抒写一种人生感慨——"死后是非谁管得"。这个调子太低沉，似乎是对身后之名的否定，乍看不像是陆放翁平生思想。其实是"死去原知万事空"的另一种说法，一种很无奈的说法。真实地反映了诗人的苦闷。

沈园（二首）

其一

城上斜阳画角哀，沈园非复旧池台。

伤心桥下春波绿，曾是惊鸿照影来。

作者个人生活的最大不幸，莫过于他早年的一桩婚姻悲剧。据诸多载籍和近人考证，作者二十岁时与唐婉结合，伉俪甚为和睦。只因唐婉不为陆母所喜，迫使二人离异。后来唐婉改嫁，陆亦另娶。三十年后的一个春天，作者偶与唐婉夫妻相遇于绍兴沈氏园林。不久，唐婉就去世了。这次见面的结果，是留下了两首感动千古的《钗头凤》。这两首诗则作于宁宗庆元五年（1199），是作者以七十五岁高龄、重游沈园之作。诗的内容，一言以蔽之曰"生死恋"。

第一首写作者在沈园，回忆当年重逢的情景，不禁黯然神伤。以写景为主，景中有情。

"城上斜阳画角哀，沈园非复旧池台。"两句写黄昏气氛，面对沈园的感觉。首句说黄昏。作者不一定是黄昏来的，却待到黄昏还不想走。"斜阳"唤起的感觉，一般情况下与没落、消沉相关。宋代的规矩，在城市里，是用角声报晓或报暮的。而清晨的角声，和傍晚的角声给人的感觉全然不同。暮角标志着一天的结束，多少有些惆怅。故下一"哀"字，为全诗定韵。次句写沈园，"非复旧池台"是说，眼中的沈园与当年重逢唐婉时的沈园，已经有较大的差别，时间在"池台"上也留下了痕迹。任何建筑，从建成那一天起，就开始折旧。然而，"池台"总比人要经老。连"池台"都让人感觉非故物，引起的感受，只能用"树犹如此，人何以堪"来表达了。李清照说"物是人非事事休"，何况连物亦不是了！古诗说："所遇无故物，焉得不速老！"惨矣，不必再诠释下去了。

"伤心桥下春波绿，曾是惊鸿照影来。"两句写桥下湖水引起的回忆。中国园林大体格局是倚山造湖。湖上必有亭台，桥也是少不了的。第三句是说在余晖中，桥下的湖水绿得要命。"春波"指湖面的縠纹。俞平伯解释"寒山一带伤心碧"（李白），说"伤心碧"就是绿得要命！当然，"伤心"是有感情色彩的词，它的另一重含意，是就人的心情而言，与前文的"哀"字是呼应的。古人说："智者乐水。"见水不乐，必有其故。这里是先说结果，末句道出个中原因："曾是惊鸿照影来！"这是全诗的诗眼所在，是一道炫丽的闪光。"惊鸿"是一个关键词，"翩若惊鸿"出自曹植《洛神赋》，是形容宓妃姿态柔美的。这个词用来写当年的唐婉，恰到好处，不仅是说美丽，而且遭遇到命运的打击，有如惊弓之鸟。"照影"是紧扣"春波"来的。"曾是"云云，表明是故事了。这句唤起的联想，有如电影镜头中一个幻影，在水边慢慢出现，而后清晰，而后模糊，最后消失得一干二净。

这首诗在艺术上最出彩的，就是最后一句所呈现的效果。它唤起了一个美丽的记忆，当然也是伤心的，却毕竟是美丽的。有这一点与没有这一点，是完全不一样的。

其二

梦断香销四十年，沈园柳老不吹绵。

此身行作稽山土，犹吊遗踪一泫然。

365

第二首抒写故地重游，那一段已成过去的刻骨铭心爱情，还令他没齿难忘。以抒情为主，情中有景。

　　"梦断香销四十年，沈园柳老不吹绵。"两句以写景起，与前诗呼应。首句，"梦断香销"是关键词——"梦断"指爱情遭遇破碎，"香销"指唐婉的去世。"四十年"是时间的跨度，当然是举其成数而言，从陆、唐的离异算起，已经过去四十五年了。在古人，这几乎就是人的一辈子了。次句是对"沈园非复旧池台"的具体描写，写柳树的变化，正是"树犹如此"的含义。"不吹绵"即不飘柳絮，柳"不吹绵"，如桃李不著花，是"老"的表现。提到沈园之柳，立刻就会想起作者《钗头凤》的"满城春色宫墙柳"，四十年前沈园的柳树可不是这个样子啊，陆、唐的重逢，说不定就是在飞絮蒙蒙中进行的。正如"树犹如此"着落在"人何以堪"一样，"柳老"着落便是人老啊。

　　"此身行作稽山土，犹吊遗踪一泫然。"两句说当年的遗恨，至今难销。第三句照应前文的"柳老"，说自料来日无多。"此身"自指，"稽山"是作者家乡（会稽）的山。俗话说"土都埋到脖子了"，谓离死不远，"行作——土"也就是这个意思。然而，人生悲情不在于人老，而在于人老心不老。末句就是诗人的写心："犹吊遗踪一泫然!""遗踪"指唐婉的行踪，照应前文的鸿影，令人联想到苏轼"雪上空然留指爪，鸿飞那复计东西"!消失了的美好，是永远找不回来的了。留下的只是记忆，引起的只是泪水。人有泪和柳无绵也是一重对比。诚然，"哀莫大于心死"。然而，其反题"哀莫大于心不死"，也是成立的呀!

　　四十年梦断香销，夕阳下的沈园变得有些认不出来，作者本人也从翩翩少年变为鸡皮老翁。然而，人还在，心不死。不变的是那个"直教人生死相许"的"情"字。桥下春水还在荡漾，伊人的情影还在心头。一往情深，至死不渝。爱国如此，用情亦如此。"唯大英雄能本色，是真名士自风流"，此言不虚。

梅花绝句（二首）

其一

当年走马锦城西，曾为梅花醉似泥。

二十里中香不断，青羊宫到浣花溪。

陆游在成都做过官，他的诗也是进剑门关才写好了的，所以诗集叫《剑南诗稿》。这是陆游晚年在家乡绍兴回忆成都之作，因为诗人爱梅，写了很多咏梅的诗词。这首诗专写成都的梅花。在诗人的记忆中，成都的气味，就是从青羊宫到浣花溪，其实是浣花溪两岸延绵二十里的梅花飘出的暗香。

"当年走马锦城西"二句，回忆在成都西郊赏梅的情景。顺便说，成都西郊梅花之盛，一直到今天都是这样，杜甫草堂的梅花就是成都一景。1986年邓小平同志曾携全家到草堂看梅，还说过"不到草堂就等于没有到过成都"这样的话。在八百年前，陆游在成都西郊的梅花，比今天还盛。要想看完，必须走马观花，"当年走马锦城西"，就是这个意思。"曾为梅花醉似泥"，这个话好像说得很夸张，梅花花香不含酒精成分，何能烂醉如泥？实际上是赏梅饮酒，烂醉如泥。诗人不把话挑明，任其产生歧义，更觉意味深长。所以这首诗的题目，也可以题为《梅花绝句，醉中作》。

"二十里中香不断"两句，具体写到浣花溪沿岸梅林之长。诗中点出了"青羊宫""浣花溪"两个地名，更使人感到亲切。但是，成都人知道，从"青羊宫到浣花溪"的直线距离，并不太远，诗人是说从青羊宫赏梅出来，沿着浣花溪走马二十里，全是梅林。今天成都东郊还有一处叫"幸福梅林"。陆游知道了一定非常高兴，会觉得当年他看到的梅林，才应该叫作"幸福梅林"呢。

这首诗写成都的气味，使读者浮想联翩。成都的气味还多，所以这首诗可以篡改如：

当年走马锦城西，曾为川锅醉似泥。二十里中香不断，青羊宫到浣花溪。

当年走马锦城西，曾为郫筒醉似泥。二十里中香不断，青羊宫到浣花溪。

当年走马锦城西，曾为高腔醉似泥。二十里中锣不断，青羊宫到浣花溪。

其二

闻道梅花坼晓风，雪堆遍满四山中。

何方可化身千亿，一树梅花一放翁。

宁宗嘉泰二年（1202）作于山阴，年七十八岁。咏梅之作，脍炙人口全在后二句表达爱梅之情的奇想。这奇想是受柳宗元《与浩初上人同看山寄京华亲故》的启发，柳诗云："海畔尖山似剑芒，春来处处割愁肠。若为化得身千亿，散上峰头望故乡。"虽然同用除法，但两诗味道各别。陈衍说："柳州之化身何其苦，此老之化身何其乐。"这是一层不同。其次是"一树梅花一放翁"的造句，用句中排比的形式，表达的意思特别有味——诗人自恨分身无术，巴不得给每一树梅花配上一个化身，十分生动——表现了他这个梅痴，但凡是梅都爱，总想爱个够，可总也爱不够的心情。这是柳诗没有的韵味。

示儿

死去元知万事空，但悲不见九州同。

王师北定中原日，家祭无忘告乃翁。

诗题《示儿》，不是一般情况下的示儿，而是"临终示儿"。诗打头就说"死去元知万事空"，如果没有"元知"二字，诗就很难写下去，因为话说完了。据说小平同志临终清醒时，身边人问他还有什么话，他说："要说的都说过了。"刘海粟临终，问他还有什么话，他说："很累，我要休息。"梁漱溟临终，家人对他说编集，他说："那都是小事。"人死如灯灭，人之将死，什么都放下了，不关心了。然而，"元知"二字，却表明并不如此。

次句打头的一个"但"字把话说回来，是说"只有"一件事放不下。《庄子》说："哀莫大于心死。"聂绀弩翻了一句："哀莫大于心不死。"这里的"但悲"就是心不死。哪一点心不死呢？那就是"不见九州同"，"九州"一词最早见于《尚书·禹贡》，相传大禹治水时把天下分为九州（徐、冀、兖、青、扬、荆、梁、雍、豫），后来成为中国的代名词，在陆游诗中指北宋版图。也就是说，他只有一件放不下的事，也是他一辈子都在操心的事：宋朝失地尚未收复。所以作者感到悲哀，比死亡还要悲哀。

然后，三、四句就是他的遗嘱。世间最常见的遗嘱就是分配财产，这是一件既婆婆妈妈、又容易伤感情的事，然而连大英雄曹操也不能免俗，有"分香卖履"的遗嘱（《遗令》："余香可分诸夫人。诸舍中无为，学作履组卖也"），真是操心的命。而陆游没有这种操心，他唯一放不下的事，就是朝廷的光复大业。而且他对此抱有信心，遗嘱是："王师北定中原日，家祭无忘告乃翁。"这是对儿子的叮嘱，"乃翁"即作者自指。

这首诗作于宁宗嘉定二年（1209）年底，陆游时年八十五岁。古人说："七十老翁何所求。"当死亡逼近的时候，人会把一切都看淡。盼了一辈子恢复，皇帝都换了几代了，活到八十五岁的份上，居然还没死心。然而这位老人唯一放不下的事，却是国家大事、民族大事，还相信会有"王师北定中原"之日，这是何等坚强的信念，难怪前人赞道："较之宗泽三呼渡河之心，何以异哉！"（徐伯龄）在写作上，作者几乎是率意直书，不假雕饰。然而，伟大的作品是要用超审美的标准来评价的。

这首诗的内容可以叫"5·12"特大去私，而且是真情流露，所以动人。当代诗人滕伟明在"5·12"特大地震中也写过一首《示儿》诗，写在公安战线工作的儿子投奔救灾前线的时候："探身水火莫辞劳，野有哀鸿啼未消。知尔从来重孝悌，好生推及到同胞。"诗中所表现的，也是一种大爱，第三句说到"孝悌"，尚属血缘亲情范畴；末句由"推及"，而上升到同胞、大爱的范畴。俗话说"忠孝不能两全"，而诗人却根据孟子"推恩"理念，说尽忠就是尽孝，并以之为心，非心存博爱，何能道之，所以感人。而三、四句中有对立统一，有递进关系，也深得绝句之法。

【辛弃疾】(1140—1207) 字幼安，号稼轩，济南历城（今山东济南）人。绍兴三十一年（1161），聚义抗金，归耿京，为掌书记。奉京命奏事建康，京为张安国杀害，擒诛安国。次年率部渡淮南归。历任湖北、江西、湖南、福建、浙江安抚使等职。有《稼轩长短句》。

水龙吟

登建康赏心亭

楚天千里清秋，水随天去秋无际。遥岑远目，献愁供恨，玉簪螺髻。落日楼头，断鸿声里，江南游子。把吴钩看了，栏杆拍遍，无人会，登临意。　　休说鲈鱼堪脍，尽西风、季鹰归未？求田问舍，怕应羞见，刘郎才气。可惜流年，忧愁风雨，树犹如此。倩何人唤取，红巾翠袖，揾英雄泪。

词人南归十年，一直投闲置散，不得一遂报国之愿，在建康通判任上，年方而立的他是很苦闷的。城西有赏心亭下临秦淮，与白鹭亭相连，以扼淮口，乃金陵设险之地。在秋高气爽的黄昏登高北望，令人感慨无端，心兵大起。建康所在的长江中下游战国时属楚国，亭上纵目首先感受到的是楚天辽远空阔，秋色无边无际，大江东去消逝在天的尽头。

首句先点"楚天""清秋"，然后有意识将"天""秋"二字重复一次，这是染笔："水随天去秋无际"，词人笔下景色是展开的、扩张的，将兴起浩茫的心事——"遥岑远目，献愁供恨，玉簪螺髻"，这是典型的倒装句法，意为：放望远山，其状如玉簪螺髻，可惜此刻只献愁供恨，引起我满脸烦恼，又焉能"赏心"！"献愁供恨"固然是拟人的手法，"玉簪螺髻"何尝又不是如此，而且俨然把河山比成红妆素裹的佳丽，与词尾的"红巾翠袖"遥相映带。联系苏东坡《念奴娇》里的"小乔初嫁"、毛泽东《沁园春》里的"江山多娇"，可悟壮词摄取风韵之一法。

从"落日楼头"直贯到煞拍，如在散文只是一句，即"在落日楼头、断鸿声里，江南游子把吴钩看了，无人会其登临意"，中间着不得句号。然而"江南游子"这一最不能顿断的地方，按律恰恰是押韵断句的关纽所在，这样的处理，使得歌者到此虽然照例换气，听众却敛声屏息静候其下文，直到把"无人会，登临意"唱完，悬念才松放下来，感到十分够味。这种在散文为常的写法，一到词中就变成大胆的创举和精彩的奇笔。"以文为词"的奥妙，正要从此中去体会。

371

词中的"江南游子"当然不是别人，而是辛弃疾本人，一个从沦陷区南下的义勇军将领，此刻他的情怀，应比王粲登楼激烈十倍。吴钩本是杀敌武器，却闲置腰间，抽出来看看，引出的是英雄无用武之地的苦恼。据《渑水燕谈录》载，刘孟节其人落落寡合，胸中郁结，常呼唏独语，或用手拍栏，以求发泄。"把吴钩看了，栏杆拍遍"二句寓强烈的思想感情于平淡的叙写笔墨，耐人玩味。"无人会，登临意"写出了作者的一颗爱国心得不到理解和支持的苦闷。

虽有一官半职，却不能有所作为，是从来志士最难堪的处境，倦宦之心多由此而生。《晋书》传载张翰字季鹰，在洛阳做官时，因秋风起而想到家乡苏州土特产菰菜莼羹鲈脍等，便拂袖弃官而归。眼下正是秋风劲吹时候，词人不免也有弃官归去的念头，然北方的家园回得去吗？"休说"云云，意味是十分痛楚的。就算是归得去吧，自己又能够抛弃国事而不问，甘心做个求田问舍的凡夫俗子吗？那可是要招豪杰白眼的。

《三国志》传载许汜去看望陈登，陈对许冷淡，让他睡下床，而自己踞上床。许汜一直耿耿于怀，刘备知道了教训他说：今天下大乱，君有国士之名而求田问舍，言无可采，如换了我，就让你睡地下，我自己卧百尺楼上。辛弃疾词多用三国事以譬时局，刘备孙权都是他景仰的英雄，此词中用许汜事表明自己不能心安理得地归隐，怕遭到来自刘备那样的抢白，具有很强的责任心。归去既不忍，留下又无用，虽然尚属壮年，但深恐岁月虚掷，时不我待。

《世说新语》载桓温北伐过金城，见昔日手种柳树已粗数围，不禁叹息道："木犹如此，人何以堪！"词语用其上句，意则兼有下句。这样无可奈何，即使是对酒当歌，也未必能取畅于怀。虽说"男儿有泪不轻弹"，然而男人也有脆弱的时候，此之谓英雄气短；而最能安慰一个失意男人的，除了酒，只有女人。词的结句忽出旖旎字面——"倩何人唤取，红巾翠袖，搵英雄泪"，体现了词的本色，也增添了词的韵味。

《水龙吟》在慢词调中很有特色，除上下片发端为长句，一般以四字句为主，三句一群，煞拍的一韵以一字领起，末句作"上一下三"结构，以见拗折，语调颇具文趣，为稼轩所乐用。

摸鱼儿

淳熙己亥，自湖北漕移湖南，同官王正之置酒小山亭，为赋。

更能消、几番风雨，匆匆春又归去。惜春长怕花开早，何况落红无数。春且住，见说道、天涯芳草无归路。怨春不语。算只有、殷勤画檐蛛网，尽日惹飞絮。　　长门事，准拟佳期又误。蛾眉曾有人妒。千金纵买相如赋，脉脉此情谁诉？君莫舞，君不见、玉环飞燕皆尘土！闲愁最苦！休去倚危栏，斜阳正在，烟柳断肠处。

本篇作于淳熙六年己亥（1179）春，作者时年四十。当时主和已成既定国策，词人屡遭弹劾、备受排挤，当时任漕运副使，掌管粮运，从湖北调湖南，同官王正之为他摆酒饯行，因作此词。此词不直抒胸臆，通篇假托美人惜春与感伤身世口气，寄托作者伤时和自鸣不平之意。

上片以伤春的形式，寓托政治感伤。一起即写春归，陈廷焯谓为倒折有力之笔。盖"更能消"前，春光早已一天不如一天，由此言之，春天还经得起几番风雨摧残？词人掐去开头，径直从"更能消"说起，就使人感到是从千回百转后倒折出来。形象暗示是南宋王朝风雨飘摇，形势急转直下。从春归说到惜花，又由惜花忆及春初。"惜春长怕花开早"，是因为花早开则难久，这种心情只有珍爱花、懂得花的人才有。与杜甫所谓"花开缘底急，老去愿春迟"，有同样心情。这里的寓意似是，过去形势较好，只恐欲速不达，想不到形势变成今天这个样子。词人祈求春光暂留，不要去得太快，就是希望稳住形势。

"天涯芳草无归路"语出《楚辞·招隐士》，大约是以"王孙游兮不归"，影射徽钦二帝的一去不返吧。写愿望落空后，词人展示了一个颇有意味的情境，画檐角上还有一只蜘蛛在为挽留春天尽其微薄的努力。周邦彦《六丑》写伤春惜花，云"愿春暂留，春归如过翼，一去无迹"，"多情谁为追惜？但蜂媒蝶使，时叩窗隔。"美成徒妙比拟，稼轩则深有寄托。词中蜘蛛网絮，颇有点精卫填海式的悲壮，是知其不可而为之也。一个"怨"字，表现了作者对南宋王朝爱深恨也深的矛盾心情。

下片以宫怨的形式，寓托政治失意。过片转意，以陈皇后失宠事自喻失意。或言"佳期"二字，是全篇点睛，稼轩南归十八年，《应问》二篇与《美芹十论》，以和议方定而不行，此佳期之误也。"准拟佳期又误"、"娥眉曾有人妒"即屈赋"初既与余成言兮，后悔遁而有他"、"众女嫉余之娥眉兮，谣诼谓余以善淫"意，前句怨君，后句斥佞。承"长门事"，谓陈皇后尚能买赋陈情，而自己则言路不通，更进一层。承"有人妒"，而联及玉环善妒、竟死马嵬，飞燕善妒、见废自杀，以诅咒弄权小人。谓善有善报，恶有恶报，不是不报，时候未到。最后景结，寄托着作者对国家、民族前途命运的担忧。

本篇立意似《离骚》，盖谗谄害明、贤人失志，古今同慨。据说孝宗看了很不高兴。《离骚》有云："日月忽其不淹兮，春与秋其代序；惟草木之零落兮，恐美人之迟暮。"此词上片即感春秋代序，其中对春光零落的惋惜，也就是对国势衰微的惋惜；下片即伤美人迟暮，对失宠宫女的慨叹，也就是对英雄见弃于朝廷的慨叹。两重寄托，词意深厚。词多用倒折（"更能消"）、转折（"何况""纵买"）、呼告（"春且住""见说道""君莫舞""君不见""休去"）等手法，笔态飞舞，沉郁顿挫，回肠荡气，至于此极。

永遇乐

千古江山，英雄无觅、孙仲谋处。舞榭歌台，风流总被、雨打风吹去。斜阳草树，寻常巷陌，人道寄奴曾住。想当年、金戈铁马，气吞万里如虎。　　元嘉草草，封狼居胥，赢得仓皇北顾。四十三年，望中犹记、烽火扬州路。可堪回首，佛狸祠下，一片神鸦社鼓！凭谁问，廉颇老矣，尚能饭否？

本篇作于开禧元年（1205）。两年前作者以六十四岁高龄，时被执政韩侂胄召起为绍兴知府兼浙东安抚使，次年转镇江知府。词名曰怀古，其实针对韩侂胄准备北伐中原而作。表明作者主张抗金，同时反对盲目冒进，抒发了一腔老成谋国、忧深虑远的情怀。

上片缅怀本地英雄。京口即镇江，北固山下临长江，三面傍水势险要，山有北固亭。三国孙权曾建都京口，是曹操不敢小看的人物。故一起即从孙权咏起。"千古江山"当特指江东而言，而气魄之大，颉颃"大江东去"；"英雄无觅孙仲谋处"是诗词特殊句法，还原散文语序当是"无处觅英雄孙仲谋"也。作者在另一首北固亭怀古词《南乡子》中写道："何处望神州，满眼风光北固楼。千古兴亡多少事，悠悠；不尽长江滚滚流。年少万兜鍪，坐断东南战未休。天下英雄谁敌手？曹刘；生子当如孙仲谋！"可与参读。

"舞榭歌台"三句，选本通解为承上，言英雄的流风余韵无存。颇犯于复。事实上这三句有更广的含意，它是由京口而联系金陵，由东吴而推广到六朝，囊括了唐李山甫《上元怀古》"南朝天子爱风流，尽守江山不到头。总是战争收拾得，却因歌舞破除休"的诗意，又宋刘一止《踏莎行·游凤凰台》词云"六代豪华，一时燕乐，从教雨打风吹却"，亦可参证。而在六朝可以标举的英雄，除了孙权，更有一个宋武帝刘裕（字寄奴），乃本地人氏，起自草泽，晋末两度北伐，灭南燕、后秦，收洛阳、长安，后代晋自立。是本篇怀古的中心内容。"想当年、金戈铁马，气吞万里如虎"，直接是追思刘裕北伐的雄风；间接地也包含作者自己"年少旌旗拥万夫"、志在北伐的回忆。

下片重提历史教训。过片继续刘宋北伐的话题，总结其历史教训。盖刘裕之子，宋文帝刘义隆承父志三次北伐，而未成功。特别是元嘉二十九年（450）最后一次北伐，他急于事功，未充分听取老臣宿将的意见，而轻信了冒失鬼彭城太守王玄谟的怂恿，所谓"闻玄谟陈说，使人有封狼居胥意"，轻启兵端，结果一败涂地，使小字佛狸的北魏太武帝拓跋焘饮马长江，大起行宫于长江北岸的瓜步山，后世改建为祠。

词人以"元嘉北伐"影射南宋孝宗时的"隆兴北伐"。由于当时起事仓促，将领失和，导致符离（安徽宿县东北）之败，和"隆兴和议"的签订。从隆兴（1163）北伐失利到作此词时，时间过去四十三年，当时淮南东路（扬州路）烽火报警的情景，作者记忆犹新，现实和历史确实是打成一片的。和平苟安造成的严重后果，是沦陷区人民的民族意识日渐淡泊，竟至到佛（读比）狸祠下祭祀求福，长此以往，恢复无望。古代赵国名将廉颇晚年失意居魏，后赵屡为秦所败，赵王复思廉颇，派使者探望，使者为廉的仇家买通，还报赵王说廉尚善饭，然顷之三遗矢。遂不得召。词人以廉颇自况，感慨道：长期以来，朝廷又几曾关心过我们这些爱国老将呢？

本篇写成当年秋，稼轩又遭罢黜；明年夏，韩侂胄贸然下令北伐，终蹈隆兴覆辙，为稼轩不幸言中。与苏词如"大江东去"比，辛词较少哲理意味，而更富于现实性。苏词清旷，是哲人词；辛词沉雄，为豪杰词。辛词特色之一就是用典。此词内容虽紧扣现实，语言材料却多出史籍，其间涉及孙权、刘裕、刘义隆、拓跋焘、廉颇等众多的历史人物，而以与本地联系最紧密的刘宋史实为主。而宋文帝"封（祭天）狼居胥"一语，则又含汉霍去病事。虽为岳珂批评为"微觉用事多耳"，但作者左右逢源，无碍词气，非熟谙经史，而激情弥满，很难如此拉杂使事，而不嫌堆垛也。

或谓周邦彦为"词中老杜"，但这一称呼似更适合辛弃疾。辛词音情抑塞磊落，尤得杜诗沉郁顿挫之致。本篇怀孙权之英武，而叹六朝柔弱，是一顿挫；复于六朝碌碌中，拈出气吞中原之刘裕，又一顿挫；继金戈铁马之后，叹元嘉草草，又一顿挫；叹元嘉草草，而忆隆兴北伐，又一顿挫；谓战败之惕厉，犹胜和平时期的麻木，又一顿挫。此外，还有小的顿挫，如千古江山，而英雄难觅；寻常巷陌，而豪杰曾居，等等，千回百折，而又一气奔注。雄姿壮采，可付铁绰板歌之。

满江红

江行和杨济翁韵

过眼溪山，怪都似、旧时曾识。还记得、梦中行遍，江南江北。佳处径须携杖去，能消几两平生屐？笑尘劳、三十九年非，长为客。　　吴楚地，东南坼。英雄事，曹刘敌。被西风吹尽，了无陈迹。楼观才成人已去，旌旗未卷头先白。叹人间、哀乐转相寻，今犹昔。

此词与《水调歌头》（落日塞尘起）为同时先后所作。题一作《江行简杨济翁、周显先》，乃作者离开扬州溯江上行，途中抒怀的作品。今存杨炎正（济翁）《满江红》数首，其中《典尽春衣》一首有"功名事，云霄隔；英雄伴，东南坼"，"问渔樵、学作老生涯，从今日"等语，与这首词虽用韵不同，而情调相同，意气相通。

上片为第一层，由江行沿途所见山川引起感怀昔游，痛惜年华之意。长江中下游地区山川秀美。辛弃疾南归之初，自乾道元年至三年，曾漫游吴楚，行踪及于大江南北，对这一带山水是熟悉的。乾道四年通判建康府，此后出任地方官，调动频繁，长达十年。无怪眼中山川"都似旧时相识"了。"溪"曰"过眼"，看山却似走来迎，确是江行的感觉。"怪"是不能认定的惊疑感，是久违重逢的最初的感触。往事虽"还记得"，却漫漶模糊、记不真切，真像一场旧梦。"还记得、梦中行遍，江南江北"，"梦中"云者不仅有烘虚托实之妙，也是心理感受的实际写照，这种恍惚的神思，乃是多年来希望落空、业已倦于宦游的结果。

玩味以上数句，实已暗伏"尘劳"、觉非之意。这个忽来的记忆，同时也就成了一种强有力的召唤，来自大自然的召唤。所以，紧接二句写道："佳处径须携杖去，能消几两平生屐?"要探山川之胜，就得登攀，"携杖"、着"屐"是少不了的。《世说新语·雅量》载阮孚好屐，尝曰："未知一生当着几两屐?"意谓人生短暂无常，话却说得豁达幽默。此处用来稍变其意，谓山川佳处常在险远，不免多穿几双鞋，可这又算得了什么呢! 所以结尾几句就对照说来，"笑尘劳、三十九年非"乃套用蘧伯玉（春秋时卫国大夫）年五十而知四十九年之非的话（语出《淮南子·原道训》），作者当时四十岁，故这样说。表面看，这是因虚度年华而自嘲，其实，命运又岂是自己主宰得了的呢?"长为客"三字深怀忧愤，语意旷达中包含沉郁。

过片六句另起一意为第二层，由山川形胜而引起对古代英雄事迹的追怀。扬州上游的豫章之地，向称吴头楚尾。"吴楚地，东南坼"化用杜诗（《登岳阳楼》："吴楚东南坼"），表现江行所见东南一带景象之壮阔。山川形胜，使作者想到三国鼎立时代的英雄，尤其是立足东南、北拒强敌的孙权，最令他钦佩景仰。曹操曾对刘备说："今天下英雄，唯使君与操耳。"（《三国志·先主传》）而堪与曹刘匹敌的唯有孙权。此处四句写地灵人杰，声情激昂，其中隐含作者满腔豪情。因而"被西风吹尽，了无陈迹"二句有慨叹，亦有追慕。恨不能起古人于九泉而从之的意味，亦隐然句中。

结尾数句为第三层，是将以上两层意思汇合起来，发为更愤激的感慨。"楼观才成人已去"承上怀古，用苏轼诗"楼成君已去，人事固多乖"（《送郑户曹》）意，譬言吴国基业始成而孙权就匆匆离开人间。"旌旗未卷头先白"承前感旧，由人及己，"旌旗"指战旗，意言北伐事业未成，自己的头发却先花白了。综此二者，于是词人得出一个无可奈何的结论：人间哀乐从来循环不已（"转相寻"），"今犹昔"。这结论颇带宿命色彩，乃是作者对命运无法解释的解释。

词中一方面表示倦于宦游——"笑尘劳、三十九年非"，另一方面又追怀古代英雄业绩，深以"旌旗未卷头先白"为憾，反映出作者失意矛盾的心情。虽是因江行兴感，词中却没有写景，始终直抒胸臆；虽然寄慨很深，却不用比兴手法，纯属直赋。这种手法与词重婉约、比兴的传统是完全不同的。但由于作者能将现实政治感慨与怀古之情结合起来，指点江山，纵横议论，驱使古人诗文于笔端，颇觉笔力健峭，感情弥满。所谓"满心而发，肆口而成"，自具兴发感人力量。

菩萨蛮·书江西造口壁

郁孤台下清江水，中间多少行人泪？西北望长安，可怜无数山。　　青山遮不住，毕竟东流去。江晚正愁予，山深闻鹧鸪。

此词作于辛弃疾三十六岁为官江西时。"造口"今名皁口镇，是南宋之初金人追隆裕太后最后到达的地方。太后被金人劫持而出逃，从南昌、吉安到赣县，一路上颠沛流离。词人身临此地，回思国耻，写下了这首悲愤之词。

"郁孤台下清江水，中间多少行人泪?"一问极为沉痛，间接地以清江之水比国人之泪，与《单刀会》（关汉卿）所谓"这也不是江水，二十年流不尽的英雄血"，同属警句。以水比血者惨烈，以水比泪者凄苦。二句已定全词基调。

"西北望长安，可怜无数山。""长安"借指北宋都城汴京（开封）。回望故国觉山水可怜，是因为山河破碎，故国难回。为什么会这样，不言而喻：外有强敌纵暴，内有妥协派作梗，恢复无望。

"青山遮不住，毕竟东流去。"二句显然有比意，但不明朗。从前后词意看，似是说：青山不能障百川而东之，我亦不能挽狂澜于既倒。孤掌难鸣，郁抑难申。

"江晚正愁予，山深闻鹧鸪。"一结极为悲愤。正在一筹莫展之际，偏闻山中鹧鸪之声"行不得也哥哥"，如助词人之浩叹。"愁予"出自《九歌》"目渺渺兮愁予"，照应西北之望，写出企盼落空的失意和惆怅。

辛词特多用典。但此词，一扫"掉书袋"的习气。字字血，声声泪，一气呵成而沉郁顿挫，"忠愤之气，拂拂指端"。梁启超以为"如此大声镗鞳，未曾有也"。

祝英台近

晚春

宝钗分，桃叶渡，烟柳暗南浦。怕上层楼，十日九风雨。断肠片片飞红，都无人管；更谁劝、啼莺声住？　　　　鬓边觑，试把花卜归期，才簪又重数。罗帐灯昏，哽咽梦中语。是他春带愁来，春归何处，却不解、带将愁去。

辛词以豪迈奔放见长，而他于婉约词也是当行里手。《祝英台近》写的是一位女子在晚春与爱人分手后，无法摆脱惆怅烦恼。有一首流行歌曲唱道"我每天都在祈祷，快赶走爱的寂寞"，与此词怨情相近。词除首三句略约交代分别情景，通篇皆作女子痴怨语状，难为作者把女性心理和口吻把握得如此深刻，描写极有分寸，绝不逊于写出《春怨》的金昌绪。

爱人在分手时分擘信物以示坚贞，是古代的习俗，梁代陆罩《闺怨》云"自怜断带日，偏恨分钗时"、唐代白居易《长恨歌》云"钗留一股盒一扇，钗擘黄金盒分钿"、北宋秦观《满庭芳》云"香囊暗解，罗带轻分"写的都是这个，《玉照新志》记云："春日，诸友同游西湖至普安寺，于窗户间得玉钗半股，青蚨半文，想是游人欢洽所分授，偶遗之者。"前三句写的便是女主人公在暮春与恋人离别情景，"桃叶渡"和"南浦"都是别离地方的代名词。桃叶渡在南京秦淮河与青溪合流处，以陈时盛传的王献之为其爱妾桃叶所作的一首恋歌而得名（歌事见《隋书·五行志》），南浦则出江淹《别赋》，均不可指实。"烟柳暗南浦"不但是写春深渡口景物，而且令人联及"送居南浦，伤如之何"（《别赋》）而感觉体味到女主人公情绪的黯然。

以下就细微刻画别后心理。"怕上层楼，十日九风雨"二句以托辞得妙，反映了伤心人十分敏感的心理。她说怕上层楼是因为风雨的缘故，其实如果心情很好，何尝不可以"满川风雨独凭栏"（黄庭坚）耶！表面怕风雨，深层的原因却在于不胜寂寞，才怕遇到坏天气的。在风雨中落红成阵，然花开花落，有谁管得，说"断肠片片飞红，都无人管"不是无理之极么？都成情全之痴语。春归与黄莺何干？"更谁劝、啼莺声住"，却怨黄莺，又是无理痴情的妙语。

女主人公在百无聊赖之际，乞灵于简易的占卜法，引入一点情节：

381

"鬓边觑，试把花卜归期，才簪又重数。"大凡有苦恼无法解脱的人，都有这点儿迷信，就是不迷信，也抱住不妨试一试的心理去接受指点，这就是许多简单骗术如手相、面相、算命、卜筮得以流行的根本原因。词中描写的动人处，在于女主人公的占卜，完全是认真地自欺。当她顾影自怜时从镜中看到花，便从鬓边取下来点数花瓣，预卜爱人归期，那办法或是约定俗成的，或是她自个儿临时规定的，本来不可凭据，可笑的是，她才戴上那花，却又立刻怀疑计数有错，要重数一遍。异常之举，原是基于一种普遍的心态，那就是神经过敏，与"尤恐匆匆说不尽，行人临发又开封"（张籍）同妙，情事因生活的美而成为永久。女主人公的自我安慰是无力的，词即以她的梦呓作结，她带着哭声埋怨春天故意捉弄她，把春愁带来而不带去，就像系铃者不肯解铃，使她不得快活，而事实上春天对于人事是不负任何责任的。这仍是继续上片无理而妙的痴话。

这首晚春词的独特之处不在于写景叙事，也不在于一般意义的抒情，而在于对女主人公深层心理的发掘，和内心独白的精彩运用，这在宋词中也是并不多见的。《填词杂说》云："稼轩词以激扬奋励为工，至'宝钗分，桃叶渡'一曲，昵狎温柔，魂销意尽"，如果说词人在抒写闺情的同时，进入角色，也寄托了一点身世之感，原无不可。然而必言其为政治寄托，甚至像张惠言那样说："'点点飞红'伤君子之弃，'流莺'恶小人得志，'春带愁来'其刺赵张乎"（《词选》），则牵强太过。此词的价值乃在于写人缘情，不在于载道言志！

青玉案

元夕

东风夜放花千树，更吹落，星如雨。宝马雕车香满路。凤箫声动，玉壶光转，一夜鱼龙舞。　　蛾儿雪柳黄金缕。

382

笑语盈盈暗香去。众里寻他千百度。蓦然回首，那人却在，
灯火阑珊处。

正月十五夜今称元宵，古称元夕，又称上元灯节，是传统的喜庆节
日。唐人苏味道《正月十五夜》写道："火树银花合，星桥铁锁开。暗
尘随马去，明月逐人来。游伎皆秾李，行歌尽落梅。金吾不禁夜，玉漏
莫相催。"这种热闹场面，到近代也几乎没有任何变化。《金瓶梅》十五
回写佳人笑赏玩灯楼，伏定楼窗观看，那灯市中人烟凑集，十分热闹，
当街搭数十座灯架，四下围列诸门买卖，玩灯男女，花红柳绿，车马轰
雷。什么荷花灯、芙蓉灯、绣球灯、秀才灯、媳妇灯、刘海灯、骆驼
灯、青狮灯光名目都数不过来。辛弃疾这首《元夕》词从篇首到"笑语
盈盈暗香去"大半篇幅，亦写灯节的热闹场面，画出了一幅社会风
俗画。

开篇暗用岑参"忽如一夜春风来，千树万树梨花开"诗意，写火树
银花一般的灯彩，给冬天带来春的气息。"更吹落，星如雨"写节日夜晚
的焰火，五彩缤纷，如天雨流星。然后写香车宝马即游众，写凤箫鼓吹
即声乐，写民间艺人的载歌载舞、鱼龙曼衍的社火百戏。词中运用了
"放""吹""落""动""转""舞"等一系列动词，及"宝""雕""香"
"玉""花""星""凤"等一系列美的名物，展示出灯节繁华热闹，绚丽
多彩，令人目不暇接。《武林旧事》载"元夕节物，妇女皆穿戴珠翠、闹
蛾、玉梅、雪柳"等首饰服饰，李易安的回忆是："中州盛日，闺门多
暇，记得偏重三五。铺翠冠儿，捻金雪柳，簇带争济楚"（《永遇乐》），可
见元夕不但不禁宵行，连闺门也可放风暂得自由了，这些如花似玉、如
雨后春笋般出现在街上楼头的妇女，也构成节日的动人景观。

然而此词为历代推重，并不在它善于描绘节日景观及风俗图画，而
在于词人在这样的背景下杜撰了一个小小情事，却开出了一番深邃的境
界。在看热闹赏花灯的人众中，有人在苦苦寻觅一个对象。游女如云，

皆非其思所存。正说踏破铁鞋无觅处，不料偶尔回头，惊喜地发现那人并不在拥挤的场合，却站在灯火稀疏冷落的地方，真是得来全不费功夫。这情事的妙处，在于能够超越情事的本身，具有象征意蕴。引臂连类，让人想到的是做学问的苦苦追求，有时突发灵感，豁然开朗。

王国维《人间词话》说，人之成大事业者，必皆经历三个阶段，一是"昨夜西风凋碧树，独上高楼，望尽天涯路"（晏殊）即特行独立，有所立志；二是"衣带渐宽终不悔，为伊消得人憔悴"（柳永）即艰苦求索，须专心致志；三则是"蓦然回首，那人却在，灯火阑珊处"即成功的喜悦，往往不期然而然。境界之妙，正在于作者未必然，而读者不必不然。

西江月

夜行黄沙道中

　　明月别枝惊鹊，清风半夜鸣蝉。稻花香里说丰年，听取蛙声一片。　　七八个星天外，两三点雨山前。旧时茅店社林边，路转溪桥忽见。

这是一首田园词，写词人"夜行黄沙道中"所见所感。

上片首句写月景，诉诸视觉，写月光下鸟儿受到惊扰，语出曹操《短歌行》"月明星稀，乌鹊南飞；绕树三匝，何枝可依"。这是夏夜，因天气溽热，才会有鸣蝉、有蛙声诉诸听觉，也才会有人乘凉。"稻花香里说丰年"，水稻扬花，诉诸嗅觉；丰收在望，是乘凉的人交谈的内容。蛙声一片与丰收有关，因为青蛙吃害虫，保护庄稼。

下片写月夜漫步。"七八个星天外，两三点雨山前"二句写景，兼写气候变化，应该是雨后初晴，那"七八个星"是雨霁之后，天上出现的几颗一等星，肉眼容易分辨；那"两三点雨"，应是指雨后从树上掉下的雨滴。这里也借鉴了唐诗，为己所用："两三条电欲为雨，七八个星犹在天。"（卢延让《松寺》）"旧时茅店社林边"，是说作者不知不觉就走到一个熟悉的去处，即社庙旁卖酒的茅店，末句是补语："路转溪桥忽见。"两句所以倒装，一是为了押韵，二是更有效果。

此词从视觉、听觉和嗅觉三方面抒写夏夜的山村风光，表现出作者住在农村，与农人的思想感情已经打成一片，读来一点不隔。

鹧鸪天

代人赋

陌上柔桑破嫩芽，东邻蚕种已生些。平冈细草鸣黄犊，斜日寒林点暮鸦。　　山远近，路横斜，青旗沽酒有人家。城中桃李愁风雨，春在溪头荠菜花。

现实无情地迫使辛弃疾违背了"求田问舍，怕应羞见，刘郎才气"的初心，在将近二十年退休生活中，他先后在上饶、铅山营造了相当宏丽的住宅。长期接触农村生活，心情上不期而然地与农民发生了共鸣，这首词写的就是他的农村生活观感。

残冬过尽，春气萌动。词人没有一般地去描写初春物候，而是通过新蚕新桑这两种相关的农事和景物，宣布春来的消息，这一敏锐的观察和发现，洋溢着浓郁的生活气息。"柔""嫩"等字富丁质感，一个"破"字则很有力度，生动地状出了桑芽新生给人的美好感觉。说蚕种"生些"与说柔桑初破一样，突出的是一个"早"字。或注"些"为语助词，是不妥的，除仿楚辞体如《水龙吟》"听兮清佩琼瑶些"的"些"确属语助词外，《鹧鸪天》(和吴子似山行韵)"酒病而今较减些"及本词"东邻蚕种已生些"的"些"，都是少许的意思。唐宋人写早梅云："前村深雪里，昨夜一枝开"(齐己)、"墙角数枝梅，凌寒独自开"(王安石)，与此咏异理同，正是若要早，须是少；若不少，便不早。

"细草""黄犊"，皆属初生，同样着眼在一个"早"字。最有意味的，是词人在写了三句初春好景后，却添一句"斜日寒林点暮鸦"，似乎象征着残冬留下的最后一点儿衰飒，在明朝艳阳升起的时候，就会被熏风扫荡。上句有一个"鸣"字写声有悦耳之感，此句有一个"点"字形容鲜明如画，都是吃紧的字眼。

上片已成功地表现出早春是美好的，新生事物是美好的，农村是美好的。下片更通过"山远近，路横斜"的简笔勾勒，把读者带到了村居的酒家，一个快乐的所在，这里的空气清新，人际关系单纯，气氛和谐，连吃酒也可以记账，与城市里受车马风尘污染的空气，官场尔虞我诈的人际关系，潜伏的杀机，赤裸裸的现金交易可以形成鲜明对照。那突然闯入眼中的酒家标志和怒放于溪头的荠菜花，使词人产生了新异之感，觉得野花从没有今天这样美，城中的桃李从没有今天感到的这么脆弱可怜。"城中桃李愁风雨，春在溪头荠菜花"就高声宣布了词人这一新的发现，不仅体现了一种健康朴素的审美观，同时也表现了作者的人格精神与价值取向，富于哲理意味，给人以多方面的感发和启迪。

稼轩长短句中还有一首与此词同调同意之作，题为《游鹅湖醉书酒家壁》，邓广铭系于淳熙十五年前，读者可对照玩味："春入平原荠菜花，新耕雨后落群鸦。多情白发春无奈，晚日青帘酒易赊。闲意态，细生涯，牛栏西畔有桑麻。青裙缟袂谁家女，去趁蚕生看外家。"这一首较重于叙事，在理趣上要逊色一些。

清平乐

村居

　　茅檐低小，溪上青青草。醉里吴音相媚好，白发谁家翁媪？　　大儿锄豆溪东，中儿正织鸡笼。最喜小儿亡赖，溪头卧剥莲蓬。

　　这首词通过作者对"村居"的巡视，从一个侧面反映出当时江南农村生活的安乐。

　　上片从"茅檐低小"写起，茅屋是农村简易住房，虽然"低小"却很实用、结实、保暖。"溪上青青草"，水源很近，则有利于取水和灌溉；青草多，则表明生态环境很好。茅屋主人是一对夫妇，"白发"表明年纪，"醉里"表明能喝上小酒、家境不错，"吴音"指吴地方言，在北方人（作者）听来，感觉很温柔（"媚好"），暗示夫妇关系和谐。"谁家"二字，有打听和搭话的意思。

　　下片介绍这家的其他家庭成员，玩味语气，当是主人（"翁媪"）的描述。"大儿锄豆溪东"，大儿在干农活，庄稼地在溪东；"中儿正织鸡笼"，二儿在干篾活，暗示家中养有家禽，或从事此种副业。这就是家中主要的劳动力了。最后说还有一个未成年的小儿，没有分配活干，正躺在溪边剥莲子吃。"亡赖"即无赖，语气看似嗔怪，其实充满怜爱。

　　此词用白描手法和浅近的语言，表现一个农家的亲子之爱和天伦之乐，反映出人民对和平生活的热爱。词中重复用了三个"溪"字，三个"儿"字，由于运用自然，读来并不觉得呆板和重复。

沁园春

将止酒，戒酒杯使勿近。

杯汝来前！老子今朝，点检形骸。甚长年抱渴，咽如焦釜；于今喜睡，气似奔雷。汝说刘伶，古今达者，醉后何妨死便埋。浑如此，叹汝于知己，真少恩哉！　更凭歌舞为媒，算合作人间鸩毒猜。况怨无大小，生于所爱；物无美恶，过则为灾。与汝成言，勿留亟退，吾力犹能肆汝杯。杯再拜，道麾之即去，招则须来。

辛词风格极为多样，既不乏本色当行之作，亦多新变奇创之什。这一首滑稽突梯的戒酒词就是突出的一例。词作于庆元二年（1196）闲居瓢泉时。题目《将止酒，戒酒杯使勿近》就颇新颖，似乎病酒不怪自己贪杯，倒怪酒杯紧跟自己。这就将酒杯人格化，为词安排了一主（"我"）一仆（杯）两个角色。全词就是这两个角色搬演的一出喜剧。

"杯汝来前！"词就从主人怒气冲冲的吆喝开始，以"汝"呼杯，而自称"老子"（犹"老夫"），接着就郑重告知：今朝检查身体，发觉长年口渴，喉咙口干得似焦炙的铁釜；近来又嗜睡，睡中鼻息似雷鸣。这是为什么？言外之意，是因酒致病，故酒杯之罪责难逃。"咽如焦釜""气似奔雷"以夸张的比喻极写病酒反应的严重，同时也见得主人一向酗酒到何等程度。"汝说"三句是酒杯的答辩，它说：酒徒就该像刘伶那样只管有酒即醉，死后不妨埋掉了事，才算古今之达者。这是一种难任其咎的说法。不称"杯说"而称"汝说"，是主人复述杯的答话，于中流露出意外和惊讶的神情。他既惊讶于杯言的冷酷无情，又似不得不承认其中有几分道理。于是无可奈何地叹息道：汝竟然为说如此，"汝于知己，真少恩哉！"口气不但软了许多，甚而还承认了自己曾是酒杯的"知己"。

但他"将止酒"的主意已拿定，不容轻易取消，故仍坚持对杯的谴责。过片以一"更"字领起，似乎还有所升级，使已软的语气又强硬起来，便有一弛一张之致。古人设宴饮酒大多以歌舞助兴，而这种场合也最易过量伤身。古人又认为鸩鸟的羽毛置酒中可成毒酒。换头二句所以说酒杯凭歌舞等媒介使人沉醉，正该以人间鸩毒视之。这等于说酒杯惯于媚附取容，软刀子杀人。如此罪名，岂不死有余辜？然而只说"算合作人间鸩毒猜"，到底并未确认。以下"况"字领四句系退一步说：何况怨意不论大小，常由爱极而生；事物不论何等好（"美恶"偏义于"美"），过了头就会成为灾害。表面仍是振振有词，反复数落，实际上等于承认自己于酒是爱极生怨，酒于自己是美过成灾。这就为酒杯开脱不少罪责，故而从轻发落，也就是只遣之"使勿近"。处死而陈尸示众叫"肆"，"吾力犹能肆汝杯"，话很吓人，然而"勿留亟（急）退"的处分并不重。言实相去何远！主人戒酒的决心可知矣，——虽是"与汝成言"，却早留后路，焉知其不回心转意，朝戒夕犯！杯似乎慧黠地了解这一点，亦不更为辩解，只是再拜道："麾之即去，招则须来。""麾之即去"没什么，"招则须来"则大可玩味。这话表面上是服从，骨子里全是自信，所以使人感到俏皮、幽默。

设为主人与杯的对话，通过拟人化的手法，成功地塑造了"杯"这样一个喜剧形象。它善于揣摩主人心理，能应对，知进退。在主人盛怒的情况下，它能通过辞令，化严重为轻松。当其被斥退时，还说"麾之即去，招则须来"，等于说主人还是离不开自己，自己准备随时听候召唤。其机智幽默大类古代的俳优。而主人的形象与"杯"相映成趣，他性情不免褊躁，前后态度不免矛盾；虽然气势甚盛，却不免被"杯"小小地捉弄了一番。这格局颇类唐时的"参军戏"（由一主一仆两个角色演出的小喜剧），在宋词中实属创举。作者通过这种生动活泼的方式，风趣地表现出自己戒酒之出于不得已。作者长期壮志不展，积愤难平，故常借酒发泄。"吾力犹能肆汝杯"云者，即隐含"不向此（酒）中何处消"意，是牢骚语，反映了作者政治失意的苦闷。所以此词不得简单地视为游戏笔墨。

词中大量采取散文句法以适应表现内容的需要，此即以文为词。《沁园春》的四字句多作二二节奏，而"杯汝来前"，却作上一下三；"汝说刘伶"三句则合作一气读下。凡此，都与原有调式不同。又大量熔铸经史子集的用语，如"点检形骸"出自韩愈《赠刘师服》诗"谁能检点形骸外"，"醉后何妨死便埋"出自《晋书·刘伶传》"死便埋我"，"真少恩哉！"出自韩愈《毛颖传》"秦真少恩哉"，"吾力犹能肆汝杯"出自《论语·宪问》"吾力犹能肆诸市朝"，"麾之即去，招则须来"出自《史记·汲黯传》"招之不来，麾之不去"，等等，散文句法和用语，丰富了词意的表现，又形成崭新的风味。词中还反复说理，具有以论为词倾向。"况怨无大小，生于所爱；物无美恶，过则为灾"，就颇有辩证的理趣，为此词增添了一分特色。正因为全词既饶谐趣，又有散文化、议论化色彩，所以《七颂堂词绎》说它是宋词中之《毛颖传》。

破阵子

为陈同甫赋壮词以寄之

醉里挑灯看剑，梦回吹角连营。八百里分麾下炙，五十弦翻塞外声，沙场秋点兵。　　马作的卢飞快，弓如霹雳弦惊。了却君王天下事，赢得生前身后名。可怜白发生！

淳熙十五年（1188），作者的好朋友，也是一位爱国者、词人陈亮（字同甫）拜访作者辛弃疾。两人在鹅湖寺相聚数日，畅谈天下事和抗金复国的理想。理想最后落空，却留下了几首壮词。这是其中的一首。

《破阵子》是双调不换头，上下片开头都得是对仗。"醉里挑灯看剑"写酒后血脉偾张，迫不及待，想要杀敌立功。接下来便有醉倒做梦的情节，"梦回吹角连营"是说醒来时，耳边还残留着梦中军营的角声。做梦时间不长，感觉不短，梦到的全是军营生活。"梦回"等八句都写梦中情景。

"八百里分麾下炙"运用了《世说新语》汰侈篇的故事，西晋外戚王恺有宠物牛，名八百里驳，常莹其蹄角。一次与王济比射，王济下注千万以赌此牛，王恺恃手快、且谓骏物无有杀理，便相然可，并令王济先射。殊不知王济一起便破的，并据胡床喝左右"速探牛心来"，王恺即痛失其牛。因此，"八百里分麾下炙"，是说在军中椎牛饷士，同时也就用了故事里的赢家盛气凌人、目中无人、咄咄逼人，来形容主人公的英雄气概。以此制敌，何敌不摧！"八百里分麾下炙"这句话，有的书上误解为"八百里范围内的部队都分到了熟牛肉吃"（胡云翼《宋词选》）是望文生义，忽略了这是用典。"五十弦"具体指瑟（李商隐"锦瑟无端五十弦"），泛指军乐。"五十弦翻（谱写）塞外声"，意味着凯歌、军歌，总之振奋人心、振奋军心的乐曲，接下来"沙场秋点兵"，使人如闻报数的声音，这军营生活，写得有声有色，意气风发，虎虎有生气。是以此图功，何功不克！

过片又是对仗，出句写骑马，"马作的卢飞快"，典出《三国志》先主传注，即马跃檀溪故事，一匹好马可以拯主人于危难之中，"真堪托死生"（杜甫）。这种从小说及史传注释中汲取材料，充实内容的做法，在辛弃疾十分在行，可谓得心应手。西人裴德说"最好的批评都是赞誉"，那么"掉书袋"的批评也是的。对句写射箭，"弓如霹雳弦惊"，形容射箭的迅雷不及掩耳、兼写弦鸣之震耳，一句用典，一句不用典。用典好，可以丰富意蕴；不用典也好，让读者休息一下脑筋。"了却君王天下事"，是说主人公完成抗金复国大业，赢得战争的喜悦；"赢得生前身后名"，是说生前功勋卓著，身后名垂青史。两句写得踌躇满志，是只表"一将功成"，而不表"万古枯"、即不表牺牲，因为这是壮词、是做梦、是尽想好事。

前面九句把词情推向高峰，梦得活灵活现，梦到天下好事无复加矣。最后一句却猛然截住，远接"梦回"二字，道是"可怜白发生！"从梦中突然醒来，一下子跌回现实，使人感到很难接受。"白发生"，还有人生苦短，来不及了的意思。现实与梦境形成的强烈反差，使作者的心境更加悲凉。像这样深刻地反映理想与现实矛盾的作品，完全翻过了唐人手心。前九句确属"壮词"，末句不是壮词；正因为末句的加入，使壮词变成了悲壮词。